Y Prif Gymeriadau, yn Nhrefn eu Hymddangosiad

Garan, capten ar uned ddethol o
Cadman, ei ddirprwy.
Tarog, aelod o'r uned.
Ebin, aelod arall o'r uned.
Caleb, pumed aelod yr uned.
Abdallah, masnachwr.
Mibsam, capten ym Myddinoedd yr Angylion.
Archangel Mihangel, arweinydd Byddinoedd yr Angylion.
Gabriel, y prif angel negesydd.
Acsa, arweinydd y Côr Angylion.
Teiras, ei gynorthwyydd.
Dylan, aelod o Gôr yr Angylion.
Sabta, Gether a Duma, ffrindiau gorau Dylan.
Nathanael, capten gwarchodlu gatiau Bethlehem.
Shobal, ei ddirprwy.
Jedah, cardotyn ym Methlehem.
Nidab, ei ffrind - cardotyn arall.
Sandon, arweinydd y cythreuliaid sy'n gwarchod gatiau Bethlehem.
Mair, mam Iesu.
Joseff, ei dyweddi ac yna ei gŵr.
Amos, hen lanc sy'n byw yn Nasareth.
Ben, tad Mair.
Abigail, mam Mair.
Antonin, cythraul blaenllaw.
Lorcan, capten ar uned fechan o angel-ryfelwyr.
Abeida, ei ddirprwy.
Jonathon, aelod o'r uned.
Peleg, pedwerydd aelod yr uned.
Habila, cythraul, dan reolaeth Sandon.
Marzan, cythraul arall dan reolaeth Sandon.
Seth, hen ddyn, sy'n berchen ar ful a chart.
Sabteka, angel-ryfelwr.
Benaia, lletywr ym Methlehem.
Ashtenaz, Riphthal, Tograman a Hazarm, pedwar cythraul creulon.
Kandar, cythraul blaenllaw.

Meshek, capten ym Myddinoedd yr Angylion.
Cenan, capten ym Myddinoedd yr Angylion.

Y
Gwarchodlu

Geraint Wyn Jones

Gwedd wahanol... ar yr hen, hen stori.

Hawlfraint © Geraint Wyn Jones, 2023
Y Gwarchodlu

Mae hawlfraint ar gynnwys y llyfr hwn ac mae'n anghyfreithlon llungopïo neu atgynhyrchu unrhyw ran ohono trwy unrhyw ddull ac at unrhyw bwrpas heb gytundeb ysgrifenedig ymlaen llaw.

Heblaw am y cymeriadau hanesyddol sy'n ymddangos yn y llyfr hwn mae'r holl gymeriadau'n ffug ac mae unrhyw debygrwydd i bobl, byw neu farw'n gyd-ddigwyddiad llwyr.

Prolog

Gorweddai Garan ar y tir cras mor llonydd â chorff. Er ei fod ar ei hyd ar lawr, gallai weld y tirwedd o'i gwmpas oherwydd gorweddai ar gopa craig anferth. Ymhell o'i flaen, llithrai'r haul dros ddibyn y gorwel. Roedd wedi ceisio'i orau i ymestyn y dydd, trwy daflu pelydrau o fysedd mewn ymgais ofer i ddal ei afael. Yn ei lid trodd yr awyr yn goch gynddeiriog wrth iddo gael ei ddiarddel ar ddiwedd diwrnod arall. Roedd ei ddydd ar ben, ond fe ddoi eraill. Yn fuan ar ôl iddo ddiflannu, newidiodd yr awyr ei liw i hwyrnos las, a dyfnhau nes ei fod yn dywyll ddu, heblaw am y lleuad lawn wen a serennai, ynghyd â chast o sêr ar lwyfan aer gynnes y nos. Teimlai Garan awel drymaidd ar ei foch yn chwythu o ehangder Anialwch Negev, i'r de ohono. Petai wedi bod yn wynt rhynllyd o dwndra Siberia, ni fyddai wedi gwneud yr un iot o wahaniaeth iddo. Poeth neu oer, gwlyb neu sych, roedd angylion yn rhydd rhag mympwyon hinsawdd.

Edrychodd i'r cyfeiriad o'r lle y deuai'r awel. Er na allai ei weld o'r lle manteisiol oedd ganddo, gwyddai fod y tir diffaith a thywodlyd yn ymestyn ymhell tuag at Anialwch Sinai a ymestynai dros ran helaeth o'r penrhyn a rannai'r un enw. Mil tri chant o flynyddoedd ynghynt, dyma lle roedd y genedl Iddewig wedi crwydro am ymron i ddeunaw mlynedd ar hugain, ar ôl dianc o'r Aifft. Pwy yn ei iawn bwyll, pendronai Garan, fyddai'n dewis byw cyhyd yn amgylchedd anghroesawgar Anialwch Sinai pan oedd gwlad llaeth a mêl ddiarhebol Canaan ar gael?

Prin oedd y trigolion yn y rhan hon o'r Negev, ond, roedd cerrig a mân greigiau yn drwch yno. Roedd llethrau a llwyfandiroedd yn amlwg yn amlinell dywyll yr olygfa. Yn union oddi tano roedd pen gogleddol yr anfad Lwybr y Sgorpion, sef cwymp peryglus yn rhan ganol y Llwybr Persawr o Petra i Memffis yn neheudir Jwdea. Roedd yn gwymp serth, ar hyd cyfres o droeon cul. Roedd yn rhaid troedio'r rhain yn ofalus neu fe allai rhywun foelyd dros y dibyn yn rhwydd. Byddai hynny wedi golygu marwolaeth sicr wrth i'r corff gael ei daflu gan y creigiau garw a'r cerrig miniog a lynai wrth y llethrau. Mewn ambell fan ymwthiai wynebau hyll creigiau anferth fel petai rhyw gawr wedi eu naddu heb roi unrhyw ystyriaeth i'w ffurf na'u cymesuredd. Mewn mannau eraill ymddangosai fel petai ei ddwylo enfawr wedi gwthio twmpathau anferth o dywod yn erbyn y creigiau hyn mewn ymgais ofer i guddio ei ymdrechion cywilyddus i gerfio mewn carreg. Yna, mewn llefydd eraill, rhuthrai'r creigiau ar hyd ymylon y llwybr, fel petaen nhw'n cystwyo'r teithwyr am eu hyfdra a'u byrbwylltra, yn tresmasu ar diriogaeth y Sgorpion.

Ymddangosen nhw fel petaen nhw'n ddig fod y tirwedd creigiog wedi cael ei rannu'n adrannau er mwyn gwneud lle i'r llwybr. Roedd y llwybr yn frawychus ond eto'n cipio'r anadl oherwydd yr olygfa a gynigiai. Roedd iddo brydferthwch anghyfannedd a ymestynai'n ddiddiwedd cyn belled ag y gallai'r llygaid weld. Gan y trigai cyn lleied o bobl yma, rhoddwyd llonydd i'r tirwedd ddatblygu fel y mynnai, yn rhydd rhag ymyrraeth ddiofal ac anystyriol dyn. Hwnt ac yma, ymwthiai sypiau o borfa garw o'r tir, gan chwifio yn ôl ac ymlaen yn yr awel gynnes fel petaen nhw'n plygu'n eu hanner ac yna'n sythu er mwyn cael seibiant o'u chwerthin am ben rheini oedd yn ddigon ffôl i geisio tramwyo ar hyd y llwybr. Yr unig lystyfiant arall oedd coed acasia a dyfai fan hyn a fan draw, gyda'u boncyffion hir a chul yn blaguro canghennau byr gyda deiliant gwyn, trwchus fel giserau poeth, wedi eu parlysu yn yr awyr. Safen nhw'n unig, ond herfeiddiol yn y tir cras.

Llai na throedfedd o'r man lle y gorweddai Garan, sgrialai draenog yr anialwch ar hyd y tywod, yn ddiolchgar fod gwres tanbaid y dydd wedi lleihau rhywfaint. Rhyfeddai'r angel at ei ffroenau tywyll a'r rhimyn gwyn a ymestynai ar draws ei wyneb a thu hwnt, ar hyd dwy ochr ei gorff byr. Dyma baent rhyfel natur gan ei fod yn ymladdwr brawychus. Yna, yn uchel uwchben, gwibiodd ystlum hir-glust trwy'r aer. Roedd yn eironig fod y creaduriaid hyn wedi ymddangos mor agos at Lwybr y Sgorpion gan fod y ddau yn bwyta sgorpionau. Byddai'r mamal ehedog hyd yn oed yn cnoi pen yr arachnid rheibus i ffwrdd wrth ei ymladd. Ychwanegai synau'r anialwch at naws fygythiol ac anghroesawgar yr amgylchedd. Yn uwch na dim oedd chwerthiniad gorffwyll udfil streipiog y gallai Garan ei glywed yn y pellter. Roedd llonyddwch y nos yn cynyddu'r synau hyn ganwaith. Dyma'r math o greaduriaid, lleiddiaid brawychus yr anialwch, a gadwai gwmpeini i Garan. Nid nhw oedd yr unig ymladdwyr angheuol oedd yn bresennol, fodd bynnag.

Gorweddai dau angel arall bob ochr i Garan: Cadman, Tarog, Ebin a Caleb. Roedd y pump yn rhyfelwyr ym Myddin Angylion y Nefoedd. Gyda'i gilydd, ffurfien nhw uned fach, ddethol a ymladdai frwydrau parhaus ar ran Duw, Arglwydd Byddinoedd yr Angylion, yn erbyn angylion Satan. Roedden nhw'n fain a gwydn, a'r pump, heblaw am Ebin, yn fyrrach na'r syniad cyffredin sydd gan bobl o faint arferol angylion. Fodd bynnag, gyda'u hwynebau garw, dwylo a breichiau a ddygai greithiau brwydrau di-rif, a'u dillad anniben, edrychen nhw'n arswydus. Ond er eu golwg anghymen roedden nhw bob un wedi ymroi'n llwyr i wasanaeth eu Harglwydd.

I'r dde i Garan gorweddai Cadman ac Ebin. Cadman oedd dirprwy ffyddlon Garan. Meddai ar wyneb cerfiedig a gwallt tonnog, brownfelyn a syrthiai'n ddiog o'i gorun hyd at ei war. Roedd ei lygaid glas yn effro hyd yn oed pan ymlaciai, gan roi'r argraff ei fod bob amser yn barod am ffrwgwd. Prin oedd ei eiriau, ond roedd ei weithredoedd yn lluosog. Ar ei ysgwyddau fe gariai ddau gawell yn llawn saethau, ond, yn ddigon rhyfedd, nid oedd bwa ganddo. Roedd Ebin ychydig yn fwy na'r lleill o ran maint gyda'i freichiau praff yn dyst i'w gryfder aruthrol. Torrwyd ei wallt yn beryglus o fyr ar hyd ei ben, er i'w wyneb rhadlon, ac yn enwedig ei drwyn smwt awgrymu'n gryf ei fod yn meddu ar natur haelionus. Yn union wrth ochr chwith Garan gorweddai Tarog. Celai ei olwg garw a'i lygaid tanbaid ei anian ofalgar. Roedd yn rhithiwr heb ei ail, mor hunan-feddiannol dan wasgedd, cymerai oes i gaeadau ei lygaid gau. Roedd gwallt hir ganddo ef a Garan ond roedd mwng y naill a'r llall yn anniben ddychrynllyd fel cynffon ceffyl ar ôl storm wyllt yr anialwch. Yna, yr ochr draw i Tarog, gorweddai Caleb.

Roedden nhw wedi cael eu rhoi at ei gilydd yn uned o ryfelwyr yn ystod y blynyddoedd cyn i Dafydd ddod yn frenin ar Israel, tua naw can mlynedd ynghynt. Cafodd yr uned ei phennu i warchod Dafydd, yn enwedig yn ystod ei deyrnasiad trafferthus. Fodd bynnag, ni welson nhw flynyddoedd gogoneddus ei fab, Solomon, ei olynydd. Unwaith y bu i Dafydd farw, rhoddwyd gorchwyl arall iddyn nhw i warchod rhyw bobl eraill ochr arall y byd. Byth oddi ar hynny, tyfodd cyfeillgarwch agos ac unplyg rhyngddyn nhw, gyda phob un yn parchu ac yn edmygu talentau a doniau'r lleill.

Fel pob angel arall, roedden nhw'n ysbrydion, rhyfeddodau heb adenydd, a grewyd i wasanaethu Duw gyda'r brys mwyaf a dyhead tanllyd. Roedden nhw wedi gweithredu dros y byd i gyd a thu hwnt. Cysegren nhw eu hunain yn ddi-flino i'w Harglwydd, heb ddal dim yn ôl ac ofnai pob cythraul nhw. Edmygwyd nhw gan eu cyd-angel-ryfelwyr am eu clyfrwch, eu dyfeisgarwch a'u creadigrwydd pan oedden nhw wrth eu gwaith. O ganlyniad, bydden nhw'n aml yn cael eu dewis i berfformio rhyw dasg anodd neu gyflawni gorchwyl a alwai am eu sgiliau arbennig. Yn amlach na pheidio, golygai llawer o'r tasgau eu bod yn amddiffyn rhai pobl benodol. A dyna'n union pam eu bod yn gorwedd ar lawr y tir cras y funud honno.

Roedden nhw wedi cael eu hanfon gan yr Archangel Mihangel i amddiffyn Abdallah, marsiandïwr hanner Idwmeaidd, hanner Nabataidd o Petra, oedd ar ei ffordd i Memffis. Roedd yn bell o fod yn ddeniadol o ran pryd a gwedd. Byddai ei fam hyd yn oed wedi cytuno gyda'r farn honno. Y rhan o'i gorff a ddenai'r sylw mwyaf oedd ei fol anferth. Teimlai Abdallah'n agos, yn gorfforol – wrth gwrs – ac yn emosiynol ato. Roedd ei faint yn arwydd cywir o'i lewyrch fel dyn busnes: wrth i'w gyfoeth ariannol dyfu, felly hefyd ei fol. Hoffai ei wraig ei stumog hefyd, gan y golygai nad allai fynd yn rhy agos at ei hwyneb pan oedd yn ei hwyliau mwy serchus a chariadus.

Roedd amser wedi erydu llawer o'i dynfa iddi hi. Yn gynyddol, ymddangosai dynion iau Petra yn fwy atyniadol iddi: roedd yn dechrau datblygu'r awydd i hedfan y nyth. Ers amser, mygwyd y teimladau cariadus egwan oedd ganddi tuag at ei gŵr er fod y cymhelliant ariannol yn dal yn gryf: roedd ei gyfoeth yn dal i'w swyno! Wedi dweud hynny, roedd yn dda nawr cael ei stumog fel byffer rhyngddi hi ag ef.

Heb yn wybod i Abdallah, roedd y pum angel-ryfelwr wedi ei hebrwng yr holl ffordd o Petra. A thra eu bod yn gorwedd ar gopa'r grib, troediai Abdallah gyda chwe marsandïwr arall ar hyd Llwybr y Sgorpion. Diolchai pob un fod yr haul wedi diflannu bellach, a gallai eu llygaid esmwytho ar ôl i'r machlud tanllyd wneud eu taith ansicr yn llawer anos. Roedd yn well teithio gyda'i gilydd nag ar eu pen eu hunain. Fodd bynnag, er fod niferoedd yn cynnig cysur, ni fydden nhw wedi gallu gwneud fawr ddim petai lladron wedi ymosod arnyn nhw. Dyna oedd ar feddwl Garan yn awr wrth iddo wylio ciwed o ryw ugain o wylliaid a guddiai tu ôl i waelod y grib ar ddiwedd y llwybr. Daliai Abdallah a'r cyd-deithwyr i fod rhyw bymtheng munud i ffwrdd, yn awyddus i gyrraedd gwaelod y bwlch er mwyn gwersylla ar y gwastadedd fyddai'n mynd â nhw i Memffis ychydig ddyddiau'n ddiweddarach.

Roedd yr angylion eisoes wedi penderfynu sut oedden nhw'n mynd i ddelio gyda'r sefyllfa. Roedd bygythiad yr herwyr yn fater bychan ynddo'i hun, yn rhwydd i ddelio ag ef. Byddai Garan, Cadman a Tarog yn ymddangos iddyn nhw. Wrth wneud hynny, bydden nhw'n eu brawychu a bydden nhw'n ffoi o'r fan yn ddigon cyflym. Mater llawer mwy difrifol i Garan a'r pedwar angel arall oedd y criw bach o ddeg angel dieflig oedd yn dilyn y gwylliaid. Roedd yn amlwg fod y lladron yng ngafael angylion Satan, ac ond yn degannau iddyn nhw, fel y byddai cath yn chwarae gyda llygoden cyn ei thraflyncu. Ni fyddai brawychu'r lladron trwy wneud ymddangosiad ond yn llwyddo i ohirio'r anochel, gan y bydden nhw o hyd yng ngafael y cythreuliaid. Roedd rhai diwrnodau o deithio gan Abdallah a'i gyfeillion cyn cyrraedd Memffis: hen ddigon o gyfle i'r lladron ymosod arnyn nhw eto. Roedd yn rhaid delio gyda'r angylion drwg.

'Barod?' sibrydodd Garan wrth y lleill.

Nodiodd bawb eu pennau heblaw am Caleb. Ers hanner awr yr oedd wedi bod yn anesmwytho – fel y gwnai bob amser pan oedd ar fin ymladd gydag unrhyw gythreuliaid – ac yn awyddus i fynd ati. Nid oedd Garan erioed wedi dod ar draws angel oedd â chyn lleied o bellter rhwng ei ymennydd a'i dafod. Byddai'n aml yn peri embaras neu'n cythruddo angylion eraill ei uned, yn enwedig ei ffrind gorau, Ebin. Yn fyrrach na'r lleill, yn bennaf oherwydd ei goesau cam, teimlai o hyd ei fod o dan ryw anfantais. O ganlyniad i hyn, byddai wastad yn clymu ei wallt golau y tu ôl i'w ben mewn bwn. Yn wir, byddai'n ei glymu mor dynn byddai'n creu rhychau bas ar ei dalcen. Roedd ef ei hun yn argyhoeddedig fod ei olwg yn gwneud iddo edrych yn fwy bygythiol i angylion y gelyn. Gadawodd y pedwar angel arall iddo gredu'r gamdybiaeth honno. Fodd bynnag, cydnabu'r pedwar ei fod yn fygythiad oherwydd ei sgiliau ymladd, yn hytrach na'i wyneb brawychus.

'Ebin a Caleb! Cerwch chi!'

Gwnaeth Caleb rhyw sŵn yn ei lwnc, fel petai'n dweud, 'Hen bryd, 'fyd.'

Gadawodd y ddau gan gymryd gofal i beidio â dangos eu hunain i'r gelyn.

Ers blynyddoedd, roedden nhw wedi cyd-weithio cyn dod o dan arweiniad Garan. Ar adegau pan nad oedd llawer o alwadau ar eu hamser bydden nhw'n gadael y nefoedd i hela cythreuliaid, a mynd i'r afael â nhw mewn sgarmesau treisgar gan eu hanafu'n gythreulig ddifrifol, er boddhad mawr i'r ddau ohonyn nhw.

Ar ôl ychydig eiliadau, rhoddodd Garan y gorchymyn i hedfan lawr. Gan neidio oddi ar y grib, gadawodd y tri angel eu hunain i syrthio'n osgeiddig i'r gwaelod lle safai'r gwylliaid. Pan oedden nhw ar fin glanio ar y ddaear gwnaethon nhw eu hunain yn weladwy. Safai'r rhan fwyaf o'r gwylliaid mewn clystyrau bach, gan siarad yn dawel â'i gilydd, yn aros yn amyneddgar i neidio ar y marsiandïwyr. O ganlyniad, ni welai'r rhan fwyaf ohonyn nhw Garan, Cadman na Tarog. Ond, *fe* welodd llond dwrn ohonyn nhw.

Llifodd y gwaed o'u hwynebau. Symudodd pob un ei wefusau, ond heb gynhyrchu unrhyw sŵn. Ymdebygen nhw i feginau gwag, yn pwffian dim mwy nag aer. Yr unig beth y gallen nhw ei wneud wrth gyfathrebu oedd codi eu dwylo a phwyntio. Trodd y gweddill i edrych. Gwelwodd eu hwynebau. Safon nhw'n llonydd, wedi rhewi. Eu bwriad cyntaf oedd rhedeg, yn gyflym. Allen nhw ddim. Roedd fel petai i'w cyrff fod yn gorwedd am flwyddyn gyfan mewn llaid caled. Roedd eu hymennydd yn effro, yn ymwybodol o'r sefyllfa, yn anfon negeseuon brys i adael y lle. Ac er y derbyniai eu cyhyrau a'u cymalau'r genadwri frysiog hon doedden nhw ddim yn ufuddhau i'r cyfarwyddiadau o'u pencadlys.

Pwysodd Garan ymlaen gan brocio un ohonyn nhw gyda'i fys.

Roedd fel petai wedi taro pob un gyda morthwyl. Craciodd y llaid oedd wedi ceulo arnyn nhw gan syrthio'n deilchion ar y llawr. Ar yr un pryd, trodd pob un a rhedeg, cyn gynted ac mor bell ag y gallen nhw.

Bu'r angylion Satanaidd yn lled-orwedd ar y ddaear ychydig bellter i ffwrdd. Edrychen nhw'n ffiaidd gyda drewdod atgas yn dod o'u bodau. Roedden nhw wedi bod yn edrych ymlaen at yr hwyl oedd ar fin digwydd wrth i'w haid o ladron ymosod ar y marsiandïwyr. Nid oedden nhw'n barod am hyn. Wrth weld eu pypedau yn sgathru mor gyflym mewn panig, fel ieir yn gwasgaru rhag llwynog, neidion nhw ar eu traed. Dim ond bryd hynny y gwelon nhw Garan, Cadman a Tarog yn sefyll o'u blaenau yn ysblennydd yn eu gogoniant angylaidd llachar. Y peth cyntaf a ddaeth i'w meddyliau oedd ffoi. Yna, fe sylweddolon nhw mai dim ond tri angel oedd yno tra bod deg ohonyn nhw. Fesul un, fe'u calonogwyd a dechreuon nhw gerdded yn fygythiol at y rhyfelwyr, eu hewinedd hir yn disgleirio yng ngolau oer y lloer. Doedd bosib na allai deg cythraul gael y gorau ar dri angel-ryfelwr.

'Ymm... odyn ni'n dou'n ca'l ymuno yn yr hwyl?' gofynnodd Caleb, o'r tu ôl iddyn nhw.

Stopiodd y cythreuliaid yn eu hunfan. Troeson nhw, a gweld dau angel-ryfelwr arall yn gwenu'n braf arnyn nhw. Dyma nhw'n adnabod un ohonyn nhw fel Caleb, o'i olwg. Diflannodd yr hyder a deimlen nhw brin eiliadau ynghynt, fel cwmwl glaw yn haul crasboeth y Negev. Roedden nhw mewn magl: unlle i redeg, unlle i guddio, heb yr un dewis ond sefyll ac ymladd. Tynnon nhw eu cleddyfau, yn barod am frwydr.

'Iawn, pawb nôl. Dy dro di bos,' cyhoeddodd Tarog wrth Garan.

'Ti'n siŵr?' gofynnnodd Caleb.

'Bendant.'

'Siwd 'ny?'

'Y tro dwetha' buodd e'n ymladd o'dd pan roiodd e goten i'r cythreulied 'na yn Rhufen.'

'Ie, ond beth am reini yn Anialwch Jwdea?' gofynnodd Ebin.

'O'dd hwnna sbelen ar ôl Rhufen a ti gâth y cyfle bryd hynny, a ti'n gwbod 'ny 'fyd,' atebodd Tarog.

Edrychodd y cythreuliaid arnyn nhw mewn penbleth. Roedd Cadman yn amlwg yn anfodlon.

'Ni wastod yn neud hyn. Faint o withe ydw i wedi gweud? Rhaid inni sorto pethe fel hyn mas cyn pigo ffeit. Dyw e ddim yn deg arnyn nhw,' meddai, gan bwyntio at y cythreuliaid.

'Ti'n iawn,' ymatebodd Garan. 'Y tro nesa', byddwn ni'n penderfynu pwy sy'n ymladd cyn neud unrhyw beth.'

'Felly, dy dro di, Garan,' meddai Cadman, gan gamu nôl.

Hyd yn hyn, roedd enw Garan heb ei grybwyll. Wrth glywed ei enw, crynodd y cythreuliaid ychydig. Talon nhw fwy o sylw, ac am y tro cyntaf sylwon nhw pa mor urddasol bwerus yr edrychai. Er nad oedd yn dalach na'r lleill, yn sicr ef oedd y mwyaf nodedig. Diferai hunan hyder o'i wyneb. Roedd esgyrn bochau cadarn a gên gref ganddo a llygaid glas disglair. Gymaint ag yr oedd e'n esmwytho, cynyddodd eu tensiwn nhw. Taflodd un neu ddau, os nad mwy, gipolwg ofidus ar ei gilydd.

'O, o'ch chi ddim yn sylweddoli pwy o'dd e?' meddai Tarog mewn llais ffug. Roedd wedi sylwi ar y pryder yn llygaid y cythreuliaid.

'O'n i'n meddwl y'ch bo' chi'n gwbod taw Garan o'dd e,' ychwanegodd Ebin.

Os mai'r Garan chwedlonol oedd hwn, yna roedden nhw mewn trafferth mawr. Roedden nhw wedi clywed straeon amdano. Roedd ei orchestion wrth ymladd ar ran Arglwydd Byddinoedd yr Angylion yn enwog a niferus. Byddai'n trin ei gleddyf disglair gyda chywirdeb a deheuder llawfeddyg dawnus, gan wybod yn union lle i dorri a thyllu er achosi'r difrod mwyaf i'w wrthwynebwyr. Roedd yn heini ac ystwyth ar ei draed, hyd yn oed yn y gwagleodd mwyaf cyfyng, a symudai'n ddi-ffwdan, tra ar hyd yr amser yn achosi'r niwed mwyaf. Safai fel goleudy, heb ddiffygio yng ngwres y frwydr, yn sicr a hyderus yn ei allu.

Cerddodd y pedwar angel arall i eistedd ar y creigiau wrth waelod y grib. Rhuthrodd y cythreuliaid gyda'u hewinedd yn dangos tra'n gweiddi geiriau anllad ar Garan. I'r angel-ryfelwr, un â'i synhwyrau a'i ystwythder wedi'u miniogi mewn sawl gwrthdaro gyda chythraul-ryfelwyr yn y gorffennol, digwyddodd popeth yn araf iawn, iawn. Fel cleren yn osgoi cledren llaw ddynol, osgodd yn rhwydd hyrddiadau ac ergydion araf ei elynion afrosgo, trwy wyro a thowcio mewn bale osgeiddig. Gadawodd iddyn nhw barhau gyda'u hymdrechion ofer i'w glwyfo nes iddo flino ar y ffug ymladd.

Esmwythodd, gan adael i'w ysgwyddau ostwng. Gwyddai'r pedwar rhyfelwr ystyr hyn: roedd yr osgoi ar fin troi'n ymosod. Roedd fel petai wedi gwaredu aer, er mwyn dadlwytho unrhyw bwysau dianghenraid, a'i galluogodd i symud gyda'r cyflymder eithaf. Gwyddai Garan am eu mannau gwan a manteisiodd ar hyn er mwyn dod â phethau i ben. Roedd yn ymwybodol y byddai Abdallah a'i gyd-deithwyr yn cyrraedd yn fuan.

Hedodd dau gythraul ato uchder ysgwydd, eu cleddyfau'n pwyntio'n syth at ei ben. Roedd yr un ar y dde ychydig o flaen y llall. Tynnodd Garan ei gleddyf ei hun o'i wain yn gyflym ac atal cleddyf y cythraul cyntaf, hwnnw. Yna, wrth gamu i un ochr, trawodd ei lwnc yn sydyn gyda'i ddwrn. Ymateb cyntaf y cythraul oedd iddo feddwl ei fod wedi cael ei ddienyddio. Fel oedd hi, fe stopiodd yn yr unfan gan afael yn ei wddf ac ymbalfalu am aer. Cwympodd ar ei liniau. Mewn llai na churiad calon, chwifiodd Garan ei gleddyf mewn bwa llydan a tharo cleddyf y cythraul arall. Stopiodd yn ei unfan wrth iddo golli gafael yn ei arf a throdd i wynebu Garan. Ceisiodd ddyfalu sut yn y byd y llwyddodd i symud mor rhwydd o un man i'r llall. Yn yr ennyd honno tarodd y rhyfelwr ei fys bawd yn galed i'w lygad. Wedi ei ddallu a'i wneud yn annalluog, gadawodd yr angel e'n sgrechen mewn poen.

Rhuthrodd pedwar cythraul arall at Garan, fwy neu lai ochr yn ochr â'i gilydd. Eto, defnyddiodd ei gleddyf i wthio arf y gwrthwynebydd agosaf ato i'r naill ochr cyn dawnsio un-dau sydyn ar flaen ei droed. Wrth iddo wneud, cododd ei droed arall yn chwim. Arhosodd y mymryn lleiaf i'r cythraul i anadlu i fewn ac yna tarodd ef yn galed gyda sawdl ei droed yn ei stumog. Byddai trawiad o'r fath fel arfer yn gadael y dioddefwr yn brin o anadl. Dwysawyd hyn yn sylweddol gan iddo ddigwydd pan oedd yn anadlu i mewn. Dylai fod yn udo mewn poen, ond ni allai am na allai anadlu. Rhuthrodd y cythraul nesaf ato. Taflodd Garan ei hun ato gan fwrw ei gleddyf i'r naill ochr a gyrru ei ddwrn dde yn erbyn ei arlais, gan adael y cythraul wedi drysu'n llwyr. Roedd y ddau olaf o'r giwed o bedwar ar ei warthaf, gyda'u cleddyfau wedi eu hymestyn o'u blaenau. Yn sydyn, cododd Garan oddi ar y ddaear a gwnaeth din-dros-ben am yn ôl. Wrth iddo godi ei draed ciciodd y naill gythraul dan eu genau. Gyrrwyd eu bodau am yn ôl. Cododd eu traed oddi ar y ddaear a tharodd cefn eu pennau yn erbyn y llawr.

Dim ond pedwar ar ôl.

Methodd Caleb wrthsefyll y demtasiwn a gadawodd y tri rhyfelwr arall. Sleifiodd tu ôl i un cythraul a safai yn y cysgodion, ychydig i ffwrdd o'r lleill. Roedd gofid hwnnw'n cynyddu wrth weld Garan yn cael y llaw drechaf ar ei gyfeillion. Tapiodd Caleb ef ar ei ysgwydd a'i gyfarch.

'Ti'n edrych fel cythrel salw. Dere i ni ga'l gweld os allwn ni wella pethe ym bach.'

Ymosododd y tri chythraul olaf ar Garan, ar yr un pryd, mewn ffurf triongl. Dychwelodd ei gleddyf i'w wain yn gyflym. Cododd Cadman, Tarog ac Ebin eu pennau gan geisio dyfalu beth yn y byd oedd e'n ei wneud. Heb fawr o ymdrech, cododd Garan a hedfanodd at y tri gelyn. Mewn un symudiad llyfn, tarodd ei sawdl yn wyneb un ohonyn nhw. Wrth iddo wneud hynny, adlamodd oddi ar ei ben a thaflu ei hun at yr un nesaf. Wrth ddynesu ato, tynnodd Garan ei benglin chwith am yn ôl a tharodd sawdl ei droed yn erbyn ei ben, gan ei snapio am yn ôl. Adlamodd oddi ar ben yr ail gythraul a gyrrodd ei droed dde mewn hanner cylch a tharo'r un olaf yn galed yn ei arlais. Dair gwaith, mewn llai na chwinciad, dioddefodd y cythreuliaid drawiadau dirdynnol. Gwingodd y tri angel a eisteddai ar y creigiau wrth weld y difrod a wnaed iddyn nhw. Doedden nhw ddim wedi gweld y symudiad hwn o'r blaen ac roedden nhw'n edmygus iawn o sgiliau ymladd eu capten.

Glaniodd Garan ar ei draed. Sylweddolodd ei fod ond wedi delio gyda naw cythraul ac iddo gyfrif deg ohonyn nhw cyn yr ymladdfa. Edrychodd o'i gwmpas.

'Ble ma'r degfed...?' gofynnodd iddo'i hun.

Dyna pryd y gwelodd Caleb.

'Sori, bos, o't ti'n edrych fel taset ti isie bach o help.'

Gyda'i law dde daliai ddwrn y cythraul olaf a gyda chwip o'i law gwthiodd ef i ffwrdd, ond dim ond cyn belled â hyd ei fraich, cyn ei dynnu'n ôl yn sydyn. Yna, dyrnodd ddwrn y cythraul yn erbyn ei wyneb ei hun. Ni allai wneud dim i rwystro'r hunan-ddyrnu hwn. Parhaodd y symudiad triphlyg gyda'r cythraul yn ail-drefnu ei wyneb ei hun yn erbyn ei wirfodd.

''Na ddigon, Caleb,' meddai Garan yn dawel.

Stopiodd Caleb ar ei union a gadawodd y cythraul i gwympo i'r llawr.

Roedd yr ornest ond wedi parhau am dair neu bedair eiliad ar y mwyaf.

Ynganodd Cadman, Tarog ac Ebin eu 'bravos' edmygus gan guro'u dwylo.

'Diolch, diolch i chi, diolch i chi i gyd,' ymatebodd Caleb, gan foesymgrymu ger eu bron, fel actor profiadol yn godro'r gymeradwyaeth.

'Dim ti,' meddai Tarog. 'O'dd hwnna i'r bos.'

'Pam fydden ni'n dy longyfarch di?' ychwanegodd Ebin. 'O't ti ond wedi delio gydag un ohonyn nhw ac o't ti ddim i fod i neud 'ny.'

Cododd Caleb ei ysgwyddau'n wylaidd.

'Ffaelu helpu'n 'unan.'

'Ti wastod isie bod yn 'i chanol hi,' dwrdiodd Ebin.

Clywodd Garan Abdallah a'r masiandïwyr eraill yn dynesu.

'Ebin, twla nhw,' meddai, gan bwyntio at y cythreuliaid ar y llawr, 'ond dim rhy bell.'

Camodd Ebin ymlaen a thaflodd yr angylion gwrthyfelgar i'r awyr fesul un, ymhell i'r gofod. Dim ond nhw fyddai'n gwybod lle y glanion nhw, ond doedd Ebin na'r angylion eraill yn poeni fawr ddim am hynny.

Cyn gynted ag oedd wedi clirio maes y gad ymddangosodd Abdallah a'r masnachwyr eraill o'r ochr draw i'r grib wedi llwyddo i dramwyo rhan olaf Llwybr y Sgorpion yn ddiogel. Codon nhw eu gwersyll yn yr union fan lle roedd y sgarmes newydd ddigwydd. Codwyd pebyll dros dro, paratowyd bwyd a threuliodd y teithwyr blinedig weddill y noson yn dadlau pa un wnaeth yr elw mwyaf o'r daith flaenorol.

Pawb, hynny yw, ond Abdallah. Roedd ef yn dawedog, yn hel meddyliau, yn argyhoeddedig pe bydden nhw'n dadlau fel hyn ar eu taith nesaf, yna fe allai ef yn hawdd hawlio iddo wneud yr arian mwyaf o'r siwrnai arbennig hon. Ef oedd y cyntaf i glwydo a dilynodd y gweddill yn fuan. Roedd angen iddyn nhw godi a gadael erbyn toriad gwawr.

Ychydig ddyddiau'n ddiweddarach, cyrhaeddodd y criw bach Memffis. Roedd Memffis yn fan aros pwysig i garafanau ar y llwybr persawr rhwng deheudir Arabia a phorthladdoedd Môr y Canoldir, fel Gasa. Fodd bynnag, roedd yn well gan Ishmael, cyswllt Abdallah yn Memffis fasnachu gyda marsiandïwyr y Dwyrain. Efallai bod y peryglon yn fawr ond roedd yr elwon y gellid eu gwneud yn llawer mwy. Fel y digwyddai, roedd Ishmael yn gadael ymhen rhai dyddiau am y Dwyrain, ac ni fyddai'n dychwelyd am flwyddyn arall, man lleiaf. Roedd yr amseriad yn berffaith. Cytunwyd ar ddêl a sicrhaodd bris pert am y nwyddau oedd gan Abdallah. Ni allai fod yn hapusach. Wrth iddo adael tŷ Ishmael, gwnaeth Garan a'i ryfelwyr le iddo gerdded at ei lety.

'Iawn, job arall wedi 'i chwpla,' datganodd Ebin.

'Be nesa?' gofynnodd Tarog i Garan.

'Fydden i'n meddwl...'

Cyn i Garan allu orffen ei frawddeg fe stopiodd, wrth iddo weld uned fechan o angel-ryfelwyr yn disgyn o'r awyr. Trodd y lleill i edrych. Glaniodd Mibsam, a oedd, fel Garan, yn gapten ym Myddin yr Angylion, yn eu hymyl, gyda'i ryfelwyr ef. Nid oedd y naill griw wedi gweld ei gilydd ers tro byd ac yn falch o'r cyfle i glywed hanesion pawb. Bu llawer o dynnu coes, yn bennaf ar draul Caleb: roedd ef wrth ei fodd. Gofynnodd Garan i Mibsam pam ei fod ef a'i ryfelwyr yno.

'Ni 'di ca'l y'n hala gan Mihangel i hebrwng Ishmael tua'r Dwyrain,'

'Pam o'dd e ddim wedi gadel i ni neud hynny?'

'Dim syniad,' atebodd Mibsam. 'Ond chi i gyd i fynd nôl i'r nefo'dd, nawr. Ma' rhwbeth arall gyda fe mewn golwg i chi.'

Edrychodd y pum rhyfelwr ar ei gilydd.

'Gwell mynd 'te,' meddai Garan.

'Chi'n gwbod, fi 'di bod yn meddwl,' dechreuodd Caleb.

'Dal sownd, nyr. Ma' isie o leia' dwy *brain cell* i neud 'ny,' rhesymodd Ebin.

'Dwy yn fwy na be' sda ti,' oedd ateb parod ei gyfaill.

Gwenodd yr angylion eraill, pawb ond ei bennaeth.

'Be' sy'n dy boeni di, Caleb?'

Crychodd Caleb ei drwyn gan anwybyddu ei ffrind.

'Wel, os taw marsiandïwr yw Abdallah, o'dd ddim lot o stwff gyda fe i werthu heblaw am y ddou sach 'na o'dd gyda fe dros gefen 'i asyn e. A weles i beth o'dd tu fewn cwpwl o nosweithie nôl pan agorodd e nhw i ddangos i'r lleill.'

'A?' gofynnodd Garan.

'Pethe diwerth, dim gwerth taten, weden i.'

'Wel, ta beth,' meddai Garan, 'y'n cyfrifoldeb ni o'dd neud yn siŵr 'i fod e'n cyrra'dd Memffis yn saff.'

Anwybyddodd Caleb ef a rhesymodd iddo'i hun yn uchel.

'Felly, pam o'n ni'n 'i warchod e?'

Ni ffwdanodd Garan ceisio'i ateb, am y rheswm syml, ni wyddai ei hun.

'Iawn, dewch, gwell mynd,' gorchmynodd Garan.

Ffarweliodd pawb â'i gilydd a hedodd y pum rhyfelwr yn ôl i'r nefoedd, gyda Caleb yn dal i fwmblan i'w hun, 'Bydden i wedi lico gwbod pam fuodd rhaid i ni ofalu amdano fe.'

Y gwir amdani oedd nad oedden nhw wedi cael eu hanfon i sicrhau fod Abdallah'n cyrraedd Memffis yn ddiogel, ond yn hytrach, i sicrhau diogelwch rhywbeth oedd yn ei feddiant.

Rai wythnosau ynghynt, roedd Abdallah, a olygai gwas Duw yn Arabeg – er nad ystyriai ei hun yn was i Dduw nag unrhyw ddyn, heblaw ef ei hun – wedi cwrdd â Hasib. Hasib oedd ei gyswllt o'r stribed arfordirol tenau o dir ymhell i'r de, tu hwnt i Anialwch Arabia. Pan gyrhaeddodd Hasib ei gartref yn Petra, gosododd risial bach yn ofalus yng nghledr ei law. Roedd ei bersawr yn hyfryd. Trwy'r holl flynyddoedd y bu'n masnachu'r cynnyrch hwn, nid oedd Abdallah erioed wedi dod ar draws y fath berarogl. Gwyddai ddigon am y broses o gasglu'r resin o'r coed, nad oedd y tapio'n digwydd fwy na theirgwaith y flwyddyn ac mai'r tapiadau terfynol fyddai'n ildio'r dagrau gorau. Am ryw reswm, heb yn wybod iddo, y mwyaf cymylog a thywyll y resin, gwell oedd ei ansawdd. Mae'n rhaid fod y grisielyn hwn wedi dod o resin oedd mor dywyll â mwd. Gwenodd Hasib arno'n fuddugoliaethus. Gwyddai ei fod wedi bachu Abdallah. Byddai'n rhaid iddo ei gael. Roedd Abdallah hyd yn oed yn fwy bodlon ei fyd pan ddywedodd Hasib wrtho fod y sampl hon yn dod o ddau sach ac mai dyna'r unig rai oedd ar gael o'r cynnyrch hwn. A mwy na hynny, yr union funud honno roedden nhw'n hongian dros gefn ei gamel, y tu allan i ddrws tŷ Abdallah.

Y noson honno, ar ôl cwblhau'r pryniant, gorweddai Abdallah yn ei wely, ei wraig yn chwyrnu'n dawel wrth ei ochr. Pendronai sut i gael y pris gorau o'r farsiandïaeth anhygoel hon. Byddai'n mynd â hi ar hyd y llwybr persawr eilaidd i Memffis yn ne Jwdea. Roedd cyswllt ganddo yno – Ishmael – oedd wedi gwneud busnes gyda dynion ym Mhersia ers amser, a medden nhw ar gyfoeth y tu hwnt i'w ddychymyg. Gwyddai Abdallah fod blys mawr ganddyn nhw am y cynnyrch cain hwn. Golygai teithio i Memffis y byddai'n rhaid tramwyo ar hyd y Llwybr Sgorpion bondigrybwyll, ond roedd y gobaith am elw uchel yn gorbwyso'r peryglon. Er ei bod yn noson fyglyd arall, cwympodd i gysgu'n ddigon buan ar glustog o freuddwydion am y swm aruthrol o arian oedd ar fin ei wneud o'r fenter hon.

Pan gyrhaeddodd Memffis, dan ofal yr angylion, aeth i weld Ishmael yn syth. Unwaith y tu mewn i'w dŷ, tynnodd y gostrel o boced gudd tu fewn i'w diwnig. Syfrdanwyd Ishmael, fel Abdallah y tro cyntaf iddo ei arogli. Yn union fel y bachwyd ef, felly yr hudwyd a chyfareddwyd Ishmael: roedd yn rhaid iddo ei gael! Yna, aeth Abdallah i nôl y ddau sach o gefn ei asyn. Unwaith iddo ddychwelyd, heb yngan yr un gair, agorodd un ohonyn nhw. Wrth weld y gemau rhad teimlai Ishmael yn rhwystredig.

'Abdallah...!' dechreuodd brotestio.

Cododd hwnnw ei fys i ddweud wrtho am dewi.

Yn ofalus, symudodd y cynnyrch rhad naill ochr gan ddatgelu'r crisialau oddi tano. Gyda gwên lydan ar ei wyneb, ail-adroddodd Abdallah eiriau Hasib iddo yntau, nôl yn Petra.

'Dyma'r unig grisialau sydd ar gael o'r resin.'

Nodiodd Ishmael ei ben: roedd ar ben ei ddigon. Gwyddai am nifer o ddynion cyfoethog fyddai'n barod i dalu swm sylweddol o arian am yr hyn oedd yn y sachau. Enwodd Abdallah ei bris, a thalodd Ishmael heb feddwl ddwywaith, gan wybod yn ei galon, pan fyddai'n cyrraedd y llysoedd dwyreiniol, y byddai'n gallu hawlio pris llawer yn fwy am gynnwys y sachau.

Ac felly, wedi gwerthu ei farsiandïaeth i Ishmael, yr oedd Abdallah, heb yn wybod iddo wedi cyflawni a gwireddu ei enw anrhydeddus fel gwas teilwng Duw. Oherwydd roedd yr hyn a brynodd gan Hasib yn ddim llai na'r thus gorau iddo ddod ar ei draws erioed. Roedd arfordir deheuol Penrhyn Arabia yn enwog drwy'r byd i gyd am y coed thus a dyfai yno. Roedd eu cynnyrch wedi bod yn gyfrifol am ddatblygiad y Llwybr Sidan i Tseina a'r llwybrau masnach rhwng de Arabia a Môr y Canoldir ac India. Nawr, wrth gael ei gludo gan Ishmael dan warchodaeth Mibsam a'i ryfelwyr, byddai'n diweddu ei daith yn llysoedd rhyw ŵr doeth yn y Dwyrain. Nid dyna fyddai diwedd ei daith, fodd bynnag. Cynrychiolai thus dduwioldeb, ac ymhen dwy flynedd, byddai'r un dyn doeth hwn yn dychwelyd y thus tua'r gorllewin fel anrheg drudfawr, i Iesu, y Bachgen Offeiriad.

Pennod 1

'Wel, beth o'dd 'i hymateb hi?'

Roedd Gabriel, prif negesydd Duw, newydd ddychwelyd i'r nefoedd o'r ddaear. Bu'n trosglwyddo'r neges syfrdanol i Mair iddi gael ei dewis gan Dduw i gario Iesu, y Meseia yn ei chroth. Wedi iddo gyrraedd, aeth yn syth i Neuadd Mihangel, i roi ei adroddiad i'r archangel. Roedd hwnnw wedi bod ar bigau'r drain yn disgwyl i Gabriel ddychwelyd.

'Stwyriodd hi fawr ddim. Holodd hi am rai pethau, yn benodol yr anhebygrwydd biolegol iddi fod yn feichiog gan ei bod yn wyryf.'

Taflodd Gabriel gipolwg sydyn at Mihangel, a sylwodd ar y mymryn lleiaf o anesmwythyd yn ei osgo. Roedd yn dalach na'r rhan fwyaf o ryfelwyr ym Myddin Angylion yr Arglwydd. Y gwir amdani oedd fod Duw wedi ei urddo â grym a phŵer y tu hwnt i bob dychymyg, fel oedd yn gymwys i archangel y lluoedd nefol. Pelydrodd pob rhan o'i fod gryfder ac awdurdod. Ni fennai dim arno. Roedd enw ganddo am ei ffordd ddigynnwrf a adlewyrchai yng ngwedd llyfn ei wyneb, ond crychodd hyn ychydig ar yr ymylon yn awr. Roedd yn amlwg ei fod wedi ei synnu gan siarad diflewyn Mair.

'Fi'n gweld,' meddai. 'Dim whare ambyti.'

'Na.'

'Be' wedest ti?'

Cododd Gabriel ei ysgwyddau.

'Wedes i wrthi y byddai'r Ysbryd Glân yn dod arni a byddai nerth y Goruchaf yn ei chysgodi.'

'Gwell cadw pethe'n syml, ife?' cynigiodd Mihangel.

'Ie.'

Bu rhai eiliadau o dawelwch. Gwthiodd yr archangel gudyn o'i wallt tonnog, trwchus oedd newydd syrthio ar ei dalcen.

'Fi'n falch taw ti a'th â'r neges ati, ac nid fi.'

'Fi'n falch hefyd,' gwenodd Gabriel wrth ymateb. 'Ma' hi'n ferch ifanc, ryfeddol. Fe dderbyniodd hi beth wedes i, a dyna ni.'

'Ti'n meddwl iddi ddeall mowredd yr hyn sy' ar fin digwydd iddi?'

'Ydw, o'dd hi'n deall yn iawn – fi'n argyhoeddedig o hynny.'

'Ma' pobol yn mynd i siarad.'

'Mwy na thebyg.'

'O'dd hi ddim yn poeni?'

'O'dd hi'n ymddangos i fi ei bod hi'n poeni mwy am beth o'dd Duw yn ei feddwl ohoni hi.'

Bodlonwyd Mihangel yn fawr.

'Beth wedodd hi pan wedest ti wrthi bod 'i chyfnither hi whech mis yn feichiog?'

'Fe gafodd hi ychydig o sioc, am ei bod hi'n gwbod cystal â phawb arall bod Elisabeth wedi methu beichiogi, ond...'

'Ond?'

'Fe dderbyniodd hi'r peth. Pan wedes i wrthi nad oes unrhyw beth yn amhosib i Dduw, roedd yn amlwg ei bod hi eisoes yn gwbod ac yn credu hynny. Ti am wbod y peth dwetha iddi ddweud wrtha i?'

Edrychodd Mihangel yn ddisgwylgar ar Gabriel.

' "Dyma lawforwyn yr Arglwydd. Bydded i hyn ddwedest ti, ddigwydd".'

'Merch ryfeddol.'

Meddyliodd yr archangel am rywbeth.

'Beth am 'i dyweddi hi, Joseff, y sa'r?

'Fe fydd hi'n dweud wrtho fe ar yr amser iawn. Ma' pen doeth ar ysgwydde ifanc ganddi.'

'Wn i beth fydd 'i ymateb e?' meddai Mihangel.

'Gallai fod yn llet'with.'

'Ti'n barod am hynny?'

'Ydw, ond rhaid i Garan a'i ryfelwyr fod yn eu lle.'

'Ma' wthnos mewn amser daearyddol cyn i Iesu adel. Atgoffa fi, pryd alwon ni nhw nôl i'r nefo'dd?'

'Pythefnos yn ôl.'

'A ma nhw 'di bod 'ma ers hynny – yn gaeth i'w barics – fel petai,' meddai Mihangel, gyda gwên fingam ar ei wyneb. 'Mae'n siŵr 'u bod nhw ar bige'r drain, yn meddwl pam 'u bod wedi bod yn cico'u sodle cyhyd.'

'Ma' nhw braidd yn aflonydd, a dweud y lleia'.'

'Reit, ma'r amser wedi dod i weud wrthyn nhw. Dim ond wthnos sydd i fynd,' meddai Mihangel yn bwrpasol, cyn distewi ei lais, 'a fi'n credu 'i bod hi'n bryd ca'l gair gydag Acsa yn ogystal, smo ti'n meddwl?'

'Yn bendant,' cytunodd Gabriel, wrth wenu'n wybodus.

'Reu! Elum!' galwodd Mihangel.

Brasgamodd dau angel a fu'n sefyll wrth ddrws y neuadd tuag ato.

'Elum cer di i nôl Acsa. Gwed wrtho fe mod i isie 'i weld e'n syth. Gan droi at Reu, meddai, 'Aros di tu fa's, ond unwaith y bydd Acsa wedi gadel y'n cyfarfod ni, cer i nôl Garan a'i angylion.'

Dychwelodd Reu i'w safle, ond safodd Elum yn ei unfan. Syllodd Mihangel arno'n ymholgar.

'Ti'n gwbod fod ymarfer côr ar fin dechre. Mae e'n gorffwys wrth baratoi. Fydd e ddim yn hoffi ca'l 'i ddistyrbo,' eglurodd Elum.

Edrychodd Mihangel ar Gabriel.

'Fydd e am glywed yr hyn sy' 'da fi i weud wrtho fe, gorffwys ne' bido. Nawr, siapa'i!'

Ar amrantiad, roedd Elum yn brysio trwy dramwyfeydd y nefoedd at ystafelloedd Acsa.

Pennod 2

Fel y dywedodd Elum wrth Mihangel, roedd Acsa'n gorffwys ar ei wely yn paratoi am rihyrsal y côr.

'Acsa! Mae Archangel Mihangel yn anfon gwahoddiad i ti ymuno ag ef yn ei neuadd.'

Trodd Acsa i edrych ar Elum.

'Pam?'

'Ddywedodd e ddim.'

'Ar y ffordd,' ymatebodd, gan lwyddo i guddio ei biwisrwydd, wrth iddo godi o'i wely. Pendronodd pam fod Mihangel am ei weld, yn enwedig gan fod ymarfer côr i ddechrau ymhen rhai munudau.

Roedd Acsa'n angel main a thal, bron yn sgerbydaidd. Ategai ei wyneb onglog at ei ymddangosiad pigfain, yn enwedig ei drwyn hir, miniog. Nid oedd erioed wedi hoffi'r syniad o gael ei 'wahodd' i weld Mihangel, gan ei fod wastad yn gwybod pryd bynnag y byddai'n cael ei 'wahodd' ganddo, mewn gwirionedd, roedd yn cael ei wysio. A theimlai Acsa, na, credai, y dylai gael ei drin gyda mwy o barch a weddai i angel o'i statws ef, fel arweinydd a chyfarwyddwr cerddorol Côr yr Angylion. Wedi'r cyfan, pan oedd achos dathlu yn y nefoedd, neu unrhyw fan arall yng nghosmos diddiwedd Duw, byddai Mihangel yn dod i gnocio wrth ei ddrws yn ddi-ffael. Nid ei fod yn gwarafun gwasanaethu Duw: ni allai unrhyw beth fod yn bellach o'r gwir. Ei ddymuniad pennaf oedd gwasanaethu ei Arglwydd mewn unrhyw ffordd bosib, ond credai Acsa y dylai gael ei werthfawrogi mwy, dyna i gyd. Cerddodd i mewn i Neuadd Mihangel, ac fel oedd wedi gwneud o'r blaen ar achlysuron fel hyn, trawyd ef gan ba mor syml a dirodres oedd yr ystafell, yn enwedig o ystyried mai dyma oedd canolfan gweithredoedd archangel. Fe'i croesawyd yn gynnes gan Mihangel. Safai Gabriel wrth ei ochr.

'Acsa! Dere mewn, ac ishte.'

Fe sylwodd fod yna bum cadair o flaen Mihangel a Gabriel. Mae'n rhaid eu bod yn disgwyl mwy.

'Diolch, Archangel. Gabriel.'

Nodiodd y prif negesydd ei ben i'w gydnabod.

'Anarferol o dawel,' meddyliodd Acsa.

'Siwd ma'r côr yn swno'r dyddie hyn?' gofynnodd Mihangel, unwaith i Acsa eistedd yn y gadair gyferbyn ag ef.

'Da iawn,' atebodd.

'O beth ydw i'n 'i glywed, fe wedwn i 'u bod nhw'n swno'n well na "da iawn". Dylet ti fod yn falch neilltuol ohonyn nhw.'

Plygodd Acsa ei ben i'r ochr mewn cydnabyddiaeth wylaidd.

'Caredig iawn.'

'Dyw e ddim wedi swno cystal, wedwn i.'

'Diolch i ti, Mihangel,' atebodd, gan dderbyn clod yr archangel. Penderfynodd mai doethach fyddai peidio dweud wrtho am yr un drwg yn y caws.'

'Nawr, ma'n rhaid dy fod ti'n treial dyfalu pam mod i wedi gofyn i ti ddod 'ma.'

'Wel... ydw.'

Safodd Mihangel o'i flaen.

'Fel wyt ti'n gwbod, ymhell cyn i'r ddaear ga'l 'i chreu o'dd cynllun gan Dduw mewn golwg i Unioni'r Cam fydde'n ca'l 'i neud ar ôl y Creu.'

Nodiodd Acsa ei ben. Nid oedd yn newydd y byddai Iesu'n mynd i'r ddaear, i buro'r drwg a ddaeth i'r byd pan fwytaodd Adda'r ffrwyth gwaharddedig yng Ngardd Eden, ond ni wyddai unrhyw un pryd y byddai hyn yn digwydd. Fodd bynnag, yr oedd Acsa eisoes wedi cael gwybod y byddai'r Côr Angylion yn cael yr anrhydedd mawr o gyhoeddi dyfodiad Iesu i'r byd. Ei gyfrifoldeb ef oedd paratoi a chynhyrchu cyflwyniad ysblennydd i ddatgan ei ddyfodiad.

'Wel,' meddai Mihangel gan ddistewi ei lais, 'ma'r amser wedi dod.'

Sythodd Acsa ei gefn a dechreuodd wrando'n astud.

'Ymhen ychydig dros naw mis o'u hamser nhw, bydd y'n Harglwydd ni'n ymddangos ar y ddaear, ym Methlehem, Palesteina, i fod yn fanwl gywir, a byddi di a'r Côr Angylion yn mynd yno 'fyd.'

Roedd yn amlwg fod yr archangel Mihangel wedi cynhyrfu cymaint roedd yn cael trafferth i reoli ei hun. Trosglwyddwyd y cynnwrf i Acsa.

'A mwy na hyn,' parhaodd Mihangel, 'ma' Duw am i ti neud y cyhoeddiad am ei ddyfodiad.'

Eisteddodd Mihangel, fel petai wedi defnyddio gormod o'i egni wrth wneud y datganiad hwn.

Yn araf, treiddiodd anferthedd yr hyn roedd Mihangel newydd ei ddweud trwy feddwl Acsa. Roedd ei gôr ef, i fynd i'r ddaear, a dan ei arweiniad ef, roedd i gyhoeddi'r newyddion da fod y Gwaredwr wedi dod. A mwy na hynny, byddai ef, Acsa yn gwneud y datganiad. Ni allai gredu'r peth. Dychmygodd lygaid pawb arno pan fyddai'n gwneud y cyhoeddiad. Am hanner eiliad, meddyliodd am ofyn i Mihangel pam naw mis. Gadawodd i'r peth fynd. Gallai godi'r mater rywbryd eto. Roedd yna bethau pwysicach i'w hystyried, fel a oedd hawl ganddo i ddweud wrth aelodau'r côr, ac os hynny, pryd?

'Wela i ddim rheswm pam na elli di weud wrthyn nhw nawr.'

'Yn yr ymarfer hwn?'

'Ie,' atebodd Mihangel.

Cododd Acsa i'w draed. Ni allai gyrraedd y rihyrsal yn ddigon buan.

'A yw'n iawn imi adael, Mihangel? Fe fydd aelodau'r côr wrth eu bodd.'

'Mae'n siŵr y byddan nhw. Galla i fentro fod llawer o bethe da ti i'w gwneud.'

Ffarweliodd â nhw, gan frysio i'w ystafell.

Pennod 3

Yn fuan ar ôl iddo adael ymddangosodd pum angel-ryfelwr brawychus yr olwg wrth y drws.

'Dewch mewn! Dewch mewn,' meddai Mihangel, wrth i Gabriel ac yntau godi ar eu traed i'w cyfarch.

Wrth iddyn nhw gerdded tuag ato, edrychodd Mihangel arnyn nhw gydag edmygedd. Ystyriai nhw fel y cyfeillion dewraf, mwyaf ffyddlon iddo erioed ymladd gyda nhw yn y brwydrau niferus y bu iddyn nhw eu hymladd yn erbyn angylion gwrthryfelgar Satan. Câi Garan, eu capten, ei garu gan ei filwyr, gan fod gallu prin a gwerthfawr gwir arweinydd ganddo, sef ei fod yn rhoi mwy o ystyriaeth iddyn nhw nag iddo ef ei hun. Anrhydeddai nhw a rhoi'r parch mwyaf iddyn nhw tra roedd yn arweinydd hollol driw. O ganlyniad, derbynien nhw ei awdurdod yn ddi-gwestiwn. Mewn sawl ymladdfa gosmig, roedd Mihangel wedi sefyll ysgwydd wrth ysgwydd gyda Garan a'r lleill, a dim un waith oedd heidiau mileinig Satan wedi eu trechu. Er hynny, tystiai eu hymddangosiad i gannoedd o wrthdrawiadau treisgar gyda chythreuliaid Satan. Mor wahanol yr edrychen nhw i Gabriel â'i wallt tonnog hir, ei wyneb tirion a'i diwnig ddisglair.

Ni fu Garan erioed yr angel mwyaf amyneddgar a phenderfynodd bod digon o amser wedi ei dreulio yn edrych ar Mihangel yn pendroni'n feddylgar iddo'i hun.

'Fe alwest ti amdano ni, Archangel,' meddai.

Stwyriodd yr archangel ei hun.

'Cymerwch sedd, bob un,' gorchmynnodd.

Yna, eisteddodd yntau, gyda Gabriel wrth ei ochr.

'Ma' gorchwyl arbennig gyda ni... wel, gan y'n Harglwydd i chi: gorchwyl gwahanol i'r un gorchwyl arall.'

Gwrandawodd y pump yn astud. O'r diwedd, roedd y pythefnos diwethaf wedi bod yn artaith estynedig.

'Fel ry'ch chi i gyd yn gwbod, ma' cynllun wastod wedi bod gyda Duw i achub y byd.'

Nodiodd pob un ei ben.

'Wel, ma'r amser wedi dod i weithredu'r cynllun hwnnw.'

Edrychodd y rhyfelwyr yn ddisgwylgar ar ei gilydd.

'Cyn hir, bydd Mab Duw'n gadel y nefo'dd ac yn mynd i fyw ar y ddaear. Nawr, er fod yr ysgrythure'n proffwydo fod y Meseia i ddod i'r byd a cha'l 'i eni'n faban – ac ry'ch chi i gyd yn gwbod hynny – smo'r ffaith honno wedi treiddio i feddylie pob angel.'

'Siwd ma' nhw'n meddwl bydd dyfodiad Iesu i'r byd yn digwydd, de?' gofynnodd Garan.

'Ma' nhw o'r farn fod Iesu'n mynd i ymosod ar y ddaear gyda llu o angylion. Dewch i ni fod yn glir: ymosodiad ar y ddaear fydd hwn, ond nid yn y ffordd ma' nhw'n 'i ddishgwl.'

'Wel, na,' meddai Tarog. 'Ni i gyd yn gwbod 'i fod E i ga'l 'i eni'n faban.'

'A ma' hynny'n golygu bod yn rhaid i fenyw gael 'i neud yn feichiog. Fi'n gwbod cyment â hynny,' ychwanegodd Caleb, oedd o hyd yn barod iawn i ddangos ei ddealltwriaeth o faterion cymhleth, er iddo stopio'i hun rhag gofyn y cwestiwn amlwg nesaf.

Roedd Tarog yn fwy na pharod i fynd â'r maen i'r wal.

'Felly... siwd ma' hynny'n mynd i ddigwydd?' gofynnodd.

Syllodd Mihangel o'i flaen, heb edrych ar unrhyw un yn benodol.

'Gabriel, fi'n credu falle y gelli di ateb y cwestiwn yna.'

Sythodd y prif negesydd yn ei gadair cyn peswch.

'Yym... bydd yr Ysbryd Glân yn dod ar fenyw ifanc, a bydd nerth y Goruchaf yn ei chysgodi,' meddai, gan wneud ei orau i swnio'n wybodus.

Rhythodd Garan, Cadman, Tarog ac Ebin, yn methu deall, tra syllodd Caleb arno'n gegrwth.

'Be' ma' hynny'n 'i olygu?' gofynnodd.

'Yn union beth wedes i,' atebodd Gabriel yn ddigyffro.

'Ie, ond siwd?' dyfalbarhaodd Caleb.

'Sdim angen i ni wybod, o's e,' ymatebodd Mihangel, yn awyddus i ddod o hyd i ddihangfa o'r gors o gwestiynau.

'Ti ddim yn gwbod, wyt ti?' dywedodd Caleb.

'Nag ydw. Smo'i yn gwbod,' cyfaddefodd Mihangel, yn ddiamynedd. 'A fydd unrhyw un yn gwbod ne'n deall? Meddyliwch am y peth. Y Mab wedi 'i neud yn gnawd – rhywbeth mwy rhyfeddol na'r Creu ei hun. Siwd fydd e'n digwydd? Sdim syniad gyda fi. Ond, fi yn gwbod un peth, ma'r Drindod dragwyddol, y Tri yn Un yn gallu'i neud.'

Hyd yn hyn, nid oedd Cadman wedi cyfrannu at y sgwrs, ond nawr, daeth diwedd ar ei dawelwch.

'Dyw'r ffaith nad y' ni'n gwbod ddim yn golygu fydd y peth ddim yn digwydd.'

'Yn union,' meddai Mihangel, yn ddiolchgar i gael seibiant o'r croesholi. 'Nawr, rhaid i fi bwysleisio nad yw'r hyn rwy' i ar fin gweud wrtho chi i fynd ymhellach na'r bedair wal hyn.'

Edrychodd y pump o'u cwmpas. Y cosmos oedd y nenfwd, y walydd a'r llawr. Tagodd Gabriel besychiad arall.

'Iawn, okay,' ymatebodd Mihangel, 'jyst pidwch gweud wrth unrhyw un, reit?'

Pwysodd ymlaen ychydig a distewodd ei lais.

'Dyma pam ry'ch chi wedi y'ch galw 'ma. Chi'n gweld, er mwyn i gynllun Duw i achub y byd ga'l 'i weithredu'n llawn, rhaid i'r Gwaredwr brofi bywyd fel person dynol yn 'i gyflawnder, o'r dechre i'r diwedd, er mwyn iddo Fe allu uniaethu ei hun gyda nhw. Felly, fe fydd yn myned i groth menyw ifanc – Mair, sy'n byw yn Nasareth, yng Ngalilea. Yn 'i chroth hi, fe fydd E'n tyfu a datblygu fel baban. Bydd y wyrth hon yn ca'l 'i chyflawni gan y Duwdod. Sdim fowr o amser ers i Gabriel ddychwelyd o roi'r newyddion da iddi.'

'Beth o'dd 'i hymateb hi?' gofynnodd Garan.

'Hynod hunan-feddiannol,' atebodd Gabriel.

'Ymhen naw mis o'u hamser nhw, fe fydd y Mab yn ca'l 'i eni ym Methlehem,' ychwanegodd Mihangel.

'Ond, ma' Bethlehem byti gan milltir i'r de o Nasareth,' meddai Ebin. 'Pam Bethlehem?'

'Dinas y Brenin Dafydd. Mae e wedi 'i ragddweud y bydd y Meseia'n ca'l 'i eni 'na,' atebodd Garan.

'Yn union,' meddai Mihangel. 'Diolch, Garan.'

'Ond, pa reswm fydd gyda hi dros fynd i Fethlehem? Os bosib na fydd hi am deithio can milltir yn ystod dyddie ola 'i beichiogrwydd hi?' gofynnodd Ebin, gan edrych ar yr angylion eraill.

'A bydd hi'n teithio lawr i Fethlehem ar 'i phen 'i hunan?' gofynnodd Tarog.

'Cwestiyne, cwestiyne, cwestiyne,' meddyliodd Mihangel iddo'i hun.

'Na, bydd 'i gŵr hi – Joseff – sa'r o Nasareth gyda hi. I ateb dy gwestiwn di, Ebin, bydd ddim dewis da'i. Ymhen ychydig fisoedd fe fydd y Cesar presennol, Awgwstws yn cynnal cyfrifiad a bydd yn rhaid i bob dyn ddychwelyd i'w ddinas ne' 'i dref deuluol. Ma' Joseff yn dod o deulu Dafydd, ac o'dd Dafydd yn dod o...' gyda hyn estynodd Mihangel ei freichiau ar led, gan ddweud yn fuddugoliaethus, '... Fethlehem.'

'A fel 'i wraig e, bydd rhaid iddi fynd gydag e,' deallodd Ebin.

'Taclus, taclus iawn,' meddai Tarog.

Disgynnodd tawelwch ar y grŵp bach o angylion. Roedd rhywbeth anochel am yr holl beth. Nid oedd yn syndod i Garan, gan fod cynllun gwaredol Duw i achub y byd wedi ei drefnu i'r manylyn lleiaf. Byddai hyd yn oed Cesar fawr yr Ymerodraeth Rufeinig yn cyfrannu yn ddiarwybod iddo'i hun. Petai ond yn gwybod ei fod yn hwyluso genedigaeth Iesu, Brenin brenhinoedd, yn ninas Dafydd.

Roedd rhywbeth wedi bod yn poeni Ebin gydol y drafodaeth.

'Yym... beth sda hwn i neud â ni? Wedi'r cwbwl, smo ni'n perthyn i ward famau y llu angylion, yn enwedig gan nad o's un i ga'l. Beth bynnag, ma' babanod yn ca'l hunllefe wrth feddwl am wyneb Caleb.'

Gwenodd Caleb yn braf, er iddo apelio ar i Mihangel ei gysuro.

'Gwed wrtho fe, Mihangel. Ma' fe'n pigo arna i, a finne'n ened mor sensitif.'

'Ti'n angel Caleb: sdim ened 'da ti. Tyf lan,' ymatebodd.

Gwenodd yr angylion eraill.

'A pheth arall, ers pryd wyt ti 'di bod yn sensitif?' ychwanegodd yr archangel.

Eisteddodd Gabriel yn dawel, heb allu cyfrannu at y dwlu. Sut allen nhw ddweud y fath bethau wrth ei gilydd? Onid oedden nhw'n ystyrlon o deimladau ei gilydd? A oedd teimladau ganddyn nhw? Yr hyn na allai ei ddeall oedd fod y parch mawr a'r hoffter oedd ganddyn nhw at ei gilydd yn caniatau'r fath siarad sarhaus. Synnai hyd yn oed yn fwy fod Mihangel wedi cyfrannu at y rhialtwch. Ac yna, ymddangosai fod Caleb wrth ei fodd gyda'r hwyl, er mai ef oedd yn ei chael hi!

Edrychodd yr Archangel Mihangel arnyn nhw o ddifrif. Roedd yn dod at hanfod y cyfarfod. Roedd fel petai Garan a'i filwyr wedi eu pigo gan nodwydd miniog: roedden nhw'n fwy effro.

'Cyn hir, fe fydd y'n Harglwydd yn gadel y nefo'dd. Ni fydd unrhyw ffanffer na seremoni ymadel. Bydd E'n gadel yn dawel bach. Y'ch gwaith chi yw gwarchod Mair wrth iddi 'i gario Fe. Newch yn siŵr na fydd unrhyw niwed yn dod i'w rhan hi. Cerwch gyda hi: pa la bynnag yr eiff hi, cerwch chi. Cyn bo hir, fe fydd hi'n teithio i fynydd-dir Jwdea, i weld 'i chyfnither Elisabeth. Cerwch gyda hi. Pan eiff hi i Fethlehem gyda Joseff, eto, cerwch gyda hi. Fe fydd yn rhoi genedigaeth iddo Fe mewn ogof yn y ddinas. Rhaid i chi gadw llygad arni a'i hamddiffyn hi. Wrth neud hynny, byddwch chi'n 'i ddiogelu Fe, gan taw hi fydd 'i loches E, 'i gartre' Fe am y naw mis nesa', a bydd yn dibynnu'n llwyr arni hi. Byddwch yn arbennig o wyliadwrus o angylion y gelyn. Fe allen nhw neud drwg iddi, hyd yn o'd 'i lladd hi, trwy ddefnyddio'r dylanwad sy' gyda nhw dros rai dynion a menywod, ac felly 'i ladd E. Ond, rhaid i fi bwysleisio, dy' nhw ddim i glywed siw na miw am yr hyn sy'n digwydd.'

'Pam nad y' chi'n hala lleng gyfan o angylion i'w hamddiffyn hi?' gofynnodd Tarog.

Ysgydwodd Mihangel ei ben.

'Ellwch chi ddychmygu beth fydd yn digwydd? Bydde Satan a'i gadfridogion yn gwbod fod rhywbeth ar waith a bydde fe'n anfon byddin anferth i ymladd gyda'n rhyfelwyr ni. Bydde hi'n frwydr enfawr. Bydde Bethlehem yn ca'l 'i difa'n llwyr a phwy a ŵyr faint o bobl fydde'n marw o ganlyniad. Allwn ni ddim gadel i hynny ddigwydd.'

Cytunodd y pum angel.

'Rhaid iddi fod fel hyn, heb iddyn nhw wbod, ne' man lleia' nes 'i fod E'n ca'l 'i eni. Unwaith y caiff E 'i eni, bydd Mair yn saff a bydd E'n saff gan na fyddan nhw'n gallu cyffwrdd ag E. Hi yw'r allwedd fan hyn: gofalwch chi amdani hi a byddwch chi'n gwarchod y'n Harglwydd. Ond, fi'n pwysleisio nad y'ch chi ddim i ymladd gyda'r cythreuliaid, ond fel yr opsiwn eitha' un. Fodd bynnag, defnyddiwch y'ch crebwyll a'ch caste mewn unrhyw ffordd y dymunwch chi. Ma' pob adnodd angyledd ar ga'l i chi. Gwedwch y gair a gewch chi nhw. Deallwch taw dyma'r gorchwyl pwysica sy erio'd wedi 'i roi i unrhyw angel.'

Edrychodd y pump ar ei gilydd mewn tawelwch, wrth iddyn nhw ystyried yr hyn roedd Mihangel newydd ei ddweud. Meddyliodd pob un am eu Harglwydd, yn fabi, yng nghroth Mair, yn llwyr ddibynnol arni am ocsigen a maeth. Pa ffordd bynnag yr oedd Duw wedi creu cyrff menywod i gario babanod, gwell iddi weithio yn achos Mair.

Cododd Caleb un mater arall.

'Un peth ola', pan fydd Mair yn gweud wrth Joseff – gan gymryd taw hi fydd yn gweud wrtho fe...'

'Hi fydd yn dweud wrtho,' cadarnhaodd Gabriel.

'Galle hynny fod yn go llet'with.'

Clywodd Mihangel adlais o'r hyn ddywedodd Gabriel ychydig yn gynharach.

'Ry' ni'n dishgwl iddi hi weud wrtho fe. Bydd angen i chi gadw llygad arnyn nhw. Os fydd rhaid, bydd Gabriel yn mynd lawr i dawelu 'i feddwl e. Ydw i'n iawn?' gofynnodd, gan droi at Gabriel.'

'Barod i adel unrhyw funud.'

'Gadewch i fi'ch atgoffa chi,' pwysleisiodd Mihangel, 'sneb i wbod am hyn. Smo ni am i angylion y gelyn ddod i glywed. Ma' nhw'n debygol o wbod fod y'n Harglwydd i ga'l 'i eni o wyryf – ma' hynny wedi 'i ragddweud gan Eseia'r proffwyd – a ma' nhw'n bendant yn gwbod fod y Gwaredwr i ga'l 'i eni ym Methlehem, felly ma' nhw ishos wedi dodi gwarchodlu wrth gate'r ddinas. Ma' nhw wedi bod 'na ers rhai canrifo'dd, a gweud y gwir, ond yn newid y personél yn rheoledd. Ma' uned Sandon 'na nawr, a ma' Kandar 'na 'fyd.'

'Diddorol,' meddai Tarog.

'Fi'n gwbod. Sdim isie i fi weud wrtho chi am fod yn ofalus gyda fe.'

Nodiodd Garan ei ben yn araf.

'Dyna fydd yr un broblem fawr sy'n y'ch wynebu chi: siwd ma' ca'l Mair a Joseff mewn i Fethlehem hibo'r cythreulied, heb yn wbod iddyn nhw.'

Pendronodd y pum angel-ryfelwr y broblem hon.

'Bydd milo'dd o bobol yn symud o bob cornel o'r Ymerodreth Rufeinig gyfan, diolch i'r cyfrifiad,' meddai Tarog.

'Ellwn ni neud defnydd o hynny,' awgrymodd Cadman.

'Gallwn,' cytunodd Garan, 'a hyd yn o'd os odyn nhw'n gwbod lle mae E'n mynd i ymddangos, fyddan nhw ddim yn gwbod y bydd E'n ca'l 'i gario o Nasareth gan fenyw ifanc ddinod a'i sa'r o ŵr.'

'Yn union,' meddai Mihangel.

'Ma' gwaith gyda ni,' cyhoeddodd Garan, gan godi o'i gadair. Dilynodd y pedwar arall ei arweiniad.

'Ma' un peth arall ma' angen i chi wbod. Antonin sy'n gyfrifol am ymdrechion y cythreulied i ddod o hyd i'r fenyw sy'n cario Iesu.'

Os oedd Mihangel wedi edrych mwy ar Garan na'r lleill pan ddywedodd hyn nid oedd i'w weld. Symudodd Cadman, Tarog, Ebin a Caleb eu traed yn anesmwyth ac edrychodd un neu ddau ar eu capten. O'i ran ef, fe hoeliodd ei olygon ar Mihangel.

'Wna i mo'ch rhwystro chi mwyach, ond fe wela' i chi cyn i chi adel am y ddaear.'

Unwaith roedden nhw allan o glyw, trodd Gabriel ato.

'Wel?'

'Nhw yw'r gore. Ma' hi yn y dwylo mwya' diogel oherwydd hynny. Ac mae E yn y dwylo mwya' diogel posib.'

'Fi'n gwbod, ond dydw i ddim yn deall un peth.'

'Beth?'

'Pam nad y' nhw wedi'n cwestiynu ni?'

'Ynglŷn â beth?'

'Pam nad y' nhw byth wedi cael ymuno â'r angel-ryfelwyr eraill pan fo Duw am ddangos grym ei luoedd, fel ddigwyddodd pan weddiodd Eliseus ar i lygaid ei was gael eu hagor. Ro'dd y rhan fwyaf o'r capteiniaid eraill yno, ynghyd â'u hunedau. Ro'dd miloedd yna. Ble o'n nhw? Yr ochr arall i'r byd yn arwain ffoaduriaid rhyfel trwy rhyw fynyddoedd yn llawn lladron, yng nghanol gaeaf.'

'Dyna fel o'dd rhaid iddi fod – i gyd yn baratoad ar gyfer y gwaith arbennig hwn. A dyna pam y buon nhw ar ganno'dd o orchwylion tebyg.'

'Odyn nhw byth wedi codi'r mater gyda ti?'

'O'n nhw ddim yn rhy hapus gyda'u gorchwyl cynta': edrych ar ôl Dafydd, bachgen o fugel dinod. Hynny yw, nes iddyn nhw ddod i wbod y bydde fe ryw ddydd, yn frenin Israel.

'Gallet ti 'di dweud wrthyn nhw.'

Gwenodd Mihangel.

'Fi'n gwbod – ond o'dd e i gyd yn rhan o'u hyfforddiant nhw. Ond ers hynny? Na, byth. Erio'd wedi cwestiynu unrhyw orchmynion – ddim hyd yn o'd pam o'n nhw 'di gofalu am Abdallah ar 'i ffordd o Petra i Memffis. Weda i wrthyn nhw pan welwn ni nhw ym Methlehem.'

'Os gyrhaeddan nhw a Mair a Joseff yn saff.'

'Ti'n iawn.'

'Fe ofynon nhw lawer o gwestiyne'r tro hwn.'

'Ond i'w ddishgwl,' dadleuodd Mihangel. 'O'dd e'n beth mowr i glywed.'

Tawodd y sgwrs am eiliad neu ddwy, wrth i'r ddau angel ystyried yr hyn a wynebai Garan a'i ryfelwyr.

'Fi'n falch o un peth,' meddai Mihangel.

'Beth?'

Gan droi i edrych at Gabriel, atebodd,

'Pan wedes i fod yn rhaid i'n Harglwydd brofi bywyd fel dyn o'r dechre i'r diwedd, o'n nhw'n poeni cyment am y dechre, fe anghofion nhw am... y "diwedd". Gwell gadel hwnna tan rywbryd arall.'

Pennod 4

Tra bod Garan a'i griw dethol yn dechrau paratoi cynllun er mwyn cyflawni eu tasg hollbwysig, roedd Acsa yn dweud wrth Teiras am yr anrhydedd anhygoel oedd wedi dod i'w ran.

Teiras oedd cynorthwydd Acsa, a llawer mwy na hynny. Ef oedd ei gyfaill mynwesol, ei garthen gysurus, ei fôr o gariad. Dywedwyd sawl gwaith fod cyfarwyddwr cerddorol ond cystal â'i gynorthwyydd, ac roedd hyn yn wir am berthynas Acsa a Teiras. Teiras oedd sgaffaldau Acsa pan oedd ei adeilad yn teimlo'n fregus ac ar fin dymchwel. Fel cyfarwyddwr cerdd, doniwyd Acsa â thoreth – byddai rhai'n honni gormodedd – o greadigrwydd, ond ynghyd â hwnnw y deuai cyfran sylweddol o emosiwn. Byddai eraill, na feddai ar dueddiadau creadigol yn ei chael yn anodd i ddirnad ei sensitifrwydd gynhyrfus, heb sylweddoli ei fod yn gydymaith cyson i'r artistig llythrennog. Ymhellach, gellid mynd mor bell â dweud mai Teiras oedd bag dyrnu Acsa, nid yn yr ystyr gorfforol, ond yn yr ystyr emosiynol. Yn aml, gallai angerdd y cyfarwyddwr orferwi yn ebychiadau geiriol bywiog. Derbyniai Teiras y cyfan. Felly, roedd sianel barod gan Acsa i arllwys ei densiynau a'i biwisrwydd. Yn syml, ysgwyddai Teiras y pwysau, gan ryddhau Acsa i arfer ei dalentau creadigol. O ganlyniad, edrychai Duw yn dyner ar Teiras, gan iddo ystyried y gwas i fod y mwyaf yn nheyrnas nefoedd. Mae Duw yn caru pawb, ond rhoddir lle breiniol ganddo i'r rhai sy'n hwyluso pethau i eraill.

'Felly, dyna ti, Teiras. Fi wedi cael fy newis gan Dduw i wneud y cyhoeddiad. Nid un o'r angylion-negeswyr cofia, ddim hyd yn oed Gabriel, ond fi,' meddai'n falch.

Roedd Teiras yn wirioneddol hapus dros Acsa.

'Dyna anrhydedd aruthrol.'

'Fi'n gwbod. Reit,' meddai'n gyffrous, gan godi o'i sedd. 'Ma' ymarfer canu'n dechrau cyn bo hir. Dywedodd Mihangel y gallwn ni ddweud wrth y Côr Angylion am eu rôl arbennig pan fydd Iesu'n ymddangos ar y ddaear. Dere, Teiras, mae gwaith gyda ni i'w wneud.'

Câi Teiras hi'n anodd i ddilyn Acsa gan ei fod yn rasio mor gyflym i'r ystafell ymarfer anferth, lle roedd y rhan fwyaf, os nad pob un o'r côr angylion eisoes wedi ymgynnull. Safai Acsa o'u blaenau yn methu rheoli ei hun, cymaint oedd wedi ei gyffroi, wrth feddwl am beth oedd ar fin ei gyhoeddi. Galwodd ar i'r dyrfa oedd ynghyd dawelu. Gwnaethon nhw hyn yn gymharol gyflym, a 'styried bod miloedd ar filoedd ohonyn nhw yno.

'Diolch, diolch i chi. Cyn inni ddechrau canu, mae un neu ddau o bethau gyda fi i ddweud wrthych, fydd o ddiddordeb i bawb, greda' i.'

Fel arfer, byddai Acsa yn gwneud ei gyhoeddiadau ar ddiwedd ymarfer. Felly, gwydden nhw fod rhywbeth pwysig ganddo i'w ddweud. Pwysodd pawb ymlaen ychydig, fel coedwig fawr yn cael ei chwythu gan chwa o wynt cryf.

'Yr wyf newydd ddod o gyfarfod gyda'r Archangel Mihangel a Gabriel.'

Roedd fel petai'r awel yn newid gan chwythu mewn sawl cyfeiriad gwahanol wrth i'r angylion edrych ar eu cymdogion, neu droi cefn i siarad gyda phwy bynnag oedd y tu ôl iddyn nhw. Cododd Acsa ei lais fymryn yn uwch.

'Fy annwyl gorawl angylion, fel rydych chi i gyd yn gwybod rydym wedi bod yn paratoi am ymddangosiad buddugoliaethus Iesu ar y ddaear. Wel, gallaf ddweud wrthych y byddwn i gyd yn mynd i'r ddaear mewn ychydig dros naw mis o'u hamser nhw.'

Lledodd ymchwydd o emosiwn trwy'r lliaws oedd ynghyd. Cyn iddo gyrraedd crescendo, llwyddodd Acsa i ychwanegu,

'Pan ddaw'r amser, fe fyddwn ni yno i groesawu ein Harglwydd ac i ddathlu ei ddyfodiad.'

Clywodd Acsa donnau bychan o gymeradwyaeth yn dod o blith yr angylion a'i wynebai, a drodd yn chwibanu a bonllefain. Cofleidiodd rhai ei gilydd, eu llygaid yn disgleirio gan ddisgwyliad. Dyma'r newyddion roedden nhw wedi bod yn ei ddisgwyl ers hydoedd.

Gadawodd Acsa iddyn nhw fwynhau'r funud, ac yna galwodd am ddistawrwydd unwaith eto, cyn cyhoeddi'n falch,

'Ac rwyf i wedi cael fy ngwahodd i gyhoeddi ei ddyfodiad buddugoliaethus.'

Os oedd Acsa wedi disgwyl bloeddiadau o gefnogaeth a chymeradwyaeth i'r cyhoeddiad arbennig hwn fe'i siomwyd yn ddirfawr. Yn hytrach, wynebodd dawelwch lletho a ni ddaeth y lletchwithdod a deimlai ef a gweddill yr angylion i ben nes i Teiras, a synhwyrai'r sefyllfa anodd, ddechrau curo ei ddwylo, ac yna, dilynodd pawb arall ei arweiniad. Derbyniodd Acsa y llongyfarchiadau herciog. Edrychodd yn anfoddog at Teiras. Llwyddodd hwnnw i edrych arno'n gysurlon tra ar yr un pryd yn ei annog i ddechrau'r rihyrsal. Nid am y tro cyntaf y cysurwyd Acsa gan allu ei gynorthwyydd i'w galonogi, wrth iddo droi i wynebu'r côr. Galwodd arnyn nhw i ddistewi unwaith eto.

'Gwn fod y newyddion hyn yn wedi eich cynhyrfu,' meddai, gyda'i lais yn taranu'n ddiffwdan fel bod yr angel pellaf yn gallu ei glywed yn glir. 'Fe fyddwch yn chwarae rhan allweddol yn nyfodiad Iesu, ond rhaid i ni reoli ein hunain. Mae llawer o waith gyda ni i'w wneud eto er mwyn rhoi o'n gorau Iddo.'

Ffrwynodd yr angylion eu hemosiynau wrth synhwyro rhywfaint o gerydd yn ei lais, a dechreuon nhw baratoi i ganu. Cododd Acsa ei ddwylo.

'Ar ôl pedwar,' meddai gan eu gwahodd i ganu. Cyfrodd ei law dde bedwar curiad a gyda symudiad bach o'i ben dangosodd i'r côr ei fod am iddyn nhw ddechrau canu.

Nid yn annhebyg i adran yr angylion ryfelwyr, lle roedd grŵp dethol, fel Garan a'i ymladdwyr, roedd gan Gôr yr Angylion, ddetholion y detholion, fel y disgrifiai Acsa nhw. Roedden nhw'n grŵp o ddeuddeg o gantorion – tri bâs, tri thenor, tri alto a thri soprano – oedd wedi eu dewis yn ofalus gan Acsa, a safen nhw ym mlaen y côr, gan arwain y cantorion angylaidd eraill. Galwodd Acsa arnyn nhw yn aml i ganu melodïau cymhleth tra fo'r lleill yn ddistaw. Roedd eu synau persain yn bleser i'r glust a rhoddodd Acsa yr enw syml, 'Y Deuddeg', iddyn nhw. Roedd yn arbennig o hoff o'r tri soprano – Sabta, Gether a Dumah – oedd newydd gael eu dyrchafu i'r lle breiniol yn y côr. Roedd eu lleisiau'n gywir a chlir fel cloch ar fore oer o aeaf.

Wrth i bedwar llais y côr wau tonau melys yn annibynnol o'i gilydd, caen nhw eu tynnu at ei gilydd gan arweinyddiaeth fedrus Acsa yn un cyfanwaith deinamig.

'Hyfryd! Fe fyddwn ni'n barod,' sicrhaodd ei hun, 'a bydd y côr yn canu cân na fydd yn debyg i unrhyw beth a glywyd cyn nac ar ôl hynny.'

Chwifiodd ei ddwylo'n rhythmig i gadw amser. Canodd y pedwar llais mewn harmoni clos, pob rhan yn cyfrannu at sain nefolaidd. Dyma'r unig ffordd y gallai ei ddisgrifio, er y gwyddai fod hynny'n ystrydeb. Am ychydig funudau gwynfydedig, caeodd ei lygaid a gwelodd Acsa ei hun yn gorweddian o dan awyr las di-gwmwl wedi ildio'n llwyr i'r synau cain a ddeuai o'r côr. Yna, yn llygaid ei feddwl, gwelodd gwmwl bach llwyd, dim mwy na maint dwrn bach yn y pellter. I ddechrau, ni feddyliodd fawr ddim ohono, gan gredu y byddai'n pasio heb ymyrryd ar ei fwynhad. Ond, er dicter ac anfodlonrwydd mawr iddo, buan y datblygodd y cwmwl bach llwyd mewn maint wrth iddo ddynesu gan droi'n dywyllach ei liw. Wrth iddo wneud, fe ddifwynodd yr awyr a fu gynnau'n las lwythog a heulog. Yn sydyn, sylweddolodd Acsa beth oedd e. Agorodd ei lygaid.

Dylan!

Roedd yn hwyr eto.

Ni wyddai Acsa o ble roedd Dylan wedi dod. Roedd enw ganddo yn y nefoedd am fynd i ffwrdd ar ei liwt ei hun er na wyddai unrhyw un i ble. Bach iawn o angylion oedd yn poeni lle yr âi, yn enwedig Acsa ei hun, ac os y digwyddai'r teithiau dirgel hyn gyd-fynd gydag ymarferion y côr, gorau i gyd. Ym marn Acsa, roedd yn gerddorol anllythrennog ac yn lleban lleisol. Gwraidd y broblem oedd fod Dylan yn dôn-fyddar. Yn yr holl ganrifoedd yr oedd wedi bod yn arwain Côr yr Angylion nid oedd Acsa wedi dod ar draws y fath ffenomen lleisiol-ddinistriol. Ar adegau, roedd yn fflat, droeon eraill yn siarp ac ar adegau eraill roedd yn y cywair hollol anghywir. Ambell waith, byddai gymaint ar chwâl, byddai rhai nodau a ganai yn harmoneiddio'n berffaith gyda gweddill y côr. Ni ddigwyddai hynny'n aml iawn, fodd bynnag.

Roedd fel gwreichionyn o dân mewn coedwig crin. Unwaith y dechreuai ganu, byddai'r angylion oedd yn sefyll wrth ei ymyl yn dechrau canu allan o diwn a lledai hyn fel tân gwyllt. Buan y byddai'r côr cyfan allan o diwn yn llwyr gyda nifer ohonyn nhw yn edrych ar Acsa yn benisel, eu llygaid yn apelio arno i wneud rhywbeth. Ni flinai hynny mo Dylan fodd bynnag, gan ei fod wrth ei fodd yn addoli a moli Duw. Fe garai Duw.

Edrychodd Acsa arno nawr.

Yn ddigon rhyfedd, roedd cyn foeled â winwnsyn wedi ei ddinoethi, heblaw am gudyn byr o wallt a dyfai ychydig o ganol rhan uchaf ei dalcen. Roedd dwy foch goch danllyd ganddo fyddai'n troi'n borffor yn aml pan fyddai Dylan yn ymlafnio'n gorfforol neu'n emosiynol. Roedd ei lygaid yn agos at ei gilydd ac roedd dwy ffroen anferth ganddo. Pan oedd yn llawen, byddai'r rhain yn tasgu'n llydan agored, fel tarw wedi ei gythruddo. Yn anffodus i Dylan, digwyddai hyn yn aml gan ei fod yn angel bach llon. Gwarchodai'r ddwy foch geg siriol a ymdebygai i leuad gilgant yn gorwedd ar ei chefn, tra chynhelid ei gyfansoddiad cyfoethog gan ddwy goes bytiog.

Wedi ei gorddi ei fod wedi ei syflyd o'i egwyl freuddwydiol, gwaeddodd Acsa arno.

'Dylan!'

Yn ddisymwth, stopiodd y côr ganu. Edrychodd bawb ar wrthrych dicter Acsa. Gan wybod ei fod yn hwyr i'r ymarfer côr, roedd Dylan wedi cripian yn dawel i gefn rhengoedd torfol y cantorion, gyda'r bwriad o beidio tynnu sylw ato'i hun. Bu hwn yn orchwyl ofer, tebyg i lew yn gobeithio sleifio ymhlith gnw ar y Serengeti. Cyn gynted ag iddo gyrraedd, dechreuodd yr angylion gantorion agosaf ato symud i ffwrdd, er mwyn rhoi digon o le iddo. Fodd bynnag, wrth i'w nodau aflafar daro yn erbyn tonyddiaeth felodig o'r math tlysaf, dirywiodd y sain melodig nefolaidd yn fuan iawn yn llanastr o sgrechiadau a rhincian.

Roedd Acsa mewn trallod, bron yn hysterig. Beth oedd e'n mynd i'w wneud? Dim ond naw mis oedd cyn perfformiad brenhinol y côr, fyddai'n datgan dyfodiad Iesu, ac roedden nhw'n swnio'n ofnadwy. Byddai'n rhaid iddo gael gair gyda Mihangel a Gabriel. Penderfynodd ddod â'r ymarfer i ben. Ceisiodd swnio'n ddihid mewn ymgais i dawelu meddyliau'r angylion, er na lwyddodd i argyhoeddi'r un ohonyn nhw.

'Ry'ni wedi gwneud digon am nawr. Mae yna naw mis arall gyda ni i ymarfer. Fe wela i chi'r tro nesa.'

Cerddodd y côr i ffwrdd, gyda nifer yn ysgwyd eu pennau, tra bod eraill yn mwmian dan eu hanadl iddyn nhw ganu'n iawn nes i Dylan gyrraedd.

Unwaith i bawb adael, trodd Acsa yn ddiobaith at Teiras.

'Beth y'n ni'n mynd i neud gyda Dylan?'

Roedd Teiras yn hesb o unrhyw syniad. Eisteddodd Acsa a syllodd i'r pellter.

'Ry' ni wedi trio popeth: ei ddodi yn y cefn, ond doedd hwnnw ddim wedi gweithio, fel welest ti heddi'. Pan ddodon ni fe i sefyll gyda'r Deuddeg, roedd yn gyflafan. A'r tri soprano yw ei ffrindiau gorau, er mwyn y mawredd! A ti'n cofio'r tro i ni ddweud wrtho fe am feimo'r geiriau, o'dd e'n edrych fel pysgodyn aur yn brin o anadl. A beth bynnag, dyw e ddim yn gallu bod yn dawel. Beth y'n ni'n mynd i neud, Teiras? Ry'n ni wedi cael dyddiad nawr, a bydd y naw mis nesaf yn hedfan.'

'Bydd rhaid iti siarad gyda Mihangel.'

'Ti'n gwybod, fi'n credu dy fod ti'n iawn.'

Pennod 5

Yn y cyfamser, roedd Dylan wedi cwrdd gyda'i ffrindiau, Sabta, Gether a Dumah, y tri soprano yr oedd Acsa yn dwlu arnyn nhw, oherwydd eu gallu cerddorol. Roedden nhw i gyd yn ffrindiau mawr, ac wedi bod felly ers nifer o ganrifoedd. Penderfynodd y pedwar eu bod am fynd i chwarae yn y gofod. Ar ôl cyfyngiadau ymarfer côr roedd bob amser yn braf cael hedfan yn rhydd, yn gadael patrymau o'u hôl ar gynfas du y cosmos.

Edmygai Dylan, fel y ddau angel arall yn y gang, allu Dumah yn hyn o beth. Hedfanai mor chwim ac mor sionc, gallai adael siâp eliffant, neidr gantroed neu tyrannosaurus rex yn ei ôl. Hongiai Dylan a'r ddau arall yn y gofod nawr gan wylio Dumah yn hedfan yn gelfydd gan dynnu llun pili pala mewn manylder mawr, hyd yn oed gwythiennau lleiaf ei adenydd. Teimlai Dylan mor annigonol. Dymunai, pe gallai dynnu lluniau fel Dumah. Ni châi unrhyw broblem yn darlunio pa beth bynnag yr oedd am dynnu llun ohono yn ei feddwl, ond ni allai wneud y darlun wedyn. Nid oedd unrhyw beth yn gywir ac roedd y llinellau a ddarluniai mor sigledig byddai pob anifail a dynnai ei lun yn edrych yn frawychus neu fel petaen nhw wedi cael eu taro gan fellten.

Yna, penderfynon nhw fynd ar grwydr yn y gofod. Roedd hedfan o gwmpas yn gyflym o hyd yn sialens i Dylan, gan y gallai Sabta, Gether a Dumah hedfan yn chwim a diffwdan, eu bodau llyfn yn hedeg yn rhwydd trwy'r eangderau tywyll. Bydden nhw'n hedfan ar wahanol gyflymder, yn gwibio fan hyn a fan draw, tra roedd cyflymder Dylan o hyd ar 'hamddenol', byth yn crwydro o hynny. O ganlyniad, byddai'n cael trafferth aros gyda nhw. Yn amlach na heb, bydden nhw'n disgwyl yn amyneddgar amdano, ond roedd yna adegau pan fydden nhw ar goll yn eu cyflymder eu hunain, ac yn anghofio amdano. Y troeon hynny, byddai'n stopio, gan hongian yn y gofod, ei goesau byr yn ysgwyd yn drist yn y gwacter, yn ceisio cysur wrth dynnu ei fysedd ar hyd ei gudyn gwallt, heb wybod lle roedden nhw wedi mynd. Yna, byddai'n dychwelyd i'r nefoedd ar ei ben ei hun, gan deimlo ychydig yn flin. Ni ddigwyddodd hynny'r tro hwn, diolch byth, ac ymhen dim o amser roedden nhw nôl yn y nefoedd.

Aethon nhw'n syth at yr ardd a gorwedd yn ddioglyd wrth ochr nant â'i dŵr yn disgleirio ym mhelydrau'r haul. Ymestynai dolydd gwyrdd toreithiog yn y pellter hyd at fryniau emrallt, a arweiniai yn eu tro at fynyddoedd creigiog â'u copaon wedi eu gorchuddio gan eira gwyn, yn sefyll yn urddasol yn y gwres tesog. Am ychydig, ni ellid clywed unrhyw beth ond am sisial araf y nant. Yna, gyda'i lygaid ar gau tra'n gorwedd ar y ddaear â'i ddwylo'n anwesu cefn ei ben, dywedodd Sabta wrth Dylan,

'Wel, 'nest ti lanast go iawn o bethe heddi 'to.'

Plygodd Dylan ei ben.

'Fi'n gwbod.'

Hyd yn oed pan siaradai, straeniai'r geiriau fel tase gogor ganddo yn ei lwnc.

'Felly, beth yw dy broblem di?' gofynnodd Dumah. 'Pam nag wyt ti'n gallu canu?'

'Dim syniad,' atebodd Dylan, gan godi ei lais mewn anniddigrwydd. Roedden nhw wedi cael y sgwrs hon droeon o'r blaen. 'Smo i'n trial canu ma's o diwn.'

'Smo ti'n clywed d'unan yn canu mas o diwn?' gofynnoddd Gether.

Ysgydwodd Dylan ei ben.

'Na. Bydda' i'n clywed y'n lais i'n canu mewn tiwn perffaith. Mae'n debyg taw dyna yw bod yn dôn-fyddar. Falle taw 'ngluste i yw'r broblem, nid y'n lais i. Y gwir yw, fi *yn* gallu canu.'

Edrychodd y lleill yn druenus arno. Ni ddywedon nhw'r un gair, gan nad oedden nhw am ei frifo. Câi Dylan ei hoffi gan bawb yn y nefoedd – ddim cymaint gan Acsa efallai – ac roedd ei frwdfrydedd heintus a'i gariad mawr at Dduw yn ddigymar ymhlith holl liaws y nefolion leoedd.

Gan anwybyddu honiad Dylan, gwnaeth Gether gynnig.

'Ti am i ni roi gwersi canu i ti?'

Ysgydwodd Dylan ei ben eto.

'Na, nethon ni hynny o'r bla'n: a withodd e ddim.'

'Wel, ma' rhaid i ni drial rhywbeth,' cyhoeddodd Dumah. 'Dim ond naw mis sy' gyda ni.'

Cododd Dylan ei ben yn sydyn.

'Be' ti'n feddwl, "naw mis"?'

'Wrth gwrs, fe gollest ti ddechre'r ymarfer. O' ti ar un o dy dravels.'

'Dwed wrtha i, be' sy'n mynd i ddigwydd mewn naw mis?'

Roedd cwestiwn ei hun gan Sabta.

'Ble *wyt* ti'n mynd pan fyddi di'n mynd ar dy anturiaethe?'

Roedd Dylan yn dechrau mynd yn ddiamynedd.

'Be' sy'n mynd i ddigwydd mewn naw mis?'

'Na'th Acsa gyhoeddiad pwysig iawn ar ddechre'r rihyrsal,' meddai Gether.

'A beth o'dd hwnnw?' Roedd Dylan ar bigau'r drain eisiau gwybod.

'Ti'n gwbod fod y Côr Angylion i ganu pan fydd Iesu'n cyrraedd y ddaear? Wel, ni wedi ca'l dyddiad: naw mis o nawr.'

Safodd Dylan ar ei draed. Ni allai rheoli ei hun. Dechreuodd frasgamu nôl ac ymlaen ger y nant. Cafodd ei lethu gan gynnwrf. Dyfodiad Mab Duw i'r byd! Roedd hwn yn mynd i fod yn ddathliad anhygoel o'i gariad Ef, ac o gariad Duw tuag at yr holl fyd. Roedd e'n mynd i fod yn rhan ohono, yn canu fel un o'r Côr Angylion, yn gwneud yr hyn a fwynheai fwyaf, sef moli a gogoneddu Duw. Ni allai aros. Rhedai'r un teimladau trwy feddyliau Sabta, Gether a Dumah, ond ar y llaw arall, teimlen nhw rhyw ddrwgargoel anghyffredin.

Pennod 6

Bu'n ddiwrnod prysur. Roedd llif cyson o farsiandïwyr ac ymwelwyr naill ai wedi cyrraedd neu wedi gadael Bethlehem yn ystod y dydd. Roedd Nathanael, pennaeth gwarchodlu gatiau'r ddinas wedi blino a gallai deimlo oerfel y nos yn treiddio trwy ei groen. Roedd y cymylau'n drwm uwch ei ben. Rhynodd ei gorff. Roedd yn barod am fwyd a noson gynnar, wrth ochr ei wraig. Dechreuodd y dynion o dan ei reolaeth gau'r gatiau. Wrth iddyn nhw wneud, cerddai dau grwydryn gwargrwm lan y bryn tuag atyn nhw.

'Siapwch hi, os odych chi am ddod mewn cyn i'r gate gau,' gwaeddodd Nathanael yn ddiamynedd.

Wedi eu gwisgo mewn dillad fymryn gwell na charpiau gan lafurio dan ryw luddiant corfforol, ceisiodd y ddau frysio. Nid oedd eu cyflymder wrth fodd Nathanael. Gyda phob cam petrusgar, tyfodd ei anniddigrwydd.

'Symudwch hi, glou!' Gwaeddodd yn uwch.

Ni wnaeth y ddau fawr o ymdrech i gyflymu eu cerddediad, neu felly yr ymddangosai iddo. Roedd y gatiau yn cael eu cau pan lithrodd y ddau i mewn yn araf, ond nid cyn i Nathanael roi cic boenus i'r ddau ohonyn nhw yn eu penolau am wastraffu ei eiliadau gwerthfawr ef.

'Beth yw'ch enwe chi?' gofynnodd iddyn nhw'n swta.

'Jedah a Nidab, syr,' atebodd Jedah.

'Jyst cadwch ma's o'n ffordd i os odych chi'n golygu aros 'ma,' ymatebodd Nathanael yn finiog.

Chwarddodd Shobal, dirprwy Nathanael a'r gwarchodwyr eraill oedd yn bresennol yn ddirmygus a gwenodd y cythraul warchodwyr, oedd yn anweladwy i'r dynion, yn foddhaus wrth i ragor o anffodusion bywyd gael eu camdrin gan y rheini oedd â grym ganddyn nhw. Ni allai'r naill grwydryn na'r llall wneud unrhyw beth am eu camdrin corfforol. Derbynien nhw hynny fel rhan annatod o'u bywydau tila. Aethon nhw at ffynnon y ddinas ychydig y tu fewn y gatiau gan yfed ei dŵr yn awchus. Yna, baglodd y ddau i berfeddion Bethlehem, mor bell â phosib o'r milwyr. Wrth iddyn nhw grwydro'r strydoedd cul, bydden nhw'n begian am fwyd, ond bydden nhw'n cael eu hanwybyddu neu eu gwrthod. Oriau'n ddiweddarach, daethon nhw i gornel yn rhan orllewinol y ddinas a gwneud eu gorau i ddod o hyd i fan diarffordd i orwedd a chysgu am y nos, yn bwyta'u gwala ar freuddwydion o fordydd yn llawn prydau bwyd bras.

Heb fod ymhell uwch eu pennau, hedfanodd Garan trwy awyr y nos yn ddiolchgar fod y cymylau trwchus yn cynnig rhyw fath o gysgod. Aeth tair noson heibio ers i'r angel-ryfelwyr gwrdd gyda Mihangel a Gabriel. Cylchodd ar hyd cyrion gorllewinol y ddinas a glanio ar ddarn o dir agored ger hen dafarn, oedd wedi ei hesgeuluso, yn yr ochr ddeheuol. Roedd y nos yn llonydd; doedd dim golwg o'r un dyn byw. Edrychodd o'i gwmpas. Brasgamodd aderyn hoopoe heibio iddo'n hyderus, heb yn wybod fod Garan yno. Chwifiai ei goron o blu yn yr awel fwyn. Stopiodd yn sydyn a thyllodd ei big hirfain i'r ddaear i chwilio am bryfed neu hyd yn oed griciedyn y tes blasus. Edrychodd yr angel-ryfelwr fry ar y graig anferth a daflai gysgod diserch dros y tir agored. Yna, gwelodd yr hollt wrth ei gwaelod. Safodd am ychydig, ar goll yn ei feddyliau.

Ar ôl rhai eiliadau, hedodd eto a'r tro hwn dilynodd wal y ddinas ar hyd yr ochr orllewinol yn araf. Roedd yn edrych am rywbeth. O fewn ychydig amser credai ei fod wedi dod o hyd iddo.

Glaniodd yn osgeiddig o flaen tŷ bychan a oedd bron yn adfeilion. Ymddangosai'n ddelfrydol heblaw am un peth: roedd gormod o bobl o gwmpas. Cwerylai gŵr a gwraig yn uchel a sgyrsiai rhai menywod gyda'i gilydd ar stepen drws tŷ cyfagos, gan anwybyddu'r ffrwgwd priodasol. Roedd yn edrych am ryw le mwy diarffordd. Cododd i'r awyr. Ddwywaith eto y glaniodd gan feddwl iddo ddod o hyd i'r tŷ delfrydol, ond fel yr un cyntaf, lleolwyd un mewn man prysur yn y ddinas, ac roedd cyflwr y llall yn rhy dda i'r hyn oedd ganddo mewn golwg. Ymlaen yr aeth, nes yn y diwedd daeth ar draws tŷ bychan wrth ochr wal allanol y ddinas ar yr ochr ogleddol. Roedd yn fwy o *lean-to* na thŷ, mewn gwirionedd. Lleolwyd yr unig ddrws ym mlaen y tŷ ac nid oedd yr un ffenest iddo. I'r dde gwelodd ale gul, dywyll a llaith a redai wrth ochr wal y ddinas. I'r chwith a thu cefn iddo safai hen adeiladau gwantan yr olwg heb unrhyw arwydd fod rhywrai'n byw ynddyn nhw. Doedd dim golau yn yr un ohonyn nhw ac roedd yn amlwg eu bod wedi eu gadael i ddirywio. Roedden nhw'n weddillion trist o drigfannau a arferai fod yn gartrefi i elfennau tlotaf y ddinas mewn dyddiau oedd wedi hen fynd.

'Perffeth,' meddai wrtho'i hun.

Cododd Garan unwaith eto, gan hedfan at gatiau'r ddinas. Dyma ran beryclaf ei orchwyl. Pe bai'n cael ei weld gan un o'r gwarchodwyr dieflig mi fyddai'n gwneud drwg na ellir ei atgyweirio i'r cynllun oedd ganddo ef a'r pedwar angel arall mewn golwg. Gan gadw'n gyfochrog ac yn agos gyda'r ddaear hedfanodd at y tu fewn i'r gatiau oedd newydd gael eu cau. Yna, cododd gan lanio'n dawel a gosgeiddig ger un o'r tyrau bach yn union uwchben y gatiau. Yn ofalus, edrychodd lawr at y cythreuliaid a safai tu allan i waliau'r ddinas. Adnabu un ohonyn nhw – Sandon – arweinydd y giwed fach. Nid oedd yn gyfarwydd â'r lleill. Edrychodd ar y tir a oleddai'n araf oddi wrth y ddinas, i gwm cul a thu hwnt i'r bryn yr ochr draw. Ar y llechwedd honno, gallai weld bugeiliaid yn gofalu am ychydig ddefaid oedd yn pori'r borfa wyrddlas. Roedd popeth i'w weld mor heddychlon. Fel trigolion y ddinas, ni wydden nhw am yr hyn oedd i ddigwydd yno ymhen naw mis. Edrychodd ar y tirwedd oedd yn union oddi tano iddo, gan edrych yn fanwl i'r chwith ac i'r dde. Ymhen dim o amser sylwodd ar bant bach, rhyw ddeg cam i'r chwith o'r man lle safai'r cythreuliaid, ac yn bwysicach na dim, o fewn clyw i'w siarad. Yn ychwanegol, tyfai brwyn trwchus ar hyd ochr agosaf y pant.

Yn fodlon ei fod wedi gweld popeth, neidiodd oddi ar y wal. Hedfanodd at ochr arall y ddinas cyn dychwelyd i'r nefoedd.

Pennod 7

Treuliodd Garan, Cadman, Tarog, Ebin a Caleb yr amser cyn i Iesu ymadael am y ddaear yn dyfeisio a threfnu cynllun i ofalu am Mair. Ni adawyd dim i siawns. Gwysiwyd unedau o angel-ryfelwyr eraill er mwyn gweithredu'r cynllun. Roedd un o'r unedau hyn, o ryw saith o angylion, wedi eu hyfforddi'n ddwys mewn gwaith cudd eisoes wedi gadael am y ddaear. Yn ychwanegol, yr oedd uned arall o bedwar mewn nifer, o dan arweiniad Lorcan, wedi eu hyfforddi ac yn brofiadol iawn mewn gwaith arsylwi agos, eisoes wedi gadael am Fethlehem. Roedd pob adnodd nefol i gael ei ddefnyddio.

Cawson nhw gyfarfodydd di-ddiwedd gyda Mihangel, a rhai gyda Gabriel. Prif gonsyrn yr archangel oedd sut oedden nhw'n bwriadu cael Mair i mewn i Fethlehem, heb gael ei gweld, neu fan lleiaf, heb i'r cythraul warchodwyr sylwi arni. Yn ystod un o'r cyfarfodydd gyda Mihangel dywedodd Garan wrtho eu bod am gael cymorth Sabteka. Er, nid oedd yr archangel wedi ei argyhoeddi hyd yn oed ar ôl i Garan egluro'r rheswm.

'Beth os geiff e 'i ddala? Fydd dy gynllun di ar chwâl wedyn.'

'Sabteka yn ca'l 'i ddala? Fe a Tarog yw'r gore yn 'u maes.'

'Pam nag wyt ti'n ca'l Tarog i neud e?' pwysodd Mihangel.

'Mwy na thebyg, bydd gwaith arall gyda fe i neud bryd hynny,' dadleuodd Garan.

'Ond, os, fel wyt ti'n gweud, Garan – a fi'n tueddu i gytuno gyda ti – y bydd y cythreulied yn edrych am, ac yn dishgwl menyw ar 'i phen 'i hunan, oni fydd hynny'n ddigon?'

Ysgydwodd Garan ei ben. Roedd yn benderfynol.

'Fe fydd hwn yn neud hi'n debycach fyth y byddwn ni'n ca'l Mair mewn i Fethlehem heb iddi ga'l 'i sylwi gan y cythreulied sy' 'na.'

Ildiodd Mihangel i'w ddadleuon a chydsyniodd i'w ofynion.

'Ble mae e nawr?' gofynnodd Garan. Nid oedd wedi gweld Sabteka yn y nefoedd ers amser.

'Fel mae'n digwydd, mae e yn Israel 'i hunan, yn dodi rhai o'n hasiante angylion ni yn 'u lle gogyfer â gweinidogeth Iesu. Byddwch chi wedi gadel cyn iddo fe ddychwelyd. Fe eglura' i iddo fe be' sy' isie iddo fe neud.'

Pan ddaeth yr amser iddyn nhw adael am y ddaear, cwrddodd y pump gyda Mihangel a Gabriel am y tro olaf yn neuadd yr archangel. Gallen nhw synhwyro'r tensiwn a'r cynnwrf wrth iddyn nhw siarad gyda'r rhyfelwyr, er, o'r tu allan, ymddangosen nhw'n hollol hunan-feddiannol.

'Popeth yn 'i le?' gofynnodd Mihangel i Garan.

'Odi,' atebodd, wrth nodio ei ben yn araf. Edrychodd i fyw llygaid yr archangel gyda'i lygaid effro.

Nid am y tro cyntaf y teimlai Mihangel yn dawel ei feddwl mai Garan, o holl angylion y Byddinoedd Angylion oedd wedi ei ymddiried gyda'r gorchwyl hwn. Ni allai ddweud ei fod yn fwy ffyddlon a theyrngar i Dduw na'r un angel-ryfelwr, gorawl na negeseuol arall, ond yn sicr nid oedd yr un ohonyn nhw ar yr un donfedd ag ewyllys Duw gymaint ag ef, nac yn fwy ystyrlon o ddymuniad ei Arglwydd. O'r herwydd, nid oedd neb gwell i arwain y gorchwyl hollbwysig hwn, a gwarchod y llwyth gwerthfawrocaf erioed.

'Nawr te,' parhaodd Mihangel, 'ga' i'ch atgoffa chi fel rhan o ddyfodiad Iesu, y bydd y Côr Angylion, dan arweiniad Acsa yn cyhoeddi'r digwyddiad i rai bugeilied ar y brynie uwchlaw Bethlehem.'

'Yym, alla' i ofyn rhwbeth?' mentrodd Ebin. 'Fydd y côr cyfan 'na?'

'Bydd.'

'Hyd yn o'd Dylan?' chwarddodd Ebin yn dawel.

'Hyd yn o'd Dylan,' cadarnhodd Mihangel.

Anaml y byddai'r angel-ryfelwr yn ymwneud llawer gydag aelodau'r Côr Angylion ond roedd pob un ohonyn nhw wedi clywed am yr enwog Dylan, ac wedi ei glywed, yn llythrennol, hefyd. Fodd bynnag, gwydden nhw hefyd ei fod yn ymserchu yn Nuw: rhinwedd y gwerthfawrogai'r pum rhyfelwr yn fawr.

'Fydde ddim ots 'da fi glywed hwnna,' meddai Caleb.

'Falle, ond fi'n ame, achos bydd mwy na digon o waith gyda ti i neud yn gwarchod Iesu.'

Roedd Garan eisiau gadael.

'Gwell i ni fynd, bos.'

'Ie,' cytunodd Mihangel, 'dy' ni ddim am adel Mair a Iesu'n ddiymgeledd am fwy o amser na sy' raid.'

Trodd y pump i adael, ond roedd un peth arall gan Mihangel i'w ddweud, un anogaeth olaf.

'Y pump ohonoch chi,' galwodd.

Troeson nhw i edrych arno.

'Cofiwch, wrth ofalu amdani hi, ry' chi'n gofalu amdano Fe.'

Edrychodd y pum angel arno. Roedden nhw ar fin dechrau'r gorchwyl pwysicaf y gallen nhw fod wedi ei ddychmygu. Trawyd nhw gan ddifrifoldeb eu tasg. Llifodd rhyw nerfusrwydd trwy eu bodau: yr oedd yn deimlad hollol newydd iddyn nhw. Wrth sefyll gyda'i gilydd, ystyriodd pob un yr anrhydedd enfawr oedd wedi ei roi iddyn nhw i warchod eu Harglwydd, baban diymgeledd yng nghroth gwraig ifanc.

Rhoddodd Garan y gorchymyn i adael. Cerddon nhw at derfyn allanol y nefoedd cyn codi a brysio at Nasareth, at eu Harglwydd, ac at y wraig a ddewiswyd gan Dduw i'w gario Ef am y naw mis nesaf.

Pennod 8

Gwyddai fod rhywbeth wedi digwydd i'w chorff. Er mai dim ond deng niwrnod oedd wedi mynd heibio ers yr ymweliad, fe wyddai. Yn llygaid rheini o'i chwmpas roedd yn dal i fod yn ifanc. O ran ei hoedran, roedd yn parhau i ymgyfarwyddo gyda nodweddion corfforol menyw ifanc, ddibrofiad yn ffyrdd y byd. Edrychodd ar ei stumog, ac iddi hi roedd bron yn anghredinol fod Mab Duw – ei Mab hi – yno, yn ei chroth. Nid oedd wedi meiddio dweud wrth unrhyw un. Nid am ei bod yn amau'r hyn a ddywedwyd wrthi, ond câi hi'n anodd dirnad ei bod hi, Mair, merch ddibwys o bentref dinod ym mryniau Galilea, wedi ei dewis i gario Meseia Duw.

Eisteddai ar garreg aelwyd tŷ ei rhieni a adeiladwyd gan ei thad, yn pwyso ar ffrâm y drws. Mwynheai'r cysgod a roddwyd gan y clogwyn serth ar ochr orllewinol y pentref, yn y prynhawn hwyr. Amgylchynwyd ochrau gogleddol a gorllewinol Nasareth gan fryniau uchel godre Mynyddoedd Libanus. Er ei bod yn eistedd yn isel gallai weld brigau uchaf y coed olewydd a ffigysbrennau a dyfai ar y llechweddau deheuol a ymestynai lawr i Ddyffryn Jesreel yn y pellter. Gallai hefyd weld y byddai'r coed almon yn blodeuo cyn hir, yn ysblennydd yn eu lliw gwyn llachar. O bellter, bydden nhw'n edrych fel cymylau di-siâp oedd wedi syrthio o'r awyr yn hongian yn llipa ac ar goll uwchlaw tir ffrwythlon, glaswyrdd Galilea. Yn sicr, meddyliai, roedd yn lle braf i fyw.

Cydnabu nifer o'r bobl oedd ar hyd y lle wrth iddyn nhw fynd o gwmpas eu busnes: roedd yn eu hadnabod ers ei phlentyndod, a gwnaeth yr agosrwydd iddi deimlo'n saff a diogel. Sut fydden nhw'n ymateb iddi fodd bynnag, petaen nhw'n gwybod ei bod yn feichiog? A mwy na hynny, ei bod yn cario Mab Duw ei Hun. A fydden nhw'n dal i'w chyfarch? Neu, a fydden nhw'n ei dilorni fel un wallgof am fod mor hy â hawlio ei bod yn feichiog gyda'r Meseia? Heblaw hynny, pam fyddai Duw wedi dewis menyw o Nasareth i roi genedigaeth i'w Fab? Oni chofiai fod pentref Nasareth yn destun gwawd? Oni wyddai y byddai pob Iddew yn cwestiynu a ddeuai unrhyw beth da o Nasareth?

Roedd yna un person yr oedd angen iddi ddweud wrtho: Joseff, ei dyweddi. Haeddai ef gael gwybod cyn unrhyw un arall. Ac roedd yn rhaid dweud wrtho'r diwrnod hwnnw, neu yfory, fan pellaf, am ei bod yn fwriad ganddi i fynd i weld ei chyfnither, Elisabeth ymhen dau ddydd ac aros gyda hi a'i gŵr, Sechereias, nes i'w mab gael ei eni. Roedd Elisabeth yn hen a mwy na thebyg mi fyddai'n gwerthfawrogi'r help. Doedd yna'r un ffordd y gallai adael cyn dweud wrth Joseff. Roedd yn rhaid iddi siarad ag o, dyna'i diwedd hi. Bu iddi godi o'i gwely y bore hwnnw'n benderfynol y byddai'n dweud wrtho cyn diwedd y dydd. Ond roedd hi eisoes yn hwyr y prynhawn ac roedd hi wedi ei chael yn hawdd i ddod o hyd i esgus – unrhyw esgus – i osgoi dweud wrtho. Ni allai ohirio'r foment lawer yn hwy, fodd bynnag.

Ceisiai feddwl sut y byddai'n ymateb. A fyddai'n ei gwrthod? Perodd y posibilrwydd hwn boen iddi. Beth pe bai'n dod â'r dyweddïad i ben? Yn ôl y gyfraith Iddewig, roedd perffaith hawl ganddo i'w chael wedi ei llabyddio. Byddai'n gwybod yn iawn nad ef oedd y tad: trwy gydol eu perthynas bu'n barchus tuag ati hi a'i chorff heb gymryd yn ganiataol y gallai wneud fel y mynnai â hi hyd yn oed ar ôl iddyn nhw ddyweddïo. Pryd a sut oedd dweud wrtho, dyna'r cwestiynau.

Yna, roedd ei mam a'i thad. Byddai'n rhaid dweud wrthyn nhw, hefyd. Teimlai Mair chwys oer yn codi oddi mewn iddi. Ochneidiodd a gadawodd i'w hysgwyddau gwympo. Doedden nhw ddim hyd yn oed yn gwybod bod Elisabeth yn feichiog. A doedden nhw ddim hyd yn oed yn gwybod am ei bwriad i fynd i aros gyda hi. Cymaint i'w ddweud a chyn lleied o amser.

Sut oedd hi'n mynd i ddweud wrth ei thad? Roedd yn ddyn crefyddol iawn. Byddai'n darllen yr hen ysgrythurau'n awchus a gallai adrodd talpiau mawr ohonyn nhw o'i gof. Roedd yn saer maen syml, ond synnai sawl rabbi at ei wybodaeth ysgrythurol. Iddo ef, y gorchymyn goruchaf oedd caru'r Arglwydd dy Dduw gyda'th holl galon a'th holl egni a'i ddymuniad pennaf oedd ei fodloni Ef. Yna, roedd ei mam, a boenai cymaint am beth oedd pobl eraill yn ei feddwl. Ymddangosai i Mair mai'r rheol bwysicaf yn y tŷ oedd peidio â dwyn cywilydd ar y teulu. Er ei phryderon, ers i'r angel ddweud wrthi am ei rôl gysegredig yn nyfodiad y Meseia hir-ddisgwyliedig, llanwyd ei chalon â gorfoledd. Teimlai ei hun fel pe bai'n pefrio, a'r noson gynt hyd yn oed, gwenodd ei thad arni a chrybwyllodd pa mor rhadlon a hapus yr edrychai yn ddiweddar.

A doedd Mair yn ddim os nad yn ewn. Ofnai bechgyn hi, edmygai merched hi. Fe garai hen bobl hi am ei bod yn dod â gwên i'w hwynebau'n ddi-ffael wrth siarad â nhw ac oherwydd fod pethau symlaf bywyd yn rhoi'r llawenydd mwyaf iddi.

Yn sydyn, tynnodd ei siôl am ei hysgwyddau a chododd ar ei thraed, fel pe bai wedi cael rhyw ddatguddiad syfrdanol. Gwyddai fod yn rhaid mynd i ddweud wrth Joseff – rwan! Er ei bod yn llenwi ei chorff ag ofn, casái'n fwy y syniad ei fod yn dod i glywed gan rywun arall. Cerddodd ychydig gamau, yn llawn bwriad, ond yna, arhosodd yn ei hunfan, wedi ei tharo gan fawredd yr hyn roedd ar fin ei ddweud wrtho. Roedd angel wedi ymddangos iddi! A mwy na hynny, yr oedd wedi dweud wrthi y byddai'n dod yn feichiog o'r Ysbryd Glân ac mai'r baban yn ei chroth fyddai neb llai na'r Meseia! Pam ddylai Joseff ei chredu? Doedd hi ddim am ei frifo chwaith. Yn ddwfn yn ei chalon gwyddai ei fod yn ei charu. Sut yn y byd oedd hi'n mynd i ddweud wrtho?

Bu bron iddi droi nôl. Gallai ddweud wrtho yfory. Anadlodd yn drwm ac ochneidio eto. Na, byddai'n well ei weld heddiw. Dechreuodd ar ei ffordd eto, ond teimlai ei hymysgaroedd yn chwyrlïo.

Byddai yn ei weithdy, yn gwneud bord o goed cedrwydd ar gyfer masnachwr lleol. Dyma'r tro cyntaf iddo gael archeb mor ddrudfawr ac roedd e wedi dweud wrthi petai'n llwyddo i wneud job dda ohoni, yna gallai ddisgwyl mwy o archebion tebyg.

Cerddodd Mair yn araf ar hyd y strydoedd llychlyd. Cyrhaeddodd y gweithdy, gyda'i gerrig naddedig garw a haenau o ganghennau ar drawstiau pren, tebyg iawn i unrhyw weithdy neu dŷ yn y pentref. Oherwydd ysgafnder ei cham, a'r ffaith ei fod â'i gefn ati wrth iddo sychu'r ford orffenedig, roedd amser ganddi i edrych arno heb yn wybod iddo. Pwysodd ei hysgwydd chwith yn erbyn y postyn drws a phlethodd ei breichiau.

Edmygodd ei ysgwyddau llydan, nerthol a'i freichiau gwydn a chyhyrog a dystiai i fywyd o lafur caled yn cario darnau trwm o bren. Mwy na hynny, fe sylwodd ar y bysedd yr oedd wrth ei fodd yn eu defnyddio i wneud y teganau mwyaf cywrain i blant y pentref. Gwenodd arno, wrth iddo gymryd y gofal mwyaf – byddai rhai'n dweud ei fod yn fursennaidd – tra'n sychu llwch llafur y dydd oddi ar y bwrdd.

Torrodd ar draws y tawelwch.

'Dwi'n methu penderfynu p'un ai wyt ti'n edrach yn well o'r cefn ta o'r tu blaen.'

Adnabu'r llais ac atebodd,

'A dwi'n methu penderfynu p'un ai wyt ti'n edrych yn well o'r cefn, tu blaen ta o'r ochr.'

Trodd i edrych arni. Fflachiodd ei dannedd disglair arno, a belydrai yn fwy gan iddyn nhw gael eu hamgylchynu gan groen olewydd ei hwyneb. Yn ei olwg ef, roedd esgyrn ei gruddiau uchel, ei thalcen llyfn, uwchlaw ei llygaid bywiog, lliw collen yn ddelwedd berffaith o brydferthwch.

'A mwy na hynny,' parhaodd, 'Dwi 'di'n nal rhwng awydd dwfn 'mond i sbio arnat ti, a dymuniad i dy ddal di yn 'y mreichia.'

Crychodd ei thrwyn ychydig ac ymddangosodd pant bach yn ei dwy foch. Taflodd ei gwallt tywyll hir dros ei hysgwyddau. Roedd hi'n mwynhau ei hun.

'Plîs, paid gneud hynna,' erfynodd. 'Ti'n gwybod ei fod o'n fy ngneud i'n wirion.'

Rhoddodd chwerthiniad bach tawel.

'Iawn, rho eiliad i fi gael gorffan sychu'r bwr' ma, a wedyn, mi awn ni am dro i'r bryniau acw.'

Doedd dim yn well ganddyn nhw na mynd am dro ar hyd copaon y bryniau a amgylchynai Nasareth a syllu i'r dwyrain i gyfeiriad Môr Galilea, tra'n rhannu eu breuddwydion a'u gobeithion am y dyfodol; dyfodol wedi ei blethu, ers i Joseff ofyn i Mair ei briodi.

Wrth iddo weithio ar ochr arall y bwrdd, rhoddodd gyfle i Mair i edmygu ei wyneb golygus. Rhedai ei wallt brown tywyll yn syth y naill ochr i'w wyneb, ond ar ei dalcen uchel – y dychmygai hi oedd mor galed â charreg – cyrliai dau gudyn trwchus, fel cyrn tarw. Chwarddodd i'w hun, fel y gwnai bob tro y byddai'n eu gweld. Cwblhaodd ei farf drwchus a'i lygaid du disglair y ddelwedd oedd ganddi ohono a fyddai'n ei chario yn ei chalon, pe na bai'n ei weld byth eto. Tu allan, clywai drydar a chleber yr adar ynghyd â phobl yn siarad a cherdded, yn gwneud y pethau yr arferai trigolion Nasareth eu gwneud yr adeg honno o'r dydd. Roedd yn drosedd chwalu llonyddwch y cyffredinolrwydd hwn. Teimlai fel petai ar fin taro llyn o rew clir gyda gordd anferth, neu agor llifddorau a fyddai'n rhyddhau cenllif o ddŵr berw gwyllt na fyddai'n bosib iddi hi ei rwystro byth eto. Ond roedd yn rhywbeth roedd yn rhaid iddi ei wneud.

'Joseff, ma gin i rwbath i ddeud 'tha chdi.'

Ceisiodd ei gorau i swnio'n ddi-ffwdan. Methodd yn llwyr. Stopiodd sychu ac edrychodd arni. Crychodd ei dalcen llyfn.

'Well i chdi eiste.'

Cyn gynted ag yr ynganodd y geiriau, roedd yn edifar ganddi: roedd ond wedi llwyddo i waethygu ei ofidiau. Gwnaeth fel y dywedodd, fodd bynnag, gan eistedd yn ofalus ar y stôl oedd ger ei fainc gweithio. Gallai Mair glywed ei anadlu nerfus, dwfn a phendronodd a allai ef glywed ei hanadl hithau.

'Dwi'n gwbod fod hyn yn mynd i swnio'n wirion, ond... deng niwrnod yn ôl, mi ymddangosodd... mi ymddangosodd angel i fi.'

Pwysodd Joseff ei ben i un ochr, gan gulhau ei lygaid mymryn o glywed y newyddion rhyfeddol. Ni ddywedodd yr un gair.

'Roedd llond bol o ofn arna' i, ond ddudodd o wrtha i am beidio dychryn.'

Dim ymateb eto. Aeth Mair yn ei blaen.

'Mi ddudodd... mi ddudodd rwbath... anghredadwy... tu hwnt...'

Fe stopiodd. Roedd yn rhaid iddi fod yn ofalus, tyner hyd yn oed.

'Ddudodd o... ddudodd o y baswn i'n dod yn feichiog...'

'Be'?'

Saethodd Joseff i'w draed.

'Dwi'n gwbod, dwi'n gwbod. Plîs, gad imi orffan, Joseff... prin y medra i ddallt y peth fy hun.'

'Pw' 'di'r tad? Ydw i'n 'i nabod o?'

'Wyt, Joseff, ti'n 'i nabod O, ond tydi o ddim o Nasareth.'

Ni allai Joseff gredu ei glustiau.

'Ti 'di bod yn gweld rhywun o'r tu allan i'r pentra?'

Anadlodd Mair yn ddwfn a dywedodd yn dyner,

'Yahweh ydi O, Joseff.'

Eisteddodd nôl ar ei stôl ac edrychodd arni'n ddryslyd ac yn llym ar yr un pryd. Cymerodd fantais o'i dawelwch.

'Pan ddudodd o y baswn i'n beichiogi, mi ofynais iddo, "Sut? Dwi'm 'di cysgu hefo'r un dyn".'

Edrychodd Joseff arni'n anghrediniol.

'Rhaid iti 'nghredu i, Joseff!'

Yna, gan edrych i fyw ei lygaid, fe ddywedodd yn araf,

'Dwi ddim wedi cysgu hefo'r un dyn, Joseff.'

Syllodd arni'n llym.

'Be oedd gynno fo ddeud am hynny?'

'Dudodd y basa'r Ysbryd Glân yn dod arna i a basa pŵer Duw yn fy nghysgodi i, ac felly basa'r plentyn yn Gysegredig, yn Fab Duw.'

'Aros... aros funud. Felly, wyt ti'n deud 'tha i na Yahweh 'di'r tad?'

'Yndw,' atebodd, a thôn benderfynol ei llais yn ei anesmwytho.

'Pryd fydd hyn yn digwydd?'

'Mae o'n barod wedi digwydd. Fel dd'udish i, dwi'n feichiog.'

'A'r plentyn hwn ydy Mab Duw, y Meseia? Yr Un mae cenedl yr Iddewon wedi bod yn disgwyl amdano fo ers... ers canrifoedd?'

Nodiodd ei phen.

'Yr Un gafodd ei ragfynegi gan y proffwydi?'

Nodiodd ei phen eto.

Distewodd eto, ac edrychodd ar y bwrdd y bu'n ei sychu. Aeth y byd tu allan yn fud hefyd: stopiodd yr adar ganu; stopiodd pobl siarad. Roedd fel petai'r byd i gyd yn gegrwth gyda'r hyn yr oedd hi newydd ei ddweud wrtho. Roedd y tawelwch yn annioddefol, ond meddyliai Mair y byddai'n well peidio â dweud mwy. Roedd wedi dweud yr hyn oedd angen ei ddweud. Tu fewn, fodd bynnag, roedd ar bigau, yn dyheu iddo ddweud rhywbeth. Golygai siarad fod llinellau cyfathrebu'n dal ar agor; roedd sgwrs yn bont a rychwantai'r bwlch rhyngddyn nhw. Fe ddechreuodd eto. O'r diwedd, ymateb.

'Ond, pam chdi, Mair?'

'D'wn 'im,' meddai, ei llais yn crynu, wrth i fawredd yr hyn roedd Joseff newydd ei ofyn ei tharo unwaith yn rhagor, fel oedd wedi ei wneud sawl tro ers ymweliad yr angel.

'Wyt ti'n disgwyl i fi goelio hyn i gyd?'

'Wel, ydw... dwi yn. Plîs... dwi'n begian... dwi'n deud y gwir.'

Edrychodd arni eto, wedi ei anesmwytho gan ei hateb.

'Ma gen i ofn, Joseff. Dwi ar ben fy hun, ond dwi am i chdi i fod efo fi, i ddod efo fi.'

'Be' os na ddo i?'

Rhewodd ei chalon. Tynnodd ei hun at ei gilydd yn gyflym. Sibrydodd,

'Yna, dwi am neud popeth ar 'y mhen fy hun.'

Ei dro ef oedd hi i fod yn dawel, wrth iddo ystyried yr hyn roedd hi newydd ei ddweud. Casglodd ei feddyliau at ei gilydd.

'Be' am dy dad a dy fam? Ddaw cywilydd mawr arnyn nhw.'

Yn ystod y misoedd roedden nhw wedi dyweddïo roedd Joseff a thad Mair wedi dod yn ffrindiau mawr, yn bennaf am eu bod ill dau yn feistri corn ar eu crefft, ac felly edmygai'r naill sgiliau'r llall. Gwyddai na fyddai ei thad yn gallu edrych i lygaid Joseff, unwaith y deuai ei beichiogrwydd yn gyhoeddus.

'Ti'n meddwl nad ydw i 'di meddwl am hynny? Mae o'n dy garu di Joseff, fel 'tai o'n dad i chdi.'

Bu pethau'n dawel am ychydig eto. Gwyddai Joseff fod hyn yn wir, ac roedd yn rhywbeth y gwerthfawrogai gan i'w ddau riant farw rai blynyddoedd ynghynt, gan ei adael ar ei ben ei hun. Clywodd Mair yr adar yn canu tu allan unwaith eto a dychwelodd bywyd normal i'r strydoedd, fel petai natur a phobl wedi dod dros y sioc o glywed ei newyddion.

Safodd Joseff ar ei draed a dechrau cerdded nôl ac ymlaen. Gallai Mair weld ei fod yn ymgiprys â'i feddyliau. Dychmygai bod ei feddwl fel clymau o linynnau gwlân. Roedd yn amlwg ei fod yn ceisio penderfynu beth ddylai ei wneud. Roedd ei thynged yn y fantol. Ni ddywedodd yr un gair: roedd yn rhaid iddo benderfynu drosto'i hun.

Edrychodd Joseff allan drwy'r ffenest at y bryniau mewn silwét o flaen yr haul oedd yn machlud, ac yn llygaid ei feddwl gwelodd ddŵr glas y Môr Mawr y tu hwnt. Cofiodd amdano'i hun yn blentyn a'r awydd oedd ganddo i weld y môr hwnnw. Ni fyddai'n anodd cyrraedd yno. Roedd wedi clywed storïau am longau masnach mawr Tyrus a meddyliai iddo'i hun y byddai fwy na thebyg yn gallu cael gwaith yno yn adeiladu'r llongau a hwyliai foroedd y byd. Byddai'n ffordd dda o ddianc rhag y cywilydd o gael ei fradychu gan y fenyw, yr unig fenyw, iddo ei charu erioed. Roedd bod yn hen lanc yn galw, gan na allai weld ei hun yn priodi unrhyw un arall. Nid oedd yna'r un eneth arall allai ddal cannwyll i Mair. Unwaith iddo flasu'r gwin gorau, roedd popeth arall yn llarïaidd a diflas. Ymddangosai i Mair iddo ystyried ei sefyllfa am hydoedd. Roedd hi mewn ing o anobaith, yn aros yn ddiamynedd am ei benderfyniad. Gydag amser, trodd i edrych arni.

'Mae ein dyweddïad wedi darfod,' meddai mewn llais fflat.

Nid yn unig oedd Mair wedi ei syfrdanu gan yr hyn a ddywedodd, ond hefyd gan y ffordd yr ynganodd y geiriau. Roedd mor ddideimlad a therfynol â dogfen gyfreithiol na ellid dadlau yn ei herbyn. Gadawodd i'w phen gwympo ychydig i'r ochr. Wrth iddi wneud, syrthiodd rhai cudynnau o wallt dros ei thalcen llyfn. Edrychodd arno'n druenus tra'n gwthio'n ôl argae fawr o ddagrau gwlyb oedd wedi cronni'n sydyn tu cefn i'w llygaid.

'Joseff...' dechreuodd bledio, ei llais yn gryg gan boen a siom. Edrychodd arno'n geryddgar. Sut allai o feddwl ei bod hi wedi bod gyda dyn arall? Oni chredai hi?

'Well i chdi fynd 'wan. Mi alwa' i draw i weld dy dad ben bore er mwyn egluro iddo.'

'Ond, Joseff!'

'Fel ddudish i, fyddai'n well i ti adael,' meddai, gan syllu heibio iddi.

Cydiodd tristwch mawr ynddi. Câi hi'n anodd anadlu. Beth oedd o'n ei wneud? Oni wyddai'r boen roedd yn ei achosi iddi hi ac yntau? Ac roedd y cwbl yn ddiangen. Beth allai hi wneud? Roedd y dystiolaeth yn ei herbyn, yn ddigamsyniol. Doedd yna'r un ffordd y gallai wrthbrofi ei gamddealltwriaeth. Er fod y sioc wedi gwneud ei chorff cyfan yn wan, synnodd ei hun pa mor dda yr ymdopodd â'r sefyllfa. Edrychodd am y tro olaf ar yr hwn fyddai wedi bod, hyd at ddeng munud yn ôl yn ddarpar ŵr iddi, a chuddiodd y llun ohono yn ddwfn yn ei chalon. Yna trodd yn dawel a cherddodd allan i'r stryd. Wedyn, a dim ond wedyn, yr eisteddodd Joseff ac wylo dagrau chwerw o dristwch.

Tu allan i wal gefn y gweithdy, trodd Garan i edrych ar ei gyd-ryfelwyr. Roedd pob un wedi plygu eu pennau mewn dicter a siom: yn ddig, oherwydd, yn eu llygaid nhw, roedd Mair wedi cael ei thrin yn annheg. O'r eiliad gyntaf iddyn nhw gyrraedd Nasareth roedden nhw wedi cymryd ati, ac yn ystod y dyddiau canlynol, nid oedd dim wedi digwydd i leihau ei hoffter ohoni. Gallen nhw weld pam fod Duw wedi ei dewis hi i fod yn fam i'w Fab. Roedd yn gariadlawn a gofalgar, ond ar yr un pryd meddai ar ysbryd bywiog ac annibynnol. Roedden nhw'n siomedig am eu bod wedi gobeithio, yn wir, wedi disgwyl gwell gan Joseff.

Wrth iddyn nhw gerdded o du cefn y gweithdy i ddilyn Mair adref, a sicrhau, gorau gallen nhw, ei bod yn iawn, gwirfoddolodd Caleb ei wasanaeth.

'Ti am i fi sorto fe ma's, Gar?'

Stopiodd ei gapten yn y fan a'r lle, wedi ei gythruddo ganddo.

'Wedest ti 'na pan dwlodd y Brenin Saul waywffon at Dafydd. Felly, gwed wrtha' i, Caleb, beth yn gwmws wyt ti'n 'i olygu wrth "sorto fe ma's"?'

Cododd hwnnw ei ysgwyddau.

'Wel, ti'n gwbod...'

'Na, smo'i *yn* gwbod, ac yn bendant, smo'i am i ti sorto fe ma's,' atebodd Garan gyda min yn ei lais. 'Smo ni'n neud pethe fel 'na. Cythreulied, ie; pobl, na, a beth bynnag, sdim awdurdod gyda ni i neud unrhyw beth fel 'na. Heblaw hynny, fe wedodd Mihangel wrtha i tase rhywbeth fel hyn yn digwydd, o'dd dishgwl i fi roi gwbod iddo fe'n syth. Felly, dyna be nawn ni. Af i nôl i'r nefo'dd tra'ch bo chi'ch pedwar yn aros fan hyn yn cyflawni prif orchwyl y'n tasg ni, sef gofalu amdani hi,' meddai, gan bwyntio at y ffurf gwargrwm ac amddifad oedd yn cerdded camau petrusgar rhyw hanner cant o gamau o'u blaenau.

'Odi hynny'n ormod i ofyn?'

'Na, bos. Ond dyle fe ddim fod wedi 'i throi hi bant,' mynnodd Caleb yn ddigalon.

'Falle 'ny, ond dod d'unan yn 'i le fe. Reit, Cadman, ti yw'r bos nes y dof i'n ôl.'

Gyda hynny, cododd i'r awyr, gan adael y lleill i ddilyn Mair adref. Teimlai pob un rhyw ysfa anghyffredin i'w chofleidio, gan deimlo'r rhwystredigaeth o fethu gwneud hynny.

Pennod 9

Tra bod Garan ar ei ffordd yn ôl, galwyd Mihangel a Gabriel i weld Duw. Cerdden nhw'n ysgafn droed wrth iddyn nhw fynd ar hyd tramwyfeydd y nefoedd i Neuadd yr Orsedd Dragwyddol. Roedd bob amser yn bleser pur i'w weld.

Wrth iddyn nhw ddynesu at yr Orsedd, gwelson nhw'r seraffim yn hedfan o gwmpas Duw, yn rhoi addoliad diddiwedd a thragwyddol Iddo. Unwaith eto, fe'u trawyd gan ei brydferthwch digymar. Gwyron nhw eu pennau gan godi eu dwylo i'w addoli'n llawen. Cyfarchodd nhw, ei lais fel taran dyner.

'Mihangel a Gabriel. Mae'n dda eich gweld.'

Cododd y ddau eu pennau, gan ddweud mewn llais uchel,

'F'Arglwydd.'

'A yw popeth yn ei le ar gyfer genedigaeth Fy Mab?' gofynnodd Duw.

'Ydi, fy Arglwydd,' atebodd Gabriel.

'Da iawn. Nawr, mae angen i chi wneud un peth arall ar fy rhan.'

Gwrandawodd y ddau yn astud.

'Dylan,' cyhoeddodd iddyn nhw. 'Mae gorchwyl arbennig iawn gyda Fi mewn golwg iddo'r noson y caiff Fy Mab ei eni.'

Edrychodd y ddau angel mewn dryswch ar ei gilydd.

'Rhywbeth yn bod?'

Adnabu Mihangel a Gabriel eu Harglwydd yn ddigon da erbyn hyn i wybod ei fod wrth ei fodd yn gwneud yr annisgwyl. Credai gormod o bobl y gellid ei ddefnyddio Ef a'i reoleiddio, hyd yn oed ei ddofi. Nid oedd yn fwy na gwas bach, ar gael unrhyw bryd, unrhyw fan, fel y gellid manteisio ar ei wasanaeth er mwyn cyflawni eu hagenda nhw, fel petai E'n ddyledus iddyn nhw. Nid oedd yn Dduw cydymffurfiol. Carai wneud yr annisgwyl ac nid oedd dim yn dwyn mwy o bleser iddo na rhoi cyfrifoldebau pwysig i'r rheini a ystyriai eu hunain yn ddibwys. Roedd dyrchafu, nid diraddio yn rhan annatod o'i fwriadau. Ond, Dylan, aelod o'r côr angylion na allai ganu? Pa orchwyl arbennig y gallai fod gan Dduw mewn golwg ar ei gyfer ef?

Edrychodd y ddau ar Dduw.

'Dylan?' holodd Gabriel.

'Ond, dyw e ddim yn gallu canu,' meddai Mihangel.

'Ac mae Acsa am gael gwared arno o'r côr. Mae e'n dweud nad yw'n gallu ei gael i ganu'r un nodyn mewn tiwn,' ychwanegodd Gabriel.

'Fe wn i hynny,' meddai Duw gyda gwên lydan ar ei wyneb.

Meddyliodd am ychydig, cyn parhau.

'Mae'n debyg eich bod chi'ch dau wedi sylwi ei fod yn gadael y nefoedd yn weddol aml. Ydych chi erioed wedi gofyn i le mae e'n mynd a beth mae e'n ei wneud?'

Ysgydwodd y naill a'r llall eu pennau.

'Neu efallai, fel Acsa, mae pawb, yn dawel bach, yn falch pan nad yw yma? Ni all ypsetio'r ymarfer côr wedyn. Ydych chi wedi ei weld e pan fydd y côr yn fy addoli I? Fe fydd e mor hapus i'm gweld I. Fe wn I ei fod yn canu allan o diwn, ond fe wela i yr hyn sydd oddi mewn. Mae e'n fy ngharu yn fawr iawn.'

Arhosodd Duw ychydig cyn parhau.

'Dywedwch wrth Garan am ei ddilyn y tro nesaf y bydd yn gadael y nefoedd. Nid yw Dylan i wybod ei fod yn cael ei ddilyn. A bydd angen i Garan adrodd nôl i chi cynted ag y bydd wedi dychwelyd. Fe fyddwch yn gwybod wedyn beth fydd gorchwyl arbennig Dylan. Cofiwch, nid yw ef i wybod am hyn.'

'Ond, ma' Garan yn Nasareth, yn gofalu am Mair,' meddai Mihangel.

'Mae Garan ar ei ffordd yma, i'ch gweld chi. Gabriel, mae gwaith gen ti: mae angen i ti fynd i dawelu meddwl Joseff.'

Unwaith eto, edrychodd y ddau angel ar ei gilydd, yr olwg o syfrdandod wedi ei hadlewyrchu ar wynebau'r naill a'r llall. Prociodd y ddau eu hunain o'u marweidd-dra, moesymgrymu a dychwelyd i Neuadd Mihangel.

Pennod 10

Nid oedd yn syndod felly i Mihangel na Gabriel pan gyrhaeddodd Garan â'i wynt yn ei ddwrn. Roedd wedi dychwelyd i'r nefoedd, byddai e'n dadlau, yn yr amser cyflymaf erioed. Daeth i ben â'r hanes am yr hyn oedd wedi digwydd yng ngweithdy Joseff trwy rybuddio,

'Mae e'n mynd i'w hysgaru hi!'

Ymatebodd Mihangel yn syth.

'Rhaid i ti adel nawr, Gabriel. Sdim amser i'w wastraffu.'

Nodiodd Gabriel ei ben, a dechreuodd adael y neuadd. Trodd Garan i fynd gydag ef.

'Garan,' meddai Mihangel.

Trodd yr angel-ryfelwr ato.

'Ma' tasg arall gyda ni i ti.'

'Beth?!'

Pa orchwyl oedd yn bwysicach na gofalu am Mair a'i Arglwydd?' meddyliodd Garan iddo'i hun.

'Ti'n cofio Dylan?'

'Yr angel sy' ffaelu canu?'

'Wel mae e'n gallu canu, jyst mae e ma's o diwn.'

'Ti'n hollti blew nawr', rhesymodd Garan iddo'i hun.

'Fe fydd e'n gadel y nefo'dd yn amal. Wyt ti i'w ddilyn e'r tro nesa y bydd e'n mynd. Sneb yn gwbod i le, na pham.' Yna, ychwanegodd mwy iddo'i hun nag i Garan, 'Sneb erio'd wedi ffwdanu ffindo mas. Wyt ti i'w ddilyn e, ond smo fe i wbod, o dan unrhyw amgylchiade.'

'Felly, pryd fydd e'n gadel nesa?'

'Sdim syniad gyda fi. Fe fydd e'n gadel yn ddisymwth a'n dychwelyd... ta pryd mae e'n dymuno,' atebodd yr archangel, gan godi ei freichiau mewn anwybodaeth.

'Ma' hyn yn golygu bydd yn rhaid i fi aros ma nes 'i fod e'n mynd...'

'Cywir.'

'I ba le bynnag...'

'Ie. Yr unig gysur sy' 'da ti yw 'i fod e'n mynd yn weddol amal. Felly, bydd ddim lot o amser gyda ti i aros.'

'Ond, beth am Mair?'

Gallai Mihangel ddeall sut oedd Garan yn teimlo. Roedd gwarchod Mair yn llawer pwysicach na dilyn angel dibwys ar beth oedd, fwy na thebyg, yn siwrnai ddibwrpas, i rywle, doedd neb yn gwybod.

'Fi'n gwbod, ond ma' hwn wedi dod yn uniongyrchol oddi wrth Dduw, Garan. Ma' gorchwyl arbennig gydag E mewn golwg i Dylan noson geni y'n Harglwydd. Sdim syniad gyda fi beth yw e. Dyna i gyd ydw i'n 'i wybod yw 'i fod E'n gwbod yn well na ti a fi.'

Doedd dim ateb gan Garan i hyn. Os mai dyma oedd dymuniad Duw, yna ni allai wrthod.

'Ble mae e nawr?'

'Yn Ystafell yr Orsedd Dragwyddol,' atebodd Mihangel, braidd yn ofnus. O's bosib bod Garan yn mynd i ddadlau gyda Duw?

'Fi'n gwbod lle ma' Duw. Ble mae e, Dylan?'

Esmwythodd Mihangel.

'Iawn, Elum!' galwodd, a cherddodd yr angel oedd yn sefyll wrth y fynedfa i'r neuadd ato.

'Fe ofynnes i ti ffeindio Dylan i fi.'

'Mae e yn yr ardd gyda'i ffrindie, Sabta, Gether a Dumah. Ma' nhw wedi bod yn plymio yn y Pwll o Ddagrau. Wel, ma'i ffrindiau fe wedi bod yn plymio,' cywirodd Elum ei hun. 'Ma' Dylan wedi bod yn... wel, alla i ddim dweud beth fyddech chi'n 'i alw fe, mwy fel... bomo wedwn i, na dim byd arall.'

'Diolch. Gelli di adel. Ti'n cofio lle ma'r ardd?' gofynnodd Mihangel i Garan.

Nodiodd y rhyfelwr.

'O, a gyda llaw, ma' ymarfer côr cyn bo hir, felly byddan nhw i gyd yn mynd fanny.'

'Ac ar ôl iddo fe ddychwelyd o ba le bynnag mae e'n mynd, fi'n adrodd nôl i ti?'

'Cynted y gwnei di hynny, cynted y gelli di fynd nôl i Fethlehem.'

Gadawodd Garan ar ei union.

Pennod 11

Camodd Garan allan i ardd y nefoedd. Nid oedd wedi bod yno ers amser maith, ac roedd wedi angofio pa mor ysblennydd oedd y lle. Edrychodd o'i gwmpas mewn rhyfeddod, fel petai'n gweld y lle am y tro cyntaf. Pa le bynnag yr edrychai ymwthiai blodau amrywiol mewn môr o liwiau nwyfus. Ni fyddai wedi gallu enwi'r un ohonynyt: wedi'r cyfan, rhyfelwr oedd e, nid garddwr. Er, nid oedd angen tendio'r blodau na'r ffawna a dyfai ynghyd, gan nad oedd na chwyn na drain yno i'w tagu, a dawnsiai'r blodau mewn llawenydd. Gwleddodd ei lygaid ar eu lliwiau godidog: rhai gwyn a rhuddgoch, melyn a glas, ond wrth iddyn nhw chwifio yn yr awel fwyn, felly hefyd y newidien nhw eu lliw mewn arlliw gwahanol i'r gwreiddiol: alabastr, rhuddem, aur ac asur. Yna, chwythodd chwa o wynt cryfach a newidion nhw eu ffurfiau yn lliwiau mwy cyfoethog nad oedd ef wedi eu gweld erioed o'r blaen. Rhedodd ei fysedd ar hyd y rhai agosaf ato. Rhoesant sawr melys. Tu hwnt i'r fflora, ymestynai ddolydd eang i'r pellter maith gyda mynyddoedd â'u copaon yn wyn dan eira yn eu ffinio, tra holltwyd rheini gan afonydd a nentydd a lifai'n esmwyth a rhaeadrau a ddisgleiriai wrth iddyn nhw ddylifo dros y dibynnau serth.

Roedd yr hyn a welai yn ei dristáu, am ei fod yn cynnig mwy na chipolwg iddo o fel yr edrychai Gardd Eden, cyn i Adda fwyta'r ffrwyth gwaharddedig. Gwelodd yr hyn a allai fod wedi bod. Gresynodd fod cariad Duw wedi ei fradychu, yn enwedig gan iddo fod yn dyst i'r distryw a'r llanast a fu yn sgil yr un digwyddiad hwnnw. Roedd fel petai un diferyn treiddiol o wenwyn wedi ei ollwng mewn cefnfor o ddŵr glân a phur, gan ledu i bob twll a chornel o greadigaeth Duw. Ni allai Garan feddwl am ddim mwy dichellgar. Ac i feddwl fod Adda wedi cyfnewid hynny am hwn!

Ymlwybrodd tuag at y Pwll Dagrau. Roedd yn bwll dwfn o ddŵr meddal. Wrth erchwyn y dŵr safai craig fawr fel pe'n gwarchod y pwll. Roedd iddo dwll bychan ar ei gopa gwastad. Allan o'r twll hwn byddai defnynnau sylweddol eu maint o ddŵr yn cael eu saethu'n achlysurol i'r awyr ac yna'n plymio'n araf gan lanio'n ysgafn yn y pwll islaw. Felly'r enw, Pwll Dagrau. Er fod Garan yn dal i fod bellter i ffwrdd, gallai glywed y pedwar angel yn gweiddi a sgrechian yn llawen. Yna fe'u gwelodd, wrth iddyn nhw blymio o gopa'r graig i mewn i'r dŵr emrallt: pawb ond Dylan. Cerddodd Garan yn dawel drwy'r deiliach gwyrdd trwchus a'r dail enfawr a dyfai ar hyd ochrau'r pwll. Daeth o hyd i garreg a leolwyd yn gyfleus, wedi chuddio'n dda, ac eisteddodd i wylio'r pedwar.

Hedfanodd Sabta a Gether i gopa'r graig. Roedd Dumah yno'n barod, yn paratoi i blymio. Rhyfeddodd Garan at ei ystwythder wrth iddo syrthio drwy'r awyr tuag at y dŵr, o'r braidd yn crychu'r wyneb wrth dorri trwodd. Cododd Garan ei aeliau am na allai weld Dylan. Nid oedd angen iddo boeni, oherwydd yn sydyn, hedfanodd ef allan o'r dŵr a glanio ar y lan, nid nepell o guddfan Garan. Sythodd ei diwnig, oedd wedi ei stwffio i'w ben ôl, ysgwyd ei hun yn gyflym, ac mewn amrantiad, roedd yn hollol sych. Roedd Garan wedi ei syfrdanu. Sut allai fod wedi anghofio? Cofiai iddo ef, a'i ffrind gorau, Antonin dreulio oriau yn union yr un pwll, yn methu deall sut oedden nhw'n gallu sychu mor gyflym ar ôl dod allan o'r dŵr. Perodd cofio ei ffrind loes iddo, gan fod Antonin yn un o'r angylion oedd wedi ochri gyda Satan yn erbyn Duw adeg y Gwrthryfel Mawr.

Plymiodd Sabta a Gether i'r dŵr mewn undod perffaith ac roedd Dylan wrth ei fodd, yn cymeradwyo ei ffrindiau'n frwdfrydig. Yna, hedfanodd yntau i gopa'r graig. Wrth iddo sefyll ar ben y graig, ennynwyd chwilfrydedd Garan wrth weld yr angel bach yn rhwbio naill ochr ei stumog gyda'i ddwylo. Gwyliodd Dylan yn ofalus wrth i ddefnyn o ddŵr saethu allan o gopa'r graig, yn uchel i'r awyr. Unwaith iddo gyrraedd ei fan uchaf, disgynnodd yn araf i'r pwll. Synnwyd yr angel-ryfelwr wrth weld Dylan yn gwthio'i ben a'i ysgwyddau yn gadarn i mewn i'r twll. Gyda'i ben ôl yn yr awyr a'i draed yn dyrnu'r aer yn wyllt safodd yno, wyneb i waered, am rai eiliadau. Roedd Garan ar fin gweiddi ar ei ffrindiau, oedd yn ei wylio o ymyl y pwll, i fynd i'w helpu, pan welodd ddeigryn yn gwneud ei orau i wthio'i hun allan o'r twll yn y graig oedd nawr wedi ei stwffio gan ben Dylan. O'r diwedd, llwyddodd y deigryn i saethu allan mewn ffrwydriad uchel – mwy o swigen na deigryn – gyda'r angel bach y tu fewn. Ni allai Garan gredu ei lygaid. Edrychodd ar dri ffrind Dylan. Roedden nhw'n gwylio'r deigryn yn saethu i'r awyr, gyda Dylan tu fewn. Unwaith iddo gyrraedd ei fan uchaf, plymiodd y deigryn ar gyflymder aruthrol o ganlyniad i'w lwyth annisgwyl. Doedd ei ffrindiau'n poeni dim. Roedd yn amlwg iddyn nhw ei weld yn gwneud hyn o'r blaen. Trodd wyneb Dylan yn lliw oren o'i ymdrechion wrth iddo geisio a methu cael gafael ar wyneb llyfn a gwlyb y deigryn. Llithrodd yn afrosgo cyn taro'r dŵr a ffrwydrodd y deigryn yn ddim. Trochwyd ei ffrindiau, a safai wrth ymyl y pwll gan gawod wlyb. Er yr eisteddai Garan tua deg cam i ffwrdd, teimlodd rai defnynnau o'r gwlybaniaeth.

Ymddangosodd Dylan ar wyneb y dŵr â'i ben yn siglo symudiadau staccato byr wrth iddo nofio at ochr y pwll lle safai ei ffrindiau yn ei gymeradwyo.

"Na'r un gore 'to,' meddai un ohonyn nhw.

Parhaodd y pedwar i neidio a phlymio am beth amser, gyda Garan yn dyst i rai triciau swigod anhygoel eraill gan Dylan, cyn i un ohonyn nhw ddweud wrth y lleill mai'r naid nesaf fyddai'r un olaf gan y byddai ymarfer côr yn dechrau cyn bo hir. Hedfanodd tri ffrind Dylan i gopa'r graig am y tro olaf. Dechreuodd Dylan baratoi i'w dilyn, pan sylwodd Garan newid sydyn yn ei osgo. Roedd rhywbeth wedi tynnu ei sylw ac edrychai tua'r nen. Neidiodd y tri angel arall gan blymio at y dŵr.

Cadwodd Garan ei lygaid ar Dylan.

Edrychodd Dylan ar ei ffrindiau wrth iddyn nhw ddiflannu o'r golwg dan y dŵr, fel petai'n dweud ffarwel wrthyn nhw. Yna, fe wnaeth rhyw hop, sgip a naid ryfedd a hedodd. Heb edrych arnyn nhw eto, hedfanodd yn uchel yn yr awyr gan anelu am y gofod. Daeth y tri angel allan o'r dŵr. Gwelson nhw ef yn hedfan i ffwrdd a deallai Garan o'u hymateb fod y tri'n hen gyfarwydd â hyn. Credodd iddo glywed un ohonyn nhw'n dweud, 'Wedi mynd, 'to,' ond dyna i gyd. Buan y cerddon nhw ling-di-long i'r ymarfer côr a daeth Garan allan o'i guddfan, yn ofni ei fod yn mynd i golli Dylan. Esmwythodd ei feddwl yn ddigon buan, oherwydd, wrth iddo edrych i'r cyfeiriad lle roedd Dylan wedi mynd, gallai ei weld heb fod ymhell i ffwrdd.

Cododd Garan i'r awyr a brysiodd ar ei ôl. Erbyn iddo gyrraedd y gofod, roedd o fewn cyrraedd iddo, ond cadwodd ei bellter, gan gofio gorchymyn Mihangel nad oedd, ar unrhyw gyfrif, i wybod ei fod yn cael ei ddilyn.

Pennod 12

Cododd Joseff ei goesau blinedig, a'u symud ar y matres llawn gwlân. Gorweddodd ar ei gefn, yn ddiolchgar am gyfle i orffwys ei ben ar ôl trawma'r dydd. Teimlai mor flinedig. Llosgai'r cyrion tenau o groen o gwmpas ei lygaid. Roedd angen cwsg yn ddybryd arno, ond ni allai ddychymygu y byddai'n cael noson esmwyth.

Aeth dros bethau yn ei feddwl unwaith eto ac fel y troeon o'r blaen daeth i'r un casgliad. Os oedd Mair yn feichiog, mae'n rhaid ei bod hi wedi bod gyda dyn arall, gan ei fod o wedi ymddwyn yn barchus trwy gydol y dyweddïad.

'Sut allai hi?' Gofynnodd yn uchel iddo'i hun gan daro cefn ei ben yn erbyn y gobennydd yn ei rwystredigaeth. Roedd hi wedi addo ei hun iddo, fel oedd o wedi gwneud iddi hi; bu iddyn nhw roi eu calonnau'n wystlon i'w gilydd. A oedd hi wedi bod yn anffyddlon iddo? Eto, ym mêr ei esgyrn gwyddai'r ateb: nid dyna'r Mair yr oedd o'n ei nabod. O'r dechrau'n deg, a thrwy gydol eu perthynas, roedd hi wedi ymgysegru ac wedi ymroi ei hun iddo, fel oedd yntau wedi gwneud iddi hi. Gwyddai ef hynny. Roedd smalio'n rhywbeth dieithr iddi ac roedd ffydd ganddo ynddi. Ond, hyn! Roedd Joseff wedi drysu ac mewn penbleth llwyr.

Chwyrlïai myrdd o gwestiynau tu fewn ei ben a phoenai un ef yn fwy nag un arall. Os nad ef, Joseff oedd y tad, yna pwy? Ond nid oedd am wybod yr ateb i'r cwestiwn hwnnw oherwydd byddai gwybod yn brifo hyd yn oed yn fwy.

Yna, roedd hi wedi rhoi'r ateb iddo. Fe ddywedodd wrtho iddi gael ei gwneud yn feichiog gan yr Ysbryd Glân ac mai Yahweh oedd y Tad. Ond roedd hynny'n afresymol, yn wallgof hyd yn oed. Sut ar y ddaear roedd hi'n disgwyl iddo gredu hynny? A phetai yn ei chredu byddai pawb yn y pentref yn meddwl ei fod wedi colli ei limpyn. Wedi dweud hynny, wrth iddo orwedd ar ei wely, yn ceisio'i orau i argyhoeddi ei hun ei fod wedi gwneud y peth iawn, roedd un peth yn dal i'w flino a'i aflonyddu, fel draenen yn ei ystlys: beth petai'n dweud y gwir wrtho? Beth petai angel wedi ymddangos iddi ac mai'r Ysbryd Glân go iawn oedd wedi ei gwneud yn feichiog?

'Na, na, na,' meddai, gan ysgwyd ei ben.

Ni allai ystyried y peth. Sut yn y byd yr oedd hi'n bosib i fenyw fynd yn feichiog heb gyfraniad neu ymyriad neu weithrediad – neu ta beth yr hoffech ei alw – dyn. Roedd y peth y tu hwnt i ddealltwriaeth.

'Na, dwi 'di gneud y peth iawn,' cysurodd ei hun, fel petai ynganu'r geiriau yn y tywyllwch yn bwydo'i argyhoeddiad.

Dod â'r contract priodasol i ben oedd yr unig opsiwn. Roedd hawl ganddo i'w llabyddio. Ond, roedd hynny'n greulon a barbaraidd. Fe welodd y peth unwaith. Menyw ifanc, nad oedd wedi bod yn briod yn hir, a ddaliwyd yn godinebu gyda dyn hŷn. Oedd, roedd wedi gwneud yn anghywir, a gwyddai hi hynny hefyd. Ond gwelodd Joseff ddyfnder ei hunigrwydd a'i hofn wrth iddi sefyll o flaen y rhai a'i chyhuddai – dynion, pob un, wrth gwrs – gydag urddas tawel yn wyneb y fath gieidd-dra. Gallai glywed o hyd ei sgrechiadau annaearol wrth i'r cerrig cyntaf daro ei chorff egwan, nes iddi syrthio ar ei phennau-gliniau ar garped o gerrig ysgythrog, a'r rhyddhad a deimlai o'r diwedd, wrth i garreg drom ei tharo yn ei harlais gan ei gwneud yn anymwybodol – diolch byth – ac yn rhydd o boen.

Rhwbiodd ei lygaid, gan geisio'n ofer i stopio'r cosi.

Aeth ei feddwl i grwydro i'r amser pan ddechreuodd y ddau ganlyn. Bu iddo gwympo mewn cariad gyda hi cyn iddyn nhw ddechrau ar eu perthynas. Carai bopeth yn ei chylch. Yn wir, carai bawb yn y pentref hi, am ei hegni a'i hafiaith, ei sensitifrwydd a'i thosturi, ei chyfaredd a'i hiwmor. Ni allai ffrwyno ei falchder pa bryd bynnag y bydden nhw'n cerdded ochr yn ochr, ar hyd strydoedd Nasareth.

Syllodd ar y to.

'A ydw i 'di gneud y peth iawn?'

Cofiodd ei hateb pan ofynnodd iddi beth fyddai'n ei wneud petai'n ei gadael.

'Yna fe wna i bopeth ar fy mhen fy hun.'

Roedd ei hateb wedi ei anesmwytho ar y pryd, ac roedd yn dal i'w anesmwytho rŵan. Gwyddai ei bod yn fenyw benderfynol, efallai'n styfnig, ond ni sylweddolai tan rŵan ddyfnder ei phenderfyniad. Roedd yn barod i fynd dan lach cleber hen wragedd ac ensyniadau hen ddynion, gydag o, neu ar ei phen ei hun.

Caeodd ei lygaid a pharhau i geisio argyhoeddi ei hun.

'Dwi 'di gneud y peth iawn. Dwi 'di gneud y peth iawn. Doedd 'na'r un ffor' arall. Dwi 'di gne...'

Ymdebygai ei feddwl i faes cad. Ymosodai dadleuon a gwrth-ddadleuon ar ei gilydd o bob cyfeiriad, heb fod yr un yn cael goruchafiaeth. Bu'n troi a throsi. Ar ôl ychydig, cafodd cwsg y gorau arno, a phrofodd y cwsg hwnnw i fod yn llawer esmwythach nag oedd wedi ei ragweld, oherwydd roedd yna bwerau eraill – pwerau y tu hwnt i'r byd hwn – ar waith.

Rhai munudau'n gynharach, cwrddodd Gabriel ag Ebin a Caleb yng nghanol Nasareth. Roedd Cadman a Tarog wedi aros yn nhŷ Ben ac Abigail i ofalu am Mair.

'Ble ma' Garan?' gofynnodd Ebin.

'Mae Duw wedi rhoi tasg arall iddo.'

Edrychodd Ebin a Caleb ar ei gilydd.

'Dim i boeni yn ei gylch. Fe fydd e nôl cyn bo hir; geiff e roi'r manylion i chi. Reit, fe ges i'r neges ynglŷn â Joseff – fe ddes i'n syth. Ewch â fi i'w dŷ e. Rhaid i ni ddatrys y broblem hon... heno.'

Aeth y tri ynghyd i dŷ'r saer a cherdded mewn trwy un o'r waliau. Edrychon nhw ar Joseff wrth iddo orwedd ar ei wely, yn amlwg yn meddylu'n ddwfn.

'Be ti'n mynd i neud?' gofynnodd Caleb.

'Aros tan y bydd e'n cysgu, ac yna ymddangos iddo mewn breuddwyd. Druan ag e, mae e wedi cael diwrnod gwael. Fe ellwch chi weld hynny wrth y ffordd mae e'n troi a throsi yn ei wely, ac er fod ei lygaid yn goch gan flinder, mae cwsg yn bell i ffwrdd. Dydw i ddim am ei frawychu wrth ymddangos o unman.'

'Ma' angen iddo fe fod gyda Mair y naw mis nesa' 'ma 'fyd,' meddai Ebin. 'Mae e'n hanfodol os odyn ni i fynd â Mair hibo'r cythreulied sy'n gwarchod gate Bethlehem yn saff.'

Edrychodd Caleb ar y waliau nesaf at y gwely a gweddill y tŷ di-addurn, oedd yn sownd wrth y gweithdy.

'Fydden i'n dweud fod angen cyffyrddiad menyw ar y lle 'ma, ta beth.'

Troeson nhw i edrych ar Joseff oedd yn rhwbio ei lygaid. Ar ôl ychydig, caeodd nhw'n araf a chlywson nhw e'n dweud,

'Dwi 'di gneud y peth iawn. Dwi 'di gneud y peth iawn. Doedd 'na'r un ffor' arall. Dwi 'di gne...', drosodd a throsodd.

Fe arhosodd y tri ychydig funudau. Yn fuan, roedd yn chwyrnu'n dawel, wedi blino'n llwyr gan ymdrechion emosiynol a chorfforol y dydd. Yna, eisteddodd Gabriel wrth draed Joseff, pwyso nôl a gorffwys ei ben yn erbyn y wal. Edrychodd Caleb arno.

'Beth?' gofynnodd Gabriel.

'Wel, smo ti'n mynd i neud rhwbeth?'

'Ydw,' atebodd, yn ddidaro.

'Wel, gwna fe.'

'Gwneud beth?'

'Smo i'n gwbod – dy bethe.'

'Fe wnaf i fy mhethau, fel wyt ti'n ei ddweud, ond ddim eto.'

'Pam?' teimlai Caleb ychydig yn rhwystredig.

'Dwi'n aros.'

'Aros am beth?'

Roedd Ebin yr un mor chwilfrydig â Caleb a gallai gydymdeimlo gyda'i nerfusrwydd.

Gwthiodd Gabriel ei hun o'r wal a sythodd ei gefn. Dechreuodd egluro iddyn nhw.

'Dwi'n aros i'w gorff e i ymlacio ac i'w feddwl ddod yn fwy actif. Dyna pryd mae breuddwydion yn digwydd, a dyna'r amser i fynd trwy'r drws i'w feddwl, a chyfathrebu gydag ef trwy ei freuddwydion.'

'Ond, fe ddangosest ti d'unan i Mair,' ymatebodd Ebin.

'Dwi'n gwbod, ond rhaid i ti gofio i hynny ddigwydd yng ngolau ddydd. Mae'n ganol nos nawr. Petawn i'n ymddangos iddo o flaen ei lygaid fe fydde'n achosi trawma ddifrifol iddo, yn enwedig ar ôl y dydd mae e wedi ei gael. A beth bynnag, jyst efallai, fod menywod yn gallu delio'n well na dynion gydag ymweliadau angylaidd. Felly, ry' ni'n mynd i aros.'

'Pryd fyddi di'n gwbod 'i fod e'n bre'ddwydo?' gofynnodd Caleb.

'Gewch chi weld.'

Tu allan, roedd creaduriaid y nos yn dechrau meddiannu'r tywyllwch. Clywsant dylluanod y nos yn cŵan yn y llonyddwch, cwningod yn sgrialu fan hyn a fan draw a draenogod yn crafu'r ddaear.

Yna, cododd Gabriel ar ei draed. Roedd wedi bod yn gwylio Joseff.

'Welwch chi ei lygaid e?'

'Na, ma' nhw ar gau,' atebodd Caleb.

Edrychodd Gabriel arno'n rhwystredig.

'Mae ei lyged yn symud yn gyflym dan ei gaeade. Mae hynny'n arwydd sicr bod breuddwydion ar eu ffordd.'

Edrychodd Ebin a Caleb yn agosach. Roedd Gabriel yn iawn.

Cerddodd Gabriel i sefyll wrth ochr pen Joseff. Edrychodd arno am ychydig. Daliodd y ddau ryfelwr eu hanadl. Roedden nhw ar fin gweld rhywbeth na fuon nhw'n dyst iddo erioed o'r blaen. Estynnodd Gabriel ei law a chyffwrdd â phen Joseff yn ysgafn. Atgoffodd Ebin o feddyg yn sefyll uwchben claf, ond oedd â'r feddygyniaeth wrth law yn barod. Yna, mewn llais tyner, ond awdurdodol, dywedodd,

'Joseff, fab Dafydd, paid meddwl ddwywaith ynglŷn â chymryd Mair yn wraig i ti. Ysbryd Sanctaidd Duw sydd wedi ei gwneud hi'n feichiog. Fe rydd enedigaeth i fab, a byddi di'n ei alw'n Iesu – mae Duw yn achub – am y bydd yn achub ei bobl rhag eu pechodau.'

A dyna ni! Roedd Ebin a Caleb yn rhyfeddu sut oedd popeth wedi cael ei wneud gyda chyn lleied o ffwdan, ond gyda'r effaith gorau posib. Edrychon nhw ar Gabriel mewn ffordd newydd.

'Bydd ei gyhyrau'n esmwytho cyn hir,' meddai. 'Yna, bydd ei wasgedd gwaed a'i gyfradd anadlu yn dod lawr, a bydd yn mynd i drwmgwsg. Pan fydd yn deffro yn y bore, fe fydd yn teimlo wedi ei adfywio, ac fe fentraf ddweud, wedi'i adnewyddu. Iawn, ma 'ngwaith i fan hyn wedi dod i ben. Fe adawaf i chi i fod yn dystion i'r cymodi mawr.'

Ymatebon nhw yn gynnes iddo, yn werthfawrogol o'i dalentau.

'Whare teg i ti, Gabe,' meddai Caleb.

Aeth pethau'n dawel. Llygadodd Ebin ef fel pe'n gofyn beth yn y byd oedd e'n feddwl oedd yn ei wneud yn galw prif negesydd Duw yn 'Gabe'?

Penderfynodd Gabriel beidio ymateb.

'Mwy na thebyg na wela' i mohonoch chi nawr tan i Iesu gael ei eni ym Methlehem. Gwnewch eich gorau.'

'Fe wnawn ni,' atebodd Ebin.

'Mae llawer yn dibynnu arnoch chi,' atgoffodd nhw.

Aethon nhw ag ef allan trwy wal y tŷ a'i wylio'n codi ac yna'n hedfan yn osgeiddig drwy awyr y nos. Yna, aethon nhw draw i dŷ rhieni Mair i barhau â'u gwyliadwriaeth gyda Cadman a Tarog.

Pennod 13

Er fod Garan yn cadw digon o bellter, ni fyddai Dylan wedi sylwi ei fod yn ei ddilyn. Hedfanodd nifer o angylion heibio iddo, ond ni edrychodd arnyn nhw, hyd yn oed. Gallai Garan weld ei fod ar ei ffordd i'r ddaear. Ar ôl iddo dorri drwy'r atmosffer, hedfanodd yr angel bach i gyfeiriad y Môr Mawr, ac am eiliad credai Garan ei fod ar ei ffordd i Balesteina, ond trodd tua'r de gan adael y wlad honno o'i ôl, ymhell i'r gogledd-ddwyrain. Cafodd Garan un cipolwg ar Balesteina, a meddyliodd beth allai fod yn digwydd yn Nasareth, nawr fod Gabriel wedi mynd yno i weld Joseff. Ysgydwodd ei ben a griddfanodd iddo'i hun wrth gofio i Caleb gynnig ei 'sorto fe mas'.

Ymhen ychydig, dechreuodd Dylan arafu a stopiodd uwchlaw pentref bach mewn gwlad a adnabu Garan yn iawn, sef yr Aifft. Cofiai iddo fod ar sawl gorchwyl yma ganrifoedd ynghynt pan oedd y genedl Iddewig yn gaethweision yno. Roedden nhw'n amseroedd tywyll ac nid oedd wedi mwynhau gweld cymaint o fabanod gwrywaidd Iddewig yn cael eu lladd ar orchmynion Pharo. Llethwyd ef gan dristwch hefyd, wrth weld cyntafanedig cenedl yr Aifft yn cael eu lladd cyn i'r Iddewon ddianc oddi yno. Lleolwyd y pentref mewn tir ffrwythlon, i'r gorllewin o'r Nîl, yn rhan ddeheuol y wlad, nid nepell o'r afon ei hun. Roedd yr haul wedi machlud ers amser, a disgleiriai golau egwan yn y rhan fwyaf o dai pobl.

Arafodd Garan hefyd. Gollyngodd Dylan ei hun i'r ddaear y tu fas i ryw dŷ a cherddodd i mewn drwy'r wal gefn. Doedd hynny ddim yn beth rhyfedd. Roedd pob angel yn annirweddol, yn gallu treiddio trwy waliau a gwrthrychau difywyd fel y mynnen nhw. Edrychodd Garan o'i gwmpas Roedd yn bentref digon dinod, yn debyg iawn i unrhyw bentref Eifftaidd arall. Er fod y tŷ yn weddol fawr, roedd yn amlwg ei fod yn gartref i deulu tlawd gan ei fod wedi ei adeiladu gydag un wal yn unig.

Glaniodd Garan yn llyfn wrth gefn y tŷ, yn agos at y man lle roedd Dylan wedi dirweddu drwodd. Gwrthododd y demtasiwn i bwyso mewn trwy'r wal i edrych y tu fewn am ei fod yn ofni y câi ei weld gan Dylan. Uwch ei ben, roedd yna dwll bach sgwâr, un digon mawr i blentyn ddringo trwyddo. Roedd ei gaeadau pren yn gil agored. Yn ofalus, edrychodd Garan i mewn.

Gwelodd Dylan yn ei wynebu. Tynnodd i ffwrdd o'r ffenest yn gyflym, yn sicr ei feddwl iddo gael ei weld ganddo. Ni ddigwyddodd dim. Yn ddiolchgar, sylweddolodd Garan fod Dylan wedi bod yn edrych lawr ar rywbeth a edrychai fel gwely islaw'r ffenest.

Gan gymryd gofal, edrychodd i mewn eto. Safai Dylan yn yr un lle o hyd. Cymerodd Garan ei amser ac edrych yn iawn. Roedd Dylan yn dal i sefyll wrth ochr y gwely, yn edrych lawr ar fachgen bach, oedd wedi rolio ei hun yn dynn mewn pelen, ac yn llefain yn dawel iddo'i hun. Sylwodd fod dagrau'n llifo lawr gruddiau Dylan yntau a bod ei gorff yn crynu dan emosiwn. Hongiai llen drwchus o drawst mawr o bren a gynhaliai'r to, ac felly, roedd y gwagle bach hwn bron yn gyfangwbl dywyll.

Tynnodd Garan ei hun yn ôl o'r ffenest eto, a phwyso yn erbyn wal y tŷ. Beth oedd Dylan yn ei wneud? Pa reswm oedd ganddo dros ddod i'r pentref hwn ac at y bachgen bach hwn oedd yn gorwedd, yn llefain yn ei wely? Roedd Garan mewn penbleth llwyr. Edrychodd o'i gwmpas, fel petai hynny'n helpu i ddatrys y dirgelwch.

Yna, clywodd y llais hyfrytaf yn canu hwiangerdd felys. Nid oedd erioed wedi clywed y fath sain cain o'r blaen. Edrychodd o'i gwmpas, ac uwch ei ben, gan feddwl fod Y Deuddeg o gôr angylion Acsa wedi dod i'r ddaear ar ryw orchwyl na wyddai ef amdano. Ond, na, doedd yr un angel arall yn y golwg, a beth bynnag, byddai wedi synhwyro presenoldeb angel arall, fel y synhwyrai nawr fod Dylan yr ochr arall i'r wal. O ble allai'r canu fod yn dod? Yna, er syfrdandod iddo, fe sylweddolodd.

Dylan!

Yr angel yr adnabu pawb yn y nefoedd fel yr un oedd yn methu canu am ei fod bob amser allan o diwn! Ni allai fod yn unrhyw un arall.

Trodd Garan i edrych trwy'r ffenest eto. Ni allai gredu ei glustiau. Roedd Dylan yn dal i sefyll wrth y gwely, ond canai gân mor brydferth, teimlai Garan ei fod yn esgyn yn uchel yn yr awyr. Ar yr un pryd, llifodd rhyw heddwch cysurlon drwyddo. Eisteddodd yn ei gwrcwd a phwysodd ei gefn yn erbyn y wal. Wrth syllu o'i flaen, sylweddolodd gymaint yr oedd yn colli'r nefoedd pan oedd i ffwrdd oddi yno. Anwesai cân Dylan ef, fel petai'n gorwedd mewn pwll o'r dŵr cynhesaf, mwyaf meddal y gallai ei ddychmygu. Roedd ei lais yn glir fel y grisial a phob nodyn a ganwyd fel diferyn o fêl. Dechreuodd ddagrau lifo lawr gruddiau Garan ac ysgydwodd ei ysgwyddau cadarn dan bwys emosiynol canu Dylan. Gorfod iddo ddefnyddio gwaelod ei diwnig i sychu'r llif o ddagrau hyd yn oed.

Deallodd Garan fod Dylan wedi dod i ganu'r bachgen i gysgu. Ond pam? Ni wyddai. Ac ni wyddai sut oedd Dylan yn gwybod amdano. Mae'n rhaid ei fod yn rhodd a roed iddo gan Arglwydd Byddinoedd yr Angylion.

Yna, stopiodd y canu.

Yn fuan wedyn, ymddangosodd Dylan o'r tu fewn i'r tŷ tra'n sychu'r dagrau olaf o'i wyneb. Baglodd dros garreg fawr, gan ei bwrw'n galed gyda'i ben-glin. Ebychodd mewn poen. Ni chofiai weld y garreg yna pan aeth i mewn i'r tŷ. Cododd yn araf a chloffodd rai camau cyn iddo hoblan ei hop, sgip a naid arferol wrth iddo hedeg i'r awyr, ar ei ffordd adref i'r nefoedd. Trawsnewidiodd Garan ei hun yn gyflym o'r garreg roedd Dylan newydd ei tharo a rhwbiodd ei ben yn galed.

'Siwd oedd e 'di ca'l pen-glin mor galed?' gofynnodd iddo'i hun.

Yn y pellter, gallai weld Dylan yn codi'n uwch yn yr awyr. Yna, trodd i fynd mewn i'r tŷ trwy'r wal frics. Gorweddai'r bachgen yn llonydd yn ei wely. Roedd ei ddagrau i gyd wedi diflannu a chysgai'n dawel. Edrychodd Garan o'i gwmpas, gan geisio dyfalu lle roedd tad a mam y bachgen. Gwthiodd ei ben drwy'r llen drwchus a dyna lle y gwelodd ei rieni yn eistedd ar y llawr. Edrychodd y fam arno'n drist. Am eiliad, poenai Garan y gallai ei weld. Ar y llaw arall, syllodd y tad yn sarrug i'r gofod. Doedd dim syniad gan Garan beth oedd yn digwydd na pham oedd Dylan wedi dod lawr yma i ganu hwiangerdd i'r bachgen. Un peth a wyddai fodd bynnag: roedd angen iddo ddychwelyd i'r nefoedd.

O fewn dim o dro, roedd yn hedfan drwy awyr y nos, i adrodd nôl i Mihangel a Gabriel.

Unwaith iddo gyrraedd nôl yn y nefoedd aeth yn syth at neuadd yr Archangel Mihangel. Gallai glywed y côr yn ymarfer yn y neuadd ymarfer fawr. Roedd Dylan yn hwyr ar ôl bod ar ei neges ganu ar y ddaear a cheisiodd sleifio mewn yn y cefn gan obeithio na fyddai Acsa'n sylwi arno.

'Dylan!' bloeddiodd hwnnw.

Trodd pob angel i edrych i gyfeiriad Dylan wrth i'r canu ddarfod yn sydyn.

'Beth wyt ti wedi bod yn ei wneud sy'n bwysicach na'r ymarfer hwn?' gofynnodd Acsa.

'Taset ti ond yn gwbod,' meddyliodd Garan, dan wenu iddo'i hun.

Pan gyrhaeddodd Garan Neuadd Mihangel, roedd llawer o angylion yn derbyn gorchmynion gan yr archangel. Adnabu nifer ohonyn nhw gan iddo fod ar sawl gorchwyl ar y cyd gyda nhw ar hyd y canrifoedd. Wrth eu gwylio'n gwrando'n astud, cyn gadael ar eu gwahanol orchwylion, teimlai Garan falchder mawr o wybod ei fod yn chwarae rhan – er ei bod yn rhan fechan – yng ngwaith y lliaws anferth o angylion a ymdrechai'n ddiflino dros Arglwydd Byddinoedd yr Angylion.

O'r diwedd, gwacaodd y neuadd fawr.

'Garan,' cyfarchodd Mihangel. 'Dere!'

Wrth iddo gerdded ato, dilynwyd ef gan Gabriel oedd newydd ddychwelyd o'r ddaear ei hun. Roedd yn awyddus i glywed adroddiad Garan.

Synhwyrodd y rhyfelwr fod rhywun tu cefn iddo a throdd a gweld yr angel-negesydd. Cyn i Garan allu dweud unrhyw beth, gofynnodd Mihangel i Gabriel sut aeth pethau gyda Joseff.

'Sut alla' i ddweud hyn? Mae'r briodas wedi ei hadfer. Pan fyddi di'n dychwelyd i Nasareth, Garan, fe gei di wybod y manylion gan dy angyl...'

Fe stopiodd yn fyr oherwydd gallai weld tystiolaeth ddigamsymiol o ddagrau sych ar hyd gruddiau'r rhyfelwr. Yn y tawelwch a ddilynodd edrychodd Gabriel ac yna Mihangel ar Garan.

'Ti 'di bod yn llefen?' gofynnodd Mihangel, yn anghrediniol.

'Ydw.'

Synnwyd Mihangel. Ni allai gredu hyn. Yr hyn â'i gwnaeth yn anos iddo ddeall oedd iddo gael ateb mor gwta: dim embaras, dim cywilydd. Roedd fel petai'n herio Mihangel, Gabriel ac unrhyw un arall i'w wawdio neu ei wneud yn destun sbort am lefain. Beth oedd wedi gwneud i Garan, rhyfelwr mawr y nef i lefain?

'Pam?'

'Dylan.'

'Dylan?!'

'Dylan,' cadarnhaodd.

Roedd Mihangel a Gabriel ar bigau'r drain eisiau gwybod.

'Mor wael â hynny?' gofynnodd Mihangel, gyda'r wên leiaf yn goglais ei wefusau.

'Dim o gwbwl!'

Anesmwythwyd yr archangel gan yr awgrym herfeiddiol yn llais Garan, â'i law ar garn ei gleddyf fel petai'n barod i amddiffyn anrhydedd ac enw da'r angel bach.

'Gwell i ti ishte a gweud y cyfan wrtho ni.'

Adroddodd Garan yr hanes mewn manylder. Pan ddaeth i'r rhan lle roedd Dylan wedi canu hwiangerdd mor brydferth i'r plentyn, dywedodd wrthyn nhw iddo deimlo afon ddofn o heddwch yn llifo trwyddo. Nid oedd cywilydd arno i ddweud fod gorfoledd mawr wedi ei lethu a'i fod wedi llefain dagrau a lawenydd dilywodraeth.

'Felly, ble mae e nawr?' gofynnodd Mihangel.

'Y tro diwetha i fi 'i weld e, o'dd Acsa'n gofyn iddo fe pam 'i fod e mor hwyr i'r ymarfer côr.'

Trodd Mihangel at Gabriel.

'Rhaid inni siarad ag e.'

'Oes.'

'Garan, cer i'w nôl e.'

'Beth? Nawr?'

'Y funed hon.'

'Ond, mae e yn yr ymarfer.'

'Cer i'w nôl e.'

Gadawodd Garan yn syth. O fewn dim o amser cyrhaeddodd yr ystafell ymarfer.

Rhyfeddodd Garan at y sain. Mi fyddai'r dathliad mawr oedd i groesawu Iesu i'r byd yn rhywbeth arbennig iawn. Arhosodd tan iddyn nhw orffen eu cân a throdd Acsa, oedd yn ymwybodol o'i bresenoldeb, ato.

'Garan, pleser i dy weld.'

'Acsa,' atebodd, gan nodio ei ben.

'Wyt ti wedi dod i ymuno gyda'r côr?'

Roedd ymateb Garan yn glir.

'Na, dim diolch. Bydde fe'n well tasen i ddim – er dy les di. Smo ti 'di 'nghlywed i'n canu, mae'n amlwg,' eglurodd, dan wenu.

'Ie, wrth gwrs,' cytunodd Acsa.

Gwrandawodd pob angel yn y côr gyda chwilfrydedd mawr.

'Sut alla' i dy helpu di?'

'Archangel Mihangel a Gabriel: ma' nhw am weld Dylan, yn syth.'

Lledodd murmur drwy'r lliaws angylion, wrth iddyn nhw droi i siarad gyda'u cymydogion.

'Beth ma' Dylan wedi neud?'

'Rhaid ei fod yn ddifrifol.'

'Ie, bod Mihangel a Gabriel am ei weld.'

Trodd yr angylion hynny oedd yn sefyll yn y cefn wrth ochr Dylan, i edrych arno. Nid oedd Dylan ei hun wedi bod yn talu fawr o sylw, ar goll yn ei feddyliau ei hun.

'Dylan!' clywodd Acsa yn galw o'r blaen.

Dim ond bryd hynny y sylweddolodd fod yr angylion i gyd yn edrych arno.

'Mae Garan yn dweud fod yr Archangel Mihangel a Gabriel am dy weld.'

Yn araf, ac yn nerfus, cerddodd Dylan i'r blaen, lle roedd Garan yn disgwyl. Roedd pob un o'r angylion yn dawel fel y bedd, yn ceisio dyfalu beth oedd e wedi'i wneud. A oedd wedi cam-ufuddhau iddyn nhw mewn rhyw ffordd? Efallai eu bod am ei weld am yr holl droeon yr oedd i ffwrdd o'r nefoedd.

'Dere gyda fi,' meddai Garan yn swta.

Yn benisel a heb ynganu'r un gair, dilynodd Dylan Garan. Yna, fe stopiodd, ac fel pe bai'n pledio ei achos, ac mewn llais dolefus, meddai,

'Fi *yn* gallu canu, chi'n gwbod.'

Fel nifer o'r angylion eraill, yn enwedig Y Deuddeg, gweithiodd Acsa yn galed i stopio eu hunain rhag chwerthin. Edrychai eraill i'r llawr, yn teimlo'n annifyr, gan eu bod yn hoffi Dylan yn fawr.

'Ond, fi'n gallu,' protestiodd.

Ni welodd neb, ond Acsa, Garan yn nodio ei ben.

'Gwell iti fynd nawr, Dylan,' dywedodd Acsa.

Yn drwm ei gerddediad, fe drodd i ddilyn Garan.

Teimlai Acsa ryw ryddhad fod yr olygfa letchwith wedi dod i ben a dychwelodd at yr ymarfer côr. Nawr, fe allen nhw fynd ati go iawn, a pharatoi'n gywir.

Cerddodd Garan a Dylan yr ychydig bellter i Neuadd Mihangel, mewn tawelwch.

Erbyn hyn roedd Dylan yn poeni'n fawr. Beth allai e fod wedi ei wneud fod Mihangel a Gabriel am ei weld? A pham fod Garan wedi cael ei anfon i'w nôl e, un o ryfelwyr mwyaf dibynadwy Mihangel? Efallai eu bod yn mynd i ddweud wrtho na châi ganu yn y côr fyth eto, a bod Acsa, o'r diwedd, wedi cael ei ffordd. Saethodd panig trwyddo wrth iddo sylweddoli pe na châi ganu yn y côr, yna, fwy na thebyg, ni fyddai'n cael mynd i'r dathliad.

Gyda chamau byr, petrusgar, dilynodd Dylan Garan, wrth i hwnnw frasgamu o'i flaen i Neuadd Mihangel. Unwaith iddyn nhw gyrraedd, fe welodd Mihangel a Gabriel yn eistedd, yn aros amdano. Arweiniodd Garan ef at gadair o flaen y ddau angel cydnerth a heb yngan gair amneidiodd arno i eistedd arni. Anesmwythodd dawelwch parhaol Garan ef. Yn wir, roedd yr holl beth wedi cael y gorau arno.

'Fi *yn* gallu canu, chi'n gwybod,' plediodd eto.

'Ry' ni'n gwbod,' meddai Mihangel. 'Ry' ni'n gwbod.'

Credai Dylan ei fod ond yn ceisio ei gysuro.

'Ie, ond fi'n gallu.'

'Ry' ni yn gwbod hynny Dylan, alla i dy sicrhau di,' atebodd Mihangel, ond gydag awdurdod dawel a chysurlon a wnaeth i Dylan esmwytho ychydig.

Edrychodd Mihangel yn ddwys arno.

'Dylan, fe fyddi di'n amal yn gadel y nefo'dd am y ddaear. Dwed wrtha i, ble fyddi di'n mynd a beth wyt ti'n 'i neud?'

Symudodd Dylan yn nerfus ar ei sedd. Edrychai Mihangel a Gabriel, fel dau gawr yn edrych lawr arno. Trodd ei ben yn araf i edrych y tu ôl iddo. Dyna lle roedd Garan, yn sefyll yn dal, ei law chwith yn gorffwys ar garn ei gleddyf a ddisgleiriai yn ei wain. Teimlai'n ofnus.

Gan synhwyro hyn, ceisiodd Mihangel dawelu ei ofnau.

'Sdim angen ofni dim,' meddai'n dyner. 'Ry'ni ond isie gwbod beth sy'n digwydd. Smo ti 'di neud unrhyw beth yn anghywir.'

Gan deimlo'n ysgafnach ei feddwl, penderfynodd Dylan ddweud popeth wrthyn nhw. Anadlodd yn ddwfn, ac yn araf, dechreuodd adrodd ei hanes.

'Wel, fe fydda' i'n mynd at rai pobol arbennig ar y ddaear. Babanod, plant, pare priod a hen bobol, wel, hen fenywod yn benna'. Ma' mwy o hen fenywod na hen ddynion ar y ddaear,' meddai, dan chwerthin yn nerfus.

'I neud beth?'

Ni atebodd Dylan. Anadlodd yn drwm eto. Teimlai ei fod yn sefyll wrth ochr dibyn serth, heb unrhyw ddewis ond i neidio.

'I... i ganu iddyn nhw!'

Plygodd ei ben. Roedd yn disgwyl i'r tri ohonyn nhw chwerthin yn braf. Ond ni chwarddodd yr un ohonyn nhw; ddim hyd yn oed dan eu hanadl. Ymwrolodd a chododd ei lygaid. Fe'i synnwyd wrth weld Mihangel yn nodio'i ben. Gofynnodd hwnnw gwestiwn arall iddo.

'Ie, ond pam y bobol hyn, ta pwy y' nhw? Beth sy' mor arbennig amdanyn nhw?'

'Wel, am 'u bod nhw'n drist, wrth gwrs!' atebodd ychydig yn chwyrn.

Pwysodd Mihangel nôl yn ei gadair.

'Siwd wyt ti'n gwybod 'u bod nhw'n drist? Pwy sy'n dweud wrthot ti?' gofynnodd Gabriel.

'Neb. Bydda' i jyst yn ca'l tymlad y tu mewn sy'n gweud wrtha' i bod y'n angen i. Ma' tristwch yn llenwi 'mod i a bydda' i'n ca'l 'y nhynnu at bobol drist: tebyg i ddau fagnet yn tynnu at 'i gilydd, greda' i'.

'Wyt *ti'n* drist?' gofynnodd Mihangel.

'Na, dim ond pan fyddan nhw'n drist.'

Aeth eiliad neu ddwy heibio.

'Felly, fyddi di ddim yn gwbod ble ti'n mynd. Ti'n ca'l dy dynnu gan yr angen, gewn ni weud,' meddai Mihangel.

'Ie.'

'Ac fe all hynny fod unrhyw fan yn y byd.'

Nodiodd Dylan. Yna, daeth syniad i'w ben.

'Pam, wyt ti am ddod gyda fi? Dyna beth ma' hyn i gyd ambyti?' gofynnodd yn frwdfrydig.

Teimlai Garan chwerthiniad yn neidio allan o'i stumog, ond erbyn iddo gyrraedd ei geg llwyddodd i'w ffugio'n besychiad.

Edrychodd Mihangel yn syn arno.

Roedd Garan newydd ddychmygu Mihangel – yr Archangel Mihangel – ei gadfridog cydnerth, yn dilyn Dylan, wrth hedfan lawr i'r ddaear, heb wybod lle roedd yn mynd ac yn canu gydag ef. Lledodd gwên egwan ar hyd gwefusau Gabriel hefyd.

'Na, ond diolch. Dwed wrtha' i am dy daith ola' di.'

'Bachgen pum mlwydd o'd, o'r enw Kamal. Fydda' i'n mynd i'w weld e'n amal. Dyw 'i dad e ddim yn ffein iawn wrtho fe. Am ryw reswm, unwaith fydd yr haul yn mynd lawr, fe fydd e'n ca'l 'i anfon i'r gwely, heb unrhyw ole. Fe lice fe hala mwy o amser gyda'i fam, ond dyw 'i dad ddim yn fodlon. Y peth yw, ma' ofon y tywyllwch ar Kamal – llond twll o ofon. Fe fydd e'n gorwedd yn 'i wely yn llefen yn dawel iddo'i hunan, achos mae e'n gwybod os fydd e'n llefen ma's yna bydd 'i dad yn mynd yn grac ac yn dechre gweiddi arno fe – ambell waith fe fydd e'n 'i fwrw fe – ac yna bydd 'i fam yn cymryd 'i ochor e a bydd 'i dad yn gweiddi a rhegi ar arni hi. Wedyn, bydd Kamal yn beio'i hunan am achosi'r ypset.'

'Felly, wyt ti'n canu iddo fe.'

'Ydw.'

Bu tawelwch am ychydig yn y neuadd fawr. Disgleiriodd y sêr a'r lleuad yn llachar yn y pellter. Roedd Mihangel yn ceisio penderfynu sut oedd yn mynd i ddweud y peth nesaf. Nid oedd am frifo teimladau'r angel. Rhedodd ei law ar draws ei dalcen.

'Esgusoda fi am weud, ond, pan fyddi di'n canu gyda'r côr, wyt ti wastod ma's o diwn.'

'Pan fydda' i'n canu gyda'r côr!' eglurodd Dylan. 'Pan fydda' i'n canu i Kamal a'r bobol drist eraill 'wy'n 'u gweld, fe fydd llais prydferth yn dod o'r tu fewn.'

Yng nghornel ei lygaid, fe welodd Mihangel Garan yn nodio ei ben.

'Siwd hynny?' gofynnodd Gabriel.

Pwysodd y ddau angel ymlaen ychydig a nesaodd Garan, er mwyn clywed ei ateb.

Ochneidiodd Dylan eto. Ni wyddai sut i egluro hwn.

'Sdim syniad gyda fi.'

Meddyliodd ychydig mwy.

'Pan fydda' i gyda nhw, ma' 'na dristwch dwfn yn y'n llanw i. Dylen nhw ddim bod fel hyn. Do'dd y'n Harglwydd ddim wedi 'u creu nhw i fod fel 'na. A fi am 'u helpu nhw mewn unrhyw ffordd y galla' i. Mae e'n anodd iawn i fi egluro, ond fydda' i'n agor 'y ngheg a ma's o'r tristwch mowr y tu fewn i fi ma' llais prydferth yn dod. Bydda' i'n canu melodïe hyfryd a thonau llawen sy'n esmwytho 'u poene nhw a sychu 'u dagre nhw o'r tu fewn. Fydda i hyd yn o'd yn harmoneiddio gyda'n 'unan a ma' nhw'n ca'l 'u cysuro.'

'Wyt ti'n dwyn 'u po'n oddi wrthyn nhw, felly,' rhesymodd Mihangel.

Saethodd Dylan ei ateb ato.

'Na, na, na. Allen i byth â neud hynny. Ma' hynny'n amhosib i fi ac unrhyw angel arall i neud. Dyna i gyd alla' i 'i neud yw 'u cysuro nhw am amser byr. Alla' i ddim mynd â'u po'n bant. Dim ond y'n Harglwydd fydde'n gallu neud hynny. Licen i tase Fe'n neud, ond sdim syniad gyda siwd.'

Wrth glywed hyn, edrychodd Mihangel a Gabriel yn gyflym ar ei gilydd, eu llygaid led y pen. Roedden nhw'n rhyfeddu pa mor dreiddgar oedd yr angel bach hwn.

Aeth Dylan yn ei flaen.

'Fydda' i'n canu cân o gysur iddyn nhw.' Yna, cododd ei lais gan siarad yn herfeiddiol. 'Sdim ots gyda fi beth yw'ch oedran chi, ma' pawb yn dwli ca'l cân wedi 'i chanu iddyn nhw.'

Edrychodd Mihangel a Gabriel ar ei gilydd eto a gwawriodd arnyn nhw beth fyddai gorchwyl fawreddog Dylan y noson y câi'r baban Iesu ei eni.

'Diolch i ti, Dylan,' meddai Mihangel.

'Ydw i i fod i stopo beth ydw i'n 'i neud?' gofynnodd yn nerfus.

'Na, dim o gwbwl.'

Anadlodd Dylan mewn rhyddhad.

'Cadw di neud. Paid gadel i ni dy stopo di.'

'Wel, beth weda i wrth y lleill pan af i nôl at y côr? Licen i gadw hwn yn gyfrinach. Fydd neb yn 'y nghredu i tasen i'n gweud wrthyn nhw a bydden nhw i gyd siŵr o wherthin. Fyddan nhw i gyd isie gwbod pam o'dd rhaid i fi ddod 'ma.'

Cynigiodd Gabriel ateb iddo.

'Gwed wrthyn nhw i ni drafod dy ganu yn y côr, ein bod yn fodlon iawn gyda'r hyn wyt yn ei wneud, a'n bod am i ti barhau i fod yn rhan o'r côr.'

'Fydd Acsa ddim yn hapus. All e ddim aros i ga'l gwared arna' i.'

Gwenodd Mihangel ac edrychodd i fyw ei lygaid.

'Paid ti poeni amdano fe. Cadw di ganu y gore gelli di yn addoli a gwasanaethu dy Arglwydd yn dy ffordd arbennig di.'

Ni allai Dylan gredu'r hyn roedd Mihangel newydd ei ddweud. Am y tro cyntaf ers iddo ddod i mewn i'r neuadd lledodd gwên lydan ar hyd ei wyneb gofidus. Cododd ei ysgwyddau.

'Ma' addoli yr un peth â gwasanaethu a gwasanaethu yn debyg iawn i addoliad.'

'Yn union! Garan!'

'Bos.'

'Arwen Dylan yn ôl i'r ymarfer.'

Nodiodd y rhyfelwr ei ben.

Cododd Dylan o'i gadair a cherddodd ato. Safodd wrth y fynedfa a throdd i edrych ar y ddau angel hŷn.

'Dyna i gyd ydw i am neud yw canu iddyn nhw a'u neud nhw'n hapus.'

Nodiodd y ddau eu pennau a gadawodd Dylan gyda Garan.

Cododd Gabriel o'i gadair.

'Angel hynod.'

'Ie, fi'n cytuno.'

'O'n i'n rhyfeddu pan ddywedodd mai ein Harglwydd yn unig allai gymryd eu poen i ffwrdd.'

'Ma' rhaid 'i fod e'n byw 'i fywyd yn agos iawn at Dduw.'

'Man lleiaf, ry' ni'n gwybod beth mae ein Harglwydd am iddo fe wneud,' datganodd Gabriel.

'Odyn. Ond chaiff e ddim canu yn ystod y dathliad, gyda'r côr.'

'Fydd e'n siomedig iawn.'

'Nid felly Acsa.'

'Ie, ond bydd gwaith llawer pwysicach gan Dylan i'w wneud.'

'Fe fydd e i gyd yn bach o sioc iddo fe. Ti'n meddwl y bydd e'n gallu ymdopi?'

'Bydd. Bydd Garan gerllaw, a'r pedwar arall,' atebodd Gabriel. 'Fyddan nhw'n edrych ar ei ôl e.'

'A beth bynnag,' ychwanegodd Mihangel, 'ma'n Harglwydd am iddo fe fod 'na.'

Pennod 14

Deffrodd Joseff yn araf o'i gwsg. Teimlai ei fod wedi cysgu'n drwm. Nid oedd wedi disgwyl hynny ar ôl holl dreialon y diwrnod blaenorol. Ymestynnodd ei gorff o'i ben i'w draed. Yna, cododd ar ei eistedd yn syth, wrth gofio'n sydyn am ei freuddwyd. Roedd angel wedi ymweld ag ef a gallai gofio pob gair a ddywedodd wrtho. Fe'u hadroddodd nhw yn uchel iddo'i hun.

'Joseff, fab Dafydd, paid meddwl ddwywaith ynglŷn â chymryd Mair yn wraig i ti. Ysbryd Sanctaidd Duw sydd wedi ei gwneud yn feichiog. Fe rydd enedigaeth i fab, a byddi di'n ei alw'n Iesu – mae Duw yn achub – am y bydd yn achub ei bobl rhag eu pechodau.'

Roedd yr angel wedi ail-adrodd yr hyn roedd Mair wedi ei ddweud wrtho, fod Ysbryd Sanctaidd Duw wedi ei gwneud yn feichiog, ac y byddai'n cael Mab a'i bod i'w alw'n Iesu. Yna, cofiodd Joseff y peth cyntaf a ddywedodd yr angel: roedd wedi ei anelu ato ef. Doedd o ddim i betruso: roedd i'w chymryd yn wraig iddo.

Meddyliodd am Mair. Beth oedd o wedi ei wneud? Roedd hi wedi bod yn dweud y gwir ar hyd yr amser. Roedd wedi cael ei gwneud yn feichiog gan yr Ysbryd Glân. Gwnaeth i'r peth nesaf a ddaeth i feddwl Joseff iddo neidio ar ei draed. Os oedd hynny'n wir, yna roedd yn amlwg nad oedd wedi cael ei gwneud yn feichiog gan ddyn. Doedd hi ddim wedi bod gyda dyn arall! Mwy na hynny, fel y dywedodd yr angel wrtho, roedd i'w chymryd yn wraig iddo!

Gwisgodd mewn dim o amser a cherddodd yn sionc i dŷ ei rhieni. Gymaint oedd ei awydd i weld Mair, ni chlywodd Amos, hen lanc, a eisteddai'n ddyddiol wrth un o ffynhonnau'r dref, yn ei gyfarch. Roedd mor hen, ni wyddai unrhyw un yn Nasareth ei oedran, ddim hyd yn oed ef ei hun. Gwnaeth sylw, yn ddigon uchel i Joseff glywed,

'Y to ifanc'.

Palodd gwrthrych ei ddirmyg ymlaen, ei osgo fel saeth yn anelu am ei tharged. Cerddodd yn bwrpasol at y tŷ, a churodd y drws yn gyffrous, ei gorff cyfan yn ysgwyd gan nerfusrwydd. Poenai y gallai Mair fod wedi dweud wrth ei rhieni yr hyn oedd wedi digwydd rhyngddyn nhw'r noson gynt. Agorwyd y drws, a dyna lle safodd Ben, tad Mair.

Roedd yn ddyn a ddynesai at ei ganol oed cynnar â'i wallt yn cilio rhyfaint ar dop ei dalcen. Ers i Joseff ei adnabod yr oedd wedi cerdded gyda chefn crwm. Tyngai rhai o'r pentrefwyr llai caredig ei fod yn dioddef felly am iddo orfod cario'r baich o fod yn briod cyhyd gydag Abigail. Fodd bynnag, roedd ei lygaid bywiog a gloyw a'i wyneb ifanc yn dyst i ddyn oedd mewn cariad gyda bywyd a gyda'i wraig.

'Su' mae, wa? Ti'n gynnar heddiw. Ty'd i fewn.'

Anadlodd Joseff anadl o ryddhad. Roedd yn amlwg o'r ffordd y cyfarchai ef nad oedd yn gwybod unrhyw beth am ddigwyddiadau'r diwrnod cynt.

'Na, ddo i ddim, Ben, ond fasa hi'n bosib i chi alw ar Mair, a fasach chi'n meindio peidio deud w'thi na fi sydd yma: dwi am roi syrpreis iddi.'

Edrychodd Ben arno, gyda gwên ysmala ar ei wyneb, yn cofio'r dyddiau pan oedd cariad ifanc yn wefr cyn i wasgedd bywyd pob dydd a pherthynas or-gyfarwydd bylu'r newydd-deb a'r sglein.

'Mair!' gwaeddodd, gan wenu ar Joseff. 'Rhywun i dy weld di.'

Cerddodd i ffwrdd, gan nad oedd am ymyrryd. Camodd Joseff allan o'r golwg ac arhosodd. Lai na munud yn ddiweddarach, synhwyrodd bod Mair wedi dod at y drws. Camodd yn ôl i'r golwg a chyflwynodd iddi'r wên fwyaf ac anwylaf y gallai ei rhoi trwy gyrliau bach tywyll ei farf. Diflannodd y wên yn ddigon buan wrth iddo sylwi ar ei llygaid coch, chwyddedig a llinellau o ddagrau sych ar ei gruddiau.

Ar ei ffordd adref y noson flaenorol, llefodd Mair hithau ddagrau llosg. Prin iddi gerdded chwarter ffordd adref na stopiodd. Teimlai'n gorfforol wan. Gymaint ei gwendid, ni allai gerdded gam ymhellach. Roedd yn rhaid iddi orffwys ychydig. Tynnodd ei siôl yn dynn dros ei phen â'i golygon i'r llawr a phwysodd yn erbyn talcen tŷ. Ni allai fynd adref, nid fel hyn. Byddai ei rhieni eisiau gwybod beth oedd wedi digwydd i'w hypsetio gymaint. Nid oedd am ddelio gyda hynny, ddim ar hyn o bryd. Beth bynnag, roedd am fod ar ei phen ei hun; roedd eisiau amser arni er mwyn hel ei meddyliau at ei gilydd. Ar ôl rhai munudau cerddodd, â chalon drom, at ffynnon y pentref er mwyn golchi ei dagrau i ffwrdd.

Pan, o'r diwedd y cyrhaeddodd ei chartref, roedd yr haul wedi machlud. Aeth i mewn, gyda'i siôl am ei phen o hyd. Aeth yn syth i'w gwely, gan ddweud wrth ei mam, heb edrych arni, nad oedd am gael swper. Roedd ei rhieni wedi eu drysu wrth weld ei hosgo. Nid oedd hyn yn debyg i'w merch, gan fod digon ganddi i'w ddweud fel arfer a byddai ei bwrlwm a'i hafiaith yn llenwi'r tŷ. Edrychai fel deilen wedi crino. Gadawson nhw lonydd iddi, ond bydden nhw wedi eu cythryblu'n fawr petaen nhw'n gwybod iddi lefain yn ddistaw trwy gydol oriau hir a thywyll y noson honno.

Wrth sefyll o flaen Joseff yn awr, yn unig a digalon, cododd awydd cryf arno i'w chymryd yn ei freichiau yn y fan a'r lle a dweud wrthi fod popeth yn mynd i fod yn iawn. Fe safai wrth ei hochr; nid oedd ar ei phen ei hun; bydden nhw gyda'i gilydd. Yr un broblem oedd iddo ddweud wrthi am fynd mor ddiseremoni y noson cynt; wedi dod i ben â'u dyweddïad yn ddisymwth. Roedd gwaith ganddo i'w wneud ac ni wyddai p'un ai y byddai'n ei dderbyn yn ôl.

'Mair, mae'n flin gen i. Dwi 'di bod yn ffŵl. Ty'd hefo fi, plîs.'

Edrychodd Mair ar y llawr, gan adael i'w gwallt hir ddisgyn yn ddryslyd o flaen ei hwyneb. Bu distawrwydd hir. Roedd Joseff bron â chyrraedd pen ei denyn. O'r diwedd, fe gododd ei phen ac edrychodd arno. Anadlodd eto, wrth iddo'i theimlo yn agor drws ei chalon y mymryn lleiaf.

'Pam ddyliwn i?'

'Gin i rwbath pwysig iawn i ddeud 'tha' chdi, ac alla' i mo'i ddeud o fama.'

'Ond, o'n i'n meddwl...'

'Mair, taswn i'n medru, faswn i'n dy gario di i ffwr' hefo fi, ond dwi'm yn cael cyffwrdd â chdi. Felly, plîs, ty'd. Rhaid i ni siarad.'

Heb wybod na deall yn iawn beth oedd yn digwydd, eto, synhwyrodd y nodyn difrifol yn ei lais, ac fe'i dilynodd. Pasiodd y ddau Amos. Nid oedd yn un i ddal dig yn rhy hir ac wrth weld Mair – a fyddai bob tro yn stopio i siarad ag ef – yn cerdded gyda Joseff, mentrodd gyfarchiad arall. Poenai Joseff gymaint sut oedd yn mynd i ddweud wrth Mair am yr ymweliad yn y nos, ni chlywodd mohono. Felly hithau, gan na wyddai beth oedd Joseff yn ei wneud. Cododd yr hen ddyn ei ddwylo yn yr aer mewn anobaith, gan adael iddyn nhw gwympo a slapio'r naill ben-glin. Cyrhaeddodd Joseff a Mair ei weithdy. Aeth i mewn, gan sefyll wrth ochr y ford gedrwydd, tra safai hi wrth y fynedfa. Edrychodd Mair arno trwy lygaid cythryblus. A oedd wedi dod â hi yn ôl er mwyn edliw iddi am yr hyn a ymddangosai fel ei diffyg ffyddlondeb iddo. Ac eto, tywynnai ei wyneb fel yr haul ar fore pedwerydd dydd y Creu. Edrychodd arni'n gyffrous, fel bachgen bach oedd ar fin gwneud cyhoeddiad am ryw lwyddiant ar ei ran.

'Ddaeth o i'm gweld i neithiwr.'

Roedd Mair wedi drysu.

'Pwy?'

'Yr angal! Mwy na thebyg yr un fu'n siarad efo chdi.'

'Be'? Ddaeth o i dy weld di?'

Crynodd Mair. Roedd hi'n gegrwth gyda chyffro a chwilfrydedd.

'Wel, yn fy mreuddwydion i.'

'Ddudodd o 'wbath?'

Ni allai Joseff guddio'r cywilydd yn ei lygaid wrth iddo ateb yn wylaidd.

'Ddudodd o mai'r Ysbryd Glân oedd wedi dy neud di'n feichiog...' Stopiodd i gymryd anadl ddofn, cyn dweud y peth nesaf, '... ac nad o'n i feddwl ddwywaith am dy gym'yd di fel gwraig i fi.'

Edrychodd arno'n ddigyffro. Ymddangosai fel petai'r newyddion heb gael unrhyw effaith arni. Ar ôl rhai eiliadau o dawelwch, fe ymatebodd.

'Felly, be' wyt ti am neud?' gofynnodd.

Mewn llai na churiad calon, fe atebodd hi.

'Dwi am dy briodi di Mair. Dwi'n dy garu di. Dwi mewn cariad hefo chdi. Wastad wedi bod, byth bythoedd hefyd.'

Cerddodd ati, ac aeth lawr ar un glin.

'Madda i fi am ama' chdi. Wnei di plîs 'y mhriodi i, Mair?'

Edrychodd i'w lygaid tywyll. Roedd ar goll yn ei meddyliau. Teimlai Joseff iddo orfod aros oes iddi ymateb. O'r diwedd, meddai,

'Gad imi feddwl am y peth.'

Edrychodd drwy'r ffenest, fel oedd ef wedi ei wneud y noson gynt, tra roedd Joseff â'i wynt yn ei ddwrn. Ymhen rhai eiliadau trodd yn ôl i edrych i fyw ei lygaid.

'Dwi 'di meddwl am y peth... gwnaf! Gwnaf! Gwnaf! Gwnaf, Joseff.' atebodd wedi cynhyrfu'n lân.

Gwaeddodd Cadman, Tarog, Ebin a Caleb yn fuddugoliaethus.

Wedi gwirioni'n llwyr, cododd Joseff ar ei draed, ac edrychodd i'w hwyneb prydferth.

'Dwi'n sori, Mair. Ddyliwn i fod wedi dy gredu di. Wnes i ddim, ac mi gymrodd hi angel i ddod o'r nef i'n argyhoeddi i o'r gwir.'

'Roedd be' oedd gen i ddeud wrthat ti yn swnio'n rhyfedd iawn,' cyfaddefodd.

Gwenodd.

'Elli di ddeud hynny eto.'

Edrychodd y ddau yn gariadus i lygaid ei gilydd.

'Dwi'n dal i'w chael hi'n anodd i gredu fod Duw wedi fy newis i i neud hyn.'

'Fedra' i ddallt pam,' atebodd Joseff.

'Fedri di? Fedra i ddim.'

'Mae O'n dy nabod di, Mair.'

'Ia, ond ma' 'na filoedd o 'nethod fy oedran i yn Israel. Pam fi?'

'Mair. Mae O'n dy nabod di,' sicrhaodd hi. 'A beth bynnag, fedra i ofyn yr un peth.'

Edrychodd arno mewn penbleth.

'Ddudodd yr angel wrtha i am dy briodi di, Mair. Ma' hynny'n golygu y bydda' i'n dad i Iesu ar y ddaear, yma. Fedri di ddychmygu gymaint o gyfrifoldeb fydd hynny i mi, ac i ti fel ei fam O?'

Chwythodd Mair drwy ei gwefusau, wedi ei rhyfeddu gan yr anrhydedd a'r ymddiriedaeth oedd gan Dduw ynddyn nhw.

Edrychodd i'w lygaid.

'Wyt ti'n siŵr am hyn, Joseff?'

Atebodd hi mewn llais tyner, ond angerddol a atseiniodd yn ddwfn i'w chalon.

'Paid byth â gofyn y cwestiwn yna i fi eto. 'Y ngwraig i wyt ti, a finna'n ŵr i chdi.'

Anadlodd yn rhwyddach ar ôl cael y cadarnhad hwnnw.

'Mi allai fod yn go chwithig cofia,' meddai hi.

'Dwi'n gwbod. Ma' merchaid yn mynd i siarad.'

'Tu ôl 'y nghefn, rhan fwya'... gad iddyn nhw.'

'Gad iddyn nhw,' cytunodd Joseff.

'Bydd dynion yn siarad amdana chdi.'

'Dwi'n gwbod.'

'Pa beth bynnag ddudwn ni am sut y des i'n feichiog, fyddan nhw'n dal i gredu dy fod ti wedi cael dy ffordd hefo fi.'

'Ia, ond mae hyn oddi wrth Dduw, Mair. A ddudist di dy hun, hefo fi neu ddim, roeddach chdi am fynd trwodd hefo'r peth.'

'A ddudish i hefyd, y basai'n well gen i tasa chdi hefo fi.'

'Wel, ma' hynny'n beth da, achos ti'n styc hefo fi 'wan.'

Edrychodd y ddau i fyw llygaid ei gilydd eto, ac yn y distawrwydd a ddilynodd, gwnaed cyfamod mud, lle cytunon nhw i aros gyda'i gilydd am weddill eu bywydau, doed a ddelo.

'Bydd rhaid inni ddeud wrth dy rieni di?'

Meddyliodd Mair am ychydig.

'Gallai hynny fod yn anodd.'

'Yn enwedig y ffor' mae mam, a fydd dad ddim yn hapus,' ychwanegodd.

'Pryd wyt ti am ddeud wrthyn nhw?'

Ochneidiodd Mair ac ysgydwodd ei phen.

'Dwn i'm, ond bydd rhaid imi...'

'Ty'd i ddeud wrthyn nhw 'wan. Yna, ellwn ni gychwyn trefnu'r briodas.'

Wrth gwrs, y briodas! Neithiwr, rhoddodd bob manylyn am y briodas allan o'i meddwl. Rŵan, roedd y peth i ddigwydd: roedden nhw wedi eu hailddyweddïo!

'Wel, ddudodd yr angel wrtha' i am beidio petruso dy gym'yd di yn wraig imi. Dwi'n cym'yd fod hynny'n golygu ein bod i briodi cyn i Iesu, y Meseia gael ei eni. A beth bynnag, cynted y dudwn ni wrthyn nhw, cynted y galla' i ddod â chdi nôl yma i edrych ar dy ôl di.'

Gwenodd Mair.

'Mae angen cyffyrddiad dynes ar dy dŷ di yn ddybryd.'

Edrychodd Caleb yn amheus arni. Roedd y fenyw 'ma'n dwyn ei eiriau.

'Felly, ti'n barod?' gofynnodd.

Meddyliodd am rai eiliadau, yn poeni sut fyddai ei rhieni'n ymateb i'r newyddion. Anadlodd yn ddwfn.

'Iawn, ty'd.'

Roedd gwrthdaro arall o'i blaen hi. Yr ail o nifer mae'n siŵr: byddai'n rhaid iddi gyfarwyddo â nhw.

Dechreuodd y ddau'r siwrnai fer yn ôl i'w chartref. Daethon nhw ar draws Amos, oedd yn dal i eistedd wrth y ffynnon, yn synfyfyrio am anghysonderau ac annibynadwyaeth y natur ddynol.

'Bore da, Amos. Heb dy weld di ers amser hir,' meddai Joseff yn llon.

'Neis dy weld di,' ychwanegodd Mair.

Roedd Amos yn fud.

'Be' sy' arna chdi heddiw? Ti 'di llyncu dy dafod?' gofynnodd Joseff wrth iddyn nhw ei adael wrth y ffynnon. Parhaodd gyda'i bendroni ar anwadalwch pobl.

'Ble y' chi i gyd yn mynd?' gofynnodd Garan, wrth iddo lanio tu ôl y pedwar angel arall.

Neidiodd bob un ohonyn nhw cyn troi i'w wynebu.

'Gar!' ceryddodd Ebin. 'Paid neud hwnna.'

'Ble ti 'di bod?' gofynnodd Cadman.

'O'n i'n dy ddishgwl di nôl lawer ynghynt,' meddai Tarog.

'O'dd rhaid i fi fynd ar orchwyl arbennig i'n Harglwydd. Fe weda' i...'

'Dim amser, Gar. Bydd rhaid i ti weud yr hanes nes 'mla'n,' meddai Ebin.

'Galle pethe fynd yn ffaliwch 'ma,' rhybuddiodd Caleb.

Roedd Garan wedi drysu.

'Na'th Gabriel 'i waith nithwr. Ma' Joseff a Mair nôl gyda'i gilydd, ond nawr, ma' nhw'n mynd i 'weud wrth 'i rhieni hi, ac os na fydd 'i thad yn fodlon, yna...' esboniodd Tarog.

'... allen ni fod nôl i'r dechre'n deg,' meddai Caleb, yn gyffro i gyd, 'a falle bydd rhaid i ti fynd i'r nefo'dd i nôl Gabriel 'to.'

'Do's bosib?' meddyliodd Garan, wrth iddo ddilyn y lleill y tu ôl i Joseff a Mair.

Pennod 15

Wrth iddyn nhw ddynesu at ei chartref, trodd Mair at Joseff.

'Dwi'n ofni hyn yn fwy na gor'od deud 'tha' chdi.'

'Wel, dw i hefo chdi. Dwyt ti'm ar ben dy hun. Wnawn ni hyn efo'n gilydd,' sicrhaodd hi.

Am yr ail dro, mewn llai na hanner awr, cnociodd Joseff ddrws tŷ Mair. Pan agorodd Ben y drws, a gweld ei ferch yn sefyll wrth ochr Joseff, rhyfeddodd nad oedd hi wedi cerdded mewn i'w thŷ ei hun. Perodd loes iddo. Am y tro cyntaf yn ei bywyd fe ddangosodd nad ystyriai'r tŷ hwn i fod yn gartref iddi bellach. Yna, pan ofynnodd Joseff, 'Ellwn ni ddod i fewn?' llifodd gwaed o'i galon. Roedd yn gymaint ag y gallai ei wneud i guddio'r boen o'i wyneb. Teimlai fel petai cefnfor newydd ymddangos o unman, rhyngddo ef a'i ferch.

Camodd am yn ôl, gan ddal ei law allan i roi lle iddyn nhw.

'Wrth gwrs,' meddai'n ysgafn. 'Dowch i fewn.'

Cerddodd y ddau i fewn a galwodd Ben ar ei wraig, oedd tu allan yng nghefn y tŷ.

'Abigail! Ma' Mair a Joseff yma.'

Eisteddodd Joseff a Mair wrth ochr ei gilydd ar y clustogau a orweddai ar y llawr wrth wal talcen y tŷ. Daeth Abigail i mewn drwy'r drws, yn sgubo ychydig o faw o'r tŷ gyda'i hysgub. Er ei bod rai blynyddoedd yn iau na'i gŵr, yr oedd eisoes wedi dechrau arddangos nodweddion canol oed. Gwnâi ei hwyneb llinellog – yn enwedig y rhychau dwfn ar ei thalcen – iddi edrych yn hŷn nag ef. Roedd Mair yn argyhoeddedig fod ei thueddiad naturiol i boeni ynghylch beth oedd pobl eraill yn ei feddwl amdani yn cael ei amlygu yn ei thalcen crych. Ar y llaw arall, efallai ei bod felly am y teimlai'n ddig nad oedd wedi rhoi genedigaeth i fwy nag un plentyn a doedd y briw heb wella ac yn dal yn sensitif. Ni welodd y pâr ifanc oedd y tu ôl y drws. Pan sylwodd ar yr olwg fyfyrgar ar wyneb ei gŵr, gwyddai fod rhywbeth o'i le.

'Be' sy' matar?' gofynnodd, gan gau'r drws. Dyna pryd y gwelodd Joseff a Mair ar y clustogau. Synhwyrodd y tawelwch lletchwith a'r tensiwn a dreiddiai'r ystafell a rhedodd ias oer drwy ei chorff, o'i chorun i'w thraed.

'Mae rhwbath gynno nhw i ddeud 'tha' ni, Abigail.'

Pwysodd ei hysgub yn ofalus yn erbyn y wal ac eisteddodd ar y clustogau gerllaw'r pâr ifanc. Ymunodd ei gŵr â hi. Er brafado cynharach Joseff, wrth wynebu ei ddarpar rieni-yng-nghyfraith, o fewn cyffiniau eu cartref trawyd ef yn fud. Edrychodd Mair yn ddisgwylgar arno. Wrth weld ei dawedogrwydd, fe benderfynodd fod yn rhaid iddi hi fynd i'r afael â phethau.

'Abba, Eema,' meddai, gan ddefnyddio'r termau Hebraeg am dad a mam. 'Gynno i wbath i'w ddeud 'tha' chi.'

'Mae dy dad newydd ddeud hynny 'tha' i,' dywedodd Abigail wrthi'n swta.

Doedd pethau ddim wedi dechrau'n dda. Casglodd ei dewrder ynghyd.

'Dwi'n gwbod fod hyn yn mynd i swnio'n wirion, ond... ychydig dros wythnos yn ôl, ymddangosodd angel i mi,' clywodd ei hun yn dweud am yr ail waith mewn llai na phedair awr ar hugain.

Edrychodd ei thad a'i mam â'u cegau ar agor arni. Unwaith eto, penderfynodd Mair mai'r peth gorau i'w wneud oedd dweud yn union beth oedd yr angel wedi ei ddweud wrthi. Ni allai feddwl am ffordd arall a gwyddai fod yn rhaid iddi fod yn ofalus. Roedd hyn y tu hwnt i'w breuddwydion nhw.

'Ddaru o 'nghyfarch i, a deud 'mod wedi fy ffafrio'n fawr.'

Stopiodd, ac anadlodd yn ddwfn.

'Ddudodd o y baswn yn beichiogi, ac yn rhoi genedigaeth i Fab, a 'mod i i'w alw'n Iesu.'

Saethodd llaw ei mam at ei cheg. Dyma'r un peth roedd erioed wedi ei ofni. Edrychodd yn ddigalon ar ei merch ac yna at Joseff. Fe'i synnwyd wrth weld fod y ddau yn syllu'n ôl arni'n benderfynol.

'Dim Joseff 'di'r tad.'

Yn araf, ac yn benderfynol, aeth Mair yn ei blaen.

'Mi ddudodd o y byddai'n cael ei alw'n Fab y Goruchaf, ac y byddai Duw yn rhoi gorsedd Dafydd iddo Fo, a byddai'n teyrnasu ar dŷ Jacob am byth.'

Gwelodd ei mam yn plethu ei dwylo.

'Dyma ni'n mynd,' meddyliodd iddi ei hun. Dyna oedd ei hadwaith arferol wrth glywed rhyw newyddion cywilyddus. Fodd bynnag, ymateb ei thad wnaeth iddi boeni mwy, wrth i'w wyneb droi'n welw farwol. Syllodd ef ar y wal y tu ôl iddyn nhw, ar goll yn ei feddyliau ei hun.

'Peidiwch sbio ar Joseff fel yna, Eema. Fel ddudish i, doedd ganddo fo ddim i neud efo'r peth.'

'Ti'n meddwl deud 'tha' i dy fod ti wedi bod hefo rhyw ddyn arall?'

Teimlodd Abigail yn benysgafn. Roedd hwn yn fwy o gywilydd nag y medrai ei ddioddef. Sut fyddai hi'n medru wynebu pawb yn Nasareth byth eto?

'Na, Eema, gwrandewch arna' i. Mae hyn gan Dduw.'

Anwybyddodd ei mam ei phrotestiadau; roedd ei thad yn fud.

'Os nad Joseff yw'r tad, yna mae'n bur amlwg i mi be' sy' 'di digwydd.'

Arhosodd Mair yn dawel, ac esboniodd yn amyneddgar iddi.
'Ofynish i i'r angel, "Sut? Dwi rioed wedi cysgu hefo'r un dyn".'
Edrychodd ei mam yn ddirmygus arni. Parhaodd Mair.
'Ddudodd o, "Bydd yr Ysbryd Glân yn dod arnat, ac fe elwir y bachgen fyddi'n rhoi genedigaeth iddo yn Fab Duw".'
'Fedri di ddim disgwyl i fi gredu hyn,' meddai ei mam yn ddilornus.
O'r diwedd, daeth Joseff o hyd i'w dafod. Roedd Mair yn ddiolchgar.
'Mae'n wir. Fedra' i gydymdeimlo hefo chi, Abigail. Pan ddudodd Mair 'tha' i ddoe, do'n i ddim yn ei choelio hi. Fe dorrish i'r dyweddïad hyd yn oed. Yna, neithiwr, ymddangosodd yr angel – yr un angel dybiwn i – i mi mewn breuddwyd gan ddeud 'tha' i am beidio meddwl ddwywaith cyn cymryd Mair yn wraig i fi, gan ei bod wir yn feichiog o'r Ysbryd Glân.'
'Wyt ti'n sylweddoli pa mor hurt 'di hynny?' gofynnodd, gan godi ei lais. 'Dwi'n ddynas, ac yn fam, Joseff. Mi o'n i'n feichiog fy hun un tro, ond ellwn i ddim fod wedi ei neud heb gyfraniad fy ngŵr – ei thad hi. Benjamin! Duda 'wbath.'
Poenai Mair fwy a mwy am ei thad, oherwydd, erbyn hyn, roedd y gwaed wedi llifo o'i wyneb, a chrynai ei ddwylo. Roedd fel petai'n ffrwtian tu fewn, a hwyr neu hwyrach byddai'n ffrwydro fel rhyw losgyfynydd cwsg yr oedd pawb wedi anghofio amdano, a byddai hi yn llwybr y lafa. Mewn ymateb i orchymyn ei wraig, llithrodd oddi ar y clustog a eisteddai arno a chododd i'w draed yn araf, gan edrych ar ei ferch yr holl amser, fel petai wedi gweld drychiolaeth. Edrychodd Mair arno'n grynedig. Nid oedd wedi ei weld fel hyn erioed o'r blaen. Druan ag ef, meddyliodd. Dim ond saer maen dinod oedd o, yn gorfod delio gyda hyn.
'Benjamin! Deuda 'wbath'!'
Ni ynganodd ei gŵr yr un gair. Yn hytrach, fe gerddodd at ochr arall y tŷ, ac edrych allan drwy'r ffenest, at y bryniau o gwmpas Nasareth. Atgoffodd Mair o sut oedd Joseff wedi ymateb y noson gynt, ac yna iddo ddweud fod y dyweddïad wedi dod i ben. Crynodd wrth iddi gofio. Pam na ddywedai rywbeth? Y funud honno – munud o orffwylltra, byddai rhai'n dweud – penderfynodd Mair ddweud rhywbeth arall roedd yr angel wedi ei ddweud wrthi, nad oedd hyd yn oed wedi dweud wrth Joseff. Teimlai nad oedd dim ganddi i'w golli.
'Ddudodd yr angel un peth arall,' dechreuodd.
Edrychodd Abigail arni.
'Fe ddudodd fod Elisabath, fy nghyfnithar yn feichiog.'
'Elisabath! Yn feichiog!' crechwenodd ei mam.
Cadwodd Mair ati.

'Y mae'n cario mab.'
'Ei hoedran hi!'
'Er ei henaint.'
Ail-adroddodd Mair neges yr angel gair am air.
'Ond, ma' hi'n ddiffrwyth!'
Roedd Abigail yn taflu dartiau o anghrediniaeth at yr hyn a ddywedai ei merch. Safai Mair yn gadarn yn wyneb yr ymosodiad o amheuaeth.
'Er ei hanffrwythlondeb,' meddai, wrth nodio ei phen yn araf.
Edmygodd Joseff ei dycnwch a'i dyfalbarhad tyner. Nid oedd Mair wedi gorffen.
'A mwy na hynny, ddudodd yr angel, "Dyma chweched mis ei beichiogrwydd! Does dim, chi'n gweld, yn amhosibl i Dduw," a dwi'n mynd i'w gweld hi 'fory nesa',' cyhoeddodd.
'Wyt ti?' gofynnodd Joseff yn syfrdan.
'Ndw.'
'Ddudist di ddim 'tha' i.'
Edrychodd Abigail draw at ei gŵr, oedd yn dal i sefyll wrth y ffenest, erbyn hyn yn cydio'n dynn yn y ford fach oedd o'i flaen. Ysgydwai ei gorff cyfan ac roedd yn dal ar goll yn ei feddyliau er, yn achlysurol, byddai ei lygaid yn crwydro i edrych yn anghrediniol ar ei ferch.
'Sbïa be' ti 'di neud i dy dad 'wan. Fedrith o ddim siarad achos y sioc a'r cywilydd wyt ti wedi'u hachosi i ni.'
Roedd Mair yn benderfynol, fodd bynnag.
'Nid yw hwn ohonof i, Eema. Mae o o Dduw,' ail-adroddodd, gan edrych ar ei mam yn ddifrifol.
Edrychai'r pum angel yn ofidus. Nid oedd pethau'n mynd yn dda o gwbl. Dechreuodd Garan feddwl y byddai'n rhaid iddo ddychwelyd i'r nefoedd i nôl Gabriel eto. Roedd mam Mair yn ymateb yn afresymol, ac edrychai Ben fel petai'n cyflyru ei hun i wneud rhywbeth i Mair y byddai'n flin yn ei gylch. Hyd yn hyn bu Cadman yn pwyso'i gefn yn erbyn y wal ei ddwy fraich wedi eu croesi ar draws ei frest, ger lle roedd Ben yn sefyll, fel petai'n hanner cysgu. Nawr, gwthiodd ei hun oddi ar y wal ac amgylchynodd ef a'r pedwar rhyfelwr arall dad Mair, yn barod i amddiffyn ei ferch ar amrantiad. Torrodd Abigail y tawelwch.
'Ai fi 'di'r unig un sy'n credu fod 'wbath o'i le yma? Neu ydw i'n methu...'
' "Hedyn menyw".'
Trodd pob llygaid, rhai dynol ac angylaidd, i edrych ar ei gŵr.
'Be'?' gofynnodd Abigail.
Edrychodd yn ddyfal arnyn nhw.

' "Hedyn menyw",' meddai eto, ond y tro hwn mewn llais mwy rhesymol a rhesymegol, fel petai wedi dod o hyd i'r ateb i broblem fathemategol ddyrys oedd wedi bod yn drysu'r meddyliau gorau ers cenhedloedd. Ymlaciodd y pum angel. Edrychodd Tarog ar Caleb ac Ebin oedd yn sefyll rhwng yr hen ddyn a Mair.

'Ma's o'r ffordd: arwr cenedl yn dod trwyddo, arwr cenedl yn dod trwyddo,' cyhoeddodd yn llawen.

Symudodd y naill angel a'r llall o'r ffordd wrth iddo gerdded at Abigail, Mair a Joseff, i ddychwelyd i'w sedd. Yna, gafaelodd yn dyner yn llaw ei wraig. Gan edrych mor ddwys i'w llygaid, perodd ofn arni, fe adroddodd,

' "Gosodaf elyniaeth rhyngot ti a'r wraig, a rhwng dy had di a'i had hithau".'

Gyda hynny, edrychodd ar Mair, yr un mor ddwys.

'Am be' wyt ti'n mwydro?' gofynnodd Abigail. Roedd yn dechrau meddwl ei fod wedi colli ei limpyn.

Tra'n dal i edrych ar Mair, aeth yn ei flaen.

'Y Torah, Abigail,' meddai'n gyffrous. 'Y pum llyfr cyntaf o'n hysgrythure. Reit ar y dechre, yn union ar ôl i Satan demtio Adda i fwyta'r ffrwyth gwaharddedig, siaradodd Yahweh hefo'r sarff a deud wrtho y byddai'n cerdded ar ei stumog am byth, ac o hyn ymlaen...' a fan yma, arafodd ei leferydd, ac mewn llais isel dywedodd, '... y mae'n datgan rhyfel rhwng ei had ef a'i had hi.'

Roedd Abigail wedi drysu'n llwyr. Teimlai Mair a Joseff yr un fath. Dechreuodd y pum angel-ryfelwr gynhesu at y saer maen hwn.

Gwasgodd ei law'n dynnach a dewisodd ei eiriau'n ofalus er mwyn egluro iddi.

'Roeddet ti'n iawn, Abigail.'

'On'd tydw i'n gwbod hynny! Paid deud 'tha' i! Deuda wrthi hi... a fo!' ymatebodd, gan bwyntio ei bys at Joseff.

'Na, na! Roeddet ti'n iawn dy fod angen fy help i er mwyn beichiogi Mair. Rhoddais fy had i ynot ti. Ti'n cofio?'

Er ei dryswch, ymddangosodd gwên fach yn nwy gornel ei cheg. Yna, cofiodd fod Mair a Joseff yn eistedd nesaf ati. Yn sydyn, cochodd mewn embaras. Nid oedd ei gŵr erioed wedi siarad mor blaen am y fath bethau, a rwan, roedd yn cael sgwrs hollol agored ar y mater gyda hi o flaen eu merch a'i darpar ŵr.

'Reit ar y cychwyn, yn union ar ôl i bechod ddod i'r byd, ac ar ôl i Adda ac Efa gael eu halltudio o Ardd Eden, mi ddudodd Duw y byddai O'n anfon rhywun i Unioni'r Cam. Byddai'r Un yna'n dod o hedyn dynes. Abigail, mae'r frawddag fach honno wedi mwydro pennau ysgolheigion ers canrifoedd. Sut fedr dyn gael ei eni o hedyn dynas, gan fod pob dyn, dynas a phlentyn ar y ddaear yma wedi cael eu creu trwy uniad corfforol dyn a dynas? Dyn sydd wedi darpau'r had, a dynas y pridd ffrwythlon er mwyn i'r had gael tyfu. Ac felly, roedd y pechod a ddaeth i'r byd, yn cael ei barhau – ei basio ymlaen gan ddynion; dyna etifeddiaeth halogedig pob plentyn. A pha faint bynnag o etifeddion a aned, nid oedd diwedd ar yr etifeddiaeth honno. Cymynrodd ddiddiwedd; tsaen ddi-dor... tan rŵan. Gan na fyddai Hwn, oedd i ddod, yn cael ei eni o had dyn, byddai o Dduw, y Beichiogi Difrycheulyd...', a gyda hyn fe drodd i edrych eto ar Mair, y tro hwn mewn rhyfeddod, '...trwy wyryf, hedyn menyw.'

Aethon nhw i gyd yn fud a syllu ar Mair. Syfrdanwyd pawb gan yr hyn roedd Ben newydd ei ddweud, hyd yn oed yr angylion. Am yn rhy hir roedd pechod wedi cael pen-rhyddid i rodio'r ddaear, wedi cael rhwydd hynt i reoli calonnau a meddyliau holl bobl y byd, gan eu cadw'n gaeth yn ei deyrnas dywyll a dichellgar. Dyma ddechrau'r diwedd, a chyn hir byddai dihangfa ar gael. O'i rhan hi, teimlai Mair rhyw awydd annaturiol i roi cusan i'w thad, oherwydd gallai weld fod ei mam yn dechrau ildio i'w berswâd. Nid oedd yn barod i roi'r ffidil yn y to, eto, fodd bynnag.

'Ond, pam ein Mair ni?'

'Pam lai? Faswn i'm yn synnu fod Duw isio hogan mor wydn â hi, nad oes ofn arni hwylio yn erbyn y gwynt, oherwydd bydd yn rhaid iddi fod yn gry'... efo ni, neu hebdda ni.'

'Ond, dim ond hogan gyffredin ydy hi.'

'Onid ydy Duw erioed wedi dewis pobl gyffredin ar adegau fel hyn? Pwy fasa 'di dewis Dafydd, mab ieuenga' Jesse i fod yn Frenin ar Israel ar ôl Saul? Ond dyna 'nath Duw.'

Wrth ddweud hyn, gwenodd Ben yn wybodus ar Joseff.

Ceisiodd Abigail ryw ffordd arall.

'Be' am Lisabeth? Sut fedr hi fod yn feichiog, Ben? Ma' hi a Sachareias 'di bod yn trio ers blynyddoedd. Mae'r ddau yn rhy hen rŵan.'

Cododd Ben ei ysgwyddau.

'D'wn i'm. Ond, be' am Abraham a Sarah, Rebecca, gwraig Isaac, a Hannah, mam Samuel, y proffwyd? Roeddan nhw i gyd yn ddiffrwyth ac roedd Sarah'n rhy hen, fel ddudish di, ond mi roeson nhw enedigaeth i feibion.'

'Ond, roedd hynny, ganrifoedd yn ôl.'

'Wyt ti'n trio deud 'tha i na fedr Duw wneud i'r peth ddigwydd rŵan? Na, Abigail, mae O'r un ddoe, heddiw ac yfory.'

'Dwi'n gwbod,' addefodd, 'ond, genedigaeth o wyryf, Ben. Mae o tu hwnt. Sut mae o'n bosib?'

Anwesodd Ben foch ei wraig yn gariadus.

'Fedra i ddim ateb hynny chwaith, Abi.'

Cymerodd Abigail anadl sydyn. Nid oedd wedi ei galw wrth yr enw hwn ers blynyddoedd.

'Un peth dwi yn ei wybod ydy ein bod wedi ein gwneud mewn ffor' ryfeddol. Ac os fedar Duw neud y corff dynol, yna, mae O'n gwbod sut i neud dynas – ein Mair ni, Abi – yn feichiog, heb ymyrraeth a chyfraniad unrhyw ddyn. Dydy Mair a Joseff ddim wedi cysgu efo'i gilydd, a dydy hi ddim wedi bod efo dyn arall chwaith. Dwi'n ei chredu hi.'

Teimlodd Mair lwmp sydyn yn ei gwddf.

O'r diwedd, ildiodd Abigail i ddadleuon ei gŵr. Syllodd y ddau i lygaid ei gilydd. Yn yr eiliad honno, iddyn nhw, doedd neb arall yn yr ystafell. Ac, fel oedd Joseff a Mair wedi edrych i fyw llygaid ei gilydd lai nag awr ynghynt a llofnodi cytundeb cudd, felly y gwnaeth Ben ac Abigail, yn addo y bydden nhw'n sefyll ysgwydd wrth ysgwydd gyda'u merch, doed a ddelo, pa beth bynnag y gost, yn ystod y misoedd nesaf.

'Fi'n lico fe,' meddai Tarog.

'Ie, a finne,' cytunodd Garan.

Nodiodd y lleill eu pennau.

Neidiodd Ben ar ei draed, gan ddychryn pawb, gan gynnwys yr angylion.

'Joseff!' cyhoeddodd. 'A wyt ti'n barod i briodi ein merch, er yr hyn sydd wedi digwydd iddi, a be' sy'n mynd i ddigwydd iddi?'

'Ydech chi'n meddwl... ei beichiogrwydd hi?'

'Yndw, wrth gwrs.'

'Wrth gwrs mod i.'

Gwenodd y ddau ar ei gilydd. Edrychodd Ben ar Mair.

'Mair, saf ar dy draed.'

Gwnaeth fel y gorchmynnodd. Rhoddodd ei freichiau amdani a'i dal yn dynn.

'Chdi ydi 'ngeneth i,' sibrydodd yn ei chlust, 'ac rwyt ti yn sicr wedi dy fendithio, ac wedi cael ffafr gan yr Arglwydd. Dwi'n falch i fod yn dad i chdi.'

Gorffwysodd ei phen ar ysgwyddau ei thad – yn ferch fach bedair blwydd oed unwaith eto – wrth i ddagrau dedwydd lifo lawr ei gruddiau. Mewn amrantiad, roedd y cefnfor fu rhyngddyn nhw'n gynharach wedi anweddu'n ddim. Gydag un fraich o hyd o'i chwmpas, estynnodd ei fraich arall at ei wraig.

'Abi.'

Unwaith iddi godi ar ei thraed tynnodd hi ato mewn cofleidiad gyda'u merch. Am ennyd buon nhw'n dawel, yn un gyda'i gilydd. Teimlai Joseff ei fod yn ymyrryd, dieithryn anghyfarwydd, yn tresmasu ar diriogaeth deuluol. Edrychodd Ben dros bennau y menywod ato.

'Joseff,' cyhoeddodd. 'Rwyt ti'n arth mawr blewog o ddyn, ond dwi 'di clywed fod eirth hyd yn oed yn cofleidio eu teuluoedd eu hunain.'

'Ond, Ben, ry' chi'n gwbod yn iawn nad ydw i 'n cael cyffwrdd â'm darpar wraig nes inni briodi.'

'Mi wn i hynny. Ond rwyt ti'n gwbod cystal â finna fod y rheol honno'n bod pan fyddwch chi'ch dau hefo'ch gilydd ac ar ben eich hunain. Mae Abigail a finna yma. A beth bynnag, dim sefyllfa arferol mo hon. Felly, ty'd.'

Cododd Joseff ar ei draed yn syth, a lapiodd ei freichiau cyhyrog o'u cwmpas.

'Bydd angan i ni drefnu'r briodas,' meddai Ben. 'Wedi'r cyfan, 'dan ni ond tri mis i ffwrdd o ddiwedd y flwyddyn o ddyweddïad.'

Roedd wedi cymryd rheolaeth lwyr o'r sefyllfa.

'Dyna pam y daethon ni i'ch gweld chi,' esboniodd Joseff.

'Cyn gynted ag y do' i adre o weld Elisabeth,' ychwanegodd Mair.

Edrychodd y tri yn gwestiynol ar Abigail.

Dyna i gyd y gwnaeth hi oedd nodio ei phen a gwenu trwy ei dagrau.

Llethwyd Caleb gan emosiwn. Roedd yn sefyll tu cefn i'r angylion eraill, ond nawr, camodd ymlaen a rhoddodd ei fraich o gwmpas Ebin a'i ben ar ei ysgwydd.

'Stop hi! Nawr!' gorchmynnodd Ebin, mewn llais tawel ond gyda thinc o fygythiad.

Cododd Caleb ei ben a thynnodd ei fraich i ffwrdd yn gyflym, cyn tynnu ei hun at ei gilydd.

Pennod 16

Drannoeth, gadawodd Mair Nasareth, gan gyfeirio ei cherddediad tua'r de, i fryniau Jwdea, gyda phum angel-ryfelwr yn gwmpeini, er na wyddai hynny. Arhosodd gyda Sachareias ac Elisabeth am dri mis, tan i Ioan, eu bachgen gael ei eni. Ar ôl bod yn dyst i'r holl ddigwyddiadau hyn, yn llawn llawenydd a gorfoledd, a gyda gweddïau a dymuniadau gorau ei chyfnither, dychwelodd Mair i Nasareth.

Ar ôl iddi gyrraedd gartref adroddodd yr hyn oedd wedi digwydd. Roedd Ben, Abigail a Joseff wedi eu syfrdanu wrth glywed fod Sachareias yntau wedi cael ymweliad gan angel. Ai hwn oedd yr angel a siaradodd gyda Mair a Joseff? Os felly, rhaid ei fod yn angel prysur.

'Smo fe'n neud lot o ddim byd arall,' oedd ymateb cwta Caleb.

Yn ystod ei habsenoldeb, bu Ben, Abigail a Joseff yn brysur yn paratoi ar gyfer y briodas. Pan ddaeth y dydd mawr, roedd fel petai Galilea gyfan a natur ei hun wedi gwneud ymdrech fawr i edrych eu gorau. Ymhyfrydai'r coed almon, ffigys ac olewydd yn eu lliwiau cyfoethog – addewid o gynhaeaf helaeth – gyda'r borfa wyrddlas doreithiog yn gefndir emrallt a bwysleisiai liwiau nwyfus y coed oedd yn ffrwythloni. Gyda'r haul yn tywynnu'n braf yn yr awyr las, dymunodd y pentref cyfan yn dda iddyn nhw. Ar ôl y seremoni, tyrrodd lliaws atyn nhw, gan eu cymeradwyo'n llawen, tra chydiai Joseff law Mair am y tro cyntaf yn gyhoeddus.

Wrth wylio o bell, gwenodd Ben iddo'i hun. Dywedodd air o ddiolch wrth Yahweh am roi'r fath ferch iddo, ac am roi'r fath ŵr iddi hi. Edmygodd eu penderfynolrwydd ac ar yr un pryd fe addawodd y byddai'n ymroi'n llwyr iddyn nhw. Safai Abigail yn ei ymyl. Ers iddi dderbyn rhan Mair yn yr enedigaeth wyryfol oedd ar ddigwydd blodeuodd berthynas y fam a'i merch. Tyfodd y teulu bach yn agosach a dychwelodd agosatrwydd cynnes i berthynas Ben ac Abigail. Roedd fel petai iddyn nhw gwympo mewn cariad gyda'i gilydd unwaith yn rhagor, ac roedd yr eildro yn felysach na'r tro cyntaf, fel bwyta cawl twymo. Fel ei gŵr, fe wnaeth hithau gyfamod tawel y byddai'n sefyll gyda'i merch bob cam o'r ffordd. Nid oedd y naill na'r llall i wybod na fydden nhw'n cael cadw eu haddewidion.

Y noson honno, ar ôl i'r dathliadau ddod i ben, aeth Joseff â Mair, ei wraig, adref. Caeodd y drws ar y byd tu allan. Tybiai Garan a'i bedwar angel-ryfelwr mai doethach fyddai aros tu allan. Trodd Joseff i edrych ar Mair. Cydiodd yn ei llaw a'i harwain at y gwely priodasol. Eisteddodd ar ei erchwyn a thynnodd hi i eistedd ar ei gôl, ei fraich am ei chanol.

'Ti'n gwbod na fydd 'na garu heno,' meddai wrthi.

'Yndw, 'nghariad i. Dwi'n sori.'

'Paid byth ag ymddiheuro am hyn, Mair. Rhaid i ni beidio, waeth pa mor anodd fydd hi i chdi gadw dy ddwylo oddi arna' i. Gad i ni fod yn onest, gofyn i chdi dy hun, wyt ti erioed wedi gweld creadur mor olygus a deniadol yn dy fywyd?'

'Dwi'n gwbod. Sut yn y byd fydda' i'n medru ymdopi?' gofynnodd, gan roi ei llaw ar ei bron a rolio'i llygaid tua'r nefoedd.

Difrifolodd Joseff.

'Rwyt ti a fi'n gwbod a deall fod yn rhaid iddi fod yn enedigaeth wyryfol.'

Edrychodd yn gariadus i'w lygaid pefriol a rhoddodd ei llaw ar ochr ei wyneb.

'O, Joseff, dwi'n dy garu di gymaint.'

Gwthiodd hi i sefyll ar ei thraed a chododd yntau i sefyll o'i blaen hi.

'Rŵan ta, Mair. Gad i fi dy ddal di'n agos.'

Cofleidiodd hi yn ei freichiau cydnerth, a chododd hi oddi ar y llawr, gyda'i thraed yn hongian hanner ffordd lan ei grimogau. Collodd ei hanadl. Edrychodd arno. Roedd y ddau yn hedfan yn yr aer, hi, yn llythrennol. Ymhyfrydodd y ddau yn y foment o agosatrwydd a pheifatrwydd a ddyhewyd ganddyn nhw, ers cymaint o amser.

'Wyt ti'n mynd i 'nghario i bob man? Fedra' i ddod yn gyfarwydd iawn ag o.'

'Mwynha'r reid,' cynghorodd.

Rhoddodd hi nôl ar ei thraed.

Yn llonyddwch tywyll y nos gorweddodd hithau ar eu gwely. Gorweddodd yntau yn ei hymyl ac edrychodd i'w llygaid llachar a edrychai hyd oed yn fwy gloyw nag erioed heno. Gwthiodd naill ochr rai cudynnau o wallt oedd wedi cwympo ar hyd ei hwyneb yn dyner a llawenhaodd yn ei phrydferthwch. Ni allai gredu mai hi oedd ei wraig ef. Gyda'i gorff roedd am ddangos iddi ei fod yn ei charu, y byddai'n gofalu amdani doed a ddelo ac yn sefyll wrth ei hochr am byth. Yn sydyn, teimlodd ei geg yn sychu, yn nerfus o 'styried yr hyn roedd ar fin ei wneud. Roedd am ei hanrhydeddu gyda'i gorff, wedi'r cyfan, dyma oedd noson eu priodas. Felly, tynnodd hi ato a thra'n dal i syllu i'w llygaid, cusanodd hi ar ei gwefusau. Yna cydiodd yn ei llaw. Dyna i gyd.

Pennod 17

Garan oedd y cyntaf i'w gweld. Tynnwyd ei sylw at ryw ugain o helmedau haearn, yn disgleirio yn haul hwyr y bore, yn bobian, fel petaen nhw'n arnofio ar bwll o ddŵr. Gorymdeithiodd y garfan fechan o filwyr Rhufeinig ar hyd y llechwedd o Ddyffryn Jesreel i Nasareth. Wrth iddyn nhw nesáu, clywodd y trigolion gerddediad trwm y sandalau hoeliog ynghyd â chlincian rhythmig y disciau metalig a hongiai fel gemwaith anferth ac afrosgo o'r trumeau oedd o gwmpas gwastiau'r llengfilwyr. Wrth iddyn nhw gyrraedd canol y pentref, ymgasglodd dynion, menywod a phlant, gan holi pam tybed, fod cynrychiolwyr pŵer goresgynnol gwlad dramor wedi mentro dod i le mor ddibwys.

Caseuwyd milwyr Rhufeinig gan y rhan fwyaf o Iddewon am eu bod yn fyddin oresgynnol, ac yng Ngalilea cawsant eu casáu yn fwy nag yn unman arall yn y wlad. Roedd Iddewon wedi cael eu concro o'r blaen, a bydden nhw'n cael eu concro eto, ond pa faint bynnag o weithiau yr oedd wedi digwydd, ni wnaeth y profiad fymryn yn haws. Awchai pob Iddew am y dydd pan fyddai'r Meseia, o'r diwedd yn dod, ac yn gyrru eu gelynion ar ffo.

Roedd Garan, ar y llaw arall, wedi bod yn disgwyl y foment hon. Gwyliodd wrth i'r canwriad – yr arweinydd – a edrychai'n ysblennydd yn ei helmed plu estrys lliwgar, roi'r gorchymyn i'w ddynion i stopio. Ers amser, roedd wedi parchu milwyr Rhufeinig am eu gwytnwch a'u dyfalbarhad yng ngwres y frwydr. Daliai Garan i ryfeddu at yr hyn a welodd ym Mrwydr Alessia, tua hanner can mlynedd ynghynt, pan oedd y fyddin Rufeinig, dan Iŵl Cesar, er yn llawer llai o ran nifer, wedi ennill y dydd yn erbyn y Galiaid. Rhain oedd dynion y Chweched Lleng Rufeinig – yr *Iron Clads* – a ffurfiwyd gan y Cesar Awgwtws presennol. Arhosodd y canwriad ychydig er mwyn i'r pentrefwyr ymgasglu.

'Wel, dwed beth sda ti i weud,' meddai Garan wrth ei hun.

Fel pe'n ymateb yn uniongyrchol i'w ddeisyfiad, estynnodd y canwriad am sgrôl, ac ar ôl ei hagor, dechreuodd ddarllen ei chynnwys i'r bobl a safai o'i flaen.

'Cyhoeddir fod cyfrifiad i gael ei gynnal, ymhen tair wythnos o holl bobl yr Ymerodraeth Rufeinig. I'r perwyl hwn, gorchmynir i bob dyn a'i deulu i ddychwelyd i'w dref deuluol, er mwyn cyflwyno eu hunain i'r cyfrifwr yn y dref benodol honno. Cosbir yn ddifrifol unrhyw un sy'n anufuddhau. Trwy orchymyn Cesar Awgwstws.'

Yna, galwodd arweinwyr y pentref ynghyd a'u gorchymyn i fwydo ef a'i ddynion cyn iddyn nhw ddychwelyd i Tiberias, ger Môr Galilea.

Roedd ond yn gyhoeddiad byr, ond roedd ei oblygiadau yn ddirfawr. Yn syth, dechreuodd y trigolion siarad ymysg ei gilydd. Doedd hynny'n poeni dim ar Garan. Yn hytrach, edrychodd draw at Joseff, oedd wedi brysio draw i ganol y pentref ar ôl clywed y gweiddi ofnus, ond cyffrous y tu allan i'w weithdy, fod y Rhufeiniaid ar eu ffordd. Am ennyd, arhosodd i bwyso a mesur arwyddocâd y cyhoeddiad cyn dychwelyd adref. Cerddodd yn araf gan ystyried beth fyddai hyn yn ei olygu iddo ef a Mair, ond iddi hi yn enwedig. Roedd wedi mynd dros wyth mis erbyn hyn, ac yn barod, dechreuodd boeni'n arw wrth feddwl amdani'n gorfod teithio mor bell.

Cyrhaeddodd gartref a'i chanfod yn eistedd ar y clustogau. Er ei llygaid molog o'r cwsg yr oedd newydd ddeffro ohono, gallai weld y consyrn yn ei dalcen rhychiog.

'Be' sy'?'

Eisteddodd wrth ei hymyl, gan roi ei fraich am ei hysgwyddau.

'Rhaid i fi fynd i Fethlehem.'

'Be'?'

'Ma' 'na filwyr Rhufeinig 'di cyrra'dd y pentra, ac mae yna gyfrifiad i gael ei gynnal a rhaid i bob dyn fynd i'w dre deuluol. A mwy na hynny, rhaid i chdi ddod efo fi.'

'Pam?'

Ymddangosodd Ben ac Abigail o unman wrth ddrws agored y tŷ.

''Da' chi 'di clywed y newyddion?' gofynnodd Ben.

'Ndan,' atebodd Joseff, gan godi oddi ar y clustogau.

Brysiodd Abigail i gymryd ei le a rhoddodd ei braich o gwmpas Mair.

'Wyt ti o dŷ Dafydd, on'd wyt ti?' gofynnodd Ben i Joseff.

'Ndw.'

'Rhaid i chdi fynd i Fethlehem.'

'Oes.'

'Ochr arall y wlad.'

'Ia.'

Cydiodd Abigail yn dynn yn ei merch. Roedd yn dechrau colli amynedd gyda chwestiynau di-bwrpas ei gŵr ac atebion unsill ei mab-yng-nghyfraith. Tynnodd eu sylw yn ôl at ymarferoldeb y sefyllfa.

''Edrwn ni ddim dwad hefo chi: ma' Ben o Sepphoris,' meddai'n ddigalon.

Roedd Sepphoris yn weddol agos, yr ochr arall i'r mynydd, i'r gogledd o Nasareth.

'Ond, pam ma' rhaid i fi fynd hefo chdi, Joseff?' gofynnodd Mair.

'Rhaid i bob dyn fynd â'i deulu hefo fo. Ti 'di 'ngwraig i.'

'Petaech chi heb briodi, yna gallet ti ddod i Sepphoris hefo ni,' meddai Abigail.

Trodd i edrych ar ei gŵr oedd ar goll yn ei feddyliau ei hun.

'Wel, dudwch 'wbath, ddyn!'

Wedi ei syflyd o'i synfyfyrio, edrychodd Ben ar ei wraig a dechreuodd adrodd o'r ysgrythurau.

'"Ond ti, Bethlehem Effrata,"' meddai, gan edrych yn daer arni, '"sy'n fechan i fod ymhlith llwythau Jwda, ohonot ti y daw allan i mi un i fod yn llywodraethwr yn Israel, a'i darddiad yn y gorffennol, mewn dyddiau gynt."'

Synnwyd hi gan ei angerdd.

'Dwyt ti'm yn dallt, Abi?'

Dyna fo eto, yn ei galw hi hefo'r term o anwyldeb yna. Pam oedd o ond yn gneud hynny pan oedd yn trafod yr ysgrythurau efo hi?

'Saith can mlynedd yn ôl, proffwydodd Meica y basa rheolwr Israel – y Mesiea – yn dwad o Fethlehem, Dinas Dafydd, ac ma' Joseff fan hyn yn ddisgynydd unlongyrchol I Dafydd Frenin.'

Edrychodd Mair ar ei gŵr.

'Ddudist di ddim wrtha' i.'

Cododd ei ysgwyddau mewn amddiffyniad tila.

'Doeddet ti yym... ddim 'di gofyn.'

'Naddo,' gwenodd, gan roi slap ysgafn i'w thalcen. 'On'd dyliwn i fod wedi gofyn i ti os oedd gwaed brenhinol gen ti? 'Wan, pam na feddylies i neud hynny?'

Gwenodd yn ôl arni. Roedd Abigail yn dechrau derbyn y sefyllfa.

'Felly, mae'r darne'n disgyn i'w lle.'

'Rhaid iddyn nhw fynd i Fethlehem, Abi.'

Trodd hithau at Joseff.

'Faint o amser wyt ti'n meddwl gymrith hi?' gofynnodd.

'Deng niwrnod, ddudwn i, ond o 'styried cyflwr Mair, bydd yn debycach i bythefnos.'

'Pa ffor' ewch chi?' gofynnodd Ben.

'Gwell mynd i Jesreel, ac yna lawr Dyffryn yr Iorddonen, a thorri ar draws at Jerico cyn troi i'r de am Fethlehem.'

Nodiodd Ben ei ben wrth gytuno. Y dewis arall oedd mynd dros dir mynyddig Samaria. Roedd mynd ar hyd yr Iorddonen yn llawer haws, er yn hwy, ac yn llawn anawsterau a pheryglon ei hun. Byddai'r rhan fwyaf o bobl yn mynd ffordd honno pan fydden nhw'n teithio i'r de i Jerwsalem a doedd Bethlehem ddim yn bell o'r brif ddinas.

'Wel, os ydech chi i fod ym Methlehem mewn amser, gwell i chi adael o fewn ychydig ddyddie.'

'O'n i'n meddwl hynny fy hun.'

Trodd at Mair.

'Does dim dewis gynnon ni: ma' Rhufain yn deud wrthan ni am fynd i Fethlehem.'

'A mwy na hynny, ma' Yahweh isho chi yno,' ychwanegodd Ben.

Trawyd y pedwar ohonyn nhw gan natur anochel y digwyddiadau hyn a'u bod ond yn chwaraewyr meidrol mewn drama anfeidrol.

Cododd Abigail o'r clustogau.

'Felly, duda 'tha i: sut oeddet ti'n gwbod fod Joseff o dŷ Dafydd?'

Cododd Ben ei ysgwyddau.

'Dwi'n siarad hefo pobol.'

'*Dwi'n* siarad hefo pobol.'

'Ia, ond dw i'n gwrando arnyn nhw, hefyd,' atebodd yn finiog, gyda gwên ddireidus ar ei wyneb.

'Do'n i ddim yn gwbod dy fod ti'n medru gneud dau beth yr un pryd,' atebodd.

'Dyliat ti drio gneud, rywbryd,' oedd ateb parod ei gŵr.

Culhaodd Abigail ei llygaid wrth synhwyro'r sarhad.

'Ar y ffor' adre, elli di ddeud 'tha i am unrhyw berlau eraill o'r 'sgrythura' dwyt ti'm 'di deud 'tha i y dyliwn i wbod amdanyn nhw, ynglŷn â'n hŵyr ni.'

Gwenodd eto, gan geisio'i orau i guddio ei anesmwythyd. Doedd mo'r galon ganddo i ddweud wrthi pan oedd Duw wedi addo dyfodiad had y fenyw – y Meseia, eu hŵyr, fel y galwodd hi Ef – iddo hefyd ddweud y byddai ei sawdl yn cael ei hysigo: côd am ymosodiad ffyrnig a chiaidd ar y Meseia, gan had Satan. Ond, wrth wneud hynny, câi pen Satan ei fathru gan yr Hedyn. Er digalondid Ben wrth feddwl am yr hyn oedd i ddigwydd i Iesu, dyna sail ei obaith; yn wir, gobaith y byd i gyd.

'Iawn, ty'd 'laen Ben, gynnon ni gymaint o betha' i neud.'

'Oes 'na?'

'Oes, atebodd,' gan ei wthio allan trwy'r drws.

Pennod 18

Hedfanodd Antonin lawr a glanio wrth gatiau Bethlehem o flaen rhyw ddeuddeg o gythreuliaid. Roedd ymhell wedi canol nos. Roedd popeth yn dawel gan fod trigolion y ddinas wedi clwydo ar ddiwedd diwrnod arall o ymlafnio i gael dau ben llinyn ynghyd. Pawb ond Nathanael, capten y gwarchodlu a Shobal, ei ddirprwy, oedd yn sefyll ar y mur uwchlaw gatiau'r ddinas. Roedden nhw ar ddyletswydd nos. I'r cythreuliaid, ychwanegodd y distawrwydd at y bygythiad a dreiddiai'r aer, nawr fod Antonin wedi cyrraedd.

'Unrhyw beth i'w adrodd?' gofynnodd yn ddiamynedd.

Ysgydwodd Sandon ei ben anghenfilaidd. Fel mellten, a gyda grym yr un fath, trawodd dwrn Antonin ef yn galed ar draws ei foch tyllog. Cafodd ei lorio, ac yn y broses fe drawodd rhai o'r cythreuliaid dan ei awdurdod yn eu hyd. Aeth rhai eiliadau heibio cyn iddo allu codi ei hun ar ei draed.

'Wel?' gofynnodd Antonin eto.

'Na, dim, syr,' atebodd.

Credai iddo glywed rhai o'r lleill yn cilchwerthin ar ei anesmwythyd. Fe ddeliai â nhw nes ymlaen. Am nawr, roedd yn well rhoi ei holl sylw i Antonin.

'Pryd gymeroch chi drosto o'r gwarchodlu dwetha'?'

'Tair blynedd yn ôl.'

' A sdim menyw feichiog, sengl wedi bod 'ma ers 'ny?' gofynnodd Antonin.

'Na, syr.'

Gwenodd Antonin arno. Camodd yn nes. Yn sydyn, cydiodd ynddo wrth ei lwnc a'i wasgu.

'Ti'n siŵr?'

Yna, plygodd ei wddf i'r ochr a dilynodd ei ben. Câi Sandon hi'n anodd i anadlu ac yn sicr, ni allai siarad. Llwyddodd i nodio ei ben.

'Da iawn,' meddai Antonin, gan ryddhau ei afael.

Rhwbiodd Sandon ei wddf a phesychodd. Edrychodd Antonin ar waliau a gatiau'r ddinas oedd ar gau am y nos. Ymddangosai fel petai'n edmygu'r bensaernïaeth. Safodd y cythreuliaid wrth ei ochr, eu pennau wedi eu gwyro tua'r llawr, yn ddistaw, fel elorgludwyr mewn angladd. Rhyfeddodd bob un pan glywson nhw Sandon yn mentro cwestiynu gorchmynion Antonin.

'Wyt ti'n siŵr y bydd hi ar 'i phen 'i hun, f'arglwydd?'

Cododd y cythreuliaid eu pennau. A oedd wedi colli rheolaeth ar ei hun neu a oedd wedi blino byw?

Trodd Antonin i edrych arno. Daliodd ei sylw am rai eiliadau. Fel arfer, byddai ei gwestiynu fel cornelu arth neu brocio llew. Fodd bynnag, gwnaeth cwestiwn Sandon iddo fyfyrio ar y mater. Roedd yn argyhoeddedig y golygai genedigaeth wryfol – fel y dywedodd y proffwyd Eseia – y byddai'r fenyw hon yn dod i Fethlehem ar ei phen ei hun. Nid oedd yr un dyn wedi ei gwneud yn feichiog; nid oedd yr un dyn yn rhan o'r peth. Felly, pam fyddai'r un dyn yn barod i fod gyda hi? Roedd yn rhaid iddi fod ar ei phen ei hun. Roedd yn chwerthinllyd i feddwl yn wahanol. Fodd bynnag, fel y cythraul oedd wedi cael y cyfrifoldeb gan Satan i gadw llygad ar Fethlehem, roedd yn rhaid iddo ystyried yr holl bosibiliadau. Wedi'r cyfan, ni ellid bod yn rhy ofalus.

'Digon da,' meddai. 'Cadwch y'ch llyged ar agor am unrhyw gwpwl lle ma'r fenyw yn feichiog, ond yn fwy na dim,' ac edrychodd arnyn nhw yn fygythiol, 'byddwch ar y'ch gwyliadwreth am fenyw feichiog, sengl. Dyna'ch prif flaenorieth chi. A chofiwch, galle hi ddod fory ne' hanner can, ne' gan mlynedd o nawr, ac fe alle hi fod yn dod o unrhyw fan.'

Gyda hynny, hedodd Antonin, yn fodlon ei fod wedi rhoi ofn uffern ei hun ar y cythreuliaid oedd yn gwylio'r holl fynd a dod ym Methlehem.

Hedfanodd i'r dwyrain, i gyfeiriad y Môr Marw, yn Nyffryn Hollt yr Iorddonen. Ers peth amser, roedd y môr hwn wedi dod yn annwyl iawn iddo. Roedd lefelau uchel o halen yr ardal – mwy nag mewn un cefnfor yn y byd – ynghyd â'i hinsawdd boeth ddidostur yn golygu nad oedd fawr ddim o lystyfiant nag anifeiliaid yno. Pan fyddai canghennau neu foncyffion coed yn cael eu golchi ar ei lannau, dinoethid bob un o'u rhisgl gan y dŵr hallt. Byddai'n ei atgoffa o esgyrn gwyn pobl farw yn gorwedd yn bendramwnwgl ar draws ei gilydd. Wrth iddo hedfan dros y môr ei hun, tuag at ei bencadlys, chwarddodd iddo'i hun wrth feddwl fod Herod Fawr yn bwriadu adeiladu cyrchfan iechyd, o bopeth, ar lannau'r môr. Eironig, neu beth?! Cyrchfan iechyd ar lannau'r Môr Marw! Cyn bo hir, fe gyrhaeddodd ei ganolfan dros dro yn ddwfn dan wyneb Penrhyn Lisan, ar ochr dde-ddwyreiniol y môr. Roedd y penrhyn, neu'r Tafod fel y'i hadnabyddwyd, yn gorn o dir a ymwthiai i'r môr o'r lan ddwyreiniol ac a gulhai wrth iddo droi arno'i hun yn ei bwynt mwyaf gogleddol, yn union fel tafod ar i fyny: felly'r enw. Gwnaed y Tafod ei hun o strata o glai, sialc a gypswm, gyda thywod a graean wedi eu cymysgu rhyngddyn nhw. Sefydlodd Antonin ei bencadlys yma unwaith i Meica broffwydo tua saith can mlynedd ynghynt, y byddai'r Meseia'n gwneud ei ymddangosiad yn ninas Dafydd.

Sawrodd yr aer oedd yn drwch o lygredd. Ymestynnodd ei gorff gwyrgam gorau gallai, a cherddodd at y drych a hongiai ar y wal gyferbyn er mwyn edmygu ei hun unwaith eto. Rhedodd ei law ar hyd ei wyneb hagr, a frithwyd â briwiau a 'sgathriadau. Ymhyfrydodd yn yr hyn a welai, yn enwedig y nadredd a gordeddai ar ei ben. Disodlwyd ei harddwch a'i geinder nefolaidd gan rywbeth oedd yn llawer mwy atyniadol iddo ef: bargen fasocistaidd, wenwynig ar raddfa epig. Roedd ei fywyd presennol yn llawer gwell, am iddo gael awdurdod a phen-ryddid gan Satan i wneud yr hyn a fynnai ond ei fod yn canolbwyntio'i ymdrechion ar rwystro cynlluniau'r gelyn. Doedd y fath bŵer a dylanwad erioed wedi cael eu rhoi iddo pan oedd yn y nefoedd. Meddyliai am Garan, arferai fod yn ffrind gorau iddo. Roedden nhw wedi treulio gymaint o amser gyda'i gilydd. Gwenodd Antonin iddo'i hun wrth iddo gofio'r olwg o anghrediniaeth ar wyneb ei gyn-gyfaill pan ddechreuodd y gwrthryfel, a mwy na hynny, pan sylweddolodd fod Antonin, yn un o'r arweinwyr.

Ers canrifoedd dyna i gyd roedd wedi bod yn ei wneud oedd arwain grŵp bach o angel-ryfelwyr – y Caleb dwl yna yn eu plith – ar fân orchwylion dros Dduw, fel gwarchod y marsiandïwr ofnadwy yna, Abdallah, ar ei ffordd i Memffis. Er, cyfaddefai iddyn nhw warchod y Brenin Dafydd trwy gydol ei fywyd. Ond pam gwarchod dyn mor ddibwys ag Abdallah? Cwestiynodd bob un o'r cythreuliaid hynny a ymosodwyd arnyn nhw gan Garan a'i ryfelwyr. Pan ofynnodd i un ohonyn nhw pwy oedd wedi rhoi'r grasfa iddyn nhw, roedd bron yn amhosib i Antonin ddeall ei ateb gan fod ei wyneb yn dal i ddioddef o'r dyrnu a ddioddefodd, yn ddigon rhyfedd, dan ei law ei hun. Yn y diwedd, cerddodd y cythraul yn sigledig at wal ogof Antonin, a gyda'i grafanc tynnodd lun o gleddyf disglair a gwyddai Antonin yn syth, pwy oedd e. Yna, rhoddodd glec i'r cythraul yn ei wyneb am fod mor hy â fandaleiddio ei wal. Fodd bynnag, daliai Antonin i bendroni. Ni allai ddeall: pam fod Garan, rhyfelwr o'r radd flaenaf, wedi cael gorchwyl mor ddistadl? Roedd fel rhoi comisiwn i grefftwr o adeiladwr i adeiladu wal syth, syml.

Eisteddodd Antonin eto a gadawodd i'w feddwl grwydro at faterion pwysicach. Gwyddai'r ysgrythurau'n well na'r un cythraul arall. Fel nifer o ysgolheigion Iddewig, yr oedd wedi myfyrio dros yr addewid a wnaeth Duw yn fuan ar ôl yr hyn a alwai ei ddilynwyr, 'Y Cwymp', y byddai 'Had y wraig' yn dod. Cymerai mai 'Had y wraig' oedd yr hir-ddisgwyliedig Feseia, Mab Duw. Ers canrifoedd yr oedd wedi ceisio dirnad ystyr y tri gair yna. Nid oedd y fath beth â 'had menyw' yn bod. A oedd yn bosib y byddai menyw'n beichiogi heb ymyrraeth dyn? Roedd y peth yn ddirgelwch llwyr iddo. Fel Ben, tad Mair, roedd hefyd yn gyfarwydd gyda phroffwydoliaeth Meica ynglŷn â Bethlehem. Felly, gwyddai'r lle, roedd y sut yn anghredadwy, ond doedd dim syniad ganddo pryd. Dyna pam fod cythreuliaid wedi bod yn gwarchod gatiau

Bethlehem, ac er iddyn nhw fod yno ers canrifoedd, doedd dim wedi digwydd.

Unwaith y gadawodd Antonin Bethlehem i ddychwelyd i'w ffau yn y Môr Marw, disgynnodd heddwch dros y ddinas, heblaw am frefu achlysurol y defaid ar y bryniau cyfagos. Heb dynnu ei lygaid oddi ar y gwarchodwyr cythreulig, sibrydodd Lorcan mewn llais bron na ellir ei glywed,

'Ma' angen i Garan ga'l gwbod am hyn, Abeida. Cer i Nasareth a dwed wrtho fe fod Antonin wedi bod 'ma.'

Roedd Lorcan yn ben ar griw dirgel o bedwar angel a orweddai yn dawel a llonydd yn y pant yn y ddaear rhyw ddeg cam o'r lle y safai Sandon a'r cythreuliaid eraill – yr un yr edrychodd Garan arno yn ystod ei archwiliad unig o ddinas Bethlehem lai na naw mis ynghynt – eu gwisgoedd llachar dan amdo o guddliw tywodlyd. Cawsant eu hanfon yno gan Garan, ychydig cyn i Iesu fynd i groth Mair, ac roedden nhw wedi bod yn monitro'r cythreuliaid yn ofalus ers hynny, o'u Man Gwylio Blaen. Er iddo sibrwd yn dawel, clywodd Abeida ef yn hollol glir. Mewn gwirionedd, byddai wedi ei glywed petai wedi bod yn sefyll ymhlith y defaid oedd yn pori'r borfa wyrddlas ar y bryniau gyferbyn. Gallai angylion gyfathrebu pan sibrydien nhw mewn rhyw gywair isel, hyd yn oed dros bellter hir, fel petaen nhw'n defnyddio tonfedd nad oedd ond yn wybodus iddyn nhw.

Dyma'r noson gyntaf i Antonin gael ei weld ganddyn nhw. Adnabydden nhw ef wrth ei olwg a'i enw gwael. Roedd yn un o weithredwyr mwyaf arswydus y gelyn. Roedd ei ymddangosiad yn ddatblygiad arwyddocaol, yn haeddu sylw Garan yn syth, yn enwedig gan mai dim ond ychydig dros bythefnos oedd cyn i Iesu gyrraedd Bethlehem. Cynted ag y dywedwyd y gair, cododd Abeida, yr angel cyflymaf ac ystwythaf ym Myddinoedd y Nefoedd ei hun yn araf o'r tywod rhag denu sylw'r cythreuliaid. Tra'n parhau i'w gwylio, dringodd am yn ôl, allan o'r pant, ond wrth iddo gyrraedd ei ymyl, baglodd ei droed dros garreg a chwympodd lawr y goledd gan yrru cwmwl o dywod llychlyd i'r aer. Llwyddodd i stopio ei gwymp serth a gorweddodd yn llonydd yn union fel y gwnaeth y tri angel arall oedd yn weddill yn y pant, gan obeithio nad oedd yr un o'r cythreuliaid wedi sylwi. Am eiliad neu ddwy, credon nhw eu bod wedi llwyddo. Edrychodd Sandon a rhai o'r rhai eraill oedd gydag ef draw ond nid oedd yn fwriad ganddyn nhw i wneud mwy na hynny. Yna, edrychodd Shobal, a oedd wedi gweithio ers blynyddoedd fel gwarchodwr wrth y gatiau, oedd ag enw am fod yn chwim ei lygaid, draw i'r cyfeiriad lle'r ymddangosodd y cwmwl llwch.

'Welest ti hwnna?' gofynnodd i Nathanael.

'Beth?'

'Y cwmwl o ddwst draw fanna,' atebodd, gan bwyntio'i fys.

Trodd Nathanael i edrych. Gwelodd olion cwmwl o lwch yn diflannu'n ddim.

'Fi 'di gweud 'tho ti o'r bla'n, Shobal, smo i 'di cwrdd â milwr â llyged mor siarp â ti. Anifel ne' rwbeth o'dd e ma'n siŵr. Isie i ti cŵlo lawr.'

Fe ddywedodd hyn mwy i'w gysuro ei hun na thawelu meddwl Shobal. Byddai dyletswydd nos wastad yn gwneud iddo deimlo'n fwy nerfus ar yr adegau gorau.

'Ie, ond rhyfedd,' mynnodd Shobal tra'n dal i edrych i'r cyfeiriad lle'r ymddangosodd y cwmwl. 'Fi heb weld unrhyw beth fel 'na o'r bla'n. A sdim anifel draw 'na.'

Cododd consyrn Shobal amheuon Sandon. Penderfynodd fod angen ymchwilio'r hyn oedd newydd ddigwydd.

'Habila a Marzan! Ce'wch draw fanna a 'drychwch ambwyti'r lle.'

Tra'n gorwedd yn hollol lonydd â'i wyneb yn y llwch, cynyddodd consyrn Lorcan yn ddirfawr. Tynhaodd pob rhan ohono. Synhwyrai fod Jonathon a Peleg, y ddau angel a orweddai wrth ei ochr yn gwncud yr un peth, heb fentro anadlu bron. Cydiodd ofn ynddyn nhw. Nid eu bod yn ofni'r cythreuliaid, ond yn hytrach ofnen nhw gael eu darganfod. Holl bwrpas eu gorchwyl nhw oedd cadw llygad ar bethau ym Methlehem, ond trwy wneud hynny yn ddirgel. Pe bydden nhw'n cael eu darganfod nawr yna byddai'r fenter gyfan yn mynd ar chwâl. Mwy na hynny, deuai'r gelyn i wybod fod rhywbeth ar ddigwydd, o ran dyfodiad Iesu. Ond heblaw gorwedd yn llonydd a gobeithio, ni allen nhw wneud mwy a gallai Lorcan ddychmygu fod Abeida yn gwneud yn yr un peth. Dyna'n union roedd Abeida *yn* ei wneud. Gorweddai'n llonydd yn y pridd dywod yn gobeithio fod yr amdo o lwch yr oedd wedi ei gasglu yn ystod yr wyth mis a hanner cynt yn y pant yn ddigon i'w guddio.

Erbyn hyn, safai Habila a Marzan gerllaw, yn edrych o'u cwmpas. Llusgai'r eiliadau heibio fel oriau. Gorweddai'r tri angel yn hollol lonydd: nid oedden nhw am aflonyddu ar y mân lwch oedd yn eu gorchuddio. Camodd Habila a Marzam ymlaen a sefyll nawr yn union uwch eu pennau. Cymaint oedd ymdrech Lorcan teimlai ei ben yn dechrau curo. Gwyddai fod Jonathon a Peleg ac Abeida hefyd, pa le bynnag roedd e, yn teimlo'r un peth. Poenai am ba hyd y gallen nhw barhau fel hyn. Yna, clywodd waedd uchel a dicllon yn dod o gopa murfwlch y ddinas.

'Ti 'to. Be' ti'n feddwl ti'n neud lan fan hyn?'

Adnabu'r llais. Nathanael oedd yno.

Am ryw reswm, roedd Jedah a Nidab, y ddau gardotyn a gyrhaeddodd Bethlehem y noson y bu Garan ar ei daith ymchwil wedi crwydro i ben y murfylchau. Roedd Nathanael yn gynddeiriog. Pan oedd y ddau gardotyn wedi ymddangos yn sydyn o flaen ei lygaid, fel rhyw fodau tywyll, bron iddo lyncu ei galon, fel y gwnaeth Shobal hefyd. Ar ôl ychydig eiliadau adnabu pwy oedd yno. Ymatebodd yn ffyrnig. Brasgamodd at Jedah gan gydio'n dreisgar yn y carpiau ar ei fron a'i wthio'n galed yn erbyn y murfwlch carreg.

Wrth glywed y cynnwrf, trodd Habila a Marzam i edrych. Hedfanodd Sandon a'r cythreuliaid eraill oedd yn sefyll wrth y gatiau lan er mwyn cael gwell golwg o'r hwyl. Gan eu bod yn awyddus i weld y trais oedd ar fin digwydd hedfanodd Habila a Marzam i ymuno â nhw. Cyraeddon nhw mewn pryd i weld Nathanael yn taflu Jedah ar lawr y murfwlch. Yna, cydiodd yn Nidab a thaflodd yntau ar y llawr carreg wrth ochr ei ffrind. Ciciodd Nathanael nhw a stampio ar eu traed a'u breichiau. Roedd fel petai'n mwynhau achosi'r dolur mwyaf i'r ddau gardotyn anffodus. Edmygodd y cythreuliaid ei ymdrechion yn fawr.

'Cerwch nôl lawr fanna, nôl i'r gwter. Dyna'ch lle chi!' gwaeddodd Nathanael.

'On'd wedon ni wrtho chi pan gyrhaeddoch chi am gadw ma's o'n ffordd ni?' taranodd Shobal.

'Dim ond dod mas i edrych nethon ni,' plediodd Jedah, gan ddal ei law i fyny, a methu'n llwyr i amddiffyn ei hun rhag yr ergydion.

'Dim o'ch busnes chi,' sgyrnygodd Nathanael. 'Cerwch nôl lawr fanna.'

Baglodd Jedah a Nidab at dop y grisiau a rasio lawr. Wrth iddyn nhw gyrraedd y dair ris olaf, cwympodd y ddau ar draws ei gilydd yn un swp pendramwnwgl ar y ddaear.

Chwarddodd Nathanael a Shobal oddi fry, tra tu ôl iddyn nhw ymunodd y cythreuliaid oedd yn hofran yn yr aer yn yr hwyl.

'Nôl yn y pant, cododd Lorcan, Jonathon a Peleg eu pennau o'r pridd tywodlyd.

'Dyna beth o'dd agos,' meddai Lorcan, dan wenu'n braf, ei ddannedd yn fwy amlwg oherwydd y llwch a'r tywod a orchuddiai ei wyneb.

'Ti a'i gwedodd hi,' atebodd Jonathon.

'Galle hi 'di bod yn ddifrifol se nhw 'di'n gweld ni,' oedd barn Peleg.

'Fi'n gwbod,' cytunodd Lorcan, 'ond nethon nhw ddim.'

Ni fu erioed yn un i gnoi cil dros yr hyn allai fod wedi digwydd. Beth oedd pwynt meddylu dros bethau felly? Doedden nhw ddim wedi digwydd; felly, ymlaen mae Canaan.

'Nawr te, ble ma' Abeida?'

Trodd i edrych lawr y llechwedd i'r man lle y gwelodd Abeida ddiwethaf. Ni allai weld pen na chwt ohono. O'dd e wedi mynd yn barod? O's bosib. Fydde fe ddim wedi mentro. Fydde fe'n gwybod y bydde Habila a Marzam wedi'i weld.

'Abeida!' sibrydodd.

Dim ateb.

'Os wyt ti 'na, mae'n saff nawr. Cer! Ma'r cythreul...'

Cyn iddo orffen yr hyn oedd ganddo i'w ddweud, gwelodd Lorcan ef yn saethu o'r ddaear fel ceiliog y rhedyn. Yn wahanol i'r pryfyn hwnnw ni ddychwelodd i'r ddaear wrth iddo wibio ymhellach i ffwrdd yn y pellter. Ymhen dim o amser roedd Abeida, a allai hedfan mor gyflym nes ei fod yn gadael mellt o'i ôl, allan o'r golwg, yn hedfan uwchben Jerwsalem trwy awyr y nos, am Nasareth.

Pennod 19

Ymhen rhai munudau, glaniodd Abeida yn y pentref bach yng Ngalilea. Er iddo hedfan yn gynt na'r gwynt nid oedd wedi llacio fawr o'r tywod a'r graean oedd wedi cronni arno yn ystod yr wyth mis a hanner blaenorol. Rhedodd trwch o dywod sych lawr ei wyneb a bwysleisiai ei lygaid gwyrdd gloyw. Cwrddodd â Garan a'r lleill y tu allan i dŷ Joseff a Mair.

'Unrhyw beth 'di digwydd?' gofynnodd Garan.

'Lorcan yn meddwl y dylet ti ga'l gwbod fod Antonin wedi ca'l 'i weld.'

Edrychodd y pedwar angel yn ofalus ar eu harweinydd. Ni ddangosodd y rhyfelwr gwydn unrhyw arwydd o'r cynnwrf mewnol a deimlai wrth glywed fod yr un a arferai fod yn ffrind pennaf iddo wedi cael ei weld.

'Ym Methlehem?'

'Ie, wrth gate'r ddinas. Roiodd e glatsien i Sandon.'

Nid oedd Garan na'i griw bychan wedi eu synnu o glywed fod Antonin wedi ymddangos ym Methlehem. Yn wir, roedden nhw wedi bod yn disgwyl hyn.

'Pryd o'dd e 'na?'

'Fe ddes i gynted ag y gadawodd e.'

'O'dd e'n gwbod be' sy' ar ddigwydd?'

'Mae e'n dishgwl i rywbeth ddigwydd ym Methlehem, ond ma' nhw 'di bod yn aros ers canrifo'dd.'

'Odyn nhw'n edrych am fenyw feichiog?'

'Odyn, ond dyw e ddim yn siŵr o'i hunan.'

'Odi e'n gwbod o le mae'n dod?'

'Na.'

'Ti'n siŵr?'

'Bendant. Ond ma' un datblygiad arall.'

'Beth?' gofynnodd Garan, gyda golwg brysur yn ei lygaid.

'Ma' nhw i gadw'u llyged ar agor am unrhyw fenyw feichiog, priod ne' sengl.'

Ni allai Abeida guddio'r mymryn o banig yn ei lais. Edrychodd y pum angel arall ar ei gilydd.

'Ma' hwnna'n neud gwaith Sabteka'n bwysicach o lawer,' oedd ymateb Tarog.

'Ma' lot mwy'n dibynnu arno fe nawr,' ychwanegodd Ebin.

'O's isie i ni roi gwbod iddo fe?' gofynnodd Caleb.

Meddyliodd Garan am ychydig.

'Na, smo hwn yn newid dim iddo fe. Falle 'i fod e'n rhoi mwy o wasgedd ar beth ma' rhaid iddo fe neud, ond sdim isie iddo fe ga'l gwbod. Odi Kandar o hyd 'na?'

'Odi – dal i hwpo'i drwyn mewn.'

'Iawn, diolch i ti. Cofia fi at Lorcan a'r lleill. Elli di fynd nawr. Welwn ni ti cyn bo hir.'

Ni symudodd Abeida. Edrychodd Garan arno.

'Yym... meddwl o'n i... os allen i 'i gweld hi,' dywedodd, ei lygaid yn pefrio gan gyffro.

'Gei di 'i gweld hi pan ddaw hi i Fethlehem.'

'Fi'n gwbod, ond...'

'Be' ma'r gweddill ohonoch chi'n feddwl?'

Edrychodd bob un ohonyn nhw yn llym ar Abeida.

'Smo i'n credu y dylen ni 'i distyrbo hi,' meddai Tarog.

'Gwell pido,' oedd barn Ebin, tra ysgydwodd Cadman ei ben a chodi ei wefusau caeëdig gan edrych yn amheus.

Edrychai Abeida'n siomedig. Roedd ar dân eisiau gweld y fenyw oedd yn cario ei Arglwydd yn el chroth.

'On'd glywon ni hi'n gweud wrth Joseff 'i bod hi 'di ca'l digon arno ni angylion yn 'i dilyn hi ambwyti'r lle,' meddai Caleb, 'a tase hi'n gweld un arall do's w'bod beth fydde hi'n neud?'

Edrychodd Abeida'n ddryslyd arno. Trodd Tarog ar Caleb.

'Am beth dwl i weud,' meddai, 'nawr, ma' fe'n gwbod y'n bod ni'n tynnu 'i go's e.'

'Siwd?' gofynnodd Caleb yn ddiniwed.

'Mae e'n gwbod nag yw hi hyd yn o'd yn gwbod y'n bod ni 'ma! Dyw hi ddim yn gallu'n gweld ni!'

Chwarddodd Caleb iddo'i hun.

'Ddim 'di meddwl am hwnna.'

Er ei fod yn nodedig am ei amynedd diddiwedd, profai Caleb hirymarhouster Ebin. Er eu bod yn ffrindiau pennaf, gellid dehongli eu perthynas fel dau frawd, gydag Ebin yn chwarae rhan y brawd hŷn. Teimlai mai ei le ef oedd i arwain a dwrdio Caleb, yn ôl y galw: rhywbeth na fyddai wedi breuddwydio ei wneud i'r un angel arall.

'Be' sy'n bod arnat ti? Os nag o's rhwbeth call gyda ti i weud, yna, cadw dy geg ar gau,' dywedodd Ebin. 'Faint o withe sy' rhaid gweud?'

'Wel, o'n i jyst isie ymuno yn y sbri,' esboniodd yn wylaidd.

'Felly, fe alla' i 'i gweld hi,' meddai Abeida'n obeithiol.

'Fi wastad yn lico bach o dynnu co's,' mwmblodd Caleb yn dawel iddo'i hun.

Anwybyddodd y lleill ef.

'Wrth gwrs, gei di,' gwenodd Garan. 'Ond, paid bo'n rhy hir, achos fi isie ti nôl ym Methlehem.'

'Cwpwl o eiliade, dyna i gyd,' dywedodd Abeida.

Cadwodd ei air ac ni arhosodd yn hir. Dychwelodd trwy'r wal, ei wyneb yn loyw gan ryfeddod.

'Ffaelu credu 'i fod E yn 'i chroth hi,' sibrydodd.

Cytunai'r lleill. Er iddyn nhw fod gyda Mair cyhyd, roedden nhw'n dal i ryfeddu. Abeida darfodd ar y tawelwch.

'Pryd ma' nhw'n gadel?'

''Fory,' atebodd Garan.

'Galle pethe fod yn dynn – o ran amser.'

'Ddim gyda'n help ni.'

'Reit, gwell mynd.'

'Welwn ni ti a Lorcan a'r lleill ym Methlehem.'

'Fyddwn ni'n aros amdanoch chi.'

Gyda hynny, hedodd Abeida i'r awyr. O fewn eiliadau roedd allan o'r golwg, yn defnyddio gwyntoedd y nos yn ddeheuig i'w fantais er mwyn cyflymu ei ffordd yn ôl i Fethlehem.

Pennod 20

Bu'r cynhaeaf yn arbennig o ffrwythlon trwy Israel gyfan. Casglwyd toreth o wenith a barlys yn ystod y gwanwyn a misoedd cynnar yr haf ac roedd y gwinwydd yn llwythog gan sypiau o rawnwin, gan sicrhau y byddai gwlad y llaeth a'r mêl yn llifeirio o win hefyd. Ar ddydd priodas Mair, addawodd lliw gwyn llachar y coed almon gnwd helaeth, a chadwon nhw eu gair.

Gydag ychydig dros bythefnos cyn dyddiad y cyfrifiad, yr oedd Joseff a Mair gartref, yn paratoi i ffarwelio. Roedd Ben ac Abigail yno, ynghyd â'r pum angel gwarcheidiol. Fel pob mam, yn ystod ymadawiadau emosiynol eu plant, clebrodd Abigail yn ddibwrpas.

'Iawn, 'dach chi 'di pacio'r bara nesh i, a'r olew olewydd?'

'Do, Eema,' atebodd Mair yn amyneddgar.

'Ac oes gynnoch chi ddigon o ddŵr?'

Cododd Joseff y costreli gwin, yn llawn dŵr.

'Eema, 'dan ni 'di gneud hyn fil o weithie.'

Edrychodd ei mam yn llym arni.

'Paid gor-ddeud 'ngeneth i, neu fe ddaw yr amser, fydd neb yn credu'r un gair o dy ene di,' meddai, gan gystwyo ei merch.

Gwenodd Ben a Joseff ar ei gilydd. Edrychodd Abigail i lygad Mair.

'Ty'd yma,' meddai, gan agor ei breichiau i gofleidio ei merch yn dynn.

Roedd am fod gyda hi, i'w helpu i roi genedigaeth; fe ddylai fod gyda hi a theimlai Abigail i'r byw y boen o fethu cyflawni ei dyletswyddau mamol. Yr un mor gyflym, datgymalodd ei hun.

Am y tro cyntaf mewn bron i naw mis o fod gyda'r teulu bach, teimlai'r angylion eu bod yn ymyrryd. Synhwyrai bob un ohonyn nhw'r gofid a'r consyrn a drwythai galon Abigail y funud honno, a theimlen nhw'n flin amdani. Dymunai Garan, pe gallai, ddweud wrthi y bydden nhw'n eu gwarchod bob cam o'r ffordd, a'u bod nhw wedi cael eu dewis gan Arglwydd Byddinoedd yr Angylion i amddiffyn ei merch a'i mab-yng-nghyfraith.

'Iawn, wel, does dim mwy i ddeud,' meddai Abigail.

Diweddodd hynny o eiriau ei hymgais i ohirio'r ffarwelio. Hyd yn hyn, bu Abigail yn cerdded ar hyd llwybr cul o emosiwn. Wrth ynganu'r geiriau tyngedfennol hynny, teimlai ei bod wedi dod i ddiwedd y droedffordd honno.

'Gad iddyn nhw fynd, Abi. Mae taith faith o'u blaene nhw,' meddai ei gŵr yn dyner.

Cofleidiodd ei merch eto, ond yn agosach. Roedd yn gofleidiad a ddywedai gymaint er nad ynganwyd yr un gair. Dywedai wrthi gymaint yr oedd yn ei charu; dywedai wrthi pa mor flin oedd hi am y cwerylon a'r dadleuon fu rhyngddyn nhw dros y blynyddoedd. Ymddangosen nhw mor ddibwys nawr, fel dail ysgafn yn llifo lawr nant, byth i ddychwelyd. Dywedai wrthi hefyd, gymaint y dymunai fynd gyda hi ar y daith honno a fyddai'n newid ei bywyd am byth. Clywodd Mair bob gair, mor glir â chloch.

Gwahanodd y ddwy, a heb allu edrych ar lygaid ei merch, camodd Abigail at Joseff a'i gofleidio yntau. Cafodd ei synnu cymaint, safodd yn llonydd a syth, ei freichiau'n hongian yn llipa wrth ei ochr. Cododd ei phen a sibrwd yn ei glust.

'Drycha ar ei hôl hi... ac Yntau.'

Pan ryddhaodd ef, bu bron iddo saliwtio, cymaint oedd y grym a lwyddodd i gyfleu yn ei llais. Nodiodd ei ben.

Camodd Ben ymlaen a chofleidiodd ei ferch yn gynnes ond â chalon drom. Yna, ysgydwodd law gyda Joseff, cyn dweud wrthyn nhw, â'i lais yn floesg gan emosiwn y foment,

'Cymerwch ofal ohono Ef. 'Dan ni i gyd yn dibynnu arnoch chi'ch dau,' meddai.

Edrychodd Joseff a Mair ar ei gilydd. Gwnaeth yr ychydig eiriau olaf yna gan Ben iddyn nhw sylweddoli mawredd yr hyn oedd o'u blaenau. Gwawriodd arnyn nhw y gorffwysai holl bwysau cyfrifoldeb a disgwyliad y byd cyfan ar eu hysgwyddau nhw. Trawodd nhw fel petaen nhw wedi cael eu taro yn eu talcenni gan y garreg lefn a daflwyd gan un o gyndeidiau enwocaf Joseff, at Goliath. Yr unig beth y gallai Joseff feddwl i'w ddweud oedd, 'Fe wnawn ni'n gora',' a swniai'n hollol annigonol.

Gwnaeth Ben le iddyn nhw adael.

Wrth iddyn nhw ddechrau cerdded ar hyd y llechwedd o'r pentref i Ddyffryn Jesreel a Dyffryn yr Iorddonen tu hwnt, gyda braich Joseff am ysgwyddau ei wraig, ni allai Ben ac Abigail lai na meddwl pa mor druenus a diymgeledd yr edrychen nhw. Roedden nhw mor ifanc, yn mentro ar daith hir fyddai'n mynd â nhw i gartref hynafiaid Joseff yn y de. Ni welen nhw, ni allen nhw weld, y ddau angel-ryfelwr cydnerth a gerddai naill ochr i Mair a'i gŵr, na'r un byr, coesgam y tu cefn – gwarchodwyr y groth frenhinol – fyddai gyda nhw bob cam o'r ffordd. A hyd yn oed petai Abigail wedi bod yn ymwybodol o'u presenoldeb ni fyddai'n fodlon gan ddadlau bod angen ei mam ei hun ar fenyw feichiog i ofalu amdani. Wedi'r cyfan, beth oedd angylion, ac yn enwedig angylion-ryfelwyr, yn ei wybod am y troeon a'r peryglon oedd ymhlyg wrth roi genedigaeth? Llethwyd hi gan rwystredigaeth, felly cysurodd ei hun drwy bigo ar ei gŵr.

'Pam gest ti dy eni yn Sepphoris, o bobman? Oni allai dy fam, man lleia', fod wedi trefnu i roi genadigaeth i chdi yn rhwle'n agosach at Fethlehem?'

Ebychoddd Ben at ei chwestiynau afresymol, ond ni ddywedodd yr un gair.

Pennod 21

Roedd y llwybr yr oedd Joseff wedi ei ddewis i fynd i Fethlehem ar hyd Dyffryn Iorddonen yn haws i deithio na thir mynyddig Samaria. Ond, roedd rheswm arall ganddo dros ddilyn y llwybr hwn i'r de. Gobeithiai y gallen nhw ymuno â rhyw fasnachwyr ar eu ffordd, ac efallai y byddai Mair yn gallu teithio ar gefn camel neu gert hyd yn oed. Ond, cafodd ei siomi.

Roedd yna rai masnachwyr ar yr heol, ond fawr ddim. Er siom a dicter mawr iddo, ac er i Joseff fegian a phledio beichiogrwydd Mair, ni chytunodd yr un ohonyn nhw i helpu. Poenen nhw fwy am gyrraedd pen eu teithiau cyn dyfodiad y gaeaf. O'r herwydd teithiodd y ddau'n arafach nag oedd ef wedi ei ddisgwyl, a gydol yr amser teimlai Mair y straen yn fwy ac yn fwy. Roedd y tywydd cyfnewidiol ar feddwl Joseff hefyd. Ers iddyn nhw adael Nasareth, roedd y nosweithiau wedi mynd yn hirach ac yn oerach. Roedden nhw'n ddiolchgar am y dillad gwlân a wisgen nhw, er yn ystod y dydd roedden nhw'n feichus, gan fod haul yr hydref yn dal i dywynnu'n gynnes. Gyda'r nos, arhosodd y ddau mewn khanau bach a leolwyd bob hyn a hyn ar hyd y ffordd. Roedden nhw'n adeiladau a ymdebygai i gaerau a godwyd fel mannau gorffwys i deithwyr blinedig.

Ar ben hyn, pryderai Joseff am eu diogelwch. Roedd dyffryn coediog Afon yr Iorddonen yn enwog fel hafan i ladron a dihirod. Wrth deithio ar ben eu hunain, roedden nhw'n darged rhwydd. Ond, cadwodd Garan a'i angylion y lladron hyn i ffwrdd. Un noson, wrth i'r tywyllwch ddisgyn, nid oedden nhw wedi cyrraedd khan yr oedd menyw leol wedi eu sicrhau nad oedd yn bell i ffwrdd. Roedd Mair wedi blino ac arhosodd Joseff er mwyn iddi gael seibiant. Heb yn wybod iddyn nhw, disgwyliai ciwed o bedwar lleidr crwydrol amdanyn nhw yng nghoedwig drwchus yr Iorddonen, yn barod i neidio arnyn nhw. Cerddodd Garan draw atyn nhw.

'Iawn, pawb yn barod?' gofynnodd eu harweinydd.

Gwenodd y lleill yn faleisus a nodio eu pennau, gan edrych ymlaen yn eiddgar at yr hwyl gwyrgam ar draul y ddau deithiwr.

'Reit, dewch,' gorchmynnodd yr arweinydd.

Yna, symudodd Garan. Cododd ei law, a thrawodd nhw'n ddall.

Edrychodd bob un ohonyn nhw o gwmpas mewn panig dryslyd. Un funud roedd y dyn a'r fenyw yn eu golwg, a'r funud nesaf, trodd eu byd yn dywyll a di-weld. Daliodd rhai gledrau eu dwylo allan er mwyn ceisio teimlo eu ffordd allan o'r tywyllwch. Yna, dechreuon nhw siarad yn uchel a gwaeddodd rhai ar ei gilydd yn eu braw.

Cododd Garan ei law eto. Nid oedd am i Joseff a Mair gael eu haflonyddu. Y tro yma cawsant eu taro'n fud.

Trodd eu panig yn arswyd llwyr. Roedden nhw'n colli eu synhwyrau fesul un, neu felly yr ymddangosai iddyn nhw. Safodd pob un yn llonydd bost, yn rhy ofnus i symud. Gadawodd Garan nhw ac ymunodd â'r lleill. Erbyn y bore bydden nhw wedi adfeddiannu eu golwg a'u lleferydd ond byddai Joseff a Mair wedi hen fynd erbyn hynny.

Yna, am dridiau ymddangosai fod teulu o lewod yn eu dilyn a byddai eu harweinydd yn rhuo gydol y nos. Trawodd ofn yng nghalonnau Joseff a Mair, gan eu cadw ar ddihun am oriau. Pan ddechreuodd y llew ei ruo taranllyd o ddyfnderoedd y goedwig y drydedd noson, roedd Caleb wedi cael digon. Heb air o rybudd, gadawodd y criw bach o angylion a brasgamodd i mewn i'r coed i chwilio am y creadur pryfoclyd.

'Paid bod yn rhy galed arno fe,' gwaeddodd Garan ar ei ôl.

Credai iddo glywed, 'Iawn' egwan. Nid oedd wedi ei argyhoeddi.

'Tarog, cer gyda fe,' gorchmynnodd. "Na'n siŵr nag yw e'n neud gormod o niwed.'

Tro Ebin oedd hi i fod ar wyliadwriaeth awyr y noson honno. Wedi ei leoli tua chan troedfedd uwchben y ddaear, gallai sganio'r tir am filltiroedd a chadw llygad ar yr awyr rhag ofn bod cythreuliaid yn y cyffiniau. O'i safle fanteisiol gallai weld Caleb yn ymlwybro trwy'r llystyfiant tuag at y llew.

'O, o,' meddai wrth ei hun, yn rhagweld trafferth i'r creadur anffodus.

Ni fu'n hir cyn i Caleb ddod o hyd i'r llew. Cerddodd yn syth at y creadur oedd yn tramgwyddo ac yna safodd wrth ei ochr gan aros iddo agor ei enau. Wrth i Tarog gyrraedd, chwipiodd y creadur ei gwt yn osgeiddig yn yr aer ac ysgydwodd ei ben mewn arch falch wrth iddo baratoi am ruad arall. Wrth iddo agor ei geg, cododd Caleb ei fys yn sydyn, fel athro yn ceryddu disgybl anystywallt a seliwyd gwefusau'r llew. Trawyd y creadur yn fud. Ysgydwodd ei ben fel petai hynny'n rhyddhau ei wefusau. Na, dim o gwbl. Wedi ei gythruddo, stompiodd ei draed ar y ddaear ei lygaid yn symud o un ochr i'r llall, yn edrych yn ofer am ba beth bynnag, neu bwy bynnag oedd wedi gwneud hyn iddo. Dechreuodd lafoerio yn ei ddychryn. Unwaith y stopiodd stompian plygodd Caleb o'i flaen a chydiodd yn dyner yn ei fwng, naill ochr i'w ben. Dechreuodd y creadur stablad eto, gan geisio rhyddhau ei hun, ond doedd dim yn tycio. Arhosodd Caleb yn amyneddgar i'r anifail lonyddu. Yna, gan edrych yn ddwfn i'w lygaid, siaradodd ag ef mewn llais tawel.

'Nawr, granda 'ma pws. Wi'n gwbod dy fod ti'n meddwl taw ti yw brenin y goedwig, a wi'n barod i dderbyn hynny... i radde. Ond, sortes i rai o dy dylwth di mas nôl ym Mabilon pan o'n nhw i fod i fyta Daniel yn fyw. Smo i'n barod i dy adel di i sgrechen a gweiddi pa mor fowr wyt ti a rhoi gwbod i bawb taw dy dir di yw hwn pan ma' dou ffrind gyda fi draw fanna sy'n trial mynd i gysgu. Felly, gelli di a dy harem fynd o ma, nawr!'

P'un ai clywodd a deallodd y llew ef, ni wyddai Caleb. Yn sicr, fe gafodd y neges oherwydd wedi ei geryddu, trotiodd y creadur i ffwrdd yn sigledig, heb edrych yn ôl at ei deulu. Gorwedden nhw yn y rhedyn trwchus dan yr argraff eu bod wedi setlo am y nos. Edrychodd y llewesau ar ei gilydd, wedi hyrto. Wrth weld eu harweinydd yn diflannu yn y pellter, fe godon nhw a'i ddilyn trwy'r gordyfiant trwchus.

Trodd Caleb i ddychwelyd at y lleill a gwelodd Tarog.

'Tarog! Ti'n iawn?' gofynnodd yn ddidaro.

'Yy... go lew.'

Stopiodd Caleb yn ei unfan.

'Ti'n trial bo'n ddoniol?'

Sylweddolodd Tarog beth oedd newydd ei ddweud.

'Yy... Na, ydw, ydw. Fi'n iawn. Ti?'

'Gore wi 'di twmlo ers amser,' atebodd gan droi i ddychwelyd at y lleill. 'Ddyle Joseff a Mair ga'l bach o gwsg nawr, smo ti'n meddwl?'

'Dim rheswm pam lai,' atebodd, gan ei ddilyn.

Pan gyrhaeddodd y ddau nôl at y lleill, roedd Joseff a Mair yn cysgu'n braf, fel oedd Caleb wedi darogan.

'Popeth yn iawn?' gofynnodd Garan i Tarog yn dawel, gan edrych ar Caleb wrth iddo orwedd ar ei gefn ar lawr, yn syllu ar Ebin fry yn yr awyr uwchben. Eisteddai Cadman yn erbyn boncyff coeden yn rhoi min ar ei saethau gyda'i faen hogi.

'Dim problem. Jyst, o'n i ddim yn gwbod fod Caleb yn gallu trin g'ire mor dda. Ac o'n i'n bendant ddim yn gwbod taw fe o'dd yr un fuodd gyda Daniel yn ffau'r llewod.'

'Ie, wel, o'dd e ar sabathol o'n huned ni. Ti'n cofio?'

'Ni i gyd wedi bod bant am beth amser, yn neud rhyw waith arall. A buodd e ym Mabilon?'

'Do. Halodd Mihangel e i ddelio gyda'r llewod.'

'O'n i'n gwbod fod rhywun wedi ca'l 'i hala, ond o'n i ddim yn gwbod taw fe a'th. Dyw e byth yn siarad am y peth.'

'Fi'n gwbod bod lot o brafado gyda fe, ond fydd e'n cadw'n dawel am 'i orchestion. 'Na pam fi'n lico fe.'

'Odi Ebin yn gwbod?'

'Mwy na thebyg, ond fydde fe ddim yn gweud wrth unrhyw un arall.'

'Pam o'dd Caleb 'di ca'l y job 'na, de?'

'Smo ti'n cofio siwd o'dd e gyda'r llewod 'na o'dd yn trial lladd defed Dafydd?'

'Ydw, ond...'

'Ma' fe'n lico anifiled: ma' fe'n dda gyda nhw.'

Edrychodd Tarog yn anghrediniol ar ei gapten.

'Nid o beth weles i jyst nawr.'

'Chi'n gwbod bo' fi'n gallu'ch clywed chi,' meddai Caleb.

'Siarad *amdanat* ti, nyge *â* ti,' atebodd Garan.

'Hwnna'n oreit, de,' ymatebodd Caleb.

Caeodd Caleb ei lygaid, cledrau ei ddwylo'n cawellu cefn ei ben a gwnaeth ei hun yn gyfforddus gorau y gallai ar y ddaear galed. Aeth rhai eiliadau heibio.

'Hei, Caleb! Ti'n mynd i gysgu?' sibrydodd Ebin mewn cywair isel oddi fry.

'Tro dwetha' i fi gwmpo i gysgu o'dd dou gan mlynedd yn ôl.'

'Fi'n gwbod,' meddai Ebin yn hiraethus.

'A dim ond am ddeg muned o'dd hynny – *power nap*.'

'Deg muned gore fi erio'd 'di ca'l,' mwmiodd Ebin iddo'i hun.

Agorodd Caleb un o'i lygaid.

'Glywes i hwnna, 'fyd.'

Pennod 22

Roedd dyfodiad Iesu i'r ddaear yn prysur agosáu, a bron y gellid teimlo'r cyffro yn y nefoedd, yn enwedig ymhlith angylion y côr. Neb mwy na Dylan. Ni allai aros ac, yn union fel profiad plentyn, iddo ef, ymddangosai fod amser yn arafu wrth i'r Nadolig cyntaf hwnnw ddynesu. Er cynnwrf cynyddol Dylan, parhaodd gyda'i genadwri cyfrinachol i wahanol bobloedd dros y blaned. A thrwy gydol yr amser ni wyddai ei ffrindiau, Sabta, Gether a Dumah lle yn y byd byddai'n mynd. Sawl tro roedden nhw wedi trafod y peth ymhlith ei gilydd. Gwydden nhw nad oedd pwynt gofyn iddo, fel oedden nhw wedi ei wneud o'r blaen, am ei fod yn gwrthod dweud. Yn y diwedd penderfynodd y tri y byddai'n rhaid iddyn nhw ei ddilyn er mwyn dod i wybod. Mi fyddai hynny mor rhwydd gan ei fod yn hedfan mor araf. Fodd bynnag, roedd dawn anhygoel ganddo i allu diflannu ar amrantiad. Droeon eraill, byddai'n llithro i ffwrdd ar yr adegau mwyaf annisgwyl, yn aml iawn yn ystod ymarferion côr a byddai'n amhosib ei ddilyn. Beth bynnag, pan ddigwyddai hynny, teimlai pawb, yn enwedig Acsa, ryddhad mawr.

Fel oedd hi, cynhaliwyd mwy a mwy o ymarferion gan fod Acsa'n anelu at berffeithrwydd pan fyddai'r côr yn canu noson dyfodiad Iesu. Fodd bynnag, pa bryd bynnag yr oedd Dylan yn bresennol byddai ei ganu yn parhau i gynhyrfu'r dyfroedd. Gyda phrin dyddiau i fynd cyn y perfformiad brenhinol roedd tymer Acsa wedi troelio a'i nerfau'n rhacs gyrbibion. Yn ystod un o ymarferion diweddaraf y côr ni allai gymryd mwy.

'Dylan!' gwaeddodd, ei ddigofaint yn pweru ei lais saith gwaith gwaeth.

Yn syth, roedd yn edifar ganddo. Fel unrhyw arweinydd côr gwerth ei halen, gwyddai Acsa fod cadw ei bwyll gerbron ei gantorion yn hanfodol. Bydden nhw'n synhwyro'r awgrym lleiaf o bryder a thensiwn ar ei ran a byddai hynny'n effeithio ar eu canu. Gwenodd Dylan yn nerfus arno. Yn y fan a'r lle, penderfynodd Acsa fod angen gwneud rhywbeth drastig: roedd yn rhaid gweld Mihangel a Gabriel. Unwaith y daeth yr ymarfer i ben, fe aeth i siarad â nhw.

Daeth o hyd iddyn nhw yn syllu i'r gofod, yn edmygu'r sêr a'r cytserau llachar. Roedden nhw wedi gwneud hyn filoedd o weithiau o'r blaen, os nad mwy, ond roedd yr olygfa'n parhau i'w cyfareddu.

'Archangel Mihangel. Gabriel.'

Troeson nhw'n sydyn. Roedd y ddau wedi ymgolli cymaint ym mhrydferthwch yr hyn a wylien nhw ni chlywson nhw Acsa'n dynesu.

'Ah, Acsa,' cyfarchodd Mihangel, 'siwd ma'r côr yn dod yn 'i fla'n?'

'Wel, dyna pam ydw i wedi dod i siarad gyda ti.'

'Does dim o'i le?' gofynnodd Gabriel.

'Mae 'na broblem... problem fawr.'

Edrychodd y ddau ar ei gilydd. Beth allai'r broblem fod? Dyddiau yn unig oedd yn weddill cyn y digwyddiad mawr. Roedd popeth wedi bod yn mynd yn ei flaen yn llyfn.

'Wel?' gofynnodd Mihangel, â chonsyrn wedi ei naddu ar ei wyneb.

'Dylan,' eglurodd Acsa.

Gollyngodd Mihangel a Gabriel anadliad o ryddhad.

'Dylan? Yr angel sy'n ffaelu canu?' gofynnodd Gabriel.

'Ie.'

'O, diolch byth,' meddai Mihangel, 'O'n i'n meddwl fod rhwbeth mowr o'i le.'

Ewynodd ton sydyn o ddicter o geg Acsa.

'Alla' i eich sicrhau chi, mae hon yn broblem fawr. Mae e allan o diwn yn llwyr. Gan ei fod yn canu mor uchel...'

'... ac yn llawen, mae'n siŵr,' ychwanegodd Mihangel.

'Wel, ydi, rwy'n fodlon derbyn hynny,' cyfaddefodd Acsa'n grintachlyd. 'Fel oeddwn i'n dweud, fe fydd yn canu mor uchel, fe fydd yn effeithio pawb arall. Mae ei ganu yn lledu trwy'r côr fel tân gwyllt, ac o fewn dim o amser, does neb yn gwybod beth mae nhw'n ei ganu ac mae cyflafan gorawl yn digwydd yn ei sgil. A dweud y gwir, dydw i ddim yn gwbod lle ydw i chwaith. Alla' i ddim dweud y gwahaniaeth rhwng fy nhenoraid top a'r baritons, ac yn yr ymarfer diwethaf, fe glywais y baswyr yn canu *counter-tenor* a than hynny, doeddwn i ddim yn credu bod y peth yn bosibl.'

Cododd llais Acsa yn uwch ac yn uwch ei gywair wrth adrodd hyn wrth y ddau angel.

Ymddangosai nad oedd Mihangel na Gabriel yn talu fawr o sylw, fodd bynnag. Roedd llawer mwy o ddiddordeb ganddyn nhw mewn gwylio'r sêr yn eu gogoniant.

Nid oedd Acsa am adael i hyn fynd. Roedd hon yn sefyllfa ddifrifol, gyda'i henw da yn y fantol. Nid oedd am fod yn destun chwerthin yn y deyrnas nefolaidd am nad oedd un angel bach yn gallu canu.

'Mihangel,' dywedodd, mewn llais braidd yn ddicllon a wnaeth i'r angylion i droi ac edrych arno eto. 'Alla i ddim gadael i Dylan ganu yn y côr.'

'Ond, mae e wrth 'i fodd mewn dathliad, yn enwedig un lle y caiff e'r cyfle i addoli Duw,' atebodd Gabriel.

'Allen ni ddim jyst dweud wrtho am ddod ond i beidio canu, te?'

'Ac wrth weud, "Allen ni...", beth wyt ti'n 'i olygu go iawn yw, "Allen i ne' Gabriel" weud wrtho fe am b'ido canu?'

Trodd wyneb Acsa yn goch llachar.

'Wel...' dechreuodd.

'Fydde'r un ohono' ni'n barod i neud hynny,' meddai Mihangel yn bendant. 'Beth bynnag, sdim un ffordd y bydden ni'n gweud wrtho fe nad yw e'n ca'l canu yn y digwyddiad pwysica ma'r Côr Angylion wedi canu ynddo erio'd. Bydde fe'n torri'i galon.'

Pesychodd Gabriel.

'Yym... Nid fod calonne gyda ni angylion, wrth gwrs. Llithriad tafod, dyna i gyd... ffordd o siarad... dywediad pob dydd.'

'Ond, alla' i mo'i gael e yno,' mynnodd Acsa. 'Fe fydd yn sbwylio popeth i bawb arall. Fe fyddwn yn cyhoeddi dyfodiad Iesu. Does dim i fynd o'i le!'

Clywodd Mihangel y tinc o banig yn ei lais. Mewn ymgais i dawelu ei feddwl, rhoddodd ei law ar ysgwydd y côr-feistr.

'Paid poeni, Acsa, fe fydd popeth yn iawn ar y noson.'

Ni allai Acsa gredu'r hyn roedd Mihangel newydd ei ddweud. 'Fe fydd popeth yn iawn ar y noson! Yn iawn ar y noson?!' Dyma lle roedd Mihangel yn dweud wrtho am beidio poeni am angel oedd wedi tanio canu i fydysawd hollol newydd, ac y byddai 'popeth yn iawn ar y noson'!

Cyn iddo allu meddwl am ateb, siaradodd Mihangel gyda gwên ymddiheurol ar ei wyneb.

'Os allet ti y'n gadel ni nawr, Acsa. Ry' ni'n brysur iawn, gyda'r holl drefniade terfynol ar gyfer dyfodiad y'n Harglwydd. Ma' pethe'n eitha' *delicate*.'

'Ond...'

'Mae'n siŵr y byddi di'n deall.'

'Wrth gwrs,' gwenodd yn wanllyd.

Trodd Acsa'n araf a dechreuodd adael, yn dawel bach yn berwi oddi mewn. 'Ry' ni'n brysur iawn'! Prysur iawn! Tasen nhw mor brysur â hynny, pam oedden nhw'n edmygu'r sêr pan gerddodd e mewn? Gadawodd y neuadd yn mwmblan, '*Management*!' yn ddig dan ei anadl.

Pennod 23

Roedd hi'n Noswyl Nadolig; y Noswyl Nadolig gyntaf un. Roedd Mair yn gwanhau a gwyddai Joseff hynny. Ofnai na fydden nhw'n cyrraedd Bethlehem – y lle oedd wedi ei ddynodi fel man geni'r Gwaredwr – mewn pryd. Roedd dros bythefnos gyfan wedi mynd heibio ers iddyn nhw adael Nasareth ac roedd blinder yn llethu Mair. Yn ystod y ddau ddiwrnod diwethaf arafodd ei cherddediad yn sylweddol: pob cam yn ddringfa. Teimlai Joseff y straen hefyd. Byddai'n aml yn ei chario am gyfnodau hir, ac er ei fod yn gyfarwydd iawn â chodi pethau trwm yn ei waith fel adeiladwr a saer, roedd yn diffygio.

Yn haul y prynhawn cynnar, roedd Mair wedi llwyr ymlâdd. Helpodd Joseff hi i orwedd ar y llawr llychlyd. Roedd y goedwig drwchus a'r llystyfiant gwyrdd nawr wedi troi'n dirwedd lled-anial ar derfynau deheudir Dyffryn yr Iorddonen. Eisteddodd wrth ei hochr a chynigiodd ddŵr iddi o gostrel. Llyncodd yn ddiolchgar. Gorweddodd yntau nôl a theimlo'r gwres tanbaid ar ei wyneb.

'Dwi 'di blino, Joseff.'

'Dwi'n gwbod hynny, 'nghariad i.'

'Faint sgynnon ni i fynd eto?'

''Da ni'm yn bell 'wan.'

Y gwir amdani oedd eu bod ond taith hanner dydd i ffwrdd o Fethlehem, ond eu bod wedi defnyddio cymaint o'u hegni, teimlen nhw eu bod yn cerdded trwy driog – yn erbyn y llif. Dechreuodd Joseff amau p'un ai y bydden nhw'n llwyddo i gyrraedd dinas Dafydd, ac roedd y syniad o fethu gwireddu'r broffwydoliaeth Feseanaidd yn chwarae ar ei feddwl, a'i fai ef fyddai hyn i gyd. Dros y dyddiau diwethaf lleihaodd nifer y teithwyr ar y ffordd ac erbyn hyn roedden nhw ar eu pen eu hunain: arwydd sicr fod pawb arall wedi cyrraedd eu gwahanol gyrchfannau. Yn hyn i gyd fodd bynnag, tyfodd cariad Joseff at Mair. Rhyfeddai at ei chryfder a grym ei hewyllys. Nid oedd wedi ynganu'r un gwyn hyd yn awr, ond roedd hynny am ei bod yn dynesu at ei hamser ac ni allai Joseff warafun hynny iddi. A fyddai'n rhaid iddi roi genedigaeth i Iesu wrth ochr y ffordd, tybed?

Poenai pum angel gwarcheidiol Mair amdani hefyd. Roedd yn amlwg iddyn nhw fod ei nerth yn llifo ohoni. Gan sefyll mewn cylch o gwmpas y pâr priod, trafododd Garan, Cadman, Tarog, Ebin a Caleb y sefyllfa.

'Ma' hi'n blino fwy a mwy,' meddai Tarog.

'Dyw hi ddim yn mynd i allu 'i neud hi,' ychwanegodd Ebin.

'A fydd Joseff ddim yn gallu cadw fynd lot pellach,' meddai Caleb.
'Pawb yn cytuno?' gofynnodd Garan, gan edrych ar bob un ohonyn nhw.
Daliodd lygaid Cadman.
'Dim dewis,' oedd ei unig eiriau.
Edrychodd Garan ar Tarog.
'Tarog?'
Nodiodd yntau ei ben.
'Iawn,' meddai Garan. 'Sdim llawer o amser gyda ni. Rhaid iddyn nhw fod ym Methlehem cyn iddi nosi a rhaid i ni fod 'na i gwrdd â Sabteka.'

Pennod 24

Gyda'r haul yn disgleirio ar ei hwyneb, a blinder yn cael y gorau arni, llithrodd Mair i gwsg anniddig. Gadawodd Joseff iddi am ychydig funudau. Roedd angen seibiant arno yntau. Roedd wedi ei chario hi'r rhan fwyaf o'r ffordd y diwrnod diwethaf pan droeson nhw i gyfeiriad y de orllewin. Gadawson nhw'r Afon Iorddonen o'u hôl, gan deithio ar hyd cyrion anialwch anghyfannedd Jwdea. Roedd yn ehangder anferth o galchfaen adfeiliedig a chribau aflunaidd ac ysgythrog a dorrai ar draws ei gilydd fel petai nhw wedi cael eu taflu'n ddi-feddwl mewn twmpathau anniben. Doedd rhyfedd fod yr ysgrythurau hynafol yn rhoi'r enw, Y Distryw, arno.

Tynhaodd y cordyn gwlân a ddaliai ei benwisg o liain yn ei lle. Diolchodd am y cysgod a roddai i'w wyneb er gwasgai wres yr haul drwyddi'n drwm ar ei ben. Yna, cododd ar ei draed, casglu eu pethau ynghyd, a'u taflu dros ei gefn am y canfed tro. Gan dynnu ei hun at ei gilydd, cododd Mair yn ei freichiau, ac anelu am Fethlehem. Araf bach oedd hi fodd bynnag, a baglodd yn fwy na cherdded. Aeth ei gamau simsan ag ef ddim mwy nag ychydig lathenni cyn iddo gwympo'n araf i'w ben-gliniau, wedi blino'n llwyr gan yr ymdrech. Doedd dim olew yn weddill yn ei fflam fewnol; y llygedyn lleiaf o dân oedd yn dangos. Gadawodd i'w ben gwympo mewn digalondid. Trawodd anobaith y sefyllfa ef yn galed. Am y tro cyntaf teimlai na fydden nhw'n cyrraedd Bethlehem: yr oedd wedi methu ei Dduw. Nid oedd erioed wedi teimlo mor unig.

'Stopia hynna,' cystwyodd ei hun. 'Mae gwraig gen ti a phlentyn – y Mesiea, Iesu, Gwaredwr y byd dan dy ofal – a rhaid i ti eu cael i Fethlehem.'

Er ceisio'i orau, wrth benlinio ar y ddaear, gyda Mair yn cysgu'n byliog o'i flaen, teimlai fod amgylchiadau'n cael y gorau arno, ac ni allai weld unrhyw ddihangfa. Dylien nhw fod wedi dechrau o Nasareth yn llawer cynt; ddylai o ddim fod wedi disgwyl iddi wneud y daith mewn cyn lleied o amser; ddylai o ddim fod wedi disgwyl cymaint ohoni, a chymaint ohono'i hun.

'Ti'n gweddïo, ne' beth?'

Trodd Joseff ei ben yn sydyn. Wrth ei ysgwydd roedd pen mul mawr. Oedd o'n mynd yn wallgof? A oedd yr anifail newydd siarad ag o? Roedd wedi clywed sut y gallai treulio gormod o amser mewn anialwch, yn brin o ddŵr, chwarae triciau gyda meddwl dyn. Yna, gwelodd fod y mul wedi ei glymu i gert cymhedrol ei faint. Eisteddai hen ddyn ar ei sedd. Sylwodd ar ei ben moel yn disgleirio yn yr haul a'r hynny o ddannedd oedd ganddo'n troi'n felynfrown. Hongiai croen o'i beneliniau, tra daliai ei fysedd esgyrnog yn y carrai. Sut yn y byd nad oedd wedi eu clywed yn dod o'r tu cefn iddyn nhw? Ciledrychodd tu hwnt i'r cert a gwelodd olion yr olwynion a charnau'r mul yn ymestyn i'r pellter yn y pridd sych. Rhaid ei fod mor flinedig, na chlywodd mohonyn nhw. Cododd ar ei draed yn siglydig.

'Na. Gorffwys o'n i, os oes rhaid i chi wbod.'

Edrychodd yr hen ddyn o'i gwmpas.

'Gorffwys?! Am beth dwl i neud. Pam fyddet ti ishe gorffwys mewn lle fel hwn?'

Ni ffwdanodd ei ateb. Daliodd yr hen ddyn ati.

'Odych chi ar y ffordd i rwle?'

Digiodd Joseff a rhoddodd hynny nerth iddo.

'Wrth gwrs, ein bod ni'n mynd i rwla! Ydech chi'n meddwl ein bod wedi trafeilio'r holl ffor' o Nasareth ond i ddod i famma?'

Synnodd Joseff ei hun pa mor goeglyd oedd o, yn hollol wahanol i'w gymeriad. Nid oedd pall ar yr hen ddyn.

'Nasareth,' dywedodd, 'byth 'di clywed am y lle.'

'Stwriodd Mair. Edrychodd o'i chwmpas.

'Joseff, lle ydan ni? Helpa fi fyny.'

Helpodd hi ar ei thraed. Pwyntiodd yr hen ddyn fys cam ati.

'Be' sy' matar arni?'

'Dim,' atebodd Joseff.

'Smo ddi'n edrych yn rhy dda i fi.'

'Os oes rhaid i chi wbod, mae hi'n feichiog. Does na'm llawar o amser ganddi fynd.'

Bu'r hen ddyn yn dawel am rai eiliadau.

'Atebest ti mohona i.'

'Be'?'

''Y nghwestiwn i.'

'Pa gwestiwn?'

Doedd Joseff erioed wedi cwrdd â dyn mor bryfoclyd, ac roedd ei lais main uchel yn mynd dan ei groen. Llygadrythai'r angylion wrth weld natur crintachlyd y dyn, hefyd.

'I le chi'n mynd?'

'Bethlehem. 'Dach chi di cl'wed am y lle hwnnw?'

'Joseff,' siarsiodd Mair ef, gan roi ei llaw ar ei law yntau. Doedd hi erioed wedi gweld ei gŵr mor ddiamynedd.

'Ie, wel, ydw.'

Edrychodd o'i gwmpas eto gan redeg ei law ar hyd ei war.

''Na pam ofynnes i?'

'Gofyn be'?!

Roedd Joseff wedi cael digon. Roedd yn hen bryd i'r dyn bach pwdlyd hwn fynd ar ei ffordd.

'I le chi'n mynd?'

Teimlai fod cwestiynu'r dyn yn ei ddrysu'n llwyr.

'Pam?'

'Achos 'na le fi'n mynd.'

'Lle? I Fethlehem?'

'Ie. Nidwch arno, os licech chi. Af fi â chi 'na.'

Cynheuodd y fflam tu fewn i Joseff unwaith yn rhagor. Edrychodd ar yr hen ddyn mewn ffordd hollol wahanol.

"Dach chi'n siŵr?'

'Na. Well i chi ddringo lan glou, cyn i fi newid y'n feddwl i,' atebodd, wrth chwerthin yn uchel iddo'i hun. Dringodd o'i sedd yn sigledig a chan gerdded yn herciog, arweniodd Joseff a Mair at gefn agored y cart. Dawnsiodd eu calonnau gan lawenydd wrth iddyn nhw weld twmpath trwchus o wellt ar ei lawr.

"Na chi. Ellwch chi ga'l hoe bach iawn fanna, ne' gallwch chi weddïo os odych chi isie... yr holl ffordd i Fethlehem.' Chwarddodd ei chwerthiniad uchel, main eto.

Helpodd Joseff i godi Mair ar y cart. Trodd Joseff ei wyneb naill ochr a theimlai Mair ei llwnc a'i stumog yn tynhau, fel petai ar fin chwydu. Doedden nhw erioed wedi arogli'r fath aroglau ffiaidd a ddeuai o geg yr hen ddyn. Cododd Joseff ei hun yn gyflym ar y cart tra gorweddai Mair ei chorff blinedig ar y gwellt. Teimlai fel y clustog mwyaf meddal erioed.

"Edrwn ni ddim diolch digon i chi,' meddai Mair.

"Dach chi'n sicr eich bod yn mynd yr holl ffor' i Fethlehem?' gofynnoddd Joseff.

Roedd goslef ei lais wedi newid i un o ddiolchgarwch a gwerthfawrogiad dwys.

'Yr holl ffordd,' sicrhaodd hwy. 'Gorfod mynd â'r gwellt 'ma i Izzy'r gof. Ddylen ni fod 'na cyn 'ddi dwyllu. Hynny yw, os stopwch chi ofyn cwestiyne.'

Gwenodd Joseff a Mair arno'n gwrtais.

Cloffodd yn ôl i'w sedd ac annog ei ful i ddechrau cerdded, dan wenu iddo'i hun.

Tawelodd meddyliau'r angylion gwarcheidiol. Gwerthfawrogen nhw gymorth amserol yr hen ddyn, wrth ddilyn y cart. Nawr, mi fydden nhw'n siŵr o gyrraedd Bethlehem mewn da bryd.

Pennod 25

Gydag oriau'n unig i fynd cyn geni Iesu, treiddiodd cynnwrf cynyddol drwy'r holl Gôr Angylion. Gwefreiddiodd y syniad o groesawu Iesu i'r byd nhw gymaint, braidd y gallen nhw aros. Roedd pob un am roi'r cyfarchiad gorau posib Iddo. Roedden nhw'n mynd i ganu'n well nag oedden nhw erioed wedi ei wneud.

Ac roedd Acsa'n fodlon iawn gyda nhw.

Roedd yr ymarfer olaf newydd orffen y Noswyl Nadolig gyntaf honno. Gadawodd Acsa i'r angylion i fynd i baratoi ar gyfer y daith i Fethlehem tra sgwrsiai ef gyda Teiras, ei gynorthwydd.

'Wel, beth wyt ti'n feddwl?'

'Ma' nhw'n swnio'n arallfydol, Acsa.'

'*Ma'* nhw'n arallfydol, Teiras,' atebodd yn sychlyd. Gwyddai pawb fod Acsa'n gallu bod yn eithaf lletchwith wrth drafod ei gôr, yn enwedig pan oedd perfformiad ar fin digwydd. 'Ry' ni yn y nefoedd on'd 'y ni?'

Dewisodd Teiras ei eiriau'n fwy gofalus.

'Ma' nhw'n swnio'n angylaidd iawn,' mentrodd.

Edrychodd Acsa arno trwy gil ei lygaid, yn ansicr p'un ai oedd ei gynorthwyydd yn siarad yn nawddoglyd neu beidio. Ar ôl penderfynu nad oedd yn gwneud hynny, fe ddywedodd,

'Ydyn, ma' nhw'n swnio'n dda iawn, on'd 'y nhw?'

Fe ddywedodd hyn mewn llais hunan-foliannus, fel petai sain gwych y côr yn ganlyniad i'w waith ef yn unig.

'Pan ma' nhw'n bwrw'r *top C* yna a'i ddal am dragwyddoldeb, bron â bod,' meddai Teiras, 'fi'n cael 'y ngharïo bant ar wely o gymylau. Sdim syniad gyda fi i le, a sdim ots gyda fi. Fydda' i jyst yn gadel i'w lleisie nhw i 'ngorchuddio i.'

Roedd Acsa wedi ei gyffwrdd, a theimlai ymchwydd sydyn o falchder.

'Wel, Teiras, o'n i ddim yn gwbod dy fod ti'n gallu bod mor emosiynol.'

Cochodd wyneb ei gynorthwyydd.

'Wrth gwrs,' meddai, 'pan fydd Dylan yn yr ymarfer, sydd ddim yn amal iawn, mae e'n fater hollol wahanol.'

Roedd fel petai fod rhywun wedi cael gafael mewn pin miniog a byrstio swigen Acsa.

'Paid atgoffa fi.'

'O leia' dyw e ddim 'di bod i ormod o ymarferion yr wthnos hon,' meddai Teiras gan geisio cysuro Acsa.

'Na, dyw e ddim.'

'Dda'th e ddim hyd yn o'd i'r rihyrsal ola' 'ma.'

Erbyn hyn, nid oedd Acsa'n gwrando, ei feddwl yn crwydro i'r cyhoeddiad yr oedd i wneud y noson honno.

''Wn i i le mae e'n mynd?' gofynnodd Teiras

'Fi'n gwbod,' atebodd Acsa'n ddifeddwl.

'Ti'n gwbod?' gofynnodd Teiras.

'Beth?'

'Wedest ti dy fod ti'n gwbod le mae e'n mynd.'

'Naddo.'

Parchai Teiras ei gôr-feistr yn arswydus, ond y tro hwn, roedd yn bendant ei fod yn iawn a bod Acsa'n anghywir.

'Pan ofynnes i, "Wn i le mae e'n mynd?", wedest ti, "Fi'n gwbod".'

'O'n i ddim yn gweud o'n i'n gwbod le ma' fe'n mynd. O'n i jyst yn gweud, "Fi'n gwbod".'

Gallai Teiras fod yn dreth ar ei amynedd weithiau.

'Ond, dyw "Fi'n gwbod" ddim yn golygu "Fi'n cytuno" hefyd.'

Collodd Acsa ei dymer.

'Teiras!' hisiodd. 'O'n i'n cytuno gyda ti. Smo i'n gwbod lle mae Dylan yn mynd. A bod yn onest, sdim ots gyda fi. O's unrhyw un yn poeni? Ta beth mae e'n ei neud, all e ddim bod mor bwysig â beth ry' ni ar fin neud heno. Nawr, gad hi, fanna!'

Penderfynodd Teiras mai taw pia hi... am y tro. Yna aeth yn ei flaen.

'Mae e wastod ar ryw orchwyl, a sneb yn gwbod lle. Mae e wedi mynd i rywle nawr – sneb wedi 'i weld e ers amser – ac os na fydd e'n dychwelyd yn glou, fyddwn ni wedi gadel a bydd e 'di colli'r dathliad.'

Gwellodd hwyliau Acsa yn sydyn wrth feddwl efallai na fyddai Dylan yn dod nôl mewn amser o ba le bynnag yr oedd wedi mynd. Efallai mai dyna oedd gan Mihangel mewn golwg pan ddywedodd, 'Fydd popeth yn iawn ar y noson'. Teimlodd Acsa ei hun yn cynhesu at yr archangel. Efallai ei fod yn gwybod beth oedd orau, wedi'r cyfan.

'Iawn,' meddai, 'dere i ni gael neud yn siŵr fod y côr yn barod. Sdim llawer o amser gyda ni cyn gadael.'

Pennod 26

'Reit, chi'ch dou, di'nwch! Ni 'di cyrra'dd.'

Deffrodd Joseff a Mair yn ddisymwth. Roedd y ddau wedi anghofio iddyn nhw gwrdd â'r hen ddyn yn gynharach, ac felly ni allen nhw ddeall pam eu bod yn gorwedd ar wely o wair yng nghefn cart. Edrychon nhw o'u cwmpas gyda llygaid niwlog. Uwch eu pennau, fe welen nhw wyneb gwydn a rhychiog ynghyd â gwên ymron yn ddi-ddant. Yna, gwawriodd arnyn nhw.

''Dan ni yma?' gofynnodd Joseff.

'Beth yw siwd gwestiwn? Wrth gwrs y'n bod ni 'ma. Ni wastod... 'ma! Ti wastod 'ma. Ma' hi wastod 'ma. Fi wastod 'ma! Ma' pawb 'ma, achos sneb byth draw fanco, achos ry' ni gyd wastod yma, fan hyn, on'd dy' ni?'

'Dydi o ddim 'di colli mymryn o'i allu i wylltio,' meddyliodd Joseff iddo'i hun. Dyma'r dyn mwyaf lletchwith iddo ei gwrdd erioed.

'Ydan ni 'di cyrra'dd Bethlehem? Dyna o'n i'n ei feddwl.'

'Odyn, ni wedi.'

Dringodd lawr o'i sedd a chloffodd at gefn y cart.

'Fedra'i ddim gweld Bethlehem,' meddai Mair, gan edrych o'i chwmpas.

'Ma' hi jyst rownd y llether serth yna i'r dde,' atebodd gan bwyntio tu cefn iddi.

Neidiodd Joseff i'r llawr a gwthiodd Mair ei hun ar ei phen ôl nes ei bod yn eistedd ar ddiwedd y cart gyda'i choesau'n hongian dros yr ochr. Camodd Joseff o'i blaen hi, dododd law dan ei naill gesail a'i chodi'n dyner i'r llawr. Cysurwyd y ddau wrth weld nad oedden nhw ar eu pen eu hunain gan fod nifer o bobl eraill yn cerdded heibio, yn amlwg ar eu ffordd i Fethlehem.

'Feddylies i bydde hi'n well gadel chi fan hyn, achos bydd y milwyr wrth y gate'n gofyn gormod o gwestiyne.'

Tynnodd Mair ei hwyneb yn ôl i osgoi aros yn rhy agos at ei geg drewllyd.

'Rhaid inni ddiolch i chi eto,' meddai. 'Fe fyddwn yn eich dyled chi am byth.'

'Fi'n gwbod,' meddai, gan roi chwerthiniad gwichlyd byr.

Dringodd nôl i'w sedd ar y cart. Yn sydyn, newidiodd ei ymarweddiad, ac ymddangosai'n fwy tawedog, fel petai llen wedi ei gostwng rhyngddo ef a'r cwpwl.

'Reit, de, fi'n mynd.'

Cerddodd Joseff a Mair i du blaen y cart.

'Efallai y gwelwn ni chi yno,' meddai Mair yn obeithiol, gan rwbio'r cwsg o'i llygaid.

'Falle, falle ddim.'

''Dan i'm yn gwbod eich enw chi,' dywedodd Joseff.

'Seth,' atebodd.

'Joseff, Mair,' meddai, gan bwyntio at bob un yn ei dro.

'Iawn. Well i fi fynd. Byddan nhw'n cau gate'r ddinas cyn bo hir. Ma'r dydd yn dirwyn i ben. A gwell i chi fod ar y'ch ffordd 'fyd,' cynghorodd, wrth iddo annog ei ful i symud.

Edrychodd Mair ar Joseff.

'Gest ti'r teimlad ei fod o mewn brys i ad'el?'

'Do,' atebodd, gan wylio'r hen ddyn a'i gart yn rowndio'r goledd. 'Wnaeth o'm hyd yn oed dymuno'n dda i ti hefo'r enedigeth.'

'Rhaid inni fod yn ddiolchgar. Petai o heb ddod, faswn i'm yn gwbod be' fasen ni 'di neud.'

'Wn i. Iawn, ty'd 'wan Mair. Gynted gyrhaeddwn ni, gynted 'edrwn ni ddod o hyd i r'wle i aros.'

Gan deimlo iddo gael ei fywiogi gan ei gwsg, fe gododd Joseff eu hoffer ar ei gefn, a chyda'i fraich am ysgwyddau Mair, arweiniodd hi i Fethlehem. Wrth iddyn nhw rowndio'r goledd gwelen nhw'r ddinas wedi ei lleoli ar fryn. Stopiodd Joseff i edrych ar yr olygfa. Dyma'r tro cyntaf iddo weld cartref ei hynafiaid ers y cyfrifiad olaf, pan ddaeth yma gyda'i rieni. Cafodd ei synnu wrth weld pa mor fach oedd y lle. Wedi dweud hynny, gwelodd hi trwy lygaid plentyn bryd hynny.

'Be' sy' ar dy feddwl di?' gofynnodd Mair.

'Jyst meddwl.'

'Am be?'

'Oh, sti, teulu, cyn-deidiau, hynafiaid.'

Erbyn hyn, roedd Mair wedi dod i dderbyn fod ei gŵr yn meddylu tipyn ac yn byw llawer o'i fywyd y tu fewn i'w ben.

'Ty'd,' gwenodd. 'Gwell inni fynd.'

Gyda'i gilydd, dechreuson nhw ran olaf eu taith lafurus. O'u blaenau, prysurai nifer o bobl tuag at gatiau'r ddinas. Ynghyd â'r rhain, Joseff a Mair oedd y rhai olaf o'r lliaws oedd wedi ymlwybro i Fethlehem o dros y wlad i gyd, a rhai wedi dod o'r tu hwnt i ffiniau Israel.

Cuddiodd Garan a'i angylion y tu ôl i'r goledd serth yr oedd Joseff a Mair newydd rowndio, gan eu bod yn ymwybodol fod y cythreuliaid yn sefyll wrth y gatiau. Gwylion nhw yn ofalus wrth i'r ddau gerdded lan y rhiw. Naill ochr i'r heol, gwelson nhw nifer fawr o bebyll a lochesai'r rheini oedd eisoes wedi cyrraedd ar gyfer y cyfrifiad, yn sarnu o'r ddinas lawr y llethrau. Byddai'r olygfa'n cael ei hadlewyrchu dros y wlad i gyd, yn wir, dros yr Ymerodraeth Rufeinig gyfan.

Yn y pellter, gwelodd Garan Seth, yn llywio ei ful a'i gart wrth ddynesu at gatiau'r ddinas. Daliai i ryfeddu, fel yr angylion eraill, wrth y ffordd y siaradodd gyda Joseff a Mair. Stopiodd y gwarchodwyr ef wrth y gatiau.

'Pa fusnes sy' gyda ti 'ma, hen ddyn?' gofynnodd Nathanael, capten y gwarchodwyr.

'Bach o wellt i Izzy'r gof,' atebodd Seth, gan gyfeirio'i ben at y cart.

Aeth gwarchodwr at gefn y cart i wirio'i gynnwys. Gorchmynwyd iddo fynd trwodd, heb ei gwestiynu mwy.

'Iawn, ellwn ni ddim sefyllan fan hyn: ma' pethe gyda ni i neud. Amser i chi'ch dou fynd, fi'n credu,' dywedodd Garan wrth Ebin a Caleb. 'Welwn ni chi nes mla'n.'

Nodiodd y ddau gan adael eu cuddfan.

'Ti 'di gweld Sabteka?' gofynnodd Garan i Cadman.

Roedd yr angel wedi bod yn llygadu'r ardal ers iddyn nhw gyrraedd cyffiniau Bethlehem. Ysgydwodd ei ben.

'Ma' rhaid fod e 'ma,' meddai.

'Os nag yw e...' dechreuodd Garan.

'Wel, ffeindiwn ni mas yn ddigon clou,' rhesymodd Cadman.

Gwyliodd yr angylion Joseff a Mair yn ofalus wrth iddyn nhw ymlwybro lan y rhiw. Roedden nhw tua chan llath o gatiau'r ddinas. Gallai'r cythreuliaid wrth y gât eu gweld yn glir. Teimlai Garan y tensiwn yn cydio ynddo a'i stumog yn tynhau. Roedd Lorcan a'r tri angel arall yn y Man Gwylio Blaen ar flaenau eu traed. Roedd llwyddiant neu fethiant yr holl gynllunio a pharatoi a wnaed ganddyn nhw, fel rhyfelwyr ym Myddin Angylion yr Arglwydd, yn dibynnu ar yr eiliadau tyngedfennol hyn. Pe bai'r cythreuliaid yn sylwi ar Mair nawr doedd wybod beth fyddai'n digwydd. Roedd yr angel-ryfelwyr yn barod i ymateb i'r awgrym lleiaf o berygl iddi.

Yr union funud honno, gwelodd Sandon rywbeth a ddenodd ei sylw; dechreuodd dau neu dri cythraul a safai wrth ei ochr gyffroi, fel cŵn newynog adeg bwyd. Ciciodd un ohonyn nhw rai o'r lleill oedd yn gorweddian ar y llawr wrth waelod y bwtres galchfaen agosaf at gatiau'r ddinas. Codon nhw ar eu traed yn gyflym. Rhaid eu bod wedi gweld Mair a sylweddoli pwy oedd hi. Pa reswm arall allai egluro eu hymateb? Anadlodd bob angel-ryfelwr oedd yn bresennol yn gyflymach. Gafaelon nhw yn dynnach yng ngharn eu cleddyfau wrth baratoi i weithredu.

Doedd dim angen iddyn nhw bryderu.

Roedd Sandon a'i gythreuliaid wedi gweld rhywun, ond nid Mair. Cerddai menyw ifanc yn araf tuag at y gatiau. Roedd yn drwm ei beichiogrwydd ac yn teithio ar ei phen ei hun. Yn wir, roedd yn amlwg ei bod yn agos iawn at roi genedigaeth. Anwesai un fraich waelod ei stumog fel petai'n ceisio ysgafnhau'r baich i'w chorff blinedig wrth i'w llaw arall rwbio gwaelod ei chefn. Roedd yn straffaglu i gwblhau rhan olaf ei thaith. Roedd ei dillad yn frwnt ac anniben a'i gwallt yn ddryslyd. Llifai ychydig waed o'i thraed noeth am iddi droedio ar gerrig miniog, neu ddraen pigog. Wrth anadlu'n drwm, crwydrodd oddi ar y llwybr a arweiniai at y gatiau a cherddodd i'r union fan lle safai Sandon. Symudodd naill ochr i wneud lle iddi wrth iddi bwyso ei llaw yn erbyn bwtres i orffwys. Roedd y llethr serth wedi bod yn drech na hi. Roedd yn rhaid iddi gael hoe.

Gan sefyll hyd braich yn unig oddi wrthi, llygadodd Sandon hi'n ofalus a chynhyrfodd. Dyma beth roedden nhw wedi bod yn aros amdano. Wrth iddi edrych yn gariadus ar ei stumog, clywodd hi'n sibrwd yn dawel i'w hun,

'Dim llawer o amser i fynd nawr. Bydd Duw'r Tad yn gofalu amdanom.'

O'r diwedd! Dyma eu gwobr am ddegawdau o aros gwyliadwrus. Rhoddodd Sandon anadliad hir o ryddhad. Ni allai gredu ei fod yn sefyll mor agos ati. Edrychodd arni'n ofalus. Felly dyma'r fenyw yr oedd Duw wedi ei dewis i ddod â'r Meseia i'r byd. Wrth iddo graffu arni, sylwodd Sandon ar boen dwfn ei beichiogrwydd hir ac unig a gerfiwyd ar draws ei hwyneb. Roedd cwt cas ganddi ar ei gwefus is ac roedd ei chroen o gwmpas ei llygad chwith yn dangos ôl clais wedi melynu: yn amlwg roedd yn ganlyniad i ddwrn filain oedd wedi ei tharo rai dyddiau'n gynharach. Nid oedd ei chorff blinedig mewn cyflwr fawr gwell, gan ei bod wedi blino'n lân ar ôl treulio cymaint o egni ar y daith i gyrraedd y fan hon. Lledodd gwên lygredig ar hyd ei wyneb: yr oedd wedi ei fodloni ei bod hi – ta pwy oedd hi – wedi cyrraedd yn ystod ei wyliadwraeth ef. Ar yr un pryd, mwynheai ei gweld yn dioddef anesmwythyd corfforol. Roedd yn amlwg bod ei hamser yn prysur agosáu. Mi fyddai Antonin yn bles iawn.

Wedi ail-afael yn ei nerth, gwthiodd y fenyw ifanc ei hun oddi ar y bwtres a cherddodd heibio'r milwyr wrth y gatiau. Aeth ar ei hunion at y ffynnon a leolwyd tu fewn y ddinas ac eisteddodd i yfed yn helaeth o'i dŵr melys, cyn cerdded yn flinedig i edrych am rywle i aros am y nos.

Yn syth, anfonodd Sandon un o'i gythreuliaid i roi gwybod i Antonin am y datblygiad diweddaraf, tra anfonodd Habila a Marzan i ddilyn y fenyw wrth iddi gerdded strydoedd Bethlehem. Teimlai ryddhad a llawenydd. Roedd wedi gweld y fenyw oedd yn cario'r Meseia. Yn ystod y dyddiau diwethaf yr oedd nifer o fenywod beichiog – pob un â gŵr wrth ei hochr – wedi cerdded drwy'r gatiau. Gorchmynodd Antonin ei gythreuliaid i'w dilyn, fel y dywedodd Antonin, ond roedd yn amlwg na chariai'r un o'r menywod hynny y Mesieia. Roedd hon yn wahanol, fodd bynnag. Hi oedd yr un, mae'n rhaid! Pwysodd nôl ar un o'r bwtresi, ac ynghyd â'r cythreuliaid eraill oedd gydag ef, ymlaciodd: doedd dim angen bod ar wyliadwriaeth mwyach.

O ganlyniad, pan ddynesodd Joseff a Mair at y gatiau ychydig eiliadau'n ddiweddarach, fe gerddon nhw heibio heb i'r cythreuliaid sylwi arnyn nhw. Aethon nhw at y ffynnon. Eisteddodd Mair yn yr union fan a adawyd gan y ferch feichiog ifanc. Pan gerddodd hen gwpwl priod, ofnus yr olwg drwy'r gatiau, ni ddangosodd y cythreuliaid fawr o ddiddordeb ynddyn nhw, chwaith. Aeth yr hen gwpwl yn syth at y ffynnon ac eistedd yn flinedig wrth ochr Mair. Edrychodd yr hen bâr o'u cwmpas yn bryderus, gan deimlo bygythiad y trwch o bobl oedd o'u cwmpas.

Heb fod ymhell o'r ffynnon, pwysai Jedah a Nidab, y ddau gardotyn gafodd eu cicio gan Nathanael wrth gatiau'r ddinas naw mis ynghynt, a'u cam-drin yn ddi-drugaredd ganddo ychydig dros bythefnos yn ôl, wrth dalcen tŷ. Erbyn hyn, yr oedd pump cardotyn di-gartref arall wedi ymuno â hwy – adar o'r unlliw yn heidio at ei gilydd. Ers cyrraedd Bethlehem treulion nhw eu hamser yn crwydro'r strydoedd yn begian am unrhyw beth y gallen nhw gael gafael ynddo. Yn amlach na heb, bu'n rhaid iddyn nhw ddioddef cic neu sarhad geiriol oddi wrth pobl dda Bethlehem, a bodloni ar dameidiau o fwyd a daflwyd o fordydd fel petaen nhw'n ddim byd gwell na chŵn. Bydden nhw'n eu bwyta'n awchus fel petai dim yfory. Y dyddiau diwethaf hyn roedd pethau wedi gwella ers i boblogaeth y ddinas dyfu fel cwningod gwyllt yn y gwanwyn felly roedd yna fwy o bobl i'w plagio. Er hyn, parhaodd Jedah i fod yr un mor sarrug.

Am bum munud dda cyn hyn, bu ef a'i giwed aflonydd yn sefyll wrth y gatiau yn gwylio'r newydd ddyfodiaid, yn ceisio penderfynu pa rai fyddai'r mwyaf tebygol i gael eu swyno gan eu castiau arbennig. Wrth i Jedah sefyll nawr wrth ochr y tŷ, digwyddodd iddo ef a'r hen gwpwl lygadu ei gilydd. Edrychodd arnyn nhw'n fygythiol, gan grechwenu, fel petai'n dweud, 'Ar bwy y'ch chi'n feddwl chi'n edrych?' Ciliodd yr hen bâr eu golygon draw. Doedden nhw ddim am unrhyw ddrama o fath yn y byd.

Wrth droi ei phen, edrychodd yr hen fenyw ar Joseff a Mair. Gwyliodd wrth i'r gŵr – yn dyner a gofalus – roi ychydig o ddŵr i'w wraig feichiog i yfed. Ar ôl llenwi ei gostrel gwin, helpodd hi i'w thraed. Rhoddodd ei fraich yn dyner o'i chwmpas a cherddodd y ddau yn droetrwm ar hyd y strydoedd i gyfeiriad deheuol y ddinas. Ymhen amser, wedi iddyn nhw gael eu hatgyfnerthu gan luniaeth hylifol y ffynnon, trodd yr hen gwpl hwythau eu camre i'r chwith i grwydro strydoedd y ddinas, yn ddiolchgar fod cardotwyr Bethlehem wedi colli diddordeb ynddyn nhw.

Tu allan y ddinas, ymlaciodd Garan. Edrychodd draw at y pedwar angel yn y pant. Chwythodd Abeida trwy ei wefusau a sibrydodd Lorcan, 'Dim problem', tra'n gwenu arno.

'Ti'n meddwl 'ny, Lorcan?' sibrydodd Garan.

'Dim problem o gwbwl: o'n i'n gwbod ar hyd yr amser. Ma isie i ti boeni llai, Garan.'

'Poeni llai?! Reit, fe welwn ni chi'ch pedwar nes mla'n.'

'Ma hwnna'n swno fel bygythiad i fi, bos,' gwenodd.

'Cerwch... a phidwch ca'l y'ch dala.'

Gan sicrhau nad oedd y cythraul warchodwyr yn eu gweld, sleifiodd y pedwar angel o'r Man Gwylio Blaen a fu'n gartref iddyn nhw am y naw mis diwethaf, gan anelu am ochr ogleddol y ddinas.

'A ma' isie i ni gwrdd â'r lleill,' meddai Garan.

Pennod 27

Llywiodd Seth ei ful drwy strydoedd Bethlehem oedd yn llawn pobl. Ni fu'n hir cyn cyrraedd gofaint Izzy. Er fod y strydoedd yn drwch o bobl, ni thalodd unrhyw un fawr o sylw wrth iddo ddringo o'i sedd. Aeth i goglis ei fysedd cam ar hyd gwddf y mul, cyn sibrwd, 'Ffarwel' tyner yn ei glust. Ffroenodd y mul ac ysgwyd ei ben i'r ochr mewn ymatebiad, fel pe'n crefu arno i aros. Yna, cerddodd Seth yn gloff ar hyd y stryd, gan adael y mul a'r cart gyda'r llwyth o wellt o'i ôl.

Ymhen ychydig amser, pan ddaeth Izzy i gau drysau ei ofaint crafodd ei ben wrth weld y mul a'r cart a dim golwg o'u perchennog. Roedden nhw'n dal i fod yno dair awr yn ddiweddarach. Felly, cyn iddo glwydo, daeth â hwy i mewn i'w iard gyda'r bwriad o'u cadw'n saff nes fod y perchennog yn dychwelyd. Er, yr oedd eisoes wedi dechrau cloriannu'r manteision sylweddol o berchnogi mul pe na bai unrhyw un yn hawlio'r creadur. Efallai nad oedd mor atyniadol â cheffyl, o ran golwg, eto i gyd roedd mul yn llawer cryfach, yn fwy deallus a meddai ar lawer mwy o ddyfalbarhad na'r un ceffyl. Ac wrth ei olwg, roedd hwn yn enghraifft anhygoel. Ni ddychwelodd unrhyw un am y mul na'r cart na'i gynnwys felly perchnogodd Izzy nhw'n ddigon bodlon.

Roedd yr haul wedi dechrau machlud gan daflu cysgodion hir ar hyd strydoedd cul Bethlehem. Er ei gloffni a'i oedran mawr, cerddai Seth gyda chamau sicr: gwyddai'n union lle roedd yn mynd. Ymlaen ac ymlaen yr aeth, drwy'r strydoedd gorlawn, heibio tai swnllyd a thafarndai bywiog. O'r diwedd, fe gyrhaeddodd fynedfa i ale o'r braidd na ellid ei gweld yn y lled-dywyllwch. Ni allai fod ymhellach oddi wrth gatiau'r ddinas. Roedd yr ale tuag ugain llathen mewn hyd, yn hollol wag, a phellter byd i ffwrdd o'r cynnwrf a'r asbri yng ngweddill y ddinas boblog. Wedi ei chuddio gan walydd goruchel, ni allai'r haul dreiddio'r hanner-golau rhwng nos a dydd, gan wneud y man hwn yn wastadol dywyll, llaith a llwydaidd. Cerddodd i mewn iddi ac edrychodd ar y tŷ bach – *lean-to* – a adeiladwyd fel atodiad i wal y ddinas, ochr arall yr ale. Yna, eisteddodd ar silff fechan wrth waelod wal y ddinas, ac arhosodd.

Ymhen rhai munudau, hedfanodd Garan a Cadman yn dawel dros wal y ddinas gan lanio'n osgeiddig ar y tir tywodlyd rhwng y tŷ a'r ale. Cerddodd y ddau at Seth. Cododd yr hen ddyn ar ei draed yn ffwdanus. Edrychodd y tri o'u cwmpas yn ofalus. Yn fodlon nad oedd pobl na chythreuliaid yn bresennol, trawsffurfiodd Seth ei hun. Nid yr hen ddyn blin oedd ef bellach, ond Tarog, angel gwarcheidiol dethol ac ymroddedig Mair, a Iesu, ei Arglwydd.

'O'dd nerf 'da ti, yn siarad â Joseff fel 'na,' meddai Cadman.

'Weda i un peth wrtho ti, o't ti ddim yn angel,' ychwanegodd Garan.

Gwenodd Tarog yn braf.

'Wel, o'n i'n meddwl rhoi bach o fin i'r hen foi.'

'"Bach o fin"?!' meddai Garan. 'O't ti mwy fel cleddyf â min rasel iddo fe.'

'Do'dd dim syniad gyda nhw, o'dd e?'

'Dim syniad o gwbwl,' sicrhaodd Cadman ef. 'O'n i'n ame p'un ai ti o'dd e ar y dechre. Yna, o'n i'n gwbod taw ti o'dd e achos o'dd dy ana'l di'n drewi.'

'O'n i ffaelu siarad – gorfod i fi dewi,' ategodd Garan.

'Doniol iawn. Be' chi'n feddwl 'y chi, beirdd?'

'Ie,' atebodd Cadman. 'Yn y'n hamser sbâr ni'n 'sgrifennu barddonieth epig am angel-ryfelwyr arwrol. Smo ni 'di ca'l achos i 'sgrifennu unrhyw beth amdanat ti... 'to.'

'Falch bod y'n holl waith caled i'n ca'l 'i werthfawrogi.'

'Dim problem.'

'Fe gwrddest ti â Candrel, te?' meddai Garan.

'Do. O'dd e wedi'n dilyn ni yr holl ffordd lawr Dyffryn Iorddonen, gyda'r mul a'r cart, ond fe gadwodd e o'r golwg, jyst fel o' ti di gweud 'tho fe.'

''Na'r polisi yswiriant gore i ti feddwl amdano fe erio'd, Garan,' meddai Cadman.

Gwenodd ei gapten arno.

'Felly, nawr...?' gofynnodd Tarog.

'Nawr? Ni'n aros am Sabteka,' atebodd Garan.

Pennod 28

Wrth i'r dydd dywyllu, crwydrodd y fenyw ifanc feichiog, yr un a greodd gymaint o gynnwrf ymhlith y cythreuliaid wrth gatiau'r ddinas,strydoedd Bethlehem. Troediodd yr heolydd garw'n llafurus. Wrth iddi bigo'i ffordd trwy'r tyrfaoedd heigiog, unwaith neu ddwywaith câi ei tharo'n gas gan ysgwydd gref rhywun diofal a gerddai heibio. Byddai'n ei gadael yn brin o anadl o'r boen, tra daliodd ei stumog yn dynn. Ar ôl pwyso yn erbyn wal am rai eiliadau i'w sadio ei hun byddai'n mynd yn ei blaen, heb fod yr un cyrchfan mewn golwg.

Ar ôl hanner awr o gerdded ar hyd strydoedd cul ar draed oedd yn mynd yn fwy poenus wrth y funud, daeth i stop. Yn fodlon ei bod wedi crwydro digon, edrychodd o'i chwmpas a chafodd gip ar y ddau gythraul fu'n ei dilyn ers iddi gyrraedd y ddinas. Safen nhw'n eofn ar gornel y stryd, lai na thafliad carreg oddi wrthi. Wrth fodloni ar hyn hefyd, cerddodd yn araf at ale gul, yn y man pellaf oddi wrth gatiau'r ddinas.

Roedd Garan a'r ddau angel arall yn ymwybodol ei bod yn dynesu. Wrth iddi ddod rownd y gornel, a cherdded ar hyd y dramwyfa laith, codon nhw ar eu traed, fel pe'n talu teyrnged iddi. Yna, cerddodd y tri am yn ôl tuag at y *lean-to*. Dilynodd y fenyw nhw a cherddodd heibio iddyn nhw unwaith y cyrhaeddon nhw ben arall yr ale.

'Dau ohonyn nhw – smo nhw'n bell,' sibrydodd, gan edrych yn syth ymlaen.

Yna, aeth y tri angel â hi at ddrws agored y tŷ y bu Seth, aka Tarog yn edrych arno ychydig ynghynt. Erbyn hyn, cyrhaeddodd Habila a Marzan, y ddau gythraul fu'n ei dilyn ben arall yr ale. Syfrdanwyd nhw gan yr hyn a welon nhw. Roedd y fenyw wrth ddrws tŷ gyda thri angel-ryfelwr yn gwmni iddi. Pan drodd un ohonyn nhw i edrych o gwmpas, roedden nhw'n syfdan: yno safai neb llai na Garan, rhyfelwr nerthol y llu nefol. Edrychodd y ddau arall o gwmpas, ac adnabu'r cythreuliaid nhw'n syth: Cadman a Tarog. Gwydden nhw'n iawn pam eu bod yno. Roedd y fenyw feichiog hon i roi genedigaeth i'r Meseia, ac roedden nhw yno i'w hamddiffyn hi, ac Yntau. Gwelon nhw hi yn cerdded trwy'r drws agored, gyda Garan yn ei dilyn, gan adael Cadman a Tarog yn gwarchod y tu allan. Cuddiodd y ddau gythraul o'r golwg gan edrych ar ei gilydd mewn gorfoledd.

'Rhaid i ni fynd nôl a gweud wrth Sandon,' sibrydodd Marzan.

'A mwy na 'ny, ma' isie i Antonin ga'l gwbod,' meddai Habila.

'Cer di. Arhosa' i i gadw golwg.'

Hedodd Habila i'r awyr, a hedfan at Sandon oedd yn dal i sefyll wrth y gatiau.

Pennod 29

Unwaith roedden nhw tu mewn i'r tŷ, edrychodd y fenyw feichiog ar Garan a gwenu'n braf arno. Roedd y tŷ ymhell o fod yn wag, gan fod Lorcan, Abeida, Jonathon a Peleg yn disgwyl amdanyn nhw. Cyfarchodd bawb ei gilydd yn gynnes. Agorodd y drws, a throeson nhw'n gyflym, eu dwylo ar garnau eu cleddyfau. Esmwythodd bawb yn ddigon buan wrth i Cadman a Tarog gerdded mewn. Caeodd Cadman y drws yn ofalus o'u hôl.

Cydiodd Tarog yn llaw y fenyw ifanc a'i hysgwyd yn llawen. Roedd yn arbennig o falch i'w gweld hi.

'Sabteka! Braf dy weld di 'to. Perfformiad meistrolgar, os ga' i ddweud.'

Lawer tro yn y gorffennol y bu ef a Sabteka yn cydweithio, y ddau yn cael eu cydnabod yn feistri corn fel rhithwyr ymhlith lluoedd y nef.

'Fe gymeron nhw'r abwyd, sdim dwyweth,' meddai Garan.

'Do fe?' gofynnodd Sabteka.

Nid oedd yr un o'r angylion yn bresennol yn ei gweld hi'n rhyfedd fod menyw ifanc, feichiog, druenus yr olwg yn siarad mewn llais bariton mor gyfoethog.

'O'dd Sandon ddim yn gallu tynnu 'i lyged oddi wrthot ti,' sicrhaodd Tarog.

'Na?'

'O'dd e ffaelu rheoli 'i hunan, o'dd e 'di cyffroi gyment. O'dd e'n llyged i gyd,' ategodd Garan.

'Cofia, o'n i ffaelu credu pan bwysest ti'n erbyn y wal, reit ar 'i bwys e,' dywedodd Lorcan.

'O'n i jyst isie neud yn siŵr 'i fod e'n 'y ngweld i,' gwenodd Sabteka.

'Ma' Habila wedi gadel i riporto i Sandon,' meddai Cadman.

'A ma' Marzam yn dal i fod yr ochor arall i'r ale,' ychwanegodd Tarog.

'Gallet ti 'di dewish tŷ yn fwy o faint, Gar,' plediodd Lorcan.

'Fi'n credu 'i fod e'n eitha' clyd,' ymatebodd Garan.

'Clyd! Pryd droiest ti'n ŵr tŷ?'

Trawsffurfiodd Sabteka ei hun nôl yn angel-ryfelwr.

'Wel, diolch i ti, Sabteka. Allen ni byth 'di neud hyn hebddot ti.'

Ysgydwodd ei law.

'Pleser, Gar. Bydden ni'm 'di colli hwn am y byd.'

'Nes pryd ti gyda ni?'

'Nes fory.'

'I le ti'n mynd wedyn?'

'Rhywle yn Samaria. Ffaelu gweud wrtho ti – sneb i wbod. Sori.'

'Dim problem,' gwenodd Garan. Fel y lleill, deallai ef bod eu gwaith yn galw arnyn nhw i fod yn garcus iawn. Ni ofynwyd rhagor o gwestiynau.

'Well inni adel, bos,' meddai Cadman. 'Smo ni isie bod 'ma pan ddaw Antonin.'

Cytunodd Garan. Trodd at Lorcan a'i angylion.

'Nawr, cofiwch, os eiff pethe'n rhy wael, a bod isie help, galwch.'

'Dim problem. Cerwch chi i edrych ar 'i hôl hi,' dywedodd Lorcan.

'Iawn, te, chi'ch dou,' meddai Garan, gan edrych ar Cadman a Tarog, 'byddan nhw wrth yr ogof cyn bo hir.'

Cerddodd y tri drwy'r wal oedd yn wynebu'r ffordd arall i le'r oedd y cythraul yn gwylio, gan frasgamu tuag at ochr ddeheuol y ddinas.

Pennod 30

Tra bod hyn i gyd yn digwydd, pen arall y ddinas, cerddodd Joseff a Mair y strydoedd yng ngolau gwan yr hwyrddydd. Eu problem nesaf oedd dod o hyd i rywle i aros. Byddai'n anodd gan fod cymaint o bobl wedi cyrraedd y diwrnod hwnnw ac am ei bod yn nosi. Roedd Mair yn poeni hefyd. Roedd eisoes wedi teimlo ambell grynfa yn ei chroth a wnaeth iddi feddwl bod angen iddyn nhw gyrraedd rhywle'n fuan. Ni ddywedodd wrth ei gŵr oherwydd fe fyddai fel ychwanegu mwy o bwysau ar gefn ceffyl oedd eisoes wedi ei orlwytho.

'Ti'n iawn?' gofynnodd.

'Wel... wsti, ma' nhraed i 'di blino, ma' 'nghlinie i'n boenus, a dwi'n cario'r Meseia, Gwaredwr y Byd yn fy nghroth. 'Blaw hynny, dwi'n iawn,' atebodd, gan wenu'n ddewr ar Joseff.

Cydiodd ychydig yn dynnach ynddi.

"Da ni bron â bod yno,' meddai mewn ymgais i'w chysuro.

Unwaith yn y ddinas, roedd Joseff wedi gofyn i rai pobl am le i aros. Cyfeiriwyd ef at ddwy neu dair tafarn yn yr ochr ddeheuol. Yn araf, aethon nhw trwy'r strydoedd oedd yn ferw gwyllt. Rhyfedden nhw at ba mor fywiog ac egnïol oedd Bethlehem, fel petai wedi cael ail wynt ar ôl ymdrechion y dydd. Sarnai sŵn a golau allan trwy ddrysau hanner-caeëdig oedd wedi eu hadeiladu mor agos at ei gilydd. Chwythai chwa o arogleuon hudol swperau yn cael eu paratoi, yn llawn perlysiau a sbeisys allan drwy gaeadau agored ffenestri tai eraill a wnâi eu chwant am fwyd ganmil gwaeth.

Nid oedd lle yn yr un o'r ddwy dafarn gyntaf iddyn nhw alw ynddyn nhw. Wrth weld cyflwr Mair, awgrymodd yr ail dafarnwr y dylen nhw roi cynnig ar le reit wrth ymyl wal ddeheuol y ddinas, dan ofal Benaia. Newydd ddechrau'r busnes oedd e a thybiai'r lletywr y byddai lle ar gael ganddo.

Cerddon nhw ar hyd y strydoedd yn flinedig, ac wrth iddyn nhw wneud, sylwodd y ddau fod y rhan hon o'r ddinas yn dlotach. Edrychai'r tai yn drist ac anniben: crogai caeadau ffenestri wrth eu colfachau gyda phennau a gwaelodion drysau pren yn pydru. Roedd eu trigolion yn fwy afreolus a swnllyd ac ymddangosai tywyllwch awyr y nos yn fwy real a'r strydoedd yn fwy bygythiol. Cerddodd y ddau ychydig yn gyflymach, gan gadw eu pennau lawr er mwyn osgoi llygaid y bobl oedd o gwmpas. O'r diwedd cyrraeddon nhw'r dafarn. Dywedwyd wrthyn nhw ei bod yn hawdd ei hadnabod, hyd yn oed gyda'r nos, gan ei bod wedi ei lleoli wrth ochr craig enfawr, gyda darn o dir eang o'i blaen.

Cnociodd Joseff y drws a disgwyliodd. Roedd Mair yn dechrau teimlo mwy na chryniadau yn ei chorff.

Yn y cyfamser, roedd yr hen gwpwl oedd wedi dilyn Joseff a Mair i mewn i'r ddinas, ac wedi eistedd wrth eu hymyl ar ochr y ffynnon yn cael geiriau.

'Tyn dy ddwylo bant wrtha i!' sibrydodd y wraig yn bigog.

'Pam?' gofynnodd ei gŵr yn ddiniwed.

'"Ma'r tro dwetha' fydda' i'n acto'r fenyw i dy ŵr di.'

Roedd Ebin a Caleb, yn rhith yr hen gwpwl, wedi dilyn Joseff a Mair wrth iddyn nhw ddringo'r bryn at gatiau Bethlehem. Ac fe ddilynon nhw'r cwpl wrth iddyn nhw alw yn y ddwy dafarn gyntaf, gan gadw'n ofalus at gysgodion strydoedd cul y ddinas.

'Be' sy'?'

'Be' sy'?!' Roedd Ebin wedi ei gythruddo. 'O't ti'n gafel yn'o i mor dynn rownd 'y nghanol i pan gerddon ni trw'r gate o't ti'n gwasgu'r ana'l mas ohona i, a ti'n dal i neud!'

'O'n i jyst yn trial dangos i Sandon 'mod i'n gofalu'n dyner amdanat ti.'

'"Gofalu'n dyner amdana' i?!' sibrydodd Ebin yn uwch. 'Siwd alle unrhyw un ddishgwl i ti "ofalu'n dyner" am unrhyw un pan ma' dy ddwylo di'n fwy cyfarwdd â dala mwng llewod?'

'Os wyt ti'n acto'r hen fenyw,' protestiodd Caleb, 'bydde fe'n edrych yn rhyfedd 'mod i fel gŵr cariadlawn ddim yn dy helpu di. Edrych ar Joseff.' Pwyntiodd ei fys at y cwpwl a gerddai o'u blaenau.

'Ond smo fe'n trial crogi 'i gwast hi, odi e?'

'Crogi gwddwg rhywun ti'n neud, nid 'u gwast nhw,' cywirodd Caleb.

'Jyst cadw dy ddwylo i ti d'unan. A beth bynnag, sdim cythreulied 'ma. Ma' nhw i gyd yn canolbwyntio ar Sabteka, a ma' Sandon wrth y gât a...'

'Edrych!' ebychodd Caleb.

Gwelodd y ddau Joseff yn cnocio drws tafarn Benaia.

'Well i ni fynd!' meddai Ebin, wedi anghofio i Caleb ei gythruddo gyda'i ymdrechion afrosgo at dynerwch.

Trodd y ddau i'r dde a cherdded ar hyd stryd oedd yn gyfochrog â wal flaen y dafarn, ond allan o'r golwg iddi. Gan gymryd mantais o hyn, a'r ffaith fod y stryd yn wag, troeson nhw eu hunain nôl yn angel-ryfelwyr. Teimlai'r ddau yn llawer mwy cyffordus yn eu ffurf oruwchnaturiol: roedd chwarae pobl ddynol yn cyfyngu llawer arnyn nhw, fel petaen nhw'n gwisgo gwisg o gadwyni. Troeson nhw i'r chwith a brysio ar hyd ale gul, tebyg iawn i'r un oedd Sabteka wedi cwrdd â Garan, Cadman a Tarog, yr ochr draw i'r ddinas.

Agorodd yr ale i'r tir agored wrth ochr y dafarn a gwelson nhw'r graig galchfaen enfawr a godai'n osgeiddig o'u blaenau. Wrth ei gwaelod, yr oedd ceg ogof, digon llydan ac uchel i asyn, ceffyl neu hyd yn oed camel cymhedrol ei faint i gerdded trwyddo. Dalion nhw eu hanadl, gan fyfyrio mewn tawelwch ar yr hyn oedd i ddigwydd yno ymhen ychydig oriau. Crwydrodd eu llygaid fry a gwelson nhw'r awyr dywyll, las a'r sêr disglair yn ei britho, yn gloywi'n fwy llachar wrth ddisgwyl dyfodiad eu Creawdwr a'u gosododd yn eu lle ganrifoedd ynghynt. Roedd fel petaen nhw i gyd wedi penderfynu eu bod am ddod allan y noson honno er anrhydedd iddo Ef. Rhyfeddodd y ddau at ddyfeisgarwch a chreadigrwydd artistig eu Harglwydd, ond doedd hynny'n ddim i gymharu gyda'r Ymgnawdoliad digymar a digyffelyb oedd ar fin digwydd.

Ymhen ychydig agorodd Benaia, y lletywr, y drws. Roedd yn ddyn main, tal, yn ei bedwardegau cynnar â'i wallt yn domen ar ei ben â barf drwchus er fod ei arleisiau eisoes wedi dechrau britho. Roedd ei wyneb hael yn cysuro'r galon, er yr edrychai ar Joseff a Mair trwy lygaid tywyll, difrifol braidd.

'Na,' meddai, gan ddechrau cau'r drws.

Gwthiodd Joseff ei law yn ei erbyn. Edrychodd Benaia arno.

'Plîs,' meddai Joseff, gan droi at Mair, a safai tu cefn iddo. 'Mae 'ngwraig i'n drwm yn ei beichiogrwydd. Mae'i hamser hi ar ddod – yn fuan iawn.'

'Ma'r llety'n llawn. Sdim lle 'da ni,' atebodd, gan ddal y drws yn gadarn, tra'n synhwyro grym llaw Joseff, p'un ai y deuai o'i nerth corfforol, neu ei gryfder emosiynol wrth weld cyflwr truenus ei wraig. Rywffordd, y drws erbyn hyn oedd asgwrn y gynnen rhyngddyn nhw yn hytrach na ph'un ai oedd lle ganddo iddyn nhw.

'Does 'nunlla arall gynnon ni fynd,' hanner rhesymodd a hanner plediodd Joseff.

Edrychodd y lletywr ar y fenyw ifanc oedd heb ynganu'r un gair. Doedd dim angen iddi ddweud dim. Teimlai fod ei llygaid yn edrych yn ddwfn y tu fewn iddo wrth iddyn nhw chwilio am ei galon. Unwaith y darganfuwyd honno, roedd yn analluog i'w rhwystro, wrth iddi ei dadlapio a chanfod ei fod e'n haelfrydig a thoreithiog ei natur gyda thueddiad gref trwy gydol ei fywyd i gyflawni gweithredoedd caredig tu hwnt, ac ambell waith dalpau gwallgof o haelioni.

'All hi ddim bod llawer yn hŷn na'n Debora i,' meddyliai.

Fe ildiodd.

Teimlodd Joseff y drws yn rhoi, ac agorodd Benaia ef led y pen. Safai Ebin a Caleb yn y tir agored gan wenu mewn edmygedd ar y lletywr, wrth i'r cwpwl gamu mewn i brif iard y llety, tu fewn i'r drws.

Arweiniodd Benaia nhw i'r ffynnon a leolwyd yng nghanol yr iard. Eisteddodd y ddau ar ei hymyl, eu pennau ar i lawr, wedi blino'n llwyr. Doedd hi ddim yn edrych yn dda. Roedd yn amlwg ei bod yn dioddef. Rhedodd Benaia ei fysedd trwy ei wallt. Beth yn y byd oedd e wedi'i wneud? Er mwyn y mawredd, rhedai sefydliad parchus i deithwyr, nid ward famolaeth i famau oedd yn disgwyl!

'Drychwch, ellwch chi ga'l hoe am bach, ond bydd rhaid i chi adel.'

Ceisiai ei orau i swnio'n gadarn.

'Does dim lle gynnoch chi o gwbwl?' gofynnodd Joseff.

'Ma' deuddeg cell 'da fi,' atebodd, gan estyn ei fraich fel petai'n eu dangos i rywun a fwriadai eu prynu, 'ond, ma' pob un yn llawn.'

Aeth Joseff yn fwy eofn wrth iddo gyrraedd pen ei dennyn.

'Does na'm lle yn eich tŷ chi?'

Cuddiodd Benaia'r sarhad a deimlai a sibrydodd ei ateb mewn llais cryglyd.

'Gyfaill, petai lle yn 'y nghartre, mi fyddwn i wedi hen gynnig lloches fanny. Ma' 'nheulu i wedi cyrra'dd, yn barod am y cyfrifiad. Ma' hyd yn o'd yr ystafell i westeion yn llawn.'

'Mae'n ddrwg gin i,' meddai Joseff, gan blygu ei ben mewn cywilydd am awgrymu'r fath beth.

Yn sydyn, cydiodd Mair yn dynn ym mraich ei gŵr.

'Joseff! Mae O'n dwad!' ebychodd.

Yn syth, synhwyrodd y panig yn ei llais.

Roedd yr hyn a oedd yn digwydd i'w chorff yn adlewyrchu'r hyn oedd wedi digwydd i bob menyw oedd ar fin rhoi genedigaeth, byth oddi ar i Efa roi genedigaeth i Cain: roedd ei dyfroedd wedi torri. Roedd genedigaeth y Meseia gymaint yn agosach, megis oriau i ffwrdd. Am ennyd, ni allai Joseff symud. Oerodd ei waed.

'Joseff!' plediodd Mair, ei llais yn adleisio'r larymau a ganai yn ei chalon. 'Dwi isio rwla, rŵan!'

Edrychodd ar Benaia mewn anobaith. Wrth weld prysurdeb y sefyllfa, meddyliodd y lletywr am rywle ar ei chyfer, ond roedd yn gas ganddo gynnig y fath le. Fodd bynnag, ni allai feddwl am unman arall. Gan ofni eu hymateb, mentrodd roi cynnig arni.

'Wel, ma ogof 'da fi, ma's tu fa's.'

O weld nad oedden nhw wedi gwrthod ei syniad yn llwyr, aeth yn ei flaen.

'Ma' hi'n sych.'

Ysgafnhaodd ei feddwl wrth iddo ystyried manteision eraill.

'Mi fydde hi'n hollol breifat: fydde neb arall yn breuddwydo mynd 'na.'

Gallai fod wedi dweud hynny mewn ffordd well, meddyliodd, wrth iddo weld Joseff yn edrych arno'n amheus. Ceisiodd wneud yn iawn am ei gamgymeriad.

'A ma' hi'n dwym 'na, achos ma'...yym... anifeiliaid mewn 'na.'

Yn ei feddwl, dymunai petai'n estrys er mwyn claddu ei ben yn y tywod. Meddyliodd yn gyflym am reswm mwy ymarferol i'w gwneud yn fwy apelgar.

'Fe gewch chi'r lle am ddim.'

Edrychodd Joseff ar Mair. Heb feddwl ddwywaith, nodiodd ei phen. A dweud y gwir, byddai wedi cytuno i dalu mil sicl o arian am yr ogof y ffordd roedd hi'n teimlo.

'Iawn, dangoswch y ffor',' meddai Joseff, wrth iddo godi Mair yn araf i'w thraed. 'Fyddai'n bosib eich trafferthu chi am 'chydig o fwyd hefyd. 'Dan ni heb fyta'n iawn ers dyddie.'

'Gaf i 'ngwraig i neud rhwbeth i chi. Nawr, dewch gyda fi,' meddai, wrth iddo eu harwain at ddrws y llety.

Arhosai Ebin a Caleb yn amyneddgar ar ddiwedd yr ale, wrth ochr y darn o dir agored. Roedd eu llygaid wedi eu hoelio ar ddrws gwesty Benaia.

'Be' sy' mla'n, de?' gofynnodd llais dwfn o'r tu cefn iddyn nhw.

Neidiodd y ddau cyn troi'n sydyn.

'Gar!' meddai Ebin yn geryddlawn. 'Paid neud 'na!'

Roedd Garan, Cadman a Tarog yn eu dyblau, yn chwerthin ar nerfusrwydd eu cyfeillion. Gan ddefnyddio'r un ale y cerddodd Ebin a Caleb ar hyd 'ddi ychydig ynghynt, daethon nhw atyn nhw yn dawel o'r tu ôl.

'Chi'n edrych fel tasech chi 'di gweld angel,' meddai Tarog.

'Doniol iawn,' atebodd Caleb. 'Ar 'y nghefen i a ma'n stumog i'n neud dolur achos fi'n wherthin cyment.'

'Wel, gwedwch wrtho ni, be' sy'n digwydd?' pwysodd Garan.

'Ma' nhw yng ngwesty Benaia,' atebodd Ebin. Trodd pawb i edrych yn ddisgwylgar ar y drws. 'Ma' nhw 'di bod 'na ers amser.'

'A'th popeth yn iawn gyda Sabteka?' gofynnodd Caleb.

'I'r dim. Ma' Marzan yn llygadu'r cwt bach y cerddon ni mewn iddo fe, yn dishgwl i Antonin i gyrra'dd,' atebodd Garan.

'Weloch chi Sandon pan welodd e Sabteka?' gofynnodd Tarog. 'O'dd e'n cerdded ambwyti fel cath i gythrel.'

'Ie, wel, pan chi'n meddwl amdano fe, dyna beth yw e, on'd ta fe?' rhesymodd Caleb.

Edrychodd pawb arno mewn distawrwydd am ychydig.

'Rhaid i fi 'weud, Caleb,' meddai Tarog, 'falle nag wyt ti'n gwbod siwd i ddechre sgwrs, ond yn bendant ti'n gwbod siwd i'w chwpla hi.'

Gwenodd Caleb arno gyda balchder.

'Dyma nhw,' meddai Ebin. Roedd wedi bod yn cadw llygad barcud ar y drws.

Ymddangosodd Benaia, gyda llusern yn ei law, gan arwain Joseff a Mair allan trwy ddrws y dafarn. Symudai hi'n llawer arafach na'r tro diwethaf iddyn nhw ei gweld hi, a phwysai'n drwm ar ei gŵr.

'Dim llawer o amser i fynd, weden i,' oedd barn Garan.

Sibrydodd y lleill eu cydsyniad.

Gwyliodd bawb wrth i Mair gerdded camau poenus olaf y daith hir o Nasareth. Dilynodd Joseff a hithau Benaia i mewn i'r ogof. Wrth olau llusern Benaia, gallen nhw weld cysgodion anifeiliaid teithwyr eraill yn symud i gefn yr ogof a rhoi lle i Joseff a Mair. Roedd y pum angel yn meddylu'n ddwfn, heb allu credu fod Ffynhonnell Bywyd y Goruchaf wedi darostwng ei hun, o'i wirfodd, i gael ei eni mewn ogof oer a brwnt gerbron cynulleidfa o anifeiliaid.

Trodd Garan at y lleill.

'Iawn, un pecyn wedi cyrra'dd. Fi ar y ffordd nôl i'r nefo'dd i bigo'r un arall.'

'So ti isie bod 'ma ar gyfer 'i enedigeth E?' gofynnodd Tarog.

'Ma' Duw isie fi nôl yn y nefo'dd. Beth bynnag, diolch i Sabteka, fi'n ame y cewch chi'ch trafferthu gan Antonin a Sandon, ne' unrhyw gythrel arall, nawr 'u bod nhw'n meddwl fod Iesu i ga'l 'i eni yn y tŷ 'na yr ochr arall i'r ddinas. Erbyn iddyn nhw ddeall beth sy' 'di digwydd fe fydd hi'n rhy hwyr iddyn nhw neud unrhyw beth. Sefwch chi'ch pedwar tu fa's yr ogof, yn gwarchod. A chofiwch, pidwch meddwl ddwywaith cyn galw am help. Nage dyma'r amser i fod yn arwyr.'

Gyda hynny, cododd Garan i'r awyr. Roedd yn ofalus i hedfan tu ôl y graig fawr oedd yn llochesu Joseff a Mair, rhag iddo gael ei weld gan unrhyw gythreuliaid oedd o gwmpas, ac yna hedfanodd cyn gynted ag y gallai nôl i'r nefoedd, i gwrdd â Duw yn Ystafell yr Orsedd Dragwyddol.

Pennod 31

Roedd Antonin ar ei ffordd. Cyn gynted ag y derbyniodd y neges gan y cythraul a anfonwyd gan Sandon fod merch feichiog ifanc wedi cael ei gweld gan ei warchodwyr, gadawodd ei guddfan wrth ymyl y Môr Marw. Gydag ef, daeth criw bach o bymtheg o gythreuliaid. Fe'u dewiswyd ganddo am eu gallu eithriadol fel ymladdwyr, neb mwy nag Ashtenaz, Riphthal, Tograman a Hazarm. Creulondeb sadistaidd oedd eu rheswm dros fyw a chrefen nhw'r cyfle i ddiwallu eu blys diddiwedd i beri loes i unrhyw un, dynol neu ysbrydol. Bu'r pymtheg yn barod am sefyllfa fel hon ers i Antonin sefydlu ei guddfan uwchlaw'r Môr Marw. A nawr, roedd yn rhaid iddyn nhw gyrraedd Bethlehem a gorau po gynted. Po fwyaf y meddyliai Antonin am y peth, mwy y rhyfeddai fod menyw feidrol yn cario Iesu yn ei chroth, a bod Duw wedi peryglu bywyd ei Fab yn y fath fodd. Roedd yn hanfodol eu bod nhw'n cael gafael ynddi cyn Iddo gael ei eni. Roedd hi'n allweddol. Rhaid oedd ei lladd, ac felly dod i ben â Iesu hyd yn oed cyn i'w fywyd ar y ddaear ddechrau. Gwenodd Antonin iddo'i hun wrth feddwl am y peth.

Hedfanodd y pymtheg mewn ffurf triongl perffaith trwy awyr y nos. Roedd Antonin wedi gosod ei hun yn y lle mwyaf manteisiol, sef yn y canol, tu ôl i'r tri chythraul a ffurfiai flaen y saeth. Felly, roedden nhw'n clirio llwybr iddo trwy'r gwynt cryf a chwythai yn eu herbyn.

O'r hyn a ddywedodd y negesydd wrtho, ymddangosai hon yn fenyw ag enw drwg iddi. On'd oedd hyn i'w ddisgwyl gan Dduw: dewis rhywun fel hon i ddod â'i Fab i'r byd. Roedd un peth a wyddai am Dduw, sef ei fod wrth ei fodd yn gwneud yr annisgwyl. Yn fuan, gwelson nhw oleuadau Bethlehem. Yng ngolau'r lleuad lachar oedd yn ei hanterth, gallai Antonin weld y trwch o bebyll yn arllwys ar hyd ochr bryn Bethlehem. Ac er fod y gatiau wedi eu cau deuai digon o sŵn o'r tu ôl iddyn nhw gan fod y ddinas wedi ei hymchwyddo gan y newydd ddyfodiaid.

Gwelodd Sandon a'i gyd-warchodwyr hwy'n agosáu a chrynon nhw wrth weld y rhai oedd gydag Antonin. Roedden nhw'n eu hadnabod fel cythreuliaid o'r math gwaethaf oedd wedi cyflawni'r gweithredoedd mwyaf erchyll ac ysgeler yn enw Satan, a hynny, heb feddwl ddwywaith. Yn union fel yr edmygwyd a pharchwyd Garan a'i griw bychan o ryfelwyr gan lu'r nef, ofnwyd a chasawyd y cythreuliaid hyn gan haid uffern. Ymhyfryden nhw yn eu statws dyrchafedig. Cododd braw ar Sandon, felly hefyd y cythreuliaid eraill oedd gydag ef. Safon nhw naill ochr er mwyn gwneud lle i Antonin a'r cythreuliaid eraill i lanio.

'Fe gest ti'n neges i, wy'n cymryd, Arglwydd Antonin,' meddai, gan foesymgrymu.

'Naddo, dwi ond wedi dod i weld siwd wyt ti,' atebodd yn goeglyd, ei lais cras yn gratio aer oer y nos.

Gwenodd Sandon yn glaear. Cerddodd Ashtenaz, un o'r cythreuliaid yng ngosgordd Antonin tu ôl iddo.

'Wel, unrhyw newyddion arall?' gofynnodd Antonin.

Edrychodd Sandon heibio i Antonin i'r pellter. Daliai i gofio'r grasfa a gafodd ganddo'r tro diwethaf iddyn nhw siarad.

'Dilynodd dau gythraul y fenyw, ac mewn ale gul, fe gwrddodd hi â thri angel-ryfelwr, syr.'

Talodd Antonin mwy o sylw.

'Ie?'

'Un ohonyn nhw oedd...' arhosodd eiliad, cyn dweud, '...Garan.'

Bwriodd gipolwg sydyn at ei arweinydd. Gwelodd iddo grynu ychydig pan glywodd enw ei ffrind o'r gorffennol.

'O'n nhw'n 'nabod y lleill?'

'O'n – Cadman a Tarog.'

Distewodd Antonin wrth iddo bendroni'r hyn roedd Sandon newydd ei ddweud wrtho. Yna, gofynnodd,

'Siwd ddethon nhw mewn i'r ddinas? O't ti ddim wedi 'u gweld nhw?'

Roedd Sandon wedi bod yn edrych ymlaen i ddweud wrth Antonin yr hyn roedd ei gythreuliaid wedi ei ddarganfod. Roedd hyd yn oed wedi gadael iddo'i hun ddychmygu y byddai'n cael ei wobrwyo am eu gwyliadwraeth yn dod o hyd i'r fenyw feichiog. Roedd wedi ei wthio i gornel. Doedd dim ateb ganddo.

'Fe...ym...yyy...'

Anadlodd yn ddiobaith. Trywanodd Ashtenaz, y cythraul oedd yn sefyll tu ôl iddo, ef yn gas yng ngwaelod ei gefn gan ei hyrddio i'r llawr. Wrth ei daro, gwnaeth yn siŵr fod ei ewinedd wedi torri mewn i'w fod. Llethwyd Sandon gan banig wrth iddo stryffaglu anadlu am aer. Ymhen ychydig, dechreuodd anadlu'n normal a chododd i'w draed yn araf.

Trodd Antonin yn ddifater ar y cythreuliaid eraill oedd wedi bod yn gwarchod gyda Sandon wrth gatiau Bethlehem.

'Pwy ddilynodd y ferch i'r tŷ?'

Camodd Habila ymlaen yn betrus.

'Fi, syr.'

'Mae'n amlwg taw ti o'dd e, achos pam fyddet ti 'di camu 'mla'n?'

'Sdim stop arno fe,' meddyliodd y cythreuliaid eraill i'w hunain.

'Dangos i fi. O, a'r gweddill ohonoch chi? Diflannwch. Dy'ch chi ddim isie bod 'ma nawr.'

Hedodd Habila, gydag Antonin a'i osgordd yn dynn wrth ei gwt, dros wal y ddinas at Marzan. Roedd e'n parhau i gadw llygad ar y tŷ bychan ym mhen arall yr ale.

Heb yn wybod iddyn nhw, roedd yna bum angel rhyfelwr tu fewn, yn disgwyl amdanyn nhw.

Pennod 32

Roedd Dylan newydd orffen cysuro hen fenyw unig yng ngogledd Ewrop. Er, ni wyddai ef ei hun lle roedd wedi bod. Dibynnai ar ei radar mewnol i ymateb i dynfa tristwch pobl. Tosturi a lywiai ei lwybrau. Brysiai nôl i'r nefoedd i fod mewn pryd i fynd gyda'r Côr Angylion i'r parti i ddathlu dyfodiad Iesu i'r byd ac roedd yn falch nad oedd wedi cael ei alw i weinidogaethu i ryw anffodusion eraill. Bu iddo sylweddoli ers amser mai dyma oedd ei swyddogaeth arbennig ef ac roedd yn barod i ymateb unrhyw bryd, ond roedd canu cân o groeso i Iesu wrth Iddo gyrraedd y ddaear yn mynd i fod yn brofiad anhygoel. Roedd wedi dymuno i'r dydd hwn ddod ers amser maith a nawr, dim ond ychydig oriau oedd i fynd.

Daeth yr ystafell ymarfer i'r golwg yn y pellter, pan, yn sydyn, teimlodd dynfa wan. Parhaodd ar ei daith, gan anwybyddu'r teimlad oedd mor gyfarwydd iddo. Roedd yn rhaid iddo ddychwelyd i'r nefoedd er mwyn mynd i Fethlehem. Ymlaen yr hedfanodd, ond tyfodd y dynfa'n gryfach. Stopiodd ac edrychodd o'i flaen. Roedd yn rhywun newydd, nad oedd wedi bod ato o'r blaen. Gallai weld rhai o aelodau'r Côr Angylion yn crynhoi yn y neuadd. Roedd Meshek a'i angel-ryfelwyr yno yn barod i'w hebrwng i Fethlehem.

Arhosodd Dylan yn y gofod am rai eiliadau, gan anadlu'n drwm a siglo'i draed yn ôl ac ymlaen. Yna, gwanychodd y dynfa. Efallai fod y boen a deimlai'r person – pwy bynnag oedd ef neu hi – wedi lleihau gan goflaid gynnes neu wên gan rywun ar y ddaear. Diolchodd Dylan. Dechreuodd hedfan tua'r nefoedd unwaith eto. Yna, stopiodd. Roedd y dynfa wedi dychwelyd, yn llawer cryfach. Arhosodd yn y gofod eto, ei goesau'n siglo fel o'r blaen. Sylweddolodd fod yn rhaid iddo droi'n ôl. Pe byddai'n mynd gyda'r côr nawr, ni fyddai'n iawn. Doedd yna'r un ffordd y byddai'n gallu mwynhau ei hun, tra'n gwybod fod rhywun, rywle ar y ddaear, yn dolurio. Ef oedd yr un a alwyd ac roedd yn rhaid iddo ymateb.

Rhesymodd, pe prysurai, a hedfan yn gynt nag oedd wedi ei wneud erioed o'r blaen, gallai ddychwelyd mewn pryd i fynd gyda'r côr wrth iddo adael am Fethlehem, neu o leiaf byddai'n gallu ei ddilyn o bell. Go debyg y byddai cannoedd o filoedd o angylion yn teithio gyda'i gilydd trwy'r gofod yn gadael rhyw fath o lwybr o'u hôl.

Edrychodd Dylan tuag at y nefoedd. Roedd yr angylion yn dal i gasglu ynghyd.

Yn araf, trodd ei wyneb tua'r ddaear a dechreuodd ei daith faith at yr un oedd mewn angen. Hedfanodd yn gynt na'r gwynt. Yn syth, teimlodd y dynfa'n cryfhau. Ni welodd yr un angel arall. Roedd pob un nôl yn y nefoedd yn paratoi i adael am y ddaear.

O'r diwedd, fe gyrhaeddodd bentref bach wrth ymyl paith mawr o borfa hirlas. Roedd yn fore heulog ac fe'i ffeindiodd hi: merch fach dim mwy na saith mlwydd oed. Gallai weld plant eraill y pentref yn chwarae yn y nant a redai gerllaw. Penliniai hi ar y llawr lle cysgai yn nhepee ei rhieni gan wylio'r lleill yn eiddigeddus yn sgrechian a gwichian wrth iddyn nhw daflu dŵr ar ei gilydd yn haul cynnes yr hydref. Roedd pob un o blant y pentref yno heblaw amdani hi. Dyna fel y bu pethau ers iddi allu cofio. Wyddai hi ddim pam nad oedden nhw am chwarae gyda hi, ond tu fewn, dyheai ei chalon fach am i un ohonyn nhw ofyn iddi ddod i chwarae gyda nhw. Ni ddigwyddai hynny byth. Gallai Dylan glywed ei dymuniad fodd bynnag, a theimlai ei phoen. Roedd wedi dod ar draws cymaint o blant a'u ffrind gorau oedd nhw'u hunain, a neb arall.

Felly, gwnaeth yr unig beth y gallai ei wneud, a hynny oedd canu iddi. Gwnaeth poen ei hunigrwydd ei lais yn felysach, a chododd ei chalon a rhywffordd, yn ddwfn y tu mewn iddi, gwyddai nad oedd ar ei phen ei hun. Mewn amrantiad anghofiodd Dylan am y côr o angylion torfol a fyddai'n gadael y nefoedd yn fuan ynghyd â'r parti oedd ar fin digwydd yn yr awyr uwchlaw Bethlehem. Canolbwyntiodd yn llwyr ar y ferch fach. Roedd yno i'w gwasanaethu hi yn yr unig ffordd y gallai, trwy ganu hwiangerdd iddi, tawelu ei hofnau a chwalu ei hunigrwydd.

Er na allai unrhyw un ar y ddaear ei weld, tywynodd olau cynnes a dyfodd mor gryf byddai wedi dallu unrhyw lygaid dynol a'i gwelai, mor ddwys a disglair oedd ei nerth. Teimlai Dylan bleser llon yn golchi dros y ferch fach. Gwenodd yn dyner iddo'i hun.

Diolch byth, roedd yn amser dychwelyd i'r nefoedd.

Nid oedd erioed wedi hedfan mor gyflym. Fflachiodd mynyddoedd uchel ac afonydd dwfn oddi tano a chyn bo hir dringodd yn uchel uwchben y cymylau. Daeth sêr a phlanedau i'r golwg ond ni welodd Dylan nhw. Hedfanodd yn chwim. Dim ond un peth oedd ar ei feddwl: cyrraedd y nefoedd cyn gynted ag y gallai er mwyn dal y côr. Gobeithiai na fydden nhw wedi gadael eto. O bryd i'w gilydd edrychodd o gwmpas, gan geisio cael cipolwg o ôl eu llwybr, rhag ofn eu bod eisoes wedi gadael. Ond, er mawr siom iddo, ni welodd unrhyw un.

O'r diwedd, gallai weld y neuadd ymarfer lle roedd y côr wedi bod yn ymgynnull. Sbardunodd hynny ef ymlaen, ac o fewn dim o amser, glaniodd Dylan ar lawr y neuadd. Ni allai weld yr un angel arall. Gwrandawodd yn astud, ond heblaw am ei anadl ddofn ei hun, roedd popeth yn dawel. Teimlai'r mymryn lleiaf o arswyd yn dechrau diferu y tu fewn iddo.

Roedd yn amlwg fod yr angylion hynny a welodd yn crynhoi yn gynharach yn yr Ystafell Ymarfer wedi gadael. Yna, cafodd syniad.

'Wrth gwrs, Neuadd Fawr Archangel Mihangel!'

Efallai fod rhai ohonyn nhw yn Neuadd Fawr Mihangel. Pam nad oedd e wedi meddwl am hynny o'r blaen? Dechreuodd obeithio eto. Rhedodd cyn gynted ag y gallai ei goesau byr ei gario, ei gamau trwm yn disabedain trwy dramwyfeydd gwag y nefoedd.

Hyd yn oed cyn iddo gyrraedd gwyddai nad oedd unrhyw un yno gan nad oedd sŵn cynnwrf na sgwrsio cyffrous côr enfawr o angylion yn dod at ei gilydd. Roedd yn hollol wag.

Teimlai ei hun yn syrthio i dwll du o anobaith. Doedd yr un angel arall yn y nefoedd. Doedd neb yno, dim ond Dylan. Chwyddwyd yr unigrwydd a deimlai gan y ffaith na allai helpu ei hun oherwydd ni wyddai'r ffordd i Fethlehem; doedd dim syniad ganddo. Traflyncwyd ef gan fraw wrth iddo sylweddoli y byddai'n methu'r dathliad mawr i groesawu Iesu i'r ddaear. Nid oedd terfyn ar ei dristwch.

Llifodd dagrau'n rhwydd nawr wrth iddo grwydro'n ddi-gyfeiriad ar hyd y tramwyfeydd llydan a'r neuaddau enfawr, gwag. Ymhen rhai oriau byddai'r angylion i gyd yn dychwelyd yn llawn llawenydd, yn llawn storïau o'r parti mwyaf a gynhaliwyd ar y ddaear erioed, ac roedd ef wedi ei fethu. Byddai'n rhaid iddo ddibynnu ar eu disgrifiadau nhw o'r hyn a ddigwyddodd. Ond roedd wedi dymuno bod yno ei hun, i weld rhyfeddodd dyfodiad Iesu i'r ddaear, ac i ganu ei glodydd yn y llais uchaf posib, p'un ai oedd mewn tiwn neu beidio.

Yna, dechreuodd Dylan deimlo'n ddig. Roedden nhw wedi gadael hebddo. Ni fyddai byth wedi gwneud hynny i un ohonyn nhw. Pam nad oedd Sabta, Gether a Dumah wedi aros amdano? Roedd yn amlwg nad oedden nhw am iddo fe fod yno.

Parhaodd i grwydro'n ddigyfeiriad ar hyd tramwyfeydd llydan y nefoedd. Teimlai fel petai'n geffyl yn tynnu cert trwm. Ymhen hir a hwyr, fe stopiodd a phwyso ei gefn yn erbyn wal. Ni wyddai lle'r oedd e, ac ni hidiai. Yn dawel, gadawodd i'w hun i lithro i eistedd ar y llawr. Tynnodd ei benliniau yn dynn a gorffwys ei dalcen arnyn nhw. Trywanodd donnau pwerus o unigrwydd a digalondid yn ei erbyn ac ni allai eu gwrthsefyll. Beichiodd grio'n ddilywodraeth, ei ysgwyddau crwm yn siglo i rythm ei alar a churiad poenus ei galon. Cododd ei ben. Dymunai pe byddai rhywun yn dod ato a chanu iddo, ond doedd neb yno. Roedd y nefoedd mor ddiffaith, a phwysodd ei wacter yn drwm ar ei ysgwyddau bach. Doedd e 'rioed wedi teimlo mor ddigalon.

Pennod 33

Cadwai Cadman, Tarog, Ebin a Caleb wyliadwriaeth y tu fas i'r ogof, eu llygaid yn monitro'r aer o'u cwmpas yn gyson. Roedden nhw'n poeni fwy a mwy. Ers peth amser, roedd tawelwch y nos yn cael ei chwalu'n achlysurol gan y synau a ddeuai o'r tu fewn i'r ogof. Ar adegau roedd yna sgrechfeydd annaturiol, a fyddai'n gwneud iddyn nhw droi i edrych ar yr ogof, ac yna ar ei gilydd yn nerfus. Dilynwyd hyn gan anadliadau dwfn o ryddhad wrth i boen estynedig cyfangiad ostegu unwaith yn rhagor. Ar ôl un sgrech benodol, a ymddangosai'n ddiddiwedd, trodd Caleb at y lleill.

'Pethe i weld yn mynd yn dda.'

'Ti'n jôcan,' meddai Ebin.

'Ma' hi'n neud lot o sŵn.'

'O't ti'n dishgwl noson dawel, de?' gofynnodd Tarog.

'Na, ond...' mwmblodd Caleb.

Aeth rhai eiliadau mwy o anadlu trwm heibio.

'Chi'n meddwl y dylen ni fynd mewn?' pwysodd Caleb.

'A neud beth?' gofynnodd Tarog.

'Wyt ti isie mynd mewn fanna?' gofynnodd Cadman. 'Ni i gyd yn gwbod be' sy'n digwydd. Ma' clywed y peth yn ddigon gwael. Bydde 'i weld e ddeg gwaith gwa'th.'

'Fi'n gwbod, ond...'

'Ni'n saffach fan hyn,' ychwanegodd Ebin. 'Beth bynnag, beth allwn ni 'i neud i helpu?'

Yn ddisymwth, neidiodd y pedwar ohonyn nhw mewn undod, wrth i sgrech finiog wanu'r aer. Unwaith eto, troeson nhw i edrych at yr ogof ac yna ar ei gilydd. Dychwelon nhw'n nerfus at eu gwylnos. Wydden nhw ddim am ba hyd yn union y buon nhw yno, ond tybien nhw ei bod ymhell wedi canol nos. Yn dawel bach, dymunai'r pedwar y byddai'r enedigaeth yn digwydd yn gynt na'n hwyrach. Cenfigenen nhw wrth Garan oedd wedi dychwelyd i'r nefoedd ac yn methu'r rhan mwyaf brawychus a dychrynllyd o'u gorchwyl ar y ddaear.

Ni sylwai Dylan, yn brudd a digalon fel yr oedd, ei fod wedi eistedd yn union y tu allan i Ystafell yr Orsedd Dragwyddol. Efallai fod ei ddagrau wedi ei ddallu, a'i fod ar goll yn ei alar.

Yn sicr, ni chlywodd y camau oedd yn nesáu o Ystafell yr Orsedd. Roedden nhw'n gamau angel urddasol a wisgai diwnig grychiog, frwnt, a chlogyn capten dros ei ysgwyddau. Tarfu lais cadarn ar ei wylofain tawel.

'Dylan! Cwyd.'

Nid atebodd.

'Dylan! Ma' gwaith 'da ti i neud.'

Trwy ei ddagrau, dywedodd,

'So... so'i... isie...gwitho.'

Teimlai fel pe bai'n boddi yn ei ddigalondid, yn llowcio am aer a'i chael bron yn amhosib i siarad yn iawn. Rhedodd ddau fys ar hyd ei gudyn o wallt.

'Ni isie i ti ganu.'

'So i'n gallu... canu.'

'Wyt, ti'n gallu,' mynnodd y llais.

'So... i... isie...canu,' atebodd Dylan, gan hongian ei ben yn styfnig, yn beichio llefain rhwng pob gair.

Yna, teimlodd ddwy law gref yn cydio yn ei ysgwyddau sigledig a'i godi ar ei draed.

'Dere,' meddai'r llais.

Yna, gyda chryn awdurdod, meddai,

'Ma' Arglwydd y Lluoedd Angylion am dy weld di.'

Yn araf, cododd Dylan ei ben. Gwelodd y cleddyf yn disgleirio'n loyw trwy ei wain. Cododd ei lygaid ychydig mwy a gwelodd y breichiau cydnerth a ymladdodd cymaint o frwydrau drwy'r canrifoedd.

'Garan,' sibrydodd. Peidiodd ei ddagrau.

'Dere,' meddai, gan ddal ei law allan, wrth gerdded at fynedfa Ystafell yr Orsedd Dragwyddol.

'Beth wyt ti'n neud 'ma? Pam nag wyt ti yn y parti?'

Trodd y rhyfelwr am yn ôl i edrych ar Dylan.

'Fi 'di bod yn aros amdanat ti?'

'Beth?'

'Dylan, sdim lot o amser gyda ni a ma'n Harglwydd ni am dy weld di.'

'Isie 'ngweld i? Ond pam?'

Nid atebodd Garan. Yn hytrach, safodd wrth y fynedfa i Ystafell yr Orsedd Dragwyddol, gan ddal ei law allan eto, yn gwahodd Dylan i'w ddilyn.

Sychodd Dylan ei ddagrau'n gyflym. Ffrydiodd ofn mawr y tu fewn iddo. Roedd wedi cael ei alw i weld Arglwydd Byddin yr Angylion ei Hun. Roedd yn go debyg fod Duw yn mynd i roi cerydd difrifol iddo am golli dyfodiad Iesu i'r ddaear. Dyna'r camgymeriad mwyaf y gallai unrhyw angel fod wedi ei wneud. Siwd o'dd e 'di bod mor dwp? Pwy arall fyddai wedi rhoi blaenoriaeth i ferch fach dros Iesu?

Cerddodd fel cath ar farwor y tu ôl i Garan, ei lygaid yn wynebu'r llawr, heb feiddio edrych lan. Beth oedd Duw yn mynd i ddweud wrtho, a gwaeth na hynny, ei wneud iddo?

Safai Antonin ym mhen arall yr ale o'r tŷ bychan roedd Marzam a Habila wedi gweld y fenyw feichiog ifanc, yn mynd iddo yng nghwmni Cadman a Tarog, ac yn bennaf oll, Garan. Tu ôl iddo, arhosai'r cythreuliaid oedd wedi teithio gydag e, yn ddiamynedd.

'Odyn ni'n mynd i ga'l bach o sbri, ne' bido?' sibrydodd Ashtenaz, y cythraul a ddaeth o fewn trwch blewyn at ladd Sandon. Teimlai Antonin fod tôn ei lais braidd yn fygythiol. Gan gadw ei lygaid ar y tŷ, atebodd e.

'Rhaid i fi neud yn siŵr taw hi yw'r un.'

'Sdim posib bod un arall. Ma' hi'n ffito'n berffeth: menyw feichiog, ar 'i phen 'i hunan, a mwy na hynny, gath Garan a'r lleill 'u gweld gyda hi.'

'Fi'n gwbod, ond...'

'Fe allen ni daro ergyd farwol heno. Allen ni ga'l Philip y Pharisead gwenwynllyd 'na sy'n byw yma i neud y'n gwaith ni: gwitho ar 'i feddwl gwyrgam e, fel nes i gyda'r brenin Manasseh, a'i gael e i anfon 'i fab 'i hunan i'r tân, hyd yn o'd. Fe wedest ti d'unan y bydde fe'n barod i gydymffurfio, a phlygu i'n dymuniad.'

'Dyw e ddim mor rhwydd â hynny...'

'Alla' i ddim gweld y broblem y'n 'unan,' atebodd Ashtenaz. 'Dyna i gyd sy'n rhaid i ni neud yw rhoi gwbod i Philip bod menyw feichiog yn y dref, heb ŵr. Bydde'i ddigofent rhagrithiol e'n neud y gweddill. Allen ni ishte nôl a gadel iddo fe neud y gwaith drosto ni.'

Meddyliodd Antonin iddo'i hun fod y cythraul hwn yn trio cymryd rheolaeth, pan mai ef oedd wedi cael ei benodi'n bennaeth ar y fenter hon gan neb llai na Satan ei hun. Edrychodd lawr yr ale. Roedd yn fan geni alaethus a llwm i Fab Duw. Dyma'n union sut y gweithredai Duw. Eto, ni theimlai'n esmwyth ei feddwl. Roedd rhai pethau yn ei boeni. Roedd wedi bod yn gwylio'r tŷ bychan ers peth amser bellach a gallai weld cysgodion yn symud o dan y drws wrth y golau oedd tu fewn, ond roedd pethau'n rhy dawel o lawer. O's bosib na ddylai'r fenyw fod yn gwneud llawer mwy o sŵn, yn enwedig o gofio fod Sandon wedi dweud ei bod ar fin rhoi genedigaeth. A pham mai dim ond tri angel oedd wedi ei hebrwng, er mai'r tri rhyfelwr mwyaf angheuol a dawnus yn yr holl Fyddinoedd Angylaidd oedden nhw? Oni ddylai fod llawer mwy wedi bod yno?

Holodd Marzam eto.

'Ti'n siŵr sneb wedi gadel y tŷ?'

'Syr.'

'A smo ti 'di gadel y lle 'ma?'

'Na, syr.'

Roedd yn bendant.

Pendronodd Antonin ychydig yn hwy, ac yna, daeth i benderfyniad.

'Fi sy'n rheoli 'ma. Symudwn ni ar 'y ngair i.'

'Ac felly?' gofynnodd Ashtenaz yn ddisgwylgar.

'Ni'n aros.'

Ochneidiodd Ashtenaz a'r lleill yn ddiamynedd.

Roedd y pedwar angel-ryfelwr yn pryderu mwy. Cynyddodd y sgrechfeydd a ddeuai o'r ogof y tu cefn iddyn nhw gyda llai o ysbaid rhyngddyn nhw. Gallai Mair ond ymlacio am ychydig funudau cyn i'w chorff ifanc orfod dioddef mwy o boen, yn fwy na'r tro diwethaf. Clywson nhw chwyrnad arall a rhyw rygnu sgrechian enfawr a barhaodd am fwy o amser nag o'r blaen. Ac yna, tawelwch sydyn unwaith eto.

'Alla' i ddim cymryd lot mwy o hyn,' meddai Caleb. 'Fi'n filwr ym Myddinodd Angylion yr Arglwydd. Bydde'n well 'da fi ymladd ugen cythrel, gydag un llaw wedi'i chlymu tu ôl 'y nghefen i na hyn, unrhyw ddydd.'

Ni ddywedodd y lleill yr un gair, felly parhaodd Caleb. Teimlai'n fwy esmwyth ei feddwl mewn sefyllfaoedd anodd pe bai'n gallu rhoi mynegiant i'w deimladau a'i feddyliau.

'Ma' popeth mor afreal. Mae'n orie mân y bore, sdim un ened byw yn golwg, a dyma ni, lai na thafliad carreg o fan geni'r Meseia, a do's neb yn cymryd unrhyw sylw o gwbwl. Ma'r holl fyd yn mynd mla'n â'i fusnes a'r unig bobol sy'n gwbod am y peth yw Joseff a Mair!'

'Ddim yn hollol,' meddai Cadman.

'Be' ti'n feddwl?'

'Wel... ma' Ben ac Abigail – rhieni Mair – i ddechre. Ma nhw'n gwbod.'

'Okay, dou arall. Dyna ni.'

'Cyn bo hir, bydd y Côr Angylion ar y brynie co, yn gweud wrth y bugeilied am 'i eni,' ychwanegodd Tarog.

'A byddan nhw'n siarad,' sicrhaodd Ebin. 'Bydd y newyddion yn lledu.'

Clywson nhw slap yn dod o'r tu fewn i'r ogof, ac yna, sŵn babi'n llefain. Edrychon nhw ar ei gilydd, a goleuodd eu hwynebau rhychiog wrth i bwysau'r byd lithro oddi ar eu hysgwyddau. Roedd yn llythrennol fel petaen nhw wedi dadwisgo rhyw arfwisg trwm. Roedden nhw uwchben eu digon, yn ddiolchgar fod eu hanesmwythyd wedi dod i ben. Trawodd y pedwar gefnau ei gilydd yn llawen, fel petaen nhw newydd ddod yn dadau eu hunain!

Tu fewn i'r ogof, gweithiodd Joseff, a deimlai lawer mwy o ryddhad na'r angylion y tu allan, yn gyflym. Tra'n dal y baban Iesu ym mhlyg ei fraich, cododd fowlen fach o ddŵr poeth y bu Benaia'n ddigon caredig i ddarparu ynghynt er ei bod wedi hen oeri erbyn hyn. Gosododd hi wrth ochr Mair. Yn dyner, pasiodd y baban Feseia, noeth a gwaedlyd iddi. Nid oedd bydwraig ar gael, felly, roedd yn rhaid i Mair gyflawni ei gorchwylion arferol hi.

Gwyddai'n union beth oedd angen ei wneud. Onid oedd wedi bod yn bresennol pan oedd Elisabeth wedi rhoi genedigaeth i Ioan ac fe wyliodd y fydwraig wrth ei gwaith yn ofalus iawn bryd hynny? Felly, fe olchodd y gwaed i ffwrdd yn dyner, wrth Iddo gicio ei goesau a chwifio ei freichiau. Yna, gwnaeth ystumiau ar i Joseff i estyn y cwdyn yr oedd wedi ei gario yr holl ffordd o Nasareth.

Tynnodd gwdyn llai o faint allan ohono, ac wrth iddi ei agor, gallai Joseff weld fod rhywfaint o halen yno. Yn ofalus, rhwbiodd yr halen dros gorff bychan Iesu er mwyn ei buro. Yna, estynnodd am y cwdyn mawr, a thynnodd fwndel sylweddol o lieiniau yr oedd ei mam wedi ei roi iddi. Gwyliodd Joseff mewn distawrwydd a pharchedig ofn wrth iddi fynd ati gyda bysedd tyner i lapio corff, breichiau a choesau Iesu yn y llieiniau, nes fod y cyfan wedi ei rwymo, yn ôl arferion cymdeithas. Gydol yr holl weithred, gwnaeth Iesu rai synau babïaidd, ei ben yn symud o'r naill ochr i'r llall wrth i'w geg chwilio am ychydig o faeth. Unwaith iddi orffen cyfrifoldebau bydwraig, gosododd Iesu ym mhlyg ei braich, a chododd ei ben at ei bron. Edrychodd Joseff ar Iesu mewn rhyfeddod.

'Fedra i'm coelio'r peth, Mair: Duw yn gnawd; yn faban! O flaen ein llygid ni.'

'A fedra i ddim coelio mod i ar fin 'i fwydo Fo, yr Un a greodd y byd.'

Syllodd Joseff arni. Gwnai ei bochau, oedd yn dal i fod yn goch ar ôl ei hymdrechion corfforol, iddi edrych yn fwy deniadol iddo rywsut. Pwysodd ymlaen, a'i chusanu ar ei thalcen chwyslyd, llaith. Edrychodd hithau arno'n gariadus, yn ddiolchgar ei fod yn ei hymyl, ac iddo fod yno trwy'r cyfan.

'Wel, well i ti fynd ati,' gwenodd arni. 'Mae O'n edrych bron â llwgu i mi.'

Ymddangosodd Cadman yng ngheg yr ogof ac edrychodd mewn rhyfeddod. Syllai ar y duwdod ymgnawdoledig; Duw wedi ei wneud yn gnawd. Yn araf, cwympodd ar ei liniau ac addolodd y baban.

Llywiodd Mair ben Iesu ychydig yn nes at ei bron a theimlodd ei wefusau ar ei theth. Gwingodd gan y boen. Tynnodd Ef i ffwrdd, wedi ei synnu gan ba mor gryf oedd ei gymiau wedi gwasgu ei theth. Sadiodd ei hun, gwasgodd ei dannedd at ei gilydd yn galed ac yna gwthiodd ei bron yn ofalus at ei wefusau, ac am y tro cyntaf o sawl tro sugnodd Ef laeth ei fam. Ef, grym bywyd y byd, yn wir, ffynhonnell bywyd, yn sugno cynhaliaeth oddi wrthi hi. Pwysodd ei phen blinedig ar y gwellt: roedd o drosodd. Am naw mis fe gariodd y Meseia yn ei chroth ac ar ôl oriau o ing estynedig, pan oedd y boen yn ddiddiwedd, fel tonnau'r llanw yn dod mewn, rhoddodd enedigaeth i Waredwr y byd. Ni wyddai o le y daeth y nerth i oresgyn y boen corfforol affwysol a ddioddefodd. Ni allai dim fod wedi ei pharatoi ar ei gyfer. Ond, ei oresgyn a wnaeth ac, fel llong oedd wedi cyrraedd harbwr diogel wedi bod ar fôr tymhestlog, gallai orffwys. Edrychodd ar Iesu ac ymhyfrydodd yn ei wyneb prydferth. Yn sydyn, teimlai orfoledd mawr wrth iddi sylweddoli o'r newydd, yr anrhydedd a roed iddi ac y byddai wir yn wynfydedig. Oedd, roedd o drosodd, ond doedd o ddim i gyd drosodd. Oherwydd, gyda'r anrhydedd deuai cyfrifoldeb arswydus am ei anghenion corfforol yn ystod ei blentyndod a'i arddegau.

Wedi Iddo lenwi ei fol gyda'i laeth, tynnodd Mair ychydig o'r dail llaethlys yr oedd wedi gofyn i Joseff eu casglu ar eu taith ar hyd Dyffryn yr Iorddonen. Cododd Cadman ei ben, ond yn fuan, gostyngodd ef unwaith yn rhagor oherwydd y cywilydd mawr a deimlai wrth weld yr hyn a wnaeth gyda nhw.

Pennod 34

Cyn gynted ag y camodd Dylan i mewn i Ystafell yr Orsedd, diflannodd ei ofnau mewn chwinciad. Ni allai gredu'r peth. Disodlwyd yr ofn oer oedd wedi bod yn dylifo drwyddo rhyw eiliad ynghynt gan heddwch cynnes. Nid yn unig hynny, digwyddodd pethau rhyfedd iddo. Ni allai rwystro ei hun rhag cael meddyliau da. Teimlai iddo gael ei orchfygu gan ddaioni. Roedd yn hollol effro, yn sensitif i'r cyffyrddiad lleiaf, yn teimlo llawenydd bythol ei Dduw. Syllodd ar y llawr. Roedd yn fôr o wydr gwyrddlas gyda thonnau'n lapio'i draed yn chwareus. Edrychodd uwch ei ben ac o'i gwmpas mewn rhyfeddod. Uwchlaw roedd galaethau a chytserau, systemau sêr a bydysawdau, i gyd yn ymestyn ymhell i'r pellteroedd eang, ond eto, mor agos. Teimlai Dylan y gallai estyn allan a'u cyffwrdd. Roedd fel petai na fodolai pellter yma.

Yna, dechreuodd gwên wirion ledu ar draws ei geg fawr. Roedd ar fin cwrdd â Duw. Roedd yn gyffro i gyd oherwydd y wefr o gael dod wyneb yn wyneb gydag Arglwydd Lluoedd yr Angylion.

Edrychodd Dylan o'i flaen yn ddisgwylgar, ond er iddo drio'i orau, ni allai weld Duw o gwbl. Cerddai yn dynn wrth sodlau Garan, a chuddiai gefn y rhyfelwr Ef o'r golwg. Fodd bynnag, amgylchynwyd ei Fod gan olau a darddai o'r chwe cheriwb oedd o gwmpas yr Orsedd Dragwyddol. Wrth iddyn nhw ysgwyd eu hadenydd, crewyd tanllwyth llachar o addoliad o'u Harglwydd ganddyn nhw. Gallai hefyd weld enfys emrallt yn fwa perffaith uwchlaw'r orsedd.

Yna, stopiodd Garan, sefyll am eiliad, cyn syrthio ar un benglin, ac yna ymgrymu ei ben.

Gan fod Dylan wedi ymgolli yn ei lawenydd, ni sylwodd fod Garan wedi penlinio. Cerddodd yn syth mewn i ysgwydd chwith y rhyfelwr a chwympodd dros ei ben a'i glustiau ar y llawr o flaen Duw. Cododd Garan ei lygaid a gwelodd Dylan yn ymbalfalu ar y llawr. Edrychodd yn sydyn at Dduw. Chwaraeai'r mymryn lleiaf o wên ar hyd wefusau'r Goruchaf ac ysgydwodd ei ysgwyddau ychydig bach.

Gyda'i draed yn pwyntio tuag at yr orsedd, a chyda rhywfaint o drafferth – gan fod ei fol yn ei rwystro rhag symud yn llyfn a gosgeiddig – roliodd ei hun ar ei du blaen. Plannodd ei draed ar y llawr, defnyddiodd ei ddwylo i wthio'i hun lan a sythodd ei goesau. Yn anffodus, wrth iddo wneud hynny, wynebodd ei ben ôl Dduw.

Gwridodd Garan mewn cywilydd ac embaras. Dyma sut oedd yr angel hwn wedi cyflwyno ei hun i Arglwydd Byddinoedd yr Angylion? Eto, edrychodd yn sydyn ar Dduw, gan hanner disgwyl ei weld yn taflu mellten at Dylan.

Roedd Ef, fodd bynnag, yn dal i wenu, yn mwynhau'r adloniant a ddarparai Dylan. Yn y cyfamser, cododd gwrthrych ei afiaith ei ben ac edrych o'i flaen. I ble roedd Duw wedi mynd? Edrychodd yn gyflym i'r dde a'r chwith. Dim golwg ohono. Trodd mewn hanner cylch. Dyna lle'r oedd E!

'Siwd est Ti fanna?' gofynnodd, gan bwyntio at Dduw.

Ysgydwodd Garan ei ben. A oedd yr angel hwn yn dwp yn ogystal ag yn afrosgo?

Parhaodd Duw i wenu. Er, pan welodd y ffrydiau sych o ddagrau ar ei wyneb, estynnodd lawr, dal pen Dylan yn dyner yng nghledrau ei ddwylo, ac yn ofalus, sychodd y dagrau gyda'i fysedd bawd. Yna, rhoddodd Duw ei law allan o flaen Dylan.

'Wyt ti am ddod lan?'

Gallai Dylan ond nodio ei ben mewn ymateb.

'Yna, dring i fyny,' meddai Duw, wrth i'r wên hapusaf, mwyaf llydan ymestyn dros ei wyneb.

Edrychodd Dylan lan, a dringodd ar gledr Duw, gan golli ei gydbwysedd am ennyd. Heb feddwl, rhoddodd ei law allan a chydiodd ym mys bawd Duw i'w sadio ei hun. Edrychodd yn ymddiheurol at Dduw, ond dal i wenu a wnâi Ef. Unwaith yr oedd yn ddiogel yng nghledr ei law, cododd Duw ef yn araf. Yn reddfol, edrychodd Dylan lawr, ac er fod Duw ond wedi ei godi heibio ei bengliniau, roedd y llawr, os oedd un i gael yno, yn bell iawn i ffwrdd yn barod. Dechreuodd deimlo'n chwil: rhywbeth nad oedd erioed wedi ei brofi o'r blaen, a chododd fraw arno.

'Edrych arna' I, Dylan bach,' sibrydodd Duw.

Gwnaeth Dylan hynny, ac fe'i cariwyd i gwrdd â Duw. Diflannodd ei bendro ac ymlaciodd yn llwyr. Edrychodd lawr eto, a rhyfeddai wrth weld pa mor fach oedd Garan, yn bell oddi tano. Sut oedd ef wedi cael ei godi mor uchel mewn cyn lleied o amser? Yna, roedd yn sefyll yn union o flaen wyneb Duw. Serenai ei lygaid mewn parchedig ofn wrth edrych ar ei hyfrydwch a'i ddisgleirdeb. Nid oedd Dylan erioed wedi bod mor agos at ei wyneb. Roedd yn fud. Teimlai lawenydd a haelioni yn llifo drwyddo, yn deillio oddi wrth ei Arglwydd, ond yn fwy na dim, gwelodd gariad llethol yn ei wynepryd prydferth. Tywynnodd y sêr a'r cytserau yn eu harddwch rhyfeddol o hyd, ond ni sylwodd Dylan arnyn nhw am iddo fod ar goll yn nhegwch ei Arglwydd.

'Felly, beth wyt ti 'di bod yn neud?'

Prociwyd Dylan o'i ryfeddod. Roedd y cwestiynu a'r dwrdio ar fin dechrau. Pam est ti i ganu i'r ferch fach yna? Pam nad oeddet ti yma yn brydlon? Onid oeddet ti'n sylweddoli nad oedd dim yn bwysicach na chroesawu Fy Mab i'r ddaear? Siaradodd Dylan heb feddwl, a bu bron iddo gwympo dros ei eiriau.

'O'n i ar y ffordd nôl i'r nefoedd, yn barod i fynd i'r parti gyda phawb arall, ond fe dymles i dynfa gref gan rywun newydd. Fe hofres i yn y gofod am amser hir, mewn dou feddwl, a wedyn fe benderfynes i fynd i helpu'r ferch fach. Dries i ddod nôl mewn pryd, ond o'dd pawb wedi gadel a nawr dim ond fi sy' 'ma... wel, heblaw amdanat Ti...'

Yn sydyn, cofiodd Dylan am Garan, ac edrychodd lawr gan ychwanegu,

'... a Garan, wrth gwrs.'

Nid ymatebodd Duw. Aeth pethau'n dawel.

Meddyliodd Dylan am fwy i ddweud.

'O'n i mor siomedig i golli'r parti – onest,' meddai gan dybio y byddai hyn yn gwneud Duw'n llai dig.

'Ie,' meddai Duw, wrth edrych yn ddwfn i lygaid Dylan.

Yna, daeth rhywbeth ofnadwy i feddwl Dylan.

'Odi Garan wedi colli'r parti o'n achos i?'

'Na, roedd yn rhaid iddo fe aros amdanat ti. Mae gwaith pwysicach ganddo na mynd i'r dathliad ac rwyt ti i fynd gyda fe.'

'Fi?'

'Ie. Ti.'

'Gyda Garan?'

'Ie.'

'Ond, mae e'n angel-ryfelwr. Siwd alla' i 'i helpu fe?'

'Dwyt ti ddim i'w helpu fe.'

'Wel, pwy te? Beth alla' i 'i neud?'

Cydiodd panig yn Dylan. Doedd e ddim eisiau ymladd; ni allai ymladd. Doedd e erioed wedi bod yn angel-ryfelwr fel Garan a Cadman a'r angel-ryfelwyr eraill roedd wedi clywed cymaint amdanyn nhw.

'Cer gyda fe nawr. Mae gwaith pwysig gyda ti i'w wneud,' meddai Duw'n dyner, wrth Iddo bwyso lawr a'i osod ar ei draed wrth ochr Garan.

'Fy annwyl, Garan,' dechreuodd Duw.

Ymddangosai i Dylan ei fod yn gwneud cyhoeddiad, a'i fod wedi cyffroi ynglŷn â'r peth.

'Mae E wedi cael ei eni.'

Llonodd wyneb Garan.

'Eisoes, rwyt ti a dy angel-ryfelwyr wedi gwneud llawer, ac mae mwy gyda chi i'w wneud eto.'

Safodd Garan yn dal.

'Dy ryfelwyr Di, ydyn nhw f'Arglwydd, ac ni allaf i, na nhw, neud digon drosot Ti a Dy Fab.'

Roedd Duw dan bwys emosiwn.

'Ewch nawr, does dim llawer o amser.'

'F'Arglwydd,' meddai Garan, wrth iddo foesymgrymu a throi i adael.

Gan ddilyn ei esiampl, moesymgrymodd Dylan yn isel a throtiodd ar ei ôl.

Wrth iddyn nhw gyrraedd y drws i Ystafell yr Orsedd Dragwyddol clywon nhw lais Duw, yn rhaeadru atyn nhw.

'Dylan!'

Stopiodd y ddau angel yn eu hunfan a throi.

'Yr hyn a wnest ti i'r ferch fach yna, fe wnest ti drosta i, ac i Fi. Mi rydw i, yr Hynafol Ddyddiau, yn cydnabod ac yn dy adnabod di, a diolchaf i ti.'

Roedd Dylan yn geg-agored. Am rai eiliadau, methodd symud. Roedd Arglwydd Byddinoedd yr Angylion wedi diolch iddo; diolchodd iddo ef, am fynd at y ferch fach. Edrychodd ar Garan mewn rhyfeddod.

'Glywest ti hwnna?'

'Dere, sdim llawer o amser gyda ni.'

Rhoddodd ei law ar ysgwydd Dylan a'i arwain allan o Ystafell yr Orsedd.

'I le ni'n mynd?' gofynnodd.

'Bethlehem.'

'Ond dyna lle ma' Iesu i gyrra'dd ar y ddaear.'

Cododd gobeithion Dylan yn gyflym.

'Felly, ni *yn* mynd i'r parti?'

'Na.'

Roedd Dylan ar goll.

'Pam 'y ni'n mynd 'na de?'

Cydiodd Garan ym mraich Dylan a'i arwain yn frysiog ar hyd tramwyfeydd gwag y nefoedd.

'Sdim amser i egluro. Fe ddangosa' i i ti pan gyrhaeddwn ni.'

Pennod 35

'Allwn ni ddim aros fan hyn drwy'r nos, Antonin.'

Er cymaint y casái Ashtenaz, oedd heb stopio ei boeni ers iddyn nhw gyrraedd yr ale, sylweddolai Antonin fod pob gair a ddywedai'n wir. Heblaw am yr ychydig symud y gallai ei ddirnad oddi tan y drws, doedd dim arwydd o unrhyw fywyd yn y cwt allan. Ers amser fe fu'n rhesymu nad oedd dim i'w rwystro rhag agor y drws i weld y tu mewn. Wedi'r cyfan, ni fyddai hi'n gallu ei weld. Hyd yn oed wedyn, arhosodd am ychydig funudau. Casái ei ddiffyg pendantrwydd, a gwyddai fod y cythreuliaid oedd gydag ef yn mynd yn ddiamynedd iawn. O'r diwedd, penderfynodd ar gynllun.

'Iawn, dyma beth 'newn ni,' cyhoeddodd. 'Fe af fi at y tŷ, agor y drws yn araf, fel tase'r gwynt wedi cydio ynddo fe. Fydd hi ffaelu 'ngweld i, ac edrycha' i mewn. Yna, fe godwn ni ein ffrind, y Pharisead, a'i ga'l e i neud 'i waetha': menyw sengl sy'n feichiog, yn ei ddinas, Dinas Dafydd. Beth ma'u cyfreth nhw'n gweud? Rhaid llabyddio menyw felly.'

Gwenodd y cythreuliaid yn sadistaidd. Roedd hyn yn rhy dda o lawer. Roedden nhw'n mynd i weld menyw ofnus ac unig yn cael ei lladd mewn ffordd filain, ac wrth wneud hynny, yn dod â'r baban Iesu i ben.

Cerddodd Antonin yn benderfynol at y tŷ, wrth i'r cythreuliaid eraill ei wylio'n gyffrous. Gan ddal ei anadl, agorodd y drws yn araf.

Wrth synhwyro'r hyn roedd yn ei wneud, tynnodd y pum angel-ryfelwr eu cleddyfau. Llewyrchodd yr arfau olau disglair a ddallodd Antonin am eiliad.

'Antonin!' cyfarchodd Lorcan, yn llawen. 'Wedi dod i ymuno yn y dathlu?'

Unwaith y llwyddodd i adfeddiannu ei olwg ar ôl y golau llachar, edrychodd am y fenyw. Doedd dim golwg ohoni: doedd hi ddim yno. Yn hytrach, wynebwyd ef gan bum angel-ryfelwr y cofiai yn ddigon da. Yn fwy na dim, adnabu Sabteka, y meistr rithiwr, ac yn yr eiliad honno sylweddolodd beth oedd wedi digwydd, a'i fod wedi cael ei dwyllo. Doedd Garan, Cadman na Tarog unman i'w gweld. Roedd yn rhaid eu bod wedi gadael drwy wal y tŷ i'r ochr arall o le roedden nhw wedi bod yn gwylio. Caeodd y drws yn glep yn ei natur a rhuodd yn ei gynddaredd. Roedden nhw wedi ei gwneud hi mor amlwg i'w llygaid nhw gan eu dallu i'r fenyw iawn oedd yn cario Iesu. Cafodd Sandon a'r ffyliaid eraill eu twyllo, ac roedd ef, Antonin wedi gwrando arnyn nhw. Am yr ail dro yn yr un nifer o funudau roedd yn ddall, ond y tro hwn gan ffyrnigrwydd a phoerodd regfeydd a chableddau. Roedd mor grac, ni allai feddwl yn iawn ac ychwanegodd hyn at ei orffwylltra. Sgrechodd yn ei lid unwaith eto. Roedd yn ynfyd grac. Yn fwy na dim, bwydwyd ei ddicter gan y ffaith ei fod ef, oedd wedi gwneud enw iddo'i hun fel y prif dwyllwr nesaf at Satan, wedi ei wneud yn ffŵl, mor rhwydd. Sut oedd e wedi bod mor wirion?

Edrychodd y cythreuliaid eraill ar ochr arall yr ale arno mewn penbleth wrth iddo frasgamu nôl atyn nhw, tra'n dal i boeri rhegfeydd.

'Beth ddigwyddodd?' gofynnodd Ashtenaz.

'O'dd hi ddim 'na, o'dd hi!' gwaeddodd, gan geisio rheoli ei gynddaredd.

'Beth?'

'Byth 'di bod 'na!'

Roedden nhw wedi drysu. Parhaodd Antonin, ei lygaid tanbaid coch yn llygadu Marzan a Habila'n fygythiol, wrth iddo gyhoeddi,

'Do'dd hi byth wedi bod 'na, byth, achos ar hyd yr amser, nid menyw o'dd hi ond...' a stopiodd, wrth iddo grynhoi ei holl egni er mwyn carthu'r gair allan o gefn ei lwnc. '... Sabteka!'

Gwasgodd Marzam a Habila eu hunain mor bell ag y gallen nhw i gysgodion wal y ddinas.

Gwawriodd y cyfan ar bob un ohonyn nhw. Adnabu bawb Sabteka ers canrifoedd fel rhithiwr dawnus – allai gymryd ffurf unrhyw berson dynol neu wrthrych – gwell na'r un angel arall. Roedd mor ddawnus wrth gydweddu gallen nhw fod yn sefyll yn ei ymyl heb sylweddoli ei fod yn llafurwr di-grefft, plentyn chwareus neu, yn yr achos hwn, yn fenyw ifanc feichiog.

'Odi e ar ben 'i hunan?' gofynnodd Ashtenaz.

'Na. Ma' Lorcan, Abeida a dau angel-ryfelwr arall gyda fe.'

'Beth am Garan? O'dd e 'na?'

'Na, na Cadman na Tarog chwaith,' gwaeddodd wrth i'w ddicter gael ailwynt.

'Smo i'n deall,' meddai Ashtenaz. 'Gawson nhw 'u gweld yn mynd mewn, a dy' nhw ddim 'di gadel.'

'Odych chi i gyd yn hollol dwp? On'd o's neb yn sylweddoli y gallan nhw gerdded trwy walydd. Dyw ymrithio'n ddim iddyn nhw. Nethon nhw'n siŵr 'u bo' nhw'n cerdded mewn trw'r drws fel bod ta pwy o'dd yn watsio nhw'n anghofio 'u bo' nhw'n gallu ymrithio!'

Wrth ynganu'r geiriau olaf hyn rhythodd yn fygythiol ar Marzam a Habila.

Bu'r cythreuliaid yn ddistaw am ennyd. Roedd Ashtenaz yn barod am sgarmes o hyd.

'Ma' pump ohonyn nhw, reit. Wel, ma' digon ohono' ni 'ma. Gallwn ni 'u cymryd nhw.'

'A pha les nele hynny?'

Roedd Antonin yn dechrau meddwl yn gliriach nawr gan fod ei gynddaredd cychwynnol wedi distewi.

'Fi'n barod i neud,' atebodd Ashtenaz.

Sibrydodd rhai o'r lleill eu parodrwyddd hefyd.

'Ddethon ni 'ma i ffindo'r fenyw sy'n cario Iesu, a dyna beth ellwn ni 'i neud 'to. Rhaid 'i bod hi 'ma, rywle ym Methlehem. Pam mynd i'r holl drafferth o ga'l Sabteka i'n twyllo ni, a mwy na hynny, ma' Garan, Cadman a Tarog wedi ca'l 'u gweld, felly ma'n rhaid bod Ebin a'r ffŵl Caleb 'na 'ma 'fyd. Na, ffeindiwn ni Garan a'r lleill, fe ffeindiwn ni'r fenyw, ta le ma' hi.'

Meddyliodd am ychydig.

'Ashtenaz, cer di draw at Arglwydd Kandar. Dwed wrtho fe am fynd i gartre'r Pharisead i fod yn barod i'w ddihuno fe. Y gweddill ohonoch chi, rhannwch yn dri grŵp a gwasgarwch. Falle bod amser gyda ni o hyd, cyn iddi roi genedigeth i'r Meseia. Unwaith y dewch chi o hyd i Garan a'i ryfelwyr, rhowch wbod i fi.'

Wrth i'r cythreuliaid adael, roedd Antonin, oedd yn dal yn grac fod Garan a'i angylion wedi gwneud ffŵl ohono, yn awyddus i wneud dolur i rywun. Cerddodd draw at Marzam a Habila, y wiberod ar ei ben yn poeri gwenwyn atyn nhw. Hyrddiodd ei benelin yn erbyn eu hwynebau gyda'r fath rym, curon nhw eu pennau yn erbyn y wal. Yna, adlamon nhw nôl cyn cwympo a gorwedd yn llonydd ar y ddaear. Teimlai Antonin lawer yn well.

Pennod 36

Eiliadau'n ddiweddarach, glaniodd Ashtenaz ar y llwybr ar ben wal y ddinas uwchlaw'r gatiau. Rhyw lathen i ffwrdd, pwysai Shobal, dirprwy bennaeth gwarchodlu Bethlehem, dros y murfwlch yn edrych ar y myrdd o bebyll oedd wedi eu gwasgaru ar hyd y tir o'i flaen. Tua deg llath ar hugain i'r dde ohono safai milwr arall ar ddyletswydd.

'Arglwydd Kandar,' meddai Ashtenaz.

Prin y bu i Shobal ymateb, heblaw iddo symud ei bwysau o un goes i'r llall.

'Neges gan Arglwydd Antonin. Ma' isie dihuno'r Pharisead. Ma' hi yn y ddinas.'

Sibrydodd, Kandar, uwch bennaeth lliaws Satan, yn rhith dynol Shobal, ei ateb.

'Fi'n gwbod hynny. Weles i hi gyda'n lyged y'n 'unan yn gynharach. O'n i'n dishgwl i rywun ddod i weud wrtha i am nôl y Pharisead sbelen yn ôl.'

'O'dd 'na broblem. Nid hi o'dd hi ond... Sabteka.'

Trodd Kandar ei ben ato ychydig. Gallai Ashtenaz weld ei lygaid yn troi'n goch gynddeiriog. Rheolodd Kandar ei hun cyn ateb yn dawel.

'Gawsoch chi'ch twyllo, de.'

Nid atebodd Ashtenaz, er, fe feddyliodd nad oedd achos gan Kandar i ddweud dim achos roedd yn amlwg iddo yntau gael ei dwyllo hefyd. Yn hytrach, camodd am yn ôl. Nid oedd am wynebu llid Arglwydd Kandar.

'Felly, ma' hi rywle yn y ddinas?'

'Odi.'

'Siwd y'ch chi'n mynd i'w ffindo hi?'

'Ma' Garan 'ma, i'w hamddiffyn hi.'

Gadawodd Kandar i'w ben gwympo.

'A'r pedwar arall?'

'Ma' Cadman a Tarog wedi ca'l 'u gweld ac mae'n siŵr fod Ebin a Caleb rywle'n agos.'

'Ond dy' ni ddim yn gwbod ble ma'r fenyw,' meddai Kandar, yn amlwg wedi ei gythruddo.

Roedd wedi treulio blynyddoedd wrth y gatiau hyn, fel Shobal, dan awdurdod di-glem Nathanael. Gorfod iddo hefyd oddef gwyliadwriaeth resynus Sandon. Hyd y dydd heddiw, ni allai gredu ei fod wedi gorfod ei gymell i archwilio'r cwmwl llwch yna ymddangosodd ychydig wythnosau ynghynt. Wrth synhwyro'i rwystredigaeth ceisiodd Ashtenaz lywio dig Kandar oddi wrtho.

'Ma' Antonin o'r farn unweth y down ni o hyd i Garan a'i angylion, fe ffindwn ni'r fenyw.'

Gwthiodd Kandar ei hun o'r wal a sythodd. Cymerodd Ashtenaz gam arall yn ôl. Heb edrych ar Ashtenaz galwodd hwnnw draw at y gwarchodwr arall.

'Natur yn galw. 'Di bod yn sgrechen ers amser, a gweud y gwir. Fi'n mynd i alw ar Philip y Pharisead wedyn, felly fydda i 'di mynd am sbel. Mae'n dawel 'ma, beth bynnag.'

'Dim fel fe i adel dyletswydd,' meddai'r gwarchodwr wrth ei hun. Er hynny, ysgydwodd ei law mewn cydnabyddiaeth.

Wrth i Kandar gerdded tuag at y grisiau fe stopiodd yn sydyn. Tarodd rhywbeth ei feddwl. Yr hen gwpwl yna gyrhaeddodd yn hwyr y noson honno: roedd rhywbeth amdanyn nhw wnaeth iddo edrych ddwywaith arnyn nhw. Roedd y gŵr yn dal ei wraig yn annaturiol o dynn. Efallai nad oedd yn 'sgwarnog gwerth ei dilyn, ond, falle. Cofiodd i ba gyfeiriad y bu iddyn nhw gerdded.

'Dwed wrth Antonin am anfon rhywun lawr i ochor ddeheuol y ddinas.'

'Pam?'

Edrychodd Kandar arno'n giaidd.

'F'arglwydd,' meddai Ashtenaz, gydag arswyd llond ei lygaid.

'Ffindwch nhw, a'n glou 'fyd. Fydda i ar bwys tŷ Philip. Ti'n gwbod lle ma' fe?'

'Ydw, f'arglwydd.'

Yna, rhuthrodd Kandar, aka Shobal, dirprwy gwarchodlu'r ddinas, lawr y grisiau.

Pennod 37

Gwibiai Garan trwy'r gofod a llusgodd Dylan gydag ef, wrth ddal ei ysgwydd yn dynn. Teimlai'r angel bach afael gref y rhyfelwr a dychmygodd sut oedd cythreuliaid di-rif wedi teimlo pan fyddai'n eu hymladd. Diolchodd fod Garan ar ei ochr e. Doedd e erioed wedi hedfan mor chwim. Os oedd yn credu iddo wibio nôl yn gyflym o'r ferch fach yna yn gynharach, doedd yn ddim i'w gymharu gyda'r cyflymder y teithien nhw nawr. Bu'n rhaid iddo gau ei lygaid, gan eu bod yn dwrhau gymaint. Yn wir, roedden nhw'n teithio mor gyflym trwy atmosffêr y byd, ysgydwodd Dylan ei fod yn anfwriadol fel petai'n dioddef o rywbeth tebyg i sgathriadau porfa. Petai ei lygaid wedi bod ar agor, byddai wedi gweld y Côr Angylion yn dynesu at y bryniau uwchlaw Bethlehem, gan fod Garan ac yntau wedi eu dal i fyny. Fel oedd hi, teimlai fel petai hwyl llong, yn llawn gwynt, yn ei geg! Dywedwyd wrtho ers canrifoedd mai'r ffordd orau o anadlu wrth hedfan oedd mewn trwy'r trwyn ac allan trwy'r ceg. Ni ffwdanodd Dylan feistroli hynny gan ei fod wastad wedi gwneud pwynt o hedfan ar gyflymder hamddenol â'i siwtiai ef. Roedd hwn, fodd bynnag, yn brofiad hollol newydd. Ni allai gredu pa mor gyflym yr hedfanai Garan. A thrwy gydol yr amser ceisiai ddeall pam ei fod yn mynd i Fethlehem, ond nid i ddathliad croesawu Iesu?

Wrth ddynesu at gyrion Bethlehem arafodd Garan yn sylweddol. Roedd Dylan yn ddiolchgar. Teithion nhw mor gyflym nes ei fod yn argyhoeddedig nad oedd wyneb ar ôl ganddo. Byseddodd ef i sicrhau ei hun ei fod yn dal yno. Oedd, er na allai ei deimlo rhyw lawer. Gan deithio ar gyflymder yr oedd Dylan yn fwy cyfarwydd ag ef, gallai edrych o'i gwmpas.

Trodd, ac edrychodd at y bryniau yn y pellter, gyferbyn â'r ddinas ac fe neidiodd gan lawenydd. Gallai weld llu diddiwedd o angylion yn glanio ar y ddaear. Wrth i Dylan eu gwylio – tyrfa luosog o negeswyr nefol yn pelydru golau yn eu dillad llachar – edrychen nhw'n fel ewyn gwyn yn byrlymu'n ferw ar waelod rhaeadr anferth.

'Garan!' gwaeddodd, gan bwyntio atyn nhw. 'Y côr! Ma' nhw'n cyrra'dd. Lan yn y brynie. Edrych!'

'Dylan! Ma' pethe eraill gyda ni i neud,' oedd ateb cwta Garan.

Wrth iddyn nhw gadw i hedfan edrychodd Dylan dros ei ysgwydd yn hiraethus ar y côr. Yna, islaw, gwelai rengoedd o bebyll yn llifo o walydd Bethlehem. Roedd y rhan fwyaf o bobl yn cysgu yn eu cartrefi dros-dro, yn cadw'n gynnes rhag oerni'r nos. Arhosodd rhai pobl mwy gwydn tu allan, yn siarad a chlebran.

Arafodd Garan ac edrych lawr ar un cylch mawr o bebyll. Gwelodd Dylan tua deg ar hugain o ddynion a menywod wedi crynhoi o gwmpas tân gwersyll bach, yn yfed cawl twym yn trafod rhyw fater neu gilydd. Gwisgen nhw ddillad di-liw ac roedd eu penwisgoedd yn frau â thyllau o draul blynyddoedd o wisgo. Yn sydyn, ffrwydrodd rhyw chwarddiad uchel o'r criw.

Ymlaen yr aeth Garan, gan hedfan heibio gatiau'r ddinas ar y dde iddo. Hedfanodd y ddau yr holl ffordd i'r ochr ddeheuol. O'r diwedd, fe stopiodd Garan a glaniodd o flaen hen dafarn, tu fewn waliau'r ddinas. Glaniodd Dylan wrth ei ochr. Ni chafodd ei fodloni gan gyflwr adfeiliedig y dafarn.

Edrychodd at y bryniau. Roedd angylion yn dal i gyrraedd.

'Garan!' sibrydodd.

Edrychodd ar Dylan.

'Fi isie mynd lan fanna,' meddai, gan bwyntio at y llu angylion.

'Fi 'di gweud wrtho ti, smo ni'n mynd lan fanna.'

Roedd Dylan wedi cael llond bol.

'Garan, fi isie canu ac addoli fy Arglwydd,' meddai, gan godi ei lais a phwysleisio pob gair.

'Ond...'

Yna, fel chwalwyd y tawelwch gan sŵn baban yn llefain. Trodd Garan ei ben ac edrychodd i rywle ochr draw''r dafarn.

'Rhaid i ni fynd.'

'Pwy fabi yw hwnna?'

Cerddodd Garan tuag at ochr y dafarn.

Ni allai Dylan ddal ei rwystredigaeth ddim mwy.

'Ti 'di dod â fi fan hyn i weld babi?' sgrechodd. 'So ti'n gryndo arna' i! Smo'i 'di dod i Fethlehem i weld babi. So i isie gweld babi. Fi isie bod gyda'r côr,' mynnodd, gan bwyntio ei fys at y bryniau.

Stopiodd Garan, a cherddodd yn ôl ato. Nid oedd Dylan wedi gorffen.

'Ma' Iesu ar fin cyrra'dd, yn 'i holl ogoniant, gyda byddinoedd yr angylion yn 'i hebrwng E. Ma'r Côr Angylion 'na, yn aros i'w groesawu Fe, a dyma ni, tu fa's y dafarn ofnadw 'ma, a ti'n mynd â fi i weld rhyw fabi!'

Cododd ei lais i crescendo pan ynganodd y tri gair diwethaf. Gyda'i lygaid yn edrych i'r llawr, a dagrau poeth yn llifo lawr ei ruddiau, fe lefodd yn druenus, bron yn begian mewn llais tawel,

'Dyna i gyd ydw i isie neud yw canu yn y côr. Ma' Iesu lan fanna, a 'na le ydw i isie bod.'

Bu Garan yn ddoeth wrth gadw'n dawel yn wyneb y storm. Pan, yn y diwedd, y gostegodd, safodd o flaen yr angel bach, plygodd lawr, rhoddodd law ar naill ysgwydd ac edrychodd i fyw ei lygaid. Yn dyner, meddai,

'Dyw E ddim lan fanna, a sdim Byddino'dd Angylion 'na chwaith.'
Edrychodd Dylan arno mewn syndod.
'Ond... pam fod y côr lan 'na?'
'Ma' nhw wedi ca'l 'u hanfon 'na i gyhoeddi i'r byd ei ddyfodiad.'
'Ond, beth y' ni'n neud fan hyn?'
'Rydw i, a llond dwrn o angylion eraill wedi ca'l anrhydedd fowr gan Arglwydd Byddinoedd yr Angylion, ond ma' d'un di... ma' d'un di yn llawer mwy. Sdim gire gyda fi i ddisgrifio'r peth.'
'Pa anrhydedd yw honno?'
Pwyllodd Garan cyn ateb.
'Wyt ti hefyd wedi ca'l dy ddewis gan y Goruchaf Un.'
'Fi!?'
'Jyst, dere gyda fi.'
Gyda hynny, sythodd yr angel-ryfelwr ei hun i'w daldra llawn a cherddodd yn gyflym tuag at gefn y dafarn. Y tro hwn, edrychodd e ddim nôl. Doedd dim angen iddo wneud, oherwydd trotiodd Dylan ar ei ôl, fel ci bach, ffyddlon yn dilyn ei feistr.

Unwaith iddyn nhw fynd rownd cornel y dafarn, gallai Dylan weld y graig a godai uwchben y dafarn. Roedd y babi wedi stopio ei lefain erbyn hyn. Ond, yr hyn a dynnai ei sylw oedd pedwar angel-ryfelwr yn sefyll o flaen ogof wrth waelod y graig. Llifai olau egwan ohoni. Roedd yn anodd i Dylan eu hadnabod. Yna, wrth iddo ef a Garan agosáu, anadlodd Dylan yn sydyn. Dyma neb llai na Cadman, Tarog, Ebin a Caleb, pedwar o'r angel-ryfelwyr mwyaf, heblaw am Garan a Mihangel, wrth gwrs. Allai e ddim aros i ddweud wrth Sabta, Gether a Dumah. Cafodd chwilfrydedd y gorau ar ei ddicllonedd. Beth o'dd yr angel-ryfelwyr hyn yn 'i neud 'ma?

Dynesodd Garan atyn nhw.
'Unrhyw beth?'
Trodd Cadman, a safai nesaf ato.
'Dim. Mae E wedi cyrra'dd – cwpwl o orie nôl.
'Do, fe glywon ni.'
Edrychodd Cadman ar Dylan, ond siaradodd gyda Garan.
'Felly, dyma fe.'
'Ie,' atebodd Garan.
'Dda 'da fi dy gwrdda di, Dylan,' meddai, gan gynnig ei law iddo.
Gwyddai Cadman ei enw! Roedd yn ei adnabod! Yn araf, ysgydwodd Dylan law gyda'r rhyfelwr mawr. Teimlai ei rym nerthol wrth iddo gydio yn ei law yntau. Mewn gwirionedd, collodd Dylan bob teimlad ynddi wrth iddi

ddiflannu yn gyfan yn ei afael gref. Yn wir, cafodd ei synnu pan ailymddangosodd ei law yn gyflawn unwaith iddo ei rhyddhau.

'Ti wedi 'i weld E?' gofynnodd Garan.

Cymerodd Cadman rai eiliadau i ateb. Roedd rhywbeth yn ei boeni.

'Ydw, ond fi'n 'i cha'l hi'n anodd i gredu.'

'Credu beth?'

Crynhodd ei feddyliau am ennyd, cyn siarad.

'Garan, ni'n siarad am Frenin y Brenhinoedd, Tywysog Tangnefedd. Ti'n gwbod, pan o'n i'n rhan o uned Dedan, cyn ymuno 'da'r uned hon, fe hedfanon ni i beth o'n ni'n 'i gredu o'dd pellafo'dd eitha'r bydysawd. Chyrhaeddon ni ddim. O'n ni ffaelu cyrra'dd 'na! O'n ni'n gallu gweld planede a galaethe yn y pellter ond ta pa mor glou y bydden ni'n hedfan, o'n ni ddim agosach atyn nhw. O'dd y bydysawd yn ehangu'n wastadol, byth yn sefyll yn llonydd. O'n ni erio'd 'di bod mor bell o'r nefo'dd, ond trw' gydol yr amser, o'n ni wastod yn tymlo presenoldeb Duw gyda ni. Mla'n a mla'n a'th y galaethe a'r cytsere, ymhellach nag y galle'n llyged ni weld a phob un, pob un...'

Pwyntiodd ei fys at yr ogof. Roedd Garan wedi ei synnu. Nid dyma'r Cadman yr oedd yn gyfarwydd ag ef.

'... pob un ohonyn nhw wedi 'i neud trwyddo Fe. Crewyd y byd a'r nefolion ar 'i air E, a ma' hi... ma' hi...'

Crynodd ei lais. Ni allai barhau. Edrychodd ar ei dri chymrawd rhyfelgar. Ni allen nhw edrych arno. Gwydden nhw'r hyn oedd ar ei feddwl. Gallai Garan deimlo anesmwythyd ei gyfaill.

'Gwed wrtha'i, Cadman.'

Gostyngodd ei ffrind ei ben ac edrych i'r llawr. Nid oedd Garan erioed wedi gweld Cadman mor emosiynol. Prin y gallai glywed y geiriau wrth iddo ymdrechu i siarad gyda dagrau o gywilydd yn codi yn ei lygaid.

'O'dd... o'dd yn rhaid iddi symud 'i wefuse Fe at 'i bron hi er mwyn iddo Fe ga'l sugno 'i lla'th hi. O'dd rhaid iddi sychu 'i wyneb E pan sarnodd y lla'th lawr 'i ên E, a...'

Cododd Cadman ei ben gan edrych ym myw llygaid Garan, ei fochau'n llaith.

'... a nid dyna'r cwbwl.'

Mewn llais egwan, meddai,

'Ti'n cofio i Mair ofyn i Joseff i gasglu'r dail llaethlys 'na ar y ffordd lawr a do'dd yr un o ni'n gwbod pam? Wel... fi'n gwbod nawr. O'dd... o'dd hi'n...' griddfanodd yn hir cyn gorfodi'r geiriau allan, 'o'dd hi'n 'u defnyddio nhw i neud cewyn i roi amdano Fe.'

Roedd Cadman wedi dweud digon.

Edrychodd Garan tua'r nef ac anadlodd yn ddwfn.

Er y gwyddai ers peth amser y byddai ei Arglwydd yn dod i'r ddaear fel baban, dim ond nawr, ar ôl clywed yr hyn oedd gan Cadman i'w ddweud, y sylweddolodd yr hyn roedd Iesu wedi gadael i ddigwydd iddo'i Hun ac fe fwrodd Garan gyda'r fath rym nes i'w holl fod wegian. Gorfod iddo ymwroli ei hun. Am rai eiliadau ymgollodd yn ei feddyliau, yn myfyrio ar anferthedd yr holl beth.

Ni allai Dylan wneud pen na chwt o bethau o hyd.

'Be' sy' 'di digwydd, Garan?'

Edrychodd yr angel-ryfelwr arno.

'Dere gyda fi, i weld Iesu,' atebodd.

Gyda hynny, cerddodd at yr ogof.

Roedd Dylan mewn penbleth llwyr.

'Pam wyt ti'n mynd â fi i'r ogof 'na, Garan? Smo Iesu mewn fanna,' plediodd. Roedd panig yn ei lais.

Edrychodd ar Cadman. Ynganodd hwnnw ddim yr un gair, ond cymhellodd ef, trwy ysgwyd ei law, i ddilyn Garan.

Unwaith eto, trotiodd Dylan ar ei ôl. Ofnai yr hyn y byddai'n ei weld yn yr ogof, gan boeni ei fod ar fin cael ei siomi'n ddirfawr.

Yn y cyfamser, roedd cam-argraffiadau angel arall ar fin gael eu cywiro.

Pennod 38

Fel oedd Dylan a Garan eisoes wedi ei weld, roedd Acsa a'r côr yn cyrraedd y bryniau uwchlaw Bethlehem yn ddiogel. Plesiwyd Acsa yn fawr wrth weld iddyn nhw gael eu hebrwng yr holl ffordd gan Gabriel a'r Archangel Mihangel. Roedd Acsa wrth ei fodd gyda'r trefniadau, gan eu bod yn dangos arwyddocad mawr yr hyn roedd ei gôr angylion ar fin gwneud ynghyd â phwysigrwydd ei gyhoeddiad e.

Wrth olau'r lleuad wen glir, gallai weld Bethlehem, gyda'i goleuadau'n pefrio'n wanllyd ar y bryn gyferbyn. Clystyrai lliaws o bebyll, o gwmpas y ddinas. Heblaw am ambell fref achlysurol gan y defaid oedd gerllaw, trawyd Acsa gan dawelwch a llonyddwch y noson. Teimlai fod rhyw fawredd etheraidd brawychus yn perthyn i'r holl olygfa. Ymdebygai tywyllwch awyr y nos i fantell frenhinol oedd wedi ei thaflu o gwmpas Bethlehem, gyda'r sêr a'r planedau diddiwedd yn eu gogoniant seithliw. Yn sicr, byddai hwn yn llwyfan teilwng i ddyfodiad Iesu.

Gwenodd iddo'i hun wrth feddwl am y bugeiliaid druain, oedd yn ddedwydd eu byd, yn anymwybodol o'r hyn oedd ar ddigwydd. Roedden nhw ar fin cael sioc eu bywydau. Ni allai aros. Dyma benllanw'r holl baratoi ar ei ran ef. Ac roedd y côr yn barod i ganu'n bersain, yn enwedig gan nad oedd Dylan wedi cyrraedd mewn pryd – diolch byth! Teimlai rhyw oglais cyffrous y tu mewn iddo.

Poenai tri pheth ef, fodd bynnag, wrth iddo edrych lawr ar Fethlehem. Dyna un ohonyn nhw: pam Bethlehem, o holl lefydd y byd?

'Am esgus tila o ddinas,' sibrydodd wrth ei hun yn ddirmygus.

Edrychodd o'i gwmpas ar y bugeiliaid a'u defaid. Dyna broblem arall oeddyn bwyta ym mêr ei esgyrn. Ni allai ddeall pam ei fod yn cyhoeddi dyfodiad Iesu i fugeiliaid. Pam mai nhw fyddai'r bobl gyntaf i glywed am y peth? Gwyddai bawb mai bugeiliaid oedd y bobl mwyaf annibynadwy. Ni chredai unrhyw un yr un gair a ddyweden nhw gan iddyn nhw gael eu hystyried yn gelwyddgwn twyllodrus. Beth oedd pwynt gwneud y proclamasiwn hwn iddyn nhw? Byddai fel taflu perlau o flaen cenfaint o foch.

Wrth i fwy a mwy o angylion gyrraedd, daeth y trydydd mater i'w feddwl. Yn wir, roedd y mater hwn wedi bod yn ei boeni ers peth amser.

Lle yn union oedd Iesu wedi bod yn ddiweddar? Nid oedd wedi cael ei weld gan unrhyw un yn y nefoedd, yn ôl amcangyfrif Acsa am ryw naw mis mewn amser daearyddol. Dros y canrifoedd byddai Iesu'n gadael y nefoedd a mynd i'r ddaear, fel y gwnaeth pan gwrddodd ag Abraham wrth goed

Mamre, neu pan aeth i'r ffwrnais dân i warchod Shadrach, Meshach ac Abednego ym Mabilon, ond anaml iawn y digwyddai hyn a dim ond am amser byr. Roedd wedi siarad ag eraill ond roedd yn gymaint o ddirgelwch iddyn nhw ag iddo yntau.

Ar goll yn ei feddyliau ei hun, sylwodd e ddim fod Mihangel wedi glanio wrth ei ochr. Roedd e a Gabriel wedi hebrwng yr angylion mwyaf araf er mwyn sicrhau nad oedd unrhyw un yn colli ei ffordd.

'Okay, pawb yma,' meddai Mihangel, 'gan gynnwys Dylan,' ychwanegodd yn wynebsyth.

Trodd Acsa'n welw wyn.

'Beth?!'

'Dim ond jocan,' gwenodd Mihangel yn fuddugoliaethus. 'O' ti'n dechre panico fanna, on'd o' ti?'

Anadlodd Acsa'n ddwfn, ac esmwytho ei ysgwyddau oedd wedi tynhau'n sydyn.

'Do'dd e ddim 'di cyrra'dd mewn pryd,' esboniodd Mihangel, gan syllu'n ddwys ar Fethlehem. 'Alla' i ddim stopo meddwl amdano fe – ble alle fe fod y funed hon.'

Ysgydwodd Acsa ei hun a cheisiodd swnio'n gydymdeimladol.

'Fi'n gwbod, ond hyn sydd orau. Bydd y côr yn swnio... wel, yn nefolaidd...'

'Hebddo fe,' cynigiodd yr archangel.

'Wel, ie...' cytunodd Acsa yn ansicr. 'Wedi'r cyfan, mae hwn yn ddigwyddiad mor bwysig, roedd yn hanfodol fod y côr ar ei orau.'

'Ie, yn union.'

Edrychodd Acsa draw yn gyflym, wrth i Gabriel ddynesu.

'Acsa, falch i dy weld di.'

'Gabriel,' cydnabu Acsa.

'Iawn, fydden i o'r farn y'n bod ni'n barod i ddechre,' meddai Mihangel.

Roedd Acsa wedi drysu.

'Barod?! Ry' *ni'n* barod, ond lle ma' Iesu? Ellwn ni ddim dechrau hebddo Fe. Mae'n rhaid ei fod E'n cyrra'dd cyn bo hir.'

'Ond, mae E yma'n barod,' meddai Gabriel.

Syfrdanwyd Acsa gan ymateb Gabriel.

'Beth?!' gofynnodd, yn gegrwth.

'Mae E wedi cyrra'dd yn barod.'

Teimlai Acsa rhyw banig cyflym yn codi yn nyfnderoedd ei draed.

'Ond... ond..., ble mae E?'

'Lawr fanna,' meddai Mihangel, gan bwyntio at Fethlehem.

'Ym Methlehem?'

'Ie.'

'Ond... beth mae E'n ei neud fanna?'

'Gei di wbod yn ddigon buan.'

Nid oedd Acsa'n deall.

'Ond, o'n i'n meddwl fod Iesu'n cyrra'dd fan hyn, yn arwain Byddinoedd yr Angylion.'

'Beth na'th i ti feddwl hynny?' gofynnodd Mihangel.

'Wel... dyma yw... goresgyniad y ddaear, ontefe?'

Gwenodd Mihangel yn goeglyd.

'Ie, goresgyniad yw hwn...'

'Felly, ble ma'r angel-ryfelwyr?'

'Ma' nhw 'ma,' atebodd Mihangel wrth geisio tawelu meddwl Acsa, er nad oedd hwnnw wedi ei gysuro gan ei ymateb, yn enwedig pan ychwanegodd, 'Wel, ma' nhw lawr fanna, a gweud y gwir,' gan nodio ei ben, y tro hwn, i gyfeiriad Bethlehem.

Edrychodd Acsa yn ddyfal ar y ddinas.

'O, fyddi di ddim yn gallu 'u gweld nhw, Acsa.'

Caeodd Acsa el lygald am ychydig eiliadau, wrth geisio gwneud synnwyr o'r hyn roedd Mihangel newydd ei ddweud wrtho. Agorodd nhw eto. Tu ôl i'r archangel, gallai weld yr angylion yn trefnu eu hunain, rhengoedd ar ben rhengoedd ohonyn nhw, yn edrych yn ogoneddus yn eu gwisgoedd llachar. Roedd rhyw deimlad angyfforddus y tu mewn iddo, fod y disgwyliadau yr oedd ef wedi bod yn eu coleddu mor hir, disgwyliadau oedd i fod i gael eu gwireddu yr union noson honno, ar fin gael eu chwalu o flaen ei lygaid.

Ailadroddodd Mihangel yr hyn yr oedd wedi dechrau ei ddweud ychydig ynghynt.

'Ti'n iawn. Goresgyniad yw hwn, ond nid y math o oresgyniad wyt ti'n 'i feddwl.'

'Aros funed, nawr, Mihangel. Rhaid mod i wedi colli rhywbeth fan hyn.'

Cymerodd rai eiliadau i hel ei feddyliau.

'Wyt ti'n dweud wrtha' i fod Iesu lawr fanna,' meddai, gan bwyntio at Fethlehem.

'Ydw,' nodiodd Mihangel.

'Wel, beth mae E'n 'i neud lawr fanna?'

'Yr eiliad hon?'

'Paid whare, Mihangel. Jyst dwed wrtha' i.'

Mewn ffordd ddigon ddi-ffwdan, a ychwanegodd at ryfeddod Acsa, fe atebodd,

'Gorwedd mewn preseb, fydden i'n 'i weud.'

'Gorwedd mewn...!' Roedd Acsa'n anghrediniol. Fe'i hysgydwyd i'w berfeddion.

'Ie.'

'Ond... ond, all E ddim bod yn gorwedd mewn preseb,' ymbiliodd, gyda hanner gwên ar ei wyneb. 'Ma' hynny'n ddwl!'

'Pam?'

'Wel... mae E'n rhy fawr!'

'Na, dyw E ddim.'

'Siwd?'

'Achos... babi yw E.'

'Beth?!'

Pennod 39

Wrth i Garan gamu mewn i'r ogof, â'i wynt yn ei ddwrn daliodd Dylan lan ag ef. Cafodd ei atgoffa o'r funud y cerddodd mewn i Ystafell Orsedd Duw, gan na allai weld llawer, am fod cefn Garan yn y ffordd. Fodd bynnag, gallai Dylan arogli arogl amaethyddol unigryw – awyr iach y wlad. I'r chwith iddo, gallai weld dau asyn a buwch, ei thrwyn yn diferu a'i llygaid rywffordd yn llwyddo i ddisgleirio yn ngolau pŵl y llusern.

Yn sydyn, yn union fel y gwnaeth yn Ystafell yr Orsedd Dragwyddol, syrthiodd Garan ar un benglin, a phlygu ei ben yn isel.

Gallai Dylan nawr weld dros ei ysgwydd.

Yn unionsyth, syrthiodd yntau i'r llawr.

Ar un benglin, ei ben ymhlyg, rhuthrodd mil o feddyliau trwy ei feddwl. Roedd newydd weld baban, yn gorwedd mewn preseb. Ac efallai mai babi oedd yno, ond adnabu Ef fel neb llai na Iesu, ei Arglwydd! Yn araf, cododd ei ben ac edrych arno trwy gil ei lygad; rywffordd, ni theimlai'n iawn i syllu.

Roedd Dylan yn gymysg oll i gyd. Roedd am binsio ei hun.

Beth oedd Iesu'n ei wneud fan hyn, yn faban? Pam nad oedd E lan yn y bryniau lle roedd y Côr Angylion yn disgwyl i'w groesawu Ef? A pham oedd Garan yno, ynghyd â goreuon yr angel-ryfelwyr yn gwarchod y tu allan?

Cododd Garan i'w draed. Dilynodd Dylan ei arweiniad. Am rai munudau, safon nhw yno, yn fud. Dylan oedd y cyntaf i darfu ar y tawelwch.

'Pam fod Iesu fan hyn, Garan? A pham 'i fod E yma'n fabi? O's rhyw newid wedi bod yn y cynllunie? Fydd Acsa ddim yn lico hynny,' sibrydodd.

Heb dynnu ei lygaid oddi ar y baban, fe atebodd Garan.

'Na, sdim newid wedi bod yn y cynllunie, Dylan. Daeth Iesu, y Rhyfeddol Un, i lawr i'w ddaear Ef, gan ymosod arni gyda'i gariad. A'r union eiliad hon, ma'r anfeidrol yn cusanu'r meidrol... o fla'n dy lyged di a fi.'

Trodd Dylan i edrych ar Iesu. Roedd y sioc cychwynnol yn cilio, wrth iddo ddechrau cyfarwyddo gyda gweld ei Arglwydd wedi ei gyfyngu gan gnawd daearol. Gwenodd wrth ei weld yn agor ei geg ac yna'i lygaid ychydig ac edrych yn syth ato. Fe gaeodd nhw'r un mor gyflym a mynd yn ôl i gysgu yn y gwellt. Roedd fel petai wedi blino, newydd gyrraedd ar ôl taith hir a llafurus. Crwydrodd llygaid Dylan oddi wrth Iesu at y dyn a'r fenyw a led-orweddai ar y gwellt gerbron y preseb. Pwy oedd e? Roedd yn hŷn na'r fenyw, ond wrth i Dylan ei wylio, fe sylwodd rhyw ddiniweidrwydd a direidi yn ei lygaid.

Edrychai'r fenyw fel petai wedi llwyr ymlâdd. Gwasgarwyd ei gwallt rywsut rywsut o gwmpas ei phen, gyda darnau o wellt yn hongian yn llipa oddi wrtho. Glynai rhai cudynnau o wallt i'w hwyneb. Yna, rhoddodd Dylan ei law i'w geg: cafodd sioc o'i gweld yn rhedeg ei llaw ar hyd pen Iesu, wrth Iddo gysgu yn y preseb.

'Pwy yw hi, Garan?'

'Hi yw, Mair, mam ddaearol ein Harglwydd. Cafodd 'i neud yn feichiog mewn ffordd sy' tu hwnt i'n deall ni. A'th Iesu i fyw yn 'i chroth hi ac am naw mis, fe gariodd hi Fe. Fe dderbyniodd y cyfrifoldeb, ynghyd â'r anawstere, heb feddwl ddwyweth.'

'Anawstere?' gofynnodd Dylan.

Edrychodd Garan ar Mair wrth ateb yr angel bach.

'Meddylia am y peth, Dylan. Mam sengl. O'dd hi hefyd wedi dyweddïo â Joseff, y dyn hwn, ar y pryd. O'dd e'n meddwl 'i bod hi wedi bod yn anffyddlon iddo fe – wedi bod gyda dyn arall. O'dd hawl gyda fe i'w lladd hi trwy labyddio...'

Agorodd Dylan ei lygaid blonegog led y pen mewn dychryn wrth feddwl am y peth. Teimlai ychydig o fraw, gan ofni beth allai'r dyn hwn fod wedi ei wneud i Mair. Sleifiodd rywfaint yn agosach at Garan.

'Fe alle fe, ond ma' Joseff yn ddyn da a mowr iawn. O'dd e'n 'i charu hi. Alle fe ddim ystyried y syniad o'i llabyddio hi, felly fe dorrodd e'r dyweddïad, ond dim ond am amser byr.'

'Pam, beth ddigwyddodd?'

'Hedfanes i nôl i'r nefo'dd i 'weud wrth Mihangel a...'

'Wow, wow. Hedfanest ti nôl i'r nefo'dd?'

'Do. O'n i a'r pedwar arall wedi ca'l y'n hala i'w gwarchod hi. Felly, pan dorrodd Joseff y dyweddïad, roies i wbod i Mihangel. A'th Gabriel i'w weld e'r noson honno, a sorto fe mas. Fe wedodd e nad oedd Mair wedi bod yn anffyddlon iddo fe a'i bod hi wir yn cario Mab Duw. Fe briodon nhw'n fuan wedyn.'

'Ond, Garan, fi dal ddim yn deall. Pam ydw i 'ma?'

Trodd Garan i edrych at Dylan.'

'On'd yw e'n amlwg? I...'

Yr union eiliad honno, dechreuodd y baban Iesu lefain.

Pennod 40

Roedd byd Acsa wedi ei droi wyneb i waered.

Eisteddai ar garreg fechan, wrth draed Mihangel, gyda'i ben yn ei ddwylo. Wrth ei ochr, gorweddai bugail, yn cysgu'n drwm a'i ben yn gorffwys ar y garreg. Roedd breuddwydion Acsa ar gyfer y noson yn deilchion.

'Babi!' mwmiodd wrtho'i hun. 'Ma' Iesu wedi dod i'r byd fel babi.'

'Pam ti 'di synnu?' gofynnodd Mihangel. 'Ti'n gyfarwydd gyda'r broffwydolieth yn yr ysgrythur sy'n dweud am ddyfodiad y Cynghorwr Rhyfeddol a'r Rhyfelwr Cadarn?'

'Ydw.'

'O'dd hi hefyd yn gweud y bydde bachgen yn ca'l 'i eni.'

'Ie, ond...'

'Ond, beth, Acsa?'

'O'n i ddim yn meddwl y bydde Fe'n dod fel babi!'

'O'dd rhaid iddo Fe – do'dd dim un ffordd arall – os oedd E am uniaethu 'i hunan gyda phobl y byd.'

'Ond, beth mae E'n ei neud mewn preseb?'

'Wel, dyna sy'n digwydd pan ma' rhywun yn ca'l 'i eni mewn ogof sy' hefyd yn stabal,' atebodd Mihangel.

Arswydodd Acsa. Safodd ar ei draed.

'Ti'n meddwl dweud wrtha i fod Iesu – ein Harglwydd – wedi cael ei eni mewn stabal.'

Yna, lluosodd y dychryn hwnnw pan sylweddolodd rywbeth arall. Caeodd ei lygaid, cyn dweud,

'Plîs paid dweud fod anifeiliaid mewn 'na gyda Fe.'

Llygadodd Acsa fe'n ofidus, drwy lygaid hanner caeëdig. Ni ynganodd Mihangel yr un gair: doedd dim angen iddo fe. Roedd nodio'i ben y mymryn lleiaf yn ddigon.

'Gwartheg?' gofynnodd Acsa, gan hanner ofni'r ateb, ond eto'n gwybod beth fyddai ymateb Mihangel.

'Mwy na thebyg.'

'Asynnod?'

'Un neu ddau.'

'Llygod?'

'Fydden i'n meddwl 'ny, ond allai i ddim gweud faint yn union.'

'Siwd alle Fe adel i rwbeth fel hyn i ddigwydd iddo Fe?' gofynnodd Acsa.

Edrychodd o'i gwmpas wedi drysu. Roedd Teiras yn brysur yn trefnu'r angylion cyffrous. Faint o oriau y treulion nhw yn paratoi ar gyfer y foment hon? Mwy na hynny, faint o weithiau oedd e wedi ymarfer ei gyhoeddiad gan sicrhau fod pob gair yn cael ei ynganu'n berffaith, gan wybod y byddai llygaid pawb arno? Ofer fu pob peth. Gallai hyd yn oed Dylan, oedd wedi tanseilio cymaint o ymdrechion Acsa am gyhyd, fod wedi dod.

'Does dim angen i fi gyhoeddi ei ddyfodiad, te,' meddai'n siomedig.

'I'r gwrthwyneb,' atebodd yr archangel yn frwdfrydig.

'Does dim angen, Mihangel, os yw E eisoes yma.'

'Ti'n iawn, ond dy' *nhw* ddim yn gwbod,' meddai, gan bwyntio at y bugeiliaid. 'A gweud y gwir, sneb yn gwbod. Ac ma' angen gweud wrthyn nhw; rhaid i'r byd cyfan ga'l gwbod, a dyna pam wyt ti yma, Acsa.'

Sychodd Acsa ei dalcen wrth iddo wrando.

'Fe ddywedi di wrth y bugeilied hyn fod Gwaredwr y byd wedi ei eni ym Methlehem, ac fe ddon nhw o hyd iddo Fe mewn stabal, wedi 'i lapio mewn cadache. Yna, fe fyddan nhw'n mynd Acsa, yn mynd lawr i Fethlehem i'w weld E. Byddan nhw'n 'i weld E, wyneb yn wyneb, y cyntaf o lawer fydd yn ca'l yr anrhydedd a'r pleser o neud hynny. Ac yna, byddan nhw'n cwympo ar 'u glinie, fel wyt ti a finne wedi neud droeon pa bryd bynnag ry' ni'n 'i weld E yn y nefo'dd. Ond nid dyna 'i diwedd hi, achos fe fyddan nhw'n mynd adre at 'u teuluoedd a'u ffrindie a'u cymdogion a gweud wrthyn nhw yr hyn a welson nhw, ac felly bydd y newyddion yn lledu, fel dŵr yn llifo trwy gwysi a ffosydd mewn ca' a adawyd yn grin ers tro byd.'

Wrth glywed hyn, fe gododd Acsa ei ben. Efallai na fu ei holl baratodau yn ofer. Efallai nad oedd Iesu wedi dod i'r ddaear yn y ffordd roedd ef wedi ei disgwyl, ond o'r hyn roedd Mihangel newydd ei ddweud, doedd yr un person ar wyneb y ddaear yn gwybod ei fod wedi cyrraedd. Sut oedden nhw i wybod os nad oedd rhywun yn cyhoeddi'r newyddion da? A'i anrhydedd fawr ef oedd i wneud y cyhoeddiad hwnnw. Sylweddolodd fod modd adfer y sefyllfa wedi'r cyfan. Fe gâi ei weld!

Safodd ar ei draed yn gyflym, a gyda phwrpas newydd yn ei lais, trodd at Mihangel a dywedodd,

'Fe wedest ti fod pawb wedi cyrraedd a bod y côr yn barod.'

'Do,' atebodd yr archangel.

'Rho funud i fi gael egluro pethau.'

Gyda hynny, brasgamodd Acsa at y côr a safodd o'i flaen. Mewn llais uchel, gofynnodd am dawelwch. Aeth peth amser heibio am eu bod mor gyffrous. Safodd Acsa o flaen lliaws y nef, ac am rai eiliadau rhyfeddai wrth iddo edmygu'r angylion a safai o'i flaen, eu gwisgoedd yn wyn fel yr eira, a'u hwynebau'n pelydru'n ddisgwylgar am y foment fawr pan y byddai Iesu'n cyrraedd a bydden nhw'n canu i'w groesawu. Gallai Acsa deimlo eu llawenydd, a gwnaeth hyn iddo ddewis ei eiriau'n ofalus iawn.

'Aelodau Côr Angylion yr Arglwydd. Ry' ni wedi cyrraedd!'

Ar hynny, curodd bob un angel ei ddwylo, tra bloeddiodd rhai a chwibanodd rhai eraill. Cododd Acsa ei ddwylo, i ofyn am dawelwch.

'Cyn inni ddechrau, ga' i ddweud ein bod wedi cam-ddeall beth sydd ar fin digwydd yma heno.'

Gwasgarodd sibrwd clywadwy wrth i'r angylion droi at ei gilydd mewn dryswch.

'Os gwelwch yn dda,' meddai Acsa, gan godi ei lais ynghyd â'i law. 'Gadewch i fi egluro.'

Gwaeddodd un o'r angylion.

'O'n ni'n meddwl ein bod ni wedi dod yma i groesawu Iesu wrth Iddo gyrraedd y ddaear.'

Arhosodd Acsa ychydig. Yna, ar ôl anadlu'n ddwfn, meddai,

'Nid dyna pam ry' ni yma.'

Aeth y côr yn fud, tan i un weiddi allan.

'Yna, pam y'n ni 'ma?'

'Odyn ni wedi hedfan 'ma i ddim pwrpas?' gwaeddodd un arall.

Mynegodd un arall gonsyrn nifer ohonyn nhw.

'O'n i'n meddwl fod Iesu'n dod yma. Odi E'n dod?'

Gyda hyn, cerddodd Mihangel ymlaen. Trodd llygaid pob angel ato.

'Gyd-angylion. Ma' Iesu eishos wedi cyrra'dd y ddaear.'

Roedd yr angylion wedi eu syfrdanu. Dechreuodd sgyrsiau bach, fel miloedd o hadau yn blaguro trwy'r pridd.

Arhosodd Mihangel yn dawel i'r cleber ddod i ben.

'Ble mae E?' gwaeddodd rhywun.

Sadiodd Mihangel ei hun i ddweud y newyddion wrthyn nhw. Gan bwyntio at Fethlehem, fe ddywedodd,

'Mae E lawr fanna, ym Methlehem, mewn stabal, yn gorwedd mewn preseb. Mae E wedi dod fel baban.'

'Sgubodd arswyd drwy rhengoedd yr angylion. Allen nhw ddim credu yr hyn a glywen nhw.

Pennod 41

Gwyliodd Garan a Dylan Joseff wrth iddo ysgwyd ei hun o'i drwmgwsg. Doedd Mair ddim wedi clywed nadu Iesu, gan ei bod yn cysgu'n drwm oherwydd ei blinder. Unwaith ar ei draed cododd Joseff Iesu'n ofalus a'i ddal yn agos. Dyma'i blentyn cyntaf, er nad ef oedd y tad, ac roedd popeth yn newydd iddo. Beth oedd i'w wneud? A oedd Iesu'n crïo am fod chwant llefrith arno? Nid oedd am ddeffro Mair gan ei bod mor flinedig. Edrychai'r anifeiliaid oedd yn yr ogof arno gyda'u llygaid mawr pefriog gan ysgwyd eu cynffonau'n ddiamynedd, fel petaen nhw'n ei annog i dawelu ei faban. Dechreuodd gerdded o gwmpas yr ogof, gan siglo ei gorff mewn rythm afrosgo wnaeth fawr ddim i gysuro Iesu. Meddyliodd am ganu hwiangerdd iddo a gofiai i'w fam ei chanu, ond meddyliodd yn well: roedd yn ceisio cael Iesu i fynd nôl i gysgu, nid ei ypsetio. Felly, bodlonodd ar shwshian y babi bach a dawnsio camau lletchwith ac aflêr o gwmpas yr ogof. Fel sawl tad cyn, ac ar ei ôl, teimlai Joseff mai ef oedd yr unig berson oedd yn effro drwy'r holl fyd.

Clywodd Joseff chwerthin tu ôl iddo. Trodd, a gwelodd fod Mair wedi deffro ac yn gwenu'n braf.

'Ers faint o amser wyt ti 'di bod yn ymarfer y ddawns ofnadwy 'ne?'

Gwenodd, rhyddhad wedi ei ysgythru ar draws ei wyneb.

'Mwy nag wyt ti'n 'i feddwl.'

Estynnodd ei breichiau ato.

'Ty'd â Fo yma. Roia' i 'chydig mwy o lefrith iddo Fo.'

Gwnaeth Joseff fel y dywedodd. Rhyfeddodd at ei medrusrwydd unwaith eto, wrth iddi ddal Iesu yn ei breichiau, fel petai wedi ei hyfforddi i wneud. Yn dyner, fe arweiniodd gwefusau Iesu at ei bron. Stopiodd y nadu, ond dim ond am ychydig eiliadau, gan i Iesu dynnu ei ben i ffwrdd a'i ysgwyd nôl a mlaen, a dechrau llefain eto.

'O, tydi O ddim isho,' meddai Mair.

'Be' sy'?' gofynnodd Joseff, gyda pheth panig yn ei lais blinedig. 'Ddyliai O ddim bod yn crïo – mab Duw ydi O.'

Nid am y tro cyntaf synnodd Mair at wyleidd-dra ei gŵr. Ers iddi ddweud wrtho ei bod yn feichiog o'r Ysbryd Glân, dim unwaith oedd o wedi hawlio'r baban rhyfeddol fel ei un o. Cyfeiriodd ato bob amser fel 'Mab Duw', byth fel 'fy mab'. Er na fu'n rhan o'i beichiogrwydd gwyrthiol, wedi ei eithrio o'r cytundeb nefol yr oedd Duw wedi ei wneud gyda hi, yr oedd wedi chwarae ei ran fel tad disgwylgar yn ffyddlon. Ddim un waith y cymerodd yn ganiataol ei hawliau priodasol cyfreithiol fel gŵr hyd yn oed, a gofalodd amdani trwy gydol y daith flinderog o Nasareth, a dyma fo rŵan, yn wasanaethwr bodlon yng ngenedigaeth ei Mab. Ceisiodd dawelu ei feddwl.

'Babi ydi O, Joseff. Tydi O'm yn medru siarad. Rhaid bod 'wbeth yn ei boeni O, ond fedrith O ddim deud wrtha' ni. Bydd rhaid i ni fynd efo'r llif.'

Yna, dechreuodd y baban yn ei breichiau lefain yn uwch.

Dwysaodd anesmwythyd Garan wrth i lefain Iesu gynyddu. Llifodd rhwystredigaeth drosto. Ei reddf naturiol oedd i wasanaethu ei Arglwydd, i geisio lleddfu'r tristwch amlwg a deimlai. Ni allai ei helpu, fodd bynnag. Mewn anobaith, trodd i edrych at Dylan â'i lygaid yn crefu arno.

Yr eiliad honno, gwawriodd ar Dylan pam ei fod yno. Oedd, roedd rhan gan Garan a'r rhyfelwyr eraill oedd yn gwarchod y tu allan i'w chwarae, ac roedd y Côr Angylion ar fin chwarae eu rhan hwythau ar y bryniau, ond doedd yna'r un ffordd y gallen nhw wneud yr hyn yr oedd ef ar fin ei wneud. Teimlai hiraeth trist Iesu am y nefoedd.

Uniaethodd Dylan gyda'r baban Iesu; bwydodd ar ei golled a gwnaeth yr unig beth y gallai ei wneud: fe ganodd. Fe ganodd gân o brydferthwch syfrdanol o'n ddwfn y tu mewn iddo, cân o gysur i'w Arglwydd. Gwnaeth rywbeth nad oedd yr un angel na pherson wedi ei wneud erioed o'r blaen: fe ganodd hwiangerdd i'r baban Iesu. A dim ond fe, o holl angylion y nefoedd, allai fod wedi gwneud hynny.

Canodd gân fwy persain, fwy rhagorol, nag oedd wedi ei chanu erioed o'r blaen. Edrychodd Garan o'i gwmpas, oherwydd gallai dyngu ei fod yn clywed côr, ond yr unig un a ganai oedd Dylan. Atseiniodd alaw esgynnol, ddyrchafol drwy'r ogof gyfan. Harmoneiddiodd gyda'r alaw honno gan adael nodau'n dawnsio yn yr aer. Cyflwynodd mwy o alawon a harmonïau nes fod symffoni fawr o leisiau yn trwytho'r ogof. Yn syth, aed â Garan yn ôl i'r tro cyntaf iddo glywed Dylan yn canu, ac fel bryd hynny, teimlai gysylltiad dwfn gyda'r nefoedd. Cafodd ei orlethu gan yr emosiynau a ryddhaodd cân Dylan ynddo. Cwympodd i'w liniau a llifodd ddagrau o hapusrwydd a bodlonrwydd ar hyd ei ruddiau. Tu allan, trodd Cadman, Tarog, Ebin a Caleb o'u gwyliadwriaeth wedi eu rhyfeddu gan yr hyn a glywen nhw.

Er na allai ei glywed, amgylchynodd y sain Mair, a theimlai ei holl gorff yn cael ei gofleidio mewn anwes gynnes, braf. Cafodd ychydig o fraw. Atgoffwyd hi o'r troeon y byddai Joseff yn ei chofleidio'n ddirybudd a byddai hithau'n teimlo'n ddiogel, wedi ei chuddio'n ddwfn yn nhrwch ei ddillad. Byddai'n gofyn iddo pam oedd wedi gwneud hynny? 'Dim rheswm... jyst,' atebai'n swil, 'o'n i isho.' Edrychodd o'i chwmpas. A oedd Joseff wedi dod tu ôl iddi a rhoi ei freichiau cydnerth amdani? Na, dyna lle'r oedd o, yn sefyll o'i blaen hi. Yna, edrychodd lawr a gwelodd fod ei baban wedi syrthio i gysgu'n braf.

Ymlaciodd Joseff eto a phenliniodd o'i flaen Ef. Rhedodd Mair ei bys ar hyd ei dalcen ac yna i lawr ei drwyn tra anwesodd Joseff foch Iesu'n dyner.

'Wsti be', Mair?' gofynnodd mewn rhyfeddod, wrth iddo adael i'w fysedd redeg ar hyd pen Iesu. Edrychodd i lygaid ei gŵr.

'Wyt ti'n cofio stori Hagar, morwyn Abram, a ryfeddai ei bod hi'n dal yn fyw ar ôl iddi weld Duw? Yna roedd Moses, a guddiodd ei wyneb am fod ofn arno weld Duw, pan oedd y llwyn ar dân. A Manoa, tad Samson oedd yn grediniol y byddai'n marw pan welodd o Dduw.'

Gan edrych ar wyneb Iesu eto, aeth yn ei flaen.

'A dyma ni, yn anwesu wyneb Duw, fel petai y peth mwyaf naturiol yn y byd i'w neud.'

'A dan ni 'di ca'l ein hymddiriad i ofalu amdano Fo! Ti a fi, Joseff.'

'Dwi'n gwbod. Os feddylia i gormod am y peth, mae o'n fy nychryn i.'

Gwenodd Mair a nodio'i phen.

Wrth weld fod Iesu'n cysgu, stopiodd Dylan ganu, er i'r nodau a'r harmonïau a adawodd yn hongian yn yr aer barhau i ddiasbedain o gwmpas yr ogof am rai munudau tan iddyn nhw ddistewi'n araf. Roedd yr angel bach wedi diffygio'n llwyr am iddo dreulio cymaint o'i egni dros ei Arglwydd. Cododd Garan o'i liniau, rhoddodd ei fraich o gwmpas ysgwyddau Dylan ac arweiniodd ef allan o'r ogof. Roedd Cadman, Tarog, Ebin a Caleb wedi ymgasglu'n un clwstwr disgwylgar yng nghanol y tir agored, fel defaid yn disgwyl i gael eu bwydo gan eu bugail. Edrychasant mewn rhyfeddod ar Dylan. Roedden nhw wedi clywed yr harmonïau nefolaidd a ddeuai o'r ogof. Gwydden nhw mai Dylan fu'n canu. Edrychodd y pedwar arno mewn rhyfeddod.

Arweiniodd Garan e draw atyn nhw. Bu tawelwch am rai eiliadau cyn i Tarog siarad ar eu rhan.

'Pan ddwedwyd wrtho ni dy fod ti, Dylan, yr angel o'dd ma's o diwn, yn dod 'ma heno, do'dd yr un ohono' ni'n deall pam. Beth o'dd gyda ti i'w gynnig? Ni o'dd yr angel-ryfelwyr o'dd wedi eu hanfon i warchod y'n Harglwydd. Do'dd dim angen dy help di arno' ni. O'n ni'n anghywir, mor anghywir.'

Rhoddodd ei law ar ysgwydd Dylan.

'Fe glywson ni ti'n gweiddi ar Garan ychydig yn gynharach dy fod ti am fod ar y brynie gyda'r Côr Angylion yn canu ac yn addoli Iesu. Cofia di hyn: o'dd gwaith llawer pwysicach gyda ti i'w neud, wrth gysuro Iesu – y

Ffynnonddydd o'r uchelfannau – a dim ond ti alle neud hyn, achos wyt ti yn byw dy fywyd yn agos at Dduw.'

Syllodd Dylan ar Tarog am rai eiliadau.

'Alla' i ddim bod mor agos â hynny at Dduw os waeddes i ar Garan.'

Cododd Tarog ei ysgwyddau ychydig.

'Ry' ni'n tymlo fel gweiddi arno fe nawr ac yn y man, ond fe yw'n capten ni.'

Gwenodd y pedwar angel arall. Safodd Garan o flaen Dylan ac ynganodd ychydig eiriau, grymus eu heffaith.

'Dylan, wyt ti'n un ohono' ni.'

Bu bron i'r angel bach syrthio i'r llawr. Am gymaint o flynyddoedd roedd wedi bod yn asiantaeth o un, rhan o lu nefol heb yr un aelod arall iddo. Ef oedd y pennaeth, y dirprwy, liwtenant a'r rhengoedd i gyd yn un; yr unig weithredwr unig oedd yn y nefoedd. A dyma lle roedd yr angylion rhyfelgar, chwedlonol hyn yn talu teyrnged iddo. Dywedodd Garan ei fod yn un ohonyn nhw! Am y tro cyntaf erioed teimlai ei fod yn perthyn.

Yr eiliad honno, deallai Dylan fod pwrpas wedi bod i bob gorchwyl a thasg iddo ymgymryd â nhw wrth iddo fynd at ei 'gleientiaid'. Roedd pob un wedi bod yn baratoad ar gyfer y noson hon, a'u cyflawniad oedd ei hwiangerdd o gariad i'r baban Iesu. A mwy na dim sylweddolodd iddo gael gorchwyl gan Dduw. Ac am orchwyl! Golygai fod Duw yn gwybod am ei genadwri o dosturi ac roedd am iddo fod ym Methlehem i ganu cân o gysur a chalondid i'w Fab.

Cododd ei ben ac edrych ar Garan.

'Mae'n flin 'da fi.'

'Am beth?' gofynnodd Garan.

'Am weiddi arno fe? Sdim isie i ti boeni am hwnna, ni 'di gweud wrtho ti'n barod,' sicrhaodd Ebin.

Gwenodd Dylan.

'Na, na. Nid am weiddi, ond am 'weud nag o'n i wedi dod i Fethlehem i weld "rhyw fabi". Tipyn o fabi, ie?'

Wedi eu trochi yng ngolau arian y lloer, safodd y chwe angel gyda'i gilydd yn un twr ymroddedig. Disgynnodd heddwch drostynt, fel petai blanced feddal, sidanaidd wedi ei thaflu'n dyner dros eu hysgwyddau. O fewn ychydig eiliadau fodd bynnag, rhwygwyd yr awyrgylch heddychlon gan lais ffiaidd, cras.

'Garan! Falch dy weld ti ar ôl yr holl flynyddo'dd hyn.'

Pennod 42

Roedd fel petai'r angylion wedi cael braw marwol gyda'r hyn roedd Mihangel newydd ei ddweud. Iesu! Eu Harglwydd! Yn faban! Unwaith eto, arhosodd Mihangel yn amyneddgar i'r clebran i ddod i ben.

'Os gadewch i fi, fe eglura' i bopeth i chi. Fe gyrhaeddodd yn ddiogel rai orie yn ôl. Mewn gwirionedd, mae E wedi bod ar y ddaear ers naw mis. Darostyngodd Iesu ei hun o'i urddas haeddiannol, a dod yn embryo fel pob dyn a menyw sydd erio'd wedi byw...'

Camodd Acsa ymlaen.

'Ond am Adda ac Efa, Mihangel. Blin iawn i dy gywiro di, archangel.'

Edrychodd Mihangel trwy gil ei lygaid at Gabriel. Credodd y negesydd iddo synhwyro ei fod ychydig yn flin. Atebodd, yn ostyngedig.

'Eitha' iawn, Acsa. O'n i'n anghywir.' Dychwelodd ei olygon at y côr anferthol. 'Naw mis yn ôl, gadawodd y'n Harglwydd y nefo'dd, i ddod yn ddim mwy nag embryo bach.'

Clywyd ebychiadau ymhlith rhai aelodau o'r côr. Aeth yn ei flaen.

'Ers hynny, ma' menyw ifanc o'r enw Mair wedi bod yn 'i gario Fe yn 'i chroth. Ma' hi wedi gofalu amdano Fe wrth iddo Fe dyfu y tu fewn iddi. Ychydig orie yn ôl, rhoddodd enedigeth i'n Harglwydd.'

Roedd rhai angylion oedd wedi gweld menyw yn rhoi genedigaeth, a bu'n brofiad dirdynnol iddyn nhw. Roedd hyn y tu hwnt i bob peth.

'Ma' gŵr ganddi, Joseff: dyn da, gall Gabriel dystio i hynny,' meddai, gan droi ei ben ychydig at y negesydd o angel. 'Mae e wedi siarad gyda fe; mae e'n garedig a gofalgar. Fe fyddan nhw'n gofalu am y'n Harglwydd wrth iddo Fe dyfu. Nawr, fi'n gwbod fod y rhan fwyaf ohonoch chi, os nad pawb yn credu fod y'n Harglwydd yn dod i drechu ei elynion unwaith ac am byth, ac yna'n sefydlu teyrnas nefo'dd ar y ddaear.'

Nodiodd bob un eu pennau a murmur eu cytundeb.

'Gadewch imi fod yn glir: y mae'n dal yn fwriad ganddo i orchfygu'r ddaear...'

Rhoddodd bob un o'r dyrfa anadl o ryddhad.

'... ond nid yn y ffordd o'ch chi na fi yn 'i dishgwl.'

Doedd Mihangel ddim am ymhelaethu ar hyn. Roedden nhw ar y ddaear nawr, wedi eu cyfyngu gan bwysau amser, ac ni fyddai'n stopio, nac arafu i'r un dyn nac angel. Roedd rhai pethau oedd angen eu gwneud o hyd y noson hon: roedd yn rhaid i Acsa wneud ei gyhoeddiad, roedd rhaid i'r côr ganu dyfodiad Iesu, ac roedd yn rhaid iddo ef, Mihangel, ddod wyneb yn wyneb â

Garan a rhoi ei orchmynion terfynol iddo, ac nid oedd hynny'n mynd i fod yn rhwydd. Yn olaf, fe gyhoeddodd,

'Fy annwyl angylion, ma'ch amser chi wedi dod i ddisgleirio.'

Pennod 43

Adnabu Garan y llais yn iawn. Felly, ni chafodd sioc pan welodd Antonin yn sefyll o'i flaen. Fodd bynnag, fe'i synnwyd wrth edrych ar ei olwg. Bu bron iddo golli ei anadl. Cyn y gwrthryfel, disgleiriai ei brydferthwch yn fwy llachar na'r un angel arall, heblaw am Lwsiffer. A dyma lle roedd e, yn ffieidd-beth gwrthun, yn wyrdroad hagr ac aflunaidd o'r hyn a fu. Cordeddai nadredd ar ei ben tra roedd ei lygaid yn goch tân. A thrwy hyn i gyd, deuai drewdod cyfoglyd o'i fod cyfan.

Cyffrodd Garan ei hun. Cyfrodd ddwsin neu fwy o gythreuliaid eraill yn sefyll y tu ôl i Antonin. Edrychodd nôl ar ei gyfeillion.

'Mae'n edrych yn debyg y'n bod ni'n mynd i ga'l bach o sbri y'n hunen, lawr fan hyn. Chi gyda fi?'

'Hyd y diwedd,' atebodd Tarog.

'Fe safa' i o dy fla'n di, os ti ishe,' meddai Caleb.

Gwenodd Garan cyn datgan.

'A dim whare ambwyti. 'Neud y job yn sydyn ac mor dawel â phosib: smo ni am 'i ddihuno Fe, ar noson sanctaidd fel hon, noson geni Gwaredwr y byd.'

Nodiodd y rhyfelwyr eu pennau.

Yna, trodd Garan i wynebu Antonin a'i giwed fach eto.

Edrychodd Tarog ar Dylan.

'Cer i'r ogof, un bach. Fyddi di'n saff fanny.'

Roedd llond twll o ofn ar Dylan. Edrychai'r cythreuliaid yn beryg bywyd. Ar ben hynny, roedd wedi eu cyfrif ac roedd llawer mwy ohonyn nhw na Garan a'i ryfelwyr.

'Chi isie i fi helpu?' gofynnodd mewn llais egwan, gan ddymuno gyda'i holl fod na fyddai Tarog yn derbyn ei gynnig. Gwenodd at ddewrder Dylan.

Wynebodd Garan Antonin, dim ond deg cam oddi wrtho.

'Na, fyddwn ni'n iawn.'

'Ond, Tarog, ma' pymtheg ohonyn nhw.'

Rhoddodd y rhyfelwr ei law ar ysgwydd Dylan.

'Ie, ond ma' rhwbeth gyda ni sy' ddim gyda nhw.'

'Beth?' gofynnodd Dylan, gan ddisgwyl i Tarog wneud araith fer fod iawn ar eu hochr, neu eu bod yn ymladd dros Arglwydd yr Arglwyddi. Winciodd arno wrth ateb,

'Ma' Caleb ar y'n hochor ni.'

'Ie, wel?'

'Edrych arno fe. Ma' fe'n poeri cynddaredd atyn nhw. Fyddet ti isie ymladd hwnna?'

O'i osgo, roedd Caleb yn amlwg wedi ei gythruddo fod yr anghenfilod hyn wedi meiddio torri ar draws cyfarfod dethol hwn. Gwyliodd Dylan ef wrth iddo gyffwrdd carn ei gleddyf, fel petai'n cysuro'i hun ei fod yno. Yna, estynnodd ei ddwylo i ryddhau ei wallt yng nghefn ei ben a thynhau'r bwn eto. Câi popeth ei wneud, fel petai'n gwneud ei hun yn barchus ar gyfer brwydr, er ei fod yn anniben tost o ran ei ymddangosiad.

'Cer, nawr, ac aros yn yr ogof,' meddai Tarog mewn llais tawel.

Gwnaeth Dylan fel y gorchmynwyd iddo, a rhuthrodd i ffwrdd. Cuddiodd y tu ôl i'r wal wrth y fynedfa, ond cododd ei ben i wylio'r hyn oedd ar ddigwydd.

Aeth Tarog i ymuno gyda'r tri rhyfelwr arall wrth iddyn nhw wasgaru naill ochr i Garan, eu capten. Daliai Caleb i dwtio'i wallt, tra safodd Ebin yn ddiwyro wrth ei ochr. Yn y cyfamser, safai Cadman tu draw i Garan, a gwyliodd Tarog wrth iddo ddod i sefyll wrth ei ymyl. Yn bwyllog, fe symudodd Cadman blygiadau ei diwnig tu ôl ei gleddyf yn ei wain. Yna, trodd ei ben yn araf a rhythodd ar bedwar is-gapten Antonin, ei lygaid oerlas yn gorlifo bygythiad treisgar a aneswythodd bob un ohonyn nhw.

Ymddangosai fel petai i'r angylion a'r cythreuliaid wynebu ei gilydd am hydoedd. Roedd yr aer yn drwm dan densiwn. Teimlai Dylan y gallai estyn ei law a'i gyffwrdd, gan mor real oedd ef, er na feiddiodd gwneud hynny oherwydd ofnai losgi ei fysedd.

Antonin oedd y cyntaf i dorri'r garw.

'Felly dyma lle wyt ti, Garan, yn dal i ymladd brwydre a sgarmesu diobeth dros dy Arglwydd.'

'Fydden i ddim yn gweud 'u bod nhw'n "ddiobeth", yn enwedig gan dy fod ti wedi dod ag Ashtenaz, Riphthal, Tograman a Hazarm a'u cŵn bach gyda ti.'

Cododd wrychyn y deg cythraul a safai yn y cefn wrth glywed y sarhad. Anwybyddodd Garan hwy.

'Felly, gwed wrtha i, Antonin, pam nest ti fe?'

Ffugiodd Antonin nad oedd yn deall.

'Am beth wyt ti'n sôn?'

'Ti'n gwbod.'

'O... y gwrthryfel, ti'n feddwl. Ffansïo newid bach,' meddai, wrth godi ei war. 'Dyna i gyd.'

'Fe ddisgleiriest ti, Antonin. Ohono' ni i gyd, ti o'dd yr unig un y gallen ni ddechre 'i gymharu gyda Lwsiffer o ran prydferthwch.'

'Ti'n swno fel taset ti'n eiddigeddus ohona i,' meddai Antonin yn bryfoclyd.

Allai dim fod ymhellach o'r gwir. Yn hytrach, roedd yn alarnad am yr hyn a fu a'r hyn a gollwyd. Gwyddai, fel y gwyddai Antonin, fod rhai pethau'n anadferadwy, nad oedd modd eu cywiro. Gwyddai ef, a phob cythraul arall oedd wedi dewis eu llwybr dieflig iddyn nhw fynd y tu hwnt. Gwydden nhw hynny gan ogoneddu ynddo, hyd yn oed.

'O'n i *yn* edrych yn dda, on'd o'n i?' gwenodd yn fodlon. 'Syfrdanol hyd yn oed. Ond o'dd e ddim yn ddigon, o'dd e?'

Edrychodd Garan a'r pedwar angel-ryfelwr arall yn ddryslyd arno, fel y gwnaeth Dylan oedd yn gwrando'n astud o'r tu fewn i'r ogof. Cododd Garan ei lais i ofyn y cwestiwn oedd ar wefusau pob un ohonyn nhw.

'Ddim yn ddigon?'

'O'n i isie mwy!'

'Do'dd 'na ddim "mwy"!'

'O'dd, llawer mwy.'

'Beth? Gorfoleddu yn dy statws fel un o uwch swyddogion Satan, dy awdurdod di wedi 'i seilio ar drais, fel dy berthynas di gyda dy feistr.'

'Ac ma' dy berthynas di gyda dy Feistr di wedi 'i sylfaenu ar gariad a thrugaredd,' crechwenodd Antonin yn ôl ato.

Edrychodd y ddau i lygaid ei gilydd.

'Odyn ni'n mynd i sefyll fan hyn a siarad drw'r nos?' gofynnodd Antonin.

'O'n i'n meddwl o' ti'n dishgwl mwy o gythreulied i gyrra'dd.'

'Na.'

'Dyna i gyd sy' gyda ti?'

Roedd hyder Garan yn gwneud i Antonin deimlo'n nerfus. Edrychodd yn gyflym tu ôl y pum angel a safai o'i flaen. Heblaw am y mwlsyn bach o angel a welodd yn sgrialu mewn i'r ogof, doedd 'na neb arall yno. Adenillodd ei hyder: roedd yna lawer mwy ohonyn nhw.

'Felly, gwed wrtha i, Garan, fi isie gwbod: siwd gawsoch chi hi mewn, heb i'n gwarchodwyr 'i gweld hi?'

'Mair, ti'n feddwl?'

'Dyna 'i henw hi?'

'O'dd hi'n amlwg y'ch bod chi'n gwbod fod Iesu i ga'l 'i eni ym Methlehem, a bydde Fe'n ca'l 'i eni o wyryf.'

'Dyna i gyd oedd angen neud o'dd darllen yr ysgrythure,' derbyniodd Antonin. 'Dim mwy na hynny.'

'Yn dy feddwl di, do'dd na'r un ffordd y bydde unrhyw ddyn, yn enwedig gŵr, yn 'i chydnabod hi fel 'i wraig – sefyll wrth 'i hochor i – yn gwbod taw nage fe o'dd y tad. Ar hyd yr amser, o'ch chi'n edrych am fenyw o'dd ar ben 'i hunan. Dyna dy gamgymeriad di.'

Gwingodd Antonin wrth feddwl am ei gam gwag. Roedd wedi baglu dros yr un peth a feddyliai ef oedd yn rhy abswrd – rhy rhyfeddol hyd yn oed – i'w ystyried.

'Siwd gawsoch chi fe i gytuno?' gofynnodd yn swta. 'Pwy ynfytyn gawsoch i whare'r ffŵl 'ma?'

Gyda hyn, safodd Garan yn dalach rywsut, fel pe'n sefyll dros Joseff.

'Ei enw yw Joseff, a dyw e ddim yn dwpsyn, ac yn bendant, dyw e ddim yn ffŵl.'

'Dalodd 'i thad hi fe?'

'Dim angen.'

'O, ie?'

'Dyna un peth wnei di na dy weision bach fyth deall, Antonin.'

'Beth yn y byd alle hynny fod?' gofynnodd Antonin, gan smalio diflasdod.

'Cariad, Antonin, cariad. Mae e'n neud i ddyn a menyw neud yr annisgwyl, yr anarferol. Smo ti'n gwbod beth yw cariad; dyna siwd y chwaraeon ni ti. Fe withodd y peth i'r dim, ac fe withest ti i'r dim hefyd.'

Roedd Antonin yn ferw gwyllt gan gynddaredd. Roedd yn casáu cael ei wneud yn ffŵl, ond casái yn fwy gael ei wneud yn destun gwawd gerbron y cythreuliaid eraill. Ebychodd yn ddilornus gan ryddhau anadl myglyd, brwnt.

'O'dd Joseff yn gwbod beth o'dd priodi Mair yn 'i olygu. Mae e'n dal i wbod y bydd pobol yn meddwl 'i fod e wedi neud Mair yn feichiog cyn iddyn nhw briodi, ne'n 'i bitïo fe am fod mor naif â'i phriodi hi, a gwbod yn iawn nage fe o'dd tad y bachgen. Naill ffordd ne'r llall, mae e ar 'i golled. Ond o'dd e'n dal i'w charu hi.'

'O'dd e'n ffŵl, felly,' cyhuddodd Antonin.

'Falle, ond ffŵl dros Dduw.'

'A chollwr. Wedest ti d'unan, na alle fe ennill.'

'Dyw collwr ddim yn hongian ambwyti.'

Murmurodd Cadman, Tarog, Ebin a Caleb eu cymeradwyaeth.

Daeth y sgwrs i ben am ennyd, ond parhaodd yr angel-ryfelwyr a'r rhai gwrthgiliol i lygadu ei gilydd yn ofalus. Tra'n gwylio o ddiogelwch yr ogof, roedd Dylan yn ymwybodol iawn o'r elyniaeth a adlamai nôl ac ymlaen.

'A beth amdanoch chi lot?'

Edrychodd Garan arno'n ymholgar.

'Ciwed o angel-ryfelwyr diolwg a dibwys. Pwy yn 'i iawn bwyll fydde isie ca'l Caleb yn 'i gang e?'

Chwarddodd Ashtenaz yn ddirmygus gan bwyntio at Caleb. Sylwodd Ebin fod ei ffrind ar dân gan ddicter.

"Drychwch arno fe,' meddai Ashtenaz mewn llais nawddoglyd. 'Ma fe'n marw isie ffeit.'

'Smo ti'n ca'l y tymlad i chi ga'l y'ch defnyddio'r holl flynyddo'dd hyn?' gofynnodd Antonin.

Unwaith eto, cwestiynodd llygaid Garan ef.

'Yr holl flynyddo'dd 'na fuoch chi'n gofalu am Dafydd cyn iddo fe ddod yn frenin, a wedyn, prin fod muned o heddwch trwy gydol ei deyrnasiad drafferthus. Yna, pan fuodd e farw, gyda Solomon 'i fab yn etifeddu'r goron, chawsoch chi ddim mwynhau gogoniant ac ysblander 'i deyrnasiad e achos gawsoch chi'ch hala'n syth i ben arall y byd i ofalu am ryw bobol ddiwerth, tra fod rhyw angylion eraill yn ca'l mynd i'r coroni a cha'l yr holl sylw.'

Rhythodd Garan arno.

'A chywirwch fi os ydw i'n anghywir, ond do'dd yr un ohonoch chi yn y brynie uwchben tŷ Eliseus y proffwyd, er i filo'dd o angel-ryfelwyr fod 'na mewn gogoniant tanllyd yn 'u cerbyde rhyfel eirias. Heb y'ch gwahodd – eto. Na, pa jobs ry' chi'n ca'l? Gofalu am ryw farchnadwr bach ffiedd fel Abdallah, ar 'i ffordd i Memffis, pentre' dinod yng nghanol rhyw anialwch: dyna beth *yw* gwaith hanfodol bwysig. Smo chi'n meddwl fod rhywun yn trial gweud rhwbeth wrtho chi?'

'Bydde'n well 'da fi sefyll wrth y drws yn nhŷ fy Nuw na byw yn nhŷ'r rhai drwg.'

'O, plîs, paid adrodd yr ysgrythure wrtha i,' atebodd Antonin, yn amlwg wedi ei gythruddo. Adfeddiannodd reolaeth o'i hun yn gyflym.

'Ac odych chi'n dal i gynnal y seremonïe 'na yn y nefo'dd lle bydd angel-ryfelwyr sydd wedi cyflawni rhyw dasge anodd yn ca'l bonllef ddistaw gan yr holl Fyddin Angylion? Alla i ddim dychmygu 'u bod nhw wedi neud unrhyw beth tebyg er anrhydedd i chi'ch pump.'

Roedd hyn yn wir. Cafodd nifer o angel-ryfelwyr eu cydnabod gan eu cyfoedion dros y canrifoedd am gyflawni rhyw dasg letchwith. Byddai cyd-ryfelwyr yn tynnu eu cleddyfau, eu dal fry uwch eu pennau a sefyll yn ddistaw o flaen y rhai oedd i'w hanrhydeddu. Nid oedd y fath barch erioed wedi cael ei dalu i uned Garan. Yn wir, anaml iawn y bydden nhw'n cyfrannu at yr achlysuron hyn gan eu bod i ffwrdd mor aml. Nid oedd yn rhywbeth â'u poenai rhyw lawer, er iddyn nhw drafod y peth o bryd i'w gilydd, pan godai Caleb y mater, yn fwy na neb arall.

Edrychodd y pedwar angel-ryfelwr ar Garan. Roedd wedi llacio ei ysgwyddau, gyda'i freichiau'n hongian yn rhydd wrth ei ochr.

'Felly, gwed wrtha i, pa les ma' hyn i gyd wedi neud i chi? Wyt ti, Garan, ond yn droedfilwr dibwys ym myddin yr Arglwydd,' meddai Antonin yn ddirmygus. 'Yn arweinydd ar griw o wehilion dinod, sydd byth yn ca'l y sylw, ond o hyd yn ca'l y'ch galw gan y'ch Cadfridog pan fo rhyw ymladd i'w neud tra mod i, yn uchel arweinyddieth Satan, yn ben ar filo'dd, ac yn ca'l 'i ofni gan bob un ohonyn nhw.'

Arhosodd ychydig ac yna, fe ddywedodd,

'Be' ti'n 'weud, Garan? Dere draw ato' ni, fe ddaw'r lleill wedyn.'

'Ti o ddifri'?!' atebodd Garan, gan geisio llwytho cymaint o anghrediniaeth ag y gallai yn y tri gair.

Rhyfeddodd Garan. A oedd e mewn gwirionedd yn ceisio ei berswadio i ymuno â lluoedd Satan a throi ei gefn ar Arglwydd Byddinoedd yr Angylion? Yn araf, trodd rhan uchaf ei gorff i edrych ar Cadman a Tarog, oedd yn sefyll i'r chwith ohono, gan sicrhau fod ei gleddyf, a hongiai wrth ei glin chwith allan o olwg Antonin. Plygodd ei fraich chwith am yn ôl, a'i law ar y carn. Gwenodd yn siriol arnyn nhw. Miniogodd y pedwar ei synhwyrau. Roedden nhw'n hollol effro, er yn hollol esmwyth. Ni fyddai'r un gair o orchymyn yn cael ei roi.

Pennod 44

'Pam na ymuni di gyda ni, Gar? Elli di sefyll wrth y'n ochor i,' pwysodd Antonin.

Heb i Antonin weld, chwipiodd Garan ei gleddyf yn chwim allan o'i wain gyda'i law chwith, a'i luchio at ei wddf. Hedfanodd yn wastad ac yn llyfn at lwnc yr angel cyfeiliornus. Er iddo ddigwydd mewn llai na chwinciad, roedd Antonin yn ymwybodol o'r hyn oedd yn digwydd. Gwelodd flaen y cleddyf yn llythrennol yn hollti'r aer. Câi'r toriad cyntaf ei wneud yn fwy gan ochrau daufiniog y cleddyf wrth iddo rwygo'r aer, gan greu gwagle rhyngddo ef a Garan. Rhewodd Antonin. Ni allai anadlu. Dyna i gyd allai wneud oedd cau ei lygaid a disgwyl y gwaethaf. Wrth i flaen y cleddyf ddechrau coglish ei fandyllau allanol, fe stopiodd. Agorodd Antonin un llygad... yn araf. Roedd Garan yn dal y cleddyf wrth ei garn unwaith eto, yn syllu'n ddidaro arno. Siwd oedd e wedi llwyddo i wneud hwnna? Siwd oedd e wedi symud mor glou? Yna, cofiodd iddo fod yn ymwybodol o ddwy fflach o ddisgleirdeb sydyn naill ochr iddo cyn iddo gau ei lygaid yn disgwyl y gwaethaf wrth i gleddyf Garan anelu am ei wddf. Edrychodd ar Ashtenaz, Riphthal, Tograman a Hazarm trwy gil ei lygaid. Roedd pob un o'r pedwar angel-ryfelwr wedi gwneud yn union fel Garan, ac fel ef, safai'r pedwar cythraul yn ddiymgeledd, tra fod Cadman, Tarog, Ebin a Caleb yn dal eu cleddyfau wrth eu gyddfau. Rhyfedden nhw gymaint ag ef gan ba mor chwim fu eu symudiadau. Llyncodd Antonin yn galed; llowciodd y pedwar arall.

Syllodd Dylan yn gegrwth. Siwd oedden nhw wedi gwneud hwnna? Ymddangosai iddo ef iddyn nhw symud yn gyflymach nag amser, a nawr, wrth iddyn nhw sefyll yn llonydd o flaen y cythreuliaid, roedd fel petaen nhw'n aros i weddill y byd ddal i fyny â hwy.

'Anadla'n araf, a noda dy ben os ti'n 'y 'nghlywed i,' dywedodd Garan wrth Antonin, gan geisio tawelu ei feddwl.

Gwnaeth Antonin fel y dywedodd, ond yn ofalus. Gallai deimlo fin blaen cleddyf Garan, fel diamwnt ar ei wddf. Ofnai y gallai unrhyw symudiad, pa mor fach bynnag ar ei ran ef, arwain at ganlyniadau difrifol, os nad angheuol.

'Ti'n cofio Acsa, on'd wyt ti?' gofynnodd Garan mewn llais ysgafn.

Nodiodd Antonin ei ben eto, yr un mor ofalus ag o'r blaen.

'Fe fydd e a'r Côr Angylion yn dechre canu clodydd Duw cyn bo hir yn y brynie y tu ôl i ti. Dere i ni ga'l gryndo, ife? Fi'n siŵr y byddi di wrth dy fodd.'

Pennod 45

Pan anogodd Mihangel yr angylion i lewyrchu, roedden nhw wedi bloeddio a gweiddi a chwibanu'n uchel. Camodd Mihangel a Gabriel naill ochr a brasgamodd Acsa ymlaen. Gyda'r holl rym ac awdurdod a freiniwyd ynddo fel côr-feistr y Côr Angylion, cododd ei ddwy law i orchymyn iddyn nhw i gyd ddistewi. Tawodd pawb yn syth. Plesiodd hyn Mihangel yn fawr. Safon nhw'n dawel, er y teimlai pob un fel ffrwydro gan gymaint y cynnwrf a deimlen nhw.

Gyda'r rhwysg mwyaf, trodd Acsa i edrych ar y pedwar bugail a orweddai ar y llawr, gydag un ohonyn nhw'n cysgu wrth gwrs, tra fod y tri arall ar fin setlo am y nos. Yna, dangosodd ei hun, yn pelydru o'i gorun i'w sawdl yn awyr y nos.

Roedd y bugeiliaid druain yn syfrdan; felly'r defaid. Roedd rhai yn pori, er cyn hwyred oedd hi, ond roedd y rhan fwyaf yn cysgu ar y ddaear. Unwaith iddyn nhw weld Acsa sgathrodd pob un i bob cornel o'r bryn, mor bell ag y gallen nhw. Eisteddodd y bugeiliaid yn gefnsyth, wedi eu hysgwyd o'u lled-drwmgwsg. Ceisien nhw sgrechian, gan fethu'n druenus: roedd braw wedi cydio ynddyn nhw, wrth eu gyddfau. Codon nhw eu dwylo er mwyn cysgodi eu llygaid wrth i'w dallineb ychwanegu at eu cythrwfl a'u braw. Sylweddolodd Acsa fod ei olau yn disgleirio'n llawer rhy llachar, felly tymherodd ei hun. Gan synhwyro fod y golau wedi lleihau digon iddyn nhw allu gweld, dechreuodd y bugeiliaid sgrialu am yn ôl ar eu traed wrth iddyn nhw geisio dianc. Hunan-ddiogelwch oedd ucha'n eu meddyliau. Wrth weld eu hofn, ceisiodd Acsa dawelu eu meddyliau.

'Peidiwch bod ofn.'

Trodd Mihangel at Gabriel, ac meddai,

'Wel, fi'n falch 'i fod e wedi gweud hwnna: twtsh bach neis.'

Gwenodd Gabriel yn goeglyd.

Fodd bynnag, roedd dweud wrth rywun am beidio ofni, pan fo'r person hwnnw'n amlwg wedi cael llond twll o ofn fel dweud wrth farchnadwr sydd newydd fynd yn fethdal, ei gartref yn ulw a'i wraig newydd redeg bant gyda'i ffrind gorau, am fod yn llawen. Pa fodd bynnag, aeth Acsa yn ei flaen.

Cliriodd ei wddf. Er ei fod ond yn annerch y pedwar bugail, ymddangosai i Mihangel a Gabriel ei fod yn dweud wrth yr holl fyd. Mewn ffordd, dyna oedd yn ei wneud.

'Mae gen i newyddion da i chi! Newyddion fydd yn gwneud pobl ym mhobman yn llawen iawn. Mae Gwaredwr newydd gael ei eni yn nhref Dafydd. Ie, y Meseia! Yr Arglwydd!'

Roedd y bugeiliaid mewn penbleth. Wrth weld hyn, ceisiodd Acsa eu helpu trwy ddweud,

'Dyma sut y byddwch chi'n ei nabod E: fe ddewch o hyd iddo yn fabi bach wedi'i lapio mewn cadachau ac yn gorwedd mewn preseb.'

Nodiodd Mihangel ei ben a phletio'i wefusau. Roedd wedi ei fodloni.

Yna, trodd Acsa, a chodi ei freichiau gan beri i'r côr ymddangos.

Roedd y bugeiliaid wedi codi ar eu traed wrth ddechrau cyfarwyddo gyda'u hymwelydd nefol. Pan ymddangosodd lliaws mawr o angylion o flaen eu llygaid, gyrrodd nhw nôl ar eu cefnau ar lawr eto. Roedd yna gannoedd ar filoedd ohonyn nhw, rhengoedd ar rengoedd. Pa le bynnag yr edrychen nhw gwelen nhw angylion yn pelydru gan lenwi'r awyr. Yna, fe ddechreuon nhw ganu clodydd Duw:

'Gogoniant i Dduw yn y goruchaf, ac ar y ddaear, tangnefedd ymhlith y rhai sydd wrth ei fodd.'

Drosodd a throsodd fe ganon nhw'r geiriau wrth addoli eu Duw, y Bod Goruchaf. Rhyfeddodd Mihangel a Gabriel. Nid oedden nhw erioed wedi clywed y fath sŵn nefolaidd. Er bod miloedd o dafodau nefol yn canu harmonïau melys, di-rif – tyngai Mihangel pan adroddai'r hanes yn ddiweddarach y gallai yn llythrennol eu blasu ar ei wefusau – canen nhw fel un llais. Roedd Acsa wedi gwneud cyfiawnder â'i Dduw a Iesu. O ran y côr, gogonedden nhw yn eu hymddangosiad. Llewyrchodd eu golau yn ddisgleiriach nag erioed o'r blaen. Ni fu noson debyg, a gwnaethon nhw'n siŵr fod y bugeiliad yn cael gwybod hynny.

Wrth glywed lleisiau'r angylion, esmwythwyd eu hofnau. Gwylion nhw a gwrando yn gegagored. Dawnsiai a neidiai rhai angylion, tra gwnaeth rhai drosbennau, gydag eraill yn hedfan patrymau tanbaid a pherfformio acrobatau amhosib. Gwnaeth grwpiau o ddeg, hanner cant a chant ohonyn nhw dân gwyllt angylaidd o'u hunain gan ffrwydro afalansiau o liwiau, nad oedd yr un llygad dynol wedi eu gweld o'r blaen; ambell waith deuai mil neu fwy at ei gilydd gan ffrwydro yn flodyn anferth o betalau llachar-ddisglair, yn cwympo drwy'r awyr mewn undod perffaith. O'r tywyllwch fflachiai ffrwydriadau llachar-liwgar allan o ddim fel bomiau clwstwr o bryfed tân gloyw a oleuai'r nos fel canol dydd ar wynebau syfrdan y bugeiliaid. Roedd cymaint o bethau cyfareddol yn digwydd ar yr un pryd, teimlen nhw fel petaen nhw'n eistedd wrth fwrdd gyda gwledd o fwyd danteithiol arno, yn methu penderfynu lle i ddechrau. Dechreuon nhw ymlacio a mwynhau'r golygfeydd ysblennydd gan ebychu eu hedmygedd a'u gwerthfawrogiad, gydag,

'Wwwww!' ac 'Aaaaaaaa!'

Ymlaen ac ymlaen y parhaodd y dathliad heb ddiwedd mewn golwg. Yn graidd i'r cyfan oedd canu nefolaidd y Côr Angylion, a'i destun oedd rhodd Duw i'r byd. Gydag Acsa'n arwain gyrrodd y Deuddeg y gân. Canwyd pob nodyn, pob harmoni a phob peroriaeth yn y cywair perffaith, fel petaen nhw wedi eu cerflunio'n gariadus gan gerflunydd celfydd a nawr yn cael eu hanfon ymaith nid yn unig i fryniau Bethlehem ond i'r holl fyd.

Casái Antonin a'r cythreuliaid bob eiliad ohono. Ffrwtiodd dicter berw y tu fewn iddyn nhw wrth glywed yr angylion yn canu clodydd Duw. O'u mewn, tarannai a rhegai Ashtenaz, Riphthal, Tograman a Hazarm fygythiadau at Antonin. Ei fai ef oedd eu bod yn gorfod dioddef y sŵn nefolaidd hwn. Roedd fel cael eu tafodau wedi eu glynu i flociau o iâ, ac ni allen nhw eu rhwygo'n rhydd.

O'u rhan nhw, ymhyfrydai'r pum angel-ryfelwr yn y gogoniant a lwythwyd ar eu Harglwydd gan y Côr Angylion. Gwyliodd Dylan o'i guddfan mewn rhyfeddod. Gwyddai'r emyn o fawl yn dda, ac roedden nhw'n dod at yr uchafbwynt.

Daliodd Garan sylw Antonin, gyda blaen ei gleddyf yn dal i wasgu yn erbyn gwddf Antonin.

'Ma' dy gyfle di wedi diflannu. Fe allet ti fod wedi neud drwg iddo Fe pan o'dd E yng nghroth Mair, ond, ffaelest ti.'

Roedd Antonin yn wynias gan gynddaredd. Roedd wedi dod mor agos at wneud niwed angheuol i Fab Duw a thrwy hynny chwalu unwaith ac am byth pa bynnag gynllun oedd gan Dduw mewn golwg i achub pobl y byd. Ond, roedd un garden ganddo yn ei lawes a gallai o hyd gael ychydig o sbri ar draul Garan o'i weld ef a'i griw tila'n dioddef. Doedd yna'r un angel-ryfelwr arall o gwmpas heblaw am y pump oedd yn y *lean-to* ac roedden nhw'n rhy bell i ffwrdd i glywed unrhyw gri am help. Cadwodd reolaeth arno'i hun wrth annerch ei hen ffrind.

'Ti'n gwbod, Garan, wyt ti'n ymdrybaeddu yn dy hunan-foddhad achos dy gyfrwystra a dy ddichell, ond ma' un peth wyt ti heb 'i 'styried.'

'O, ie?'

'Ie.'

'A beth yw hynny?'

'Ti'm yn meddwl taw dim ond rhain dda'th gyda fi, wyt ti?' atebodd, gan amneidio tuag at y cythreuliaid a safai tu cefn iddo.

Gyda hynny, cododd ei ben tua'r awyr ac udodd yn uchel yn yr aer. O fewn eiliadau, neidiodd haid o gythreuliaid arfog dros y walydd cyfagos gan frasgamu tuag atyn nhw tra'n clochdar a sgrechian yn fuddugoliaethus. Ni allai Garan a'r lleill wneud dim ond syllu mewn syfrdandod mud. Mewn amrantiad, chwyddwyd rhengoedd y gelyn i hanner cant neu fwy. Roedd Garan wedi ei ysgwyd i'w seiliau. O'r olwg ar ei wyneb a wynebau'r angylion eraill roedd yn amlwg nad oedden nhw wedi disgwyl hyn. Tra'n cuddio yng ngheg yr ogof, sylwodd Dylan ar y syndod yn eu hwynebau a sleifiodd nôl i'r cysgodion. Teimlodd Antonin y pwysau o flaen y cleddyf yn llacio wrth i Garan adael iddo gwympo wrth ei ochr. Cymerodd y cythraul hanner cam am yn ôl â gwên hunanfoddhaus ar ei wyneb. Edrychodd y rhyfelwr i'r dde at Ebin a Caleb. Fel eu harweinydd, gadawson nhw'r cythreuliaid oedd agosaf atyn nhw i fynd. Roedd golwg betrusgar arnyn nhw. Edrychodd ar Tarog. Roedd yntau hefyd wedi gadael i'w gleddyf gwympo yn ei sioc o weld yr hyn â'u hwynebai nhw nawr.

Lan yn y mynyddoedd, âi'r dathliadau yn eu blaen. Lle cydiodd ofn yn y bugeiliaid ychydig funudau ynghynt, nawr teimlen nhw rhyw lonyddwch anghyffredin. Fel Mihangel, gallen nhw flasu'r nefoedd. Roedden nhw am aros yno am byth, i orweddian a gwledda ar yr arddangosfa hynod hon o bleserau'r nef. Yna, fe stopiodd y côr a diflannodd.

Aeth popeth yn dawel. Trodd yr awyr yn las melfedaidd, ac er i'r sêr ddisgleirio a llewyrchu gorau ag y medren nhw, roedd popeth mor wag i'r bugeiliaid wrth iddyn nhw edrych fry. Er i'r angylion ddiflannu, roedden nhw yn dal i fod yno, ond yn anweledig i'r bugeiliaid unwaith eto. Petai'r chwyddwydr cryfaf ganddyn nhw yn eu meddiant fydden nhw ddim wedi gallu eu gweld. Edrychon nhw o'u cwmpas, gan weld dim, er i un ohonyn nhw grwydro a sefyll yn union wrth ymyl Mihangel.

O ran yr angylion, er eu bod yn dawel i'r bugeiliaid, nid oedden nhw'n fud. Gwydden nhw eu bod wedi chwarae eu rhan yn ogoneddus. Bu i ddyfodiad y Gwaredwr ar y ddaear gael ei gyhoeddi yn y modd mwyaf trawiadol posibl. Roedd yna lawer o guro cefnau, curo dwylo a chofleidio. Llongyfarchodd y rheini a berfformiodd yr acrobatau ei gilydd, gan ddefnyddio'u dwylo i ail-greu pob ffrwydriad a phlymiad o'u cyrff nefol.

Safodd Acsa o'u blaenau, rhyddhad a balchder wedi eu saernïo ar draws ei wyneb. Canodd ei gôr yn rhagorol. Ni allai fod wedi gofyn mwy.

Pennod 46

Nôl ym Methlehem, gwasgodd y cythreuliaid ar yr angylion gan eu gwatwar. Tu fewn yr ogof, crynai Dylan a dechreuodd fynd i banig. Roedd yna gymaint ohonyn nhw. Edrychai Garan o'i gwmpas, yn methu credu ei lygaid, fel wnai'r gweddill, heblaw am Cadman. Daliai dirprwy ffyddlon Garan, i ddal blaen ei gleddyf wrth lwnc Tograman.

Edrychodd Garan ar ei ffrind a chododd ei lygaid tua'r awyr y mymryn lleiaf: braidd y gallai unrhyw un fod wedi sylwi. Os oedd Cadman wedi ei weld ni wnaeth unrhyw ymdrech i'w gydnabod.

'Gêm drosto, Garan,' crechwenodd Antonin. 'Ma' llawer mwy ohono' ni.'

Edrychodd y cythreuliaid eraill, heblaw am Tograman, yn ddirmygus arnyn nhw.

Nid ymatebodd Garan.

'Un cyfle arall, Gar. Dere draw ato' ni.'

Eto, nid ymatebodd. Yn hytrach, syllodd yn ddigyffro i'r pellter, fel petai'n synfyfyrio wrth gofio rhyw wrthdrawiadau tebyg o'r gorffennol. Roedd Antonin wedi cael digon.

'Cym'rwch nhw,' gorchmynnodd, mewn llais difater. Wrth iddo wneud, cododd o'r ddaear a hedfanodd am yn ôl tu cefn i'r haid cythreuliaid. Dilynodd Ashtenaz, Riphthal, Tograman a Hazarm ef, gan adael i'r cythreuliaid oedd newydd gyrraedd arwain yr ymosodiad. Fodd bynnag, cyn iddyn nhw allu ymateb i orchymyn Antonin, sibrydodd Garan,

'Nawr.'

Aeth ef a'r pedwar angel-ryfelwr arall ati'n syth.

Saethodd Cadman i'r aer gan hofran rhyw ugain troedfedd uwchben. Estynnodd at y cewyll oedd dros ei ysgwyddau gyda'r naill law a dechreuodd daflu ffrwydriad o saethau at y cythreuliaid oddi tano. Taflodd nhw'n chwim a chywir. Trodd bennau'r saethau'n boeth, yn gwreichioni gan wres gwyn o'r ffwythiant wrth iddyn nhw dorri trwy'r aer. Daeth y pedwar arall at ei gilydd a ffurfio hanner cylch ar y ddaear, rhyw ddeg cam o geg yr ogof. Er hyn, gyda niferoedd llawer mwy o'u plaid, gwasgodd y gelyn arnyn nhw.

Fel oedd cyflymder a sioncrwydd Garan wedi ei alluogi i gael y gorau ar y cythreuliaid wrth droed Llwybr y Sgorpion, felly golygai symudiadau sydyn ei gyfeillion eu bod yn rhagori ar rhain hefyd. Roedd trywaniadau cleddyfau'r cythreuliaid yn araf a llafurus. Tra bod ergydion yn cael eu hatal a dyrniadau'n cael eu hosgoi, ymosododd y pedwar. Am fod y lle'n gyfyng a'r gelyn yn gwasgu arnyn nhw, ymladdodd pob un gyda'i ddager, yn hytrach na'i gleddyf. Trywanwyd yn gywrain lygaid, gyddfau, trwynau a mynwesau a chyn i'r cythreuliaid allu roi llais i'w sgrechiadau annaearol oherwydd y boen a deimlen nhw, hyrddiwyd dyrnau angylion i'w pennau gan eu gadael yn ddiymadferth ar lawr. Roedd Caleb yn ei elfen. Nesaf at addoli Duw, credai'n angerddol mai dyma'r rheswm pam y'i crewyd. Ac ar hyd yr amser, parhâi Cadman i daflu ei saethau at y cythreuliaid a safai tu cefn, oedd yn aros i ymuno yn yr ymladd.

Heb ei lesteirio gan fwa, rhyddhaodd gawod gyson o daflegrau. Rhwygwyd yr aer gan siafftiau o wres gwyn wrth i'r saethau anelu'n ddi-feth tuag at y cythreuliaid. Ni allen nhw wneud dim yn wyneb yr ymosodiad diddiwedd. Wrth iddyn nhw gael eu trywanu, gyrrwyd nhw ar eu cefnau, y saethau'n eu hoelio i'r ddaear trwy eu hysgwyddau. Heb allu codi, ysgyrnygodd bob un ar eu cefnau yn sgrechian yn frawychus o'r poen llosg. Ambell waith, byddai Cadman yn cydio mewn tair saeth rhwng pedwar bys un llaw, gan eu taflu ar yr un pryd a tharo tri chythraul ar y tro. Cododd rhai cythreuliaid i'r awyr, gyda'r bwriad o leihau ei fantais amlwg o fod yn yr aer. Prin iddyn nhw godi na ryddhaodd Cadman ffrwydriad o saethau â'u gyrrodd nôl i'r ddaear. A thrwy gydol yr amser, byddai'n sboncio a gwibio cynted â gwas y neidr, yn newid ei safle'n ddi-baid. Felly, pan fyddai un neu ddau o'r cythreuliaid yn llwyddo i daflu cyllell neu gleddyf ato byddai wedi hen symud a byddai'r taflegryn yn taro'n ddiniwed yn erbyn y graig tu cefn iddo.

Wrth sefyll yn y cefn, gydag Ashtenaz, Riphthal, Tograman a Hazarm a'r cythreuliaid eraill, sylweddolodd Antonin yn fuan iawn nad oedd pethau'n mynd yn ôl y disgwyl. Er niferoedd llawer uwch y cythreuliaid, roedd sgiliau ac ystwythder Garan a'i angylion yn uwch o lawer na'u gallu ymladd tila nhw. Cynyddodd ei gonsyrn wrth iddo wylio Cadman yn hedfan lawr. Cerddodd yn hamddenol ymhlith y cythreuliaid yr oedd wedi eu hoelio i'r ddaear a chwalodd eu pennau gyda'i sawdl neu ei ddwrn. Gwnaed nhw'n anymwybodol gan dawelu eu hwylofain. Cyn pen dim o dro, roedd y cythreuliaid hynny a neidiodd dros y walydd i ymuno gyda llu cychwynnol Antonin i gyd yn gorwedd yn ddiymadferth ar lawr.

Ymunodd Cadman gyda Tarog, Ebin a Caleb i ffurfio llinell, gyda Garan yn sefyll tu cefn iddyn nhw. Hedfanodd y cythreuliaid llai at yr angel-ryfelwyr, eu cleddyfau wedi eu tynnu. Gan feddwl y byddai lladd eu harweinydd yn gwanhau eu penderfynoldeb, anelon nhw am Garan. Hyd yn hyn, roedd y rhyfelwyr wedi ymgadw rhag defnyddio eu cleddyfau ond nawr, fe'u tynnodd o'u gweiniau er mwyn atal trawiadau a hyrddiadau gan yrru gwreichion i'r awyr wrth i'r cleddyfau daro. Gadawodd hyn y cythreuliaid yn agored i gael eu trywanu. Gan ddefnyddio'u dwylo rhydd, trowyd dyrnau a garddyrnau, troellwyd peneliniau a datgymalwyd ysgwyddau gan yr angylion. Yna, rhoddwyd stop swta ar eu sgrechiadau o boen gan ddyrniadau sydyn i'w pennau.

Safai Garan yn llonydd, ei lygaid wedi eu selio ar Antonin. Roedd yn amlwg i hwnnw fod ei gythreuliaid yn colli'r dydd. Yna, gwelodd un ohonyn nhw'n hedfan at Garan, ei fraich yn ymestyn o'i flaen â chyllell yn ei law. Dechreuodd obeithio fod hwn wedi llwyddo i dorri trwy'r amddiffyn.

Roedd Garan yn ymwybodol iawn o'r perygl a ddynesai ato a gallai synhwyro blaen y gyllell yn anelu am ei lygad. Yr ennyd honno, ymddangosai i amser aros yn llonydd wrth iddo'n gyntaf wylio Tarog yn osgoi hyrddiad cythraul arall trwy ochr-gamu i'r dde gan gydio yn ei law. Yna, trodd nes fod ei gefn yn gwasgu'n agos yn erbyn blaen ei wrthwynebydd a tharodd flaen ei benelin yn sydyn i'w lygad chwith. Nid oedd Tarog wedi gorffen eto. Camodd yn gyflym y tu ôl iddo a chydiodd yn ei wallt o nadredd. Gwingodd a sgrechiodd y gwiberod mewn poen wrth i Tarog eu troi ffordd hyn a'r llall yn ddidrugaredd. Taflwyd y cythraul ei hun i bob cyfeiriad nes iddo golli pob synnwyr ymwybod ac yna tarodd Tarog flaen carn ei gleddyf yn erbyn ei wegil. Yn unionsyth, syrthiodd i'r llawr. Yna, trwy gornel ei lygad gwelodd Garan gythraul arall yn ymosod ar Ebin. Wrth iddo ddod o fewn cyrraedd, fflachiodd ei gleddyf yn ddeheuig a sleisiodd un o'i ddwylo i ffwrdd. Fel oedd yn dechrau teimlo'r boen o golli ei law estynnodd Ebin ei law chwith allan a chydio yn ei wddf a gwasgodd. Ni allai anadlu. Gyda'r un law oedd ar ôl ganddo ceisiodd dynnu braich Ebin i ffwrdd, ond yn ofer. Aeth y cyfuniad o'r boen ingol o'i law a dorrwyd i ffwrdd a'i brinder anadl yn ormod iddo a chwympodd yn un swp yn y baw.

Fel oedd y cythraul oedd yn dal i anelu am lygad Garan yn credu ei fod wedi llwyddo i dorri trwy ei amddiffynfeydd, ymatebodd y rhyfelwr. Cydiodd yn y llaw a ddaliai'r gyllell. Stopiodd y cythraul yn syth a glaniodd ei draed ar y llawr. Gwasgodd Garan ei law yn ddidrugaredd a gollyngodd y gyllell. Daliodd hi wrth ei charn wrth iddi gwympo. Yna, cododd hi a chladdodd ei llafn byr, miniog yn ddwfn yn ysgwydd ei wrthwynebydd ac yna trodd hi naw deg gradd. Yn ymwybodol o'i orchymyn ei hun am dawelwch, tarodd Garan ei ddwrn yn erbyn arlais y cythraul a chwympodd yn ddiymadferth ar y llawr.

O fewn ychydig eiliadau ers i'r ymladd ddechrau, dim ond Antonin, Ashtenaz, Riphthal, Tograman a Hazarm oedd yn dal i sefyll o lu'r cythreuliaid. Heb aros am orchymyn gan eu capten, rhuthrodd Cadman, Tarog, Ebin a Caleb atyn nhw. Trawodd Cadman Tograman yn ei wyneb gyda'i fraich. Gyrrodd Tarog garn ei gleddyf yn syth dan ên Riphthal, gan ei wthio tuag yn ôl gan lanio ar ei gefn ar y llawr. Syrthiodd Tograman gerllaw a gorweddai'r ddau gythraul yn ddigyffro ar y llawr llychlyd, a chrawn ffiaidd, drewllyd yn llifo o'u pennau.

Torrodd Ebin fin ei gleddyf sawl gwaith ar draws corff Ashtenaz. Wrth iddo gwympo i'r llawr, yn udo mewn poen, cydiodd yr angel ynddo a'i ddal i fyny ar ei draed gydag un llaw. Yna, gan bwyso ymlaen, fel petai'n rhoi cyngor cyfeillgar iddo, sibrydodd yn fygythiol yn ei glust.

'Smo i'n lico ti'n neud sbri am ben y'n ffrind i.'

Yna fe daflodd y cythraul i ffwrdd i'r dde iddo.

Ar yr un pryd, symudodd Caleb, yntau. Gwenodd yn oeraidd ar Hazarm, gan bwyso ei ben ychydig i'r ochr. Roedd ychydig fodfeddi'n fyrrach na'i wrthwynebydd, ac felly, er mwyn ei dynnu lawr i'w daldra ef, ciciodd Hazarm yn gyflym y tu allan i'w benglin chwith ac wrth wneud fe ddatgymalodd hi. Wrth i goes Hazarm blygu, syrthiodd ymlaen. Cwrddodd dwrn Caleb, oedd ar y ffordd i fyny, gyda gên y cythraul oedd ar y ffordd i lawr. Lluchiwyd e am yn ôl a glaniodd yn un tomen difywyd ar y ddaear, yn byped diwifr.

Yn anffodus i Caleb, wrth iddo edrych ar Hazarm oedd ar lawr, trawodd Ashtenaz yn erbyn ei glin wrth gael ei daflu gan Ebin. Hedfanodd Ashtenaz ac yntau drwy'r aer, wedi eu hymgordeddu yn ei gilydd tuag ugain cam i ffwrdd, yn rolio mewn cwmwl o lwch. Pan, o'r diwedd, y stopiodd y ddau, gorwedden nhw'n wynebu ei gilydd, eu trwynau ond ychydig fodfeddi wrth ei gilydd. Caleb oedd y cyntaf i ymateb. Tynnodd ei ben yn ôl yn sydyn ac gyrrodd ei dalen yn erbyn trwyn Ashtenaz. Cododd Caleb ar ei draed ac edrychodd ar Ashtenaz oedd yn gorwedd yn ddiymadferth ar y llawr.

'Cythrel salw,' meddai, cyn cerdded draw at y lleill. Fodd bynnag, teimlodd boen miniog yn y goes a drywanwyd gan Ashtenaz a rwystrodd ei gam. Erbyn iddo ddod at ei gyfeillion roedd yn cloffi'n wael.

'Pam ti'n cloffi?' gofynnodd Tarog.

'Achos o'dd rhywun wedi twlu Ashtenaz ata' i a bwrw 'ngho's i,' atebodd.

'Ti'n siŵr,' gofynnodd Ebin yn ddiniwed.

Syllodd Caleb yn anfodlon arno.

Cerddodd Garan at Antonin a sefyll hyd braich oddi wrtho.

'Cer o 'ma, Antonin. Sdim byd i ti 'ma nawr.'

'Oh, smoi'n gwbod. Beth amdanat ti a fi?' gwenodd yn bryfoclyd.

'Dyw hwn ddim byd i neud â ni.'

'Ond ma' busnes heb 'i sorto rhyngthon ni.'

'Smo i'n credu 'ny.'

'Smo ti isie gwbod?'

'Gwbod beth?'

'Pa un ohono' ni yw'r ymladdwr gore? Neb arall, dim ond ni'n dou,' gwahoddodd Antonin.

Roedd yr angel-ryfelwr wedi ei syfrdanu. O'dd e'n gofyn am ffeit? Edrychodd arno'n ddyfal, gan weld eto ei lygaid a'i wên ddirmygus a'r nadredd yn ymlusgo ar ei ben.

'Dim diolch, Antonin. Fi eishos ar y tîm sy'n ennill.'

Trodd i edrych ar yr angel-ryfelwyr eraill. Wrth weld ei gyfle, dechreuodd Antonin chwipio'i gleddyf allan o'i wain. Yn ymwybodol o'i fwriad, trodd Garan ei ben yn sydyn. Gan lygadu ei darged, ac ar belen ei droed dde, trodd ar ei echel. Cododd ei droed chwith a chicio Antonin ar ochr ei wddf gyda'i droed. Gwegiodd Antonin wrth iddo ffrwtian a cheisio anadlu. Gwingodd y gwiberod ar ei ben.

Yn araf, adferodd Antonin hunan-reolaeth a safodd yn syth unwaith eto.

'Ti'n gwbod byddwn ni nôl,' sibrydodd, ei lais yn rhygnu o ganlyniad i'r ergyd. 'Ma' 'na eraill yn y'n pocedi ni, yn barod i ufuddhau i ni, o Herod hyd at y Phariseaid lleia'.'

Heb unrhyw rybudd, dyrnodd Garan ef ar ei drwyn. Doedd e'n ddim mwy na mymryn o chwip o'r arddwrn, ond teimlodd Antonin ei effaith hyd at ei sodlau. Syrthiodd yn drwm ar lawr a gorweddodd yn hanner anymwybodol am amser. Ymhen ychydig, deffrodd, a stryffaglodd ar ei draed. Syllodd yn ddig ar Garan. Roedd yn amser ymadael. Doedd dim i'w ennill trwy bryfocio Garan mwy. Aeth ef a rhai o'r angylion oedd wedi stwrian o gwmpas yn deffro'r lleill o'u syrthni. Methon nhw ddeffro rhai ohonyn nhw.

'Pidwch anghofio honna,' gorchmynnodd Ebin, gan gicio'r llaw a dorrodd i ffwrdd yn gynharach yn y ffrwgwd.

Camodd Antonin ymlaen a gyrrodd flaen ei gleddyf i'r llaw. Roedd casglu pawb ynghyd yn weithred araf a phoenus gan fod y cythreuliaid i gyd wedi eu hanafu'n ddifrifol. O'r diwedd, gan wegian, a chyda chamau ffaeledig, hedodd bob un i ffwrdd yn cloffi-hedfan drwy'r awyr.

Edrychodd Garan ar y cythreuliaid nad oedd Antonin wedi gallu eu deffro.

'Ebin, twl nhw,' gorchmynnodd.

Gwnaeth Ebin fel y dywedwyd wrtho, gan gymryd gofal i'w taflu i'r cyfeiriad arall i'r bryniau lle roedd yr angylion newydd fod yn canu.

Am y tro cyntaf ers i'r gwrthdaro ddechrau, ymlaciodd Dylan ac anadlodd yn esmwyth.

Parhaodd ddathliadau'r côr. Cerddodd Mihangel a Gabriel draw at Acsa.

'Llongyfarchiade,' meddai Mihangel.

Gwnai'r angylion gymaint o sŵn nes ei fod yn esgus cyfleus i Acsa ffugio nad oedd wedi deall. Roedd am glywed Mihangel yn ei longyfarch eto.

'Mae'n flin gyda fi,' meddai, gan ddal ei law at ei glust.

Gwaeddodd Mihangel 'Llongyfarchiade', eto.

'Diolch,' gwefusodd yn raslon.

Doedd dim pall ar y dathlu.

'Roedd yn wirioneddol dda,' ychwanegodd Gabriel mewn llais uchel.

Nodiodd Acsa ei ben yn werthfawrogol. Llenwodd balchder ei holl fod.

Daeth Dylan allan o'i guddfan a brasgamodd draw at Garan a'i griw, ei ymysgaroedd ar dân.

'Fi erio'd wedi gweld unrhyw un yn symud mor glou! Ble ddysgoch chi siwd i neud hwnna? O'dd ddim gobeth 'da nhw.'

Yna, sylweddolodd nad oedd un o'i gyfeillion angylaidd yn rhannu yn ei orfoledd. Arhosen nhw yn y man lle safon nhw pan adawodd Antonin a'i gythreuliaid. Distewodd Dylan. Pam oedden nhw'n dawel? Ffurfion nhw gylch, gan gau eu rhengoedd. Am y tro cyntaf ers iddo gyrraedd, câi Dylan y teimlad annifyr ei fod yn ymyrryd ar agosatrwydd a ddeilliai o frwydrau'r gorffennol a gyd-brofwyd yn enw eu Harglwydd. Yn wir, teimlai rywfodd ei fod yn halogi ar grysegredigrwydd criw ymroddedig o ryfelwyr. Edrychodd Cadman ar Garan.

'Ti'n iawn?'

'Be ti'n feddwl?'

Dewisodd Cadman ei eiriau'n ofalus.

'Ti'n gwbod, dod wyneb yn wyneb ag Antonin 'to.'

'Ie, ond, o'n i ddim wedi 'i weld e ers y gwrth...'

Distewodd ei lais. Ymwrolodd.

'Ond pam ddyle fe fod yn wahanol i'r gweddill ohonoch chi? Collodd bob un ohono' ni ffrindie o'dd yn bwysig i ni.'

'Fi'n gwbod, ond o'ch chi'ch dou'n agos iawn,' pwysodd Cadman.

'O'dd pob angel yn y nefo'dd yn gwbod y'ch bod chi fel brodyr,' ychwanegodd Ebin, 'er smo hynny'n bosib i ni angylion, ond ti'n gwbod be' fi'n feddwl.'

Nodiodd Garan ei ben ychydig a gwenodd yn wanllyd.

'Ti'n iawn.'

'Dim posib y'ch gwahanu chi, o beth ma' pawb yn 'i gofio,' meddai Tarog.

Buon nhw'n dawel am rai eiliadau. Gwyddai bob un ohonyn nhw beth fyddai'r cwestiwn nesaf, ond doedd yr un o'r pedwar am ei ofyn allan o barch at eu harweinydd. Roedd yn anochel mai Caleb fyddai'r un na fedrai aros.

'O'dd unrhyw syniad gyda ti beth o'dd gyda fe mewn golwg?'

'Dim syniad,' atebodd Garan, gan ysgwyd ei ben. 'Un funed, o'dd e'n sefyll wrth y'n ochor i, yn fodel hardd a gosgeiddig o bwere creadigol prydferth Duw, a'r nesa', o'dd e wrth ysgwydd Satan, yn hagr a ffiedd, yn gwenu'n salw arna' i, yn mwynhau pob muned o'i dwyll. O'n i jyst yn ffaelu deall beth o'dd e wedi bod yn 'i neud tu ôl i 'nghefen i, gyda Satan a'r lleill.'

'Hyd y dydd hwn, alla' i ddim deall pam y bydden nhw wedi cyfnewid y ffordd o'n nhw, am beth y'n nhw nawr,' barnodd Caleb.

'Balchder, sdim gair arall amdano fe. O'n nhw'n meddwl 'u hunen yn well na'u Creawdwr.'

Edrychodd Caleb tuag at y bryniau ac at y Côr Angylion.

'Chi'n gwbod, fi 'di bod yn meddwl...'

'Waw! Eto!' torrodd Ebin ar ei draws. ''Na ddwywaith mewn llai na blwyddyn!'

'Tipyn o gamp,' ychwanegodd Tarog.

Edrychodd Caleb yn ddilornus arnyn nhw trwy gil ei lygaid ac aeth yn ei flaen.

'Mewn blynyddo'dd i ddod fydd neb ar y ddaear yn gwbod taten am beth nethon ni 'ma heno, ond bydd pawb yn ffysan ambwyti'r Côr Angylion: nhw fydd yn ca'l y sylw i gyd. Fyddan nhw siŵr o ga'l bonllef dawel yn yr Ystafell Ymarfer, hyd yn o'd.'

Ni chafodd fawr o gydymdeimlad gan y lleill.

'Cer i ymuno â nhw, de,' anogodd Tarog.

'Falle na' i hynny. Fydden nhw'n well cwmni.'

'Ie,' ymatebodd Tarog. 'Bydd Acsa wrth 'i fodd yn dy ga'l di 'na. Ni i gyd wedi dy glywed di'n canu, cofia.'

'Elli di gymryd drosto wrth Dylan fel yr angel sy' mas o diwn, nawr fydd pawb yn gwbod 'i fod e'n gallu canu,' ychwanegodd Ebin.

'Glywes i hwnna,' meddai'r angel bach.

'Dere 'ma,' meddai Ebin, gan estyn ei fraich ato.

Sleifiodd Dylan draw a sefyll ger eu bron.

'Ti'n iawn, nawr?' gofynnodd Tarog. 'O'dd ofon arno fe ginne. Fe gynigodd e'n helpu ni i ymladd yn erbyn Antonin a'i gythreuliaid hyd yn o'd.'

'O'n i'n meddwl bo' chi'n mynd i ga'l bach o drwbwl.'

'Dim perygl o hynny,' mynnodd Garan. 'Ti'n gwbod pam?'

Roedd ateb parod ganddo.

'Achos fod Caleb ar y'ch ochor chi?'

Edrychodd Garan, Cadman ac Ebin yn hurt arno.

'Nage,' atebodd Garan. 'Am fod iawn ar y'n hochor ni.'

Edrychodd Dylan yn gwestiynol ar Tarog. Gwenodd hwnnw'n braf arno tra chynhesodd Caleb hyd yn oed yn fwy at yr angel bach.

Pennod 47

Hedfanodd Ashtenaz yn araf, yn ôl tuag at Fethlehem. Doluriai'r brathiadau cleddyf a ddioddefodd gan Ebin ef yn fwy nag unrhyw beth roedd wedi gorfod ei oddef o'r blaen. Nid yn unig hynny, roedd cur pen affwysol ganddo ar ôl i Caleb ei daro gyda'i ben yntau. Roedd mewn cyflwr truenus, ac yn anfodlon iawn ei fod wedi cael ei orchymyn i ddychwelyd i siarad gyda'r Arglwydd Kandar.

Wrth i Antonin arwain ei lu drylliedig o Fethlehem, yn addo iddo'i hun y byddai ryw ddydd yn dial ar Garan a'i uned am yr hyn wnaethon nhw, cofiodd yn sydyn fod Kandar yn dal i ddisgwyl amdanyn nhw ger cartre'r Pharisead yna. Anfonodd Ashtenaz i roi gwybod iddo eu bod wedi gadael.

Roedd y strydoedd yn wag, gyda thrigolion y ddinas wedi hen glwydo i'w gwelyau. Wrth iddo ddynesu at dŷ'r Pharisead gwelodd Kandar, yn sefyll yn ddiamynedd yn rhith Shobal, tu allan. Ymwrolodd Ashtenaz. Yn ofalus, fe laniodd gan sicrhau ei fod yn sefyll mwy na hyd braich oddi wrtho. Gwelodd Kandar ei drwyn chwyddedig a'i glwyfau llym.

'Wel?' gofynnodd Kandar.

'Neges gan Arglwydd Antonin, f'Arglwydd. O'n ni'n rhy hwyr. O'dd hi eishos wedi rhoi genedigeth.'

Nid ymatebodd Kandar. Gan deimlo'n anesmwyth gyda'r distawrwydd, ychwanegodd Ashtenaz,

'Do'dd dim rheswm i aros mwy, felly roiodd Arglwydd Antonin y gorchymyn i adel.'

Edrychodd Kandar i'r pellter. Meddyliodd am ennyd. Yna, gofynnodd,

'A Garan a'r lleill?'

'Ffeindion ni nhw, ond fel wedes i, o'n ni'n rhy hwyr.'

Cododd Kandar ei law i'w ên. Symudodd Ashtenaz i ffwrdd yn reddfol.

Gwenodd Kandar yn ddiniwed arno. Nid oedd Ashtenaz wedi symud i ffwrdd yn ddigon pell, oherwydd mewn chwinciad, taflodd Kandar ei law tuag ato. Wrth iddi hedfan trwy'r aer, ffurfiodd Kandar hi'n ddwrn, gan ei dyrnu yn wyneb Ashtenaz. Achoswyd y difrod eithaf wrth i Kandar droi ei ddwrn mymryn pan darodd fel bod migwrn ei fynegfys yn gyrru'n galed i lygad y cythraul. Doedd dim gobaith gan Ashtenaz gan i Kandar symud mor chwim. Cwympodd i'r llawr a gorweddodd yn llonydd. Plygodd Kandar lawr a siaradodd ag ef mewn llais cras.

'Felly, beth yw'r holl gwte a'r cleisie hyn, Ashtenaz? Ti'n meddwl mod i'n dwp?'

Edrychodd Kandar i ffwrdd. Roedd yn gandryll.

Penderfynodd ei bod yn amser iddo adael. Roedd ei bwrpas ef ym Methlehem wedi dod i ben. Cerddodd i'r tywyllwch wrth dalcen y tŷ. Yno, trodd ei hun yn ôl i'w ffurf gythreulig, anghenfilaidd. Teimlai rhyw ryddid gorfoleddus. Roedd wedi cael ei gaethiwo yn ei rith dynol am yn rhy hir. Wrth ffarwelio, fe darodd ei ddwrn sawl gwaith yn erbyn drws tŷ Philip. Gwenodd. Byddai'r braw a deimlai wrth glywed y sŵn yn gwneud iddo ollwng ei berfedd. Er, fel y gwyddai, nid oedd hynny'n gwneud yn iawn am yr hyn allai fod wedi digwydd, ond fe fwynheodd wneud, serch hynny. Cododd i'r awyr. Roedd awydd arno ddod o hyd i rywle arall yn Israel iddo weithio ei hud cythreulig, naill ai fel Shobal, neu efallai fel rhywun arall.

Pennod 48

Yn y cyfamser, roedd y Côr Angylion yn paratoi i ddychwelyd i'r nefoedd. Daeth Meshek, arweinydd yr angel-ryfelwyr oedd wedi eu hebrwng i'r bryniau, at Mihangel.

'Barod i fynd, bos.'

'Diolch, Meshek. Cymer ofal ohonyn nhw, fe roion nhw'r cyfan o'dd ganddyn nhw heno.'

'Bos,' atebodd Meshek. Yna, gan gyfarch y prif negesydd gyda 'Gabriel' cwta ond cwrtais, brasgamodd yn ôl at ei ryfelwyr.

Arhosodd Mihangel am ychydig eiliadau, ac yna, cododd ei fraich. Tawelodd y llu nefol gan syllu'n ddisgwylgar arno.

'Fy nghyd angylion,' dechreuodd. 'Ry'ch chi wedi datgan dyfodiad Iesu i'r byd mewn ffordd weddus, addas ac yn fwy na dim, mewn ffordd ysblennydd. Dylech chi i gyd fod yn fodlon iawn.'

Ymatebodd yr angylion trwy guro eu dwylo a bonllefain yn uchel, a pharhaodd hyn am rai eiliadau. Cododd Mihangel ei law am ddistawrwydd eto.

'Ga' i fanteisio ar y cyfle, ar y'ch rhan chi, i ddiolch i Acsa am y'ch paratoi chi mor drylwyr.'

Bu mwy o weiddi a bloeddio yn sgil hyn. Gorfod i Mihangel godi ei law unwaith eto.

'Nawr, fel y gellwch chi weld y tu ôl i fi, ma'r rheini a dderbyniodd y'ch neges yn trafod beth i neud nesa'. Cyn hir, fe fyddan nhw'n gadel y brynie hyn ac yn mynd lawr i Fethlehem, er mwyn gweld y newydd-anedig, Ceidwad y byd.'

Gyda hyn, bu mwy fyth o chwibanu a bonllefain estynedig.

Cododd ei law eto.

'Plîs, ma' 'mraich i'n blino.'

Chwarddodd pawb yn gwrtais. Roedd Mihangel wedi gwneud jôc. Doedden nhw ddim am ei siomi.

'Sdim mwy i chi i'w wneud 'ma heno...'

'Ooo,' ebychodd bawb yn uchel. Teimlai bob un yn flin.

'Bydd yn rhaid i chi ddychwelyd i'r nefo'dd cyn hir. Fe ellwch chi sgwrsio ymysg y'ch gilydd yn y cyfamser.'

Erbyn hyn roedd Teiras wedi ymuno gyda'r tri angel. Trodd Mihangel at Acsa.

'O'n i'n golygu pob gair, Acsa. O'dd hi'n sioe ogoneddus o lawenydd ac afiaith, ac o'dd y cyhoeddiad yn union beth o'dd 'i angen.'

Nid ymatebodd Acsa yn syth, nid am nad oedd wedi mwynhau'r clod roedd Mihangel newydd ei roi iddo: pwy na fyddai? Yn hytrach, roedd yna bethau eraill ar ei feddwl.

'Archangel Mihangel, fe wedest ti wrth yr angylion, "Rhaid i chi ddychwelyd i'r nefoedd". Dwyt ti ddim am ddod nôl gyda ni?'

'Na.'

'A ti, Gabriel?'

'Mae pethau pwysig gyda ni i'w gwneud.'

'Fydde'r rheini'n ymwneud ag yym... mynd lawr i Fethlehem a gweld yr Arglwydd Iesu?'

Edrychodd yr archangel ar y cyfarwyddwr cerdd gyda gwên ysmala ar ei wyneb.

'Nid yn unig wyt ti'n gallu paratoi'r côr angylion cystal, wyt ti'n eitha' craff hefyd.'

'Felly, ry'chi *yn* mynd i'w weld E.'

'Er mwyn siarad gyda Garan, yn fwy na mynd i'w weld E.'

'Ydy e lawr yna?' gofynnodd Acsa, y fflach o brysurdeb yn ei lais wedi ei yrru gan eiddigedd dwfn.

'Odi, a Cadman, Tarog, Ebin a Caleb.

Chwyddodd anfodlonrwydd Acsa. Pam y dylen nhw fod lawr yno, gyda'u Harglwydd, pan y gallai ef wneud cymaint mwy? Tynerwch, tosturi a meddwlgarwch oedd ei angen arno, ac roedd ef, fel cyfarwyddwr cerdd y Côr Angylion, gyda'i gronfa enfawr o dalent creadigol yn meddu ar stôr o'r rhinweddau hynny. Beth allai ciwed o ryfelwyr gwydn a dygn ei gynnig? Beth bynnag, byddai wrth ei fodd yn cael y cyfle i weld y baban Iesu. Y baban Iesu! Pwy feddyliai y byddai Tywysog Tangnefedd wedi dod i'r ddaear fel baban, yn wan a diymgeledd? Roedd Acsa'n dal i'w chael yn anodd i ddirnad y peth. Heb ymddangos yn hunanol, meddai,

'Fe fyddwn yn gwerthfawrogi'n fawr taswn i a Teiras, ynghyd â chriw bychan o brif leisiau'r côr yn cael y cyfle i fynd gyda chi, i weld Iesu.'

Pendronodd Mihangel am ychydig eiliadau.

'Faint sy' ar dy feddwl di?'

'Rhyw... ddeuddeg,' mentrodd Acsa.

'Tri arweinydd y pedwar rhan – Y Deuddeg – felly?'

'Yn union,' atebodd Acsa yn ddisgwylgar. 'Gwobr iddyn nhw am arwain y canu mor dda,' ychwanegodd yn ei lais mwyaf perswadiol.

Meddyliodd Mihangel am ennyd gan gymryd cipolwg at Gabriel.

'Wela' i ddim pam?'

Roedd Acsa ar ben ei ddigon a Teiras gydag ef.

'Trefna di dy gantorion. Bydd rhaid inni adel yn fuan iawn. Rhaid inni gyrra'dd ymhell cyn y bugeiliaid.'

'Dim cynt na gwnaed,' atebodd Acsa. Trodd at Teiras. 'Trefna di bethau. Rwy' wedi llwyr ymlâdd ar ôl y perfformiad. Fe dreulies i lawer o egni heno, ac mae angen gorffwys arna' i.'

Edrychodd Mihangel a Gabriel ar ei gilydd. Cerddodd y ddau ychydig bellter i ffwrdd a phan oedden nhw allan o glyw, meddai Mihangel,

'Ma' baich emosiynol sylweddol yn dod gyda gallu creadigol, Gabriel.'

'A dyna lle roeddwn i'n meddwl ein bod wedi dod i addoli a chanmol Iesu, nid i wneud perfformiad.'

Aeth Teiras ati'n ufudd i wneud y trefniadau. Galwodd ddeuddeg prif angel y côr ato ac eglurodd iddyn nhw bod gweddill y côr yn dychwelyd i'r nefoedd, ond eu bod hwy i aros, am iddyn nhw gael hawl arbennig i fynd lawr i Fethlehem i weld y baban Iesu.

Lledodd chwa o gynnwrf yn eu plith. Roedd Sabta, Gether a Dumah wrth eu boddau. Cawson nhw drafferth i reoli eu hunain. Cyn iddyn nhw adael y nefoedd gyda gweddill y côr roedden nhw wedi gwneud eu gorau i ddod o hyd i Dylan. Wedi methu ei ffeindio, roedden nhw wedi pledio gydag Acsa iddyn nhw gael aros amdano. Gwrthododd eu cyfarwyddwr cerdd eu cais yn ddiymdroi. Doedd dim posib gohirio eu hymadawiad: roedd amserlen dynn ganddyn nhw i gadw ati. Aethon nhw at Mihangel hyd yn oed, ond fe ddywedodd e wrthyn nhw fod yn rhaid iddyn nhw adael ac am iddyn nhw beidio poeni am Dylan: mi fyddai e'n iawn. Er i'r tri fod ar ben eu digon gyda'r dathliad, teimlen nhw rhyw anesmwythyd fod Dylan wedi colli'r holl beth, a'u bod hwy yn cael mynd i weld y baban Iesu nawr.

Dychwelodd Teiras at Mihangel a Gabriel a dweud wrthyn nhw fod popeth yn barod. Cyn gynted iddyn nhw gael gwybod fe welon nhw'r lliaws anferthol yn gadael yr awyr uwchben Bethlehem am y nefoedd, yn cael eu hebrwng gan Meshek a'i griw o angel-ryfelwyr.

'Popeth i weld yn mynd yn ôl y trefniadau mor belled,' sibrydodd Gabriel yng nghlust Mihangel.

'Erio'd wedi bod yn y fantol,' gwenodd yr archangel.

Roedd y Côr Angylion yn dal i adael pan drodd Mihangel i wynebu'r deuddeg angel oedd wedi eu gwahodd i aros i weld Iesu. Pwysleisiodd nad oedd fawr o amser ganddyn nhw.

'Bant â ni, de. Acsa!' galwodd, 'gwell i ti godi os wyt ti am ddod gyda ni.'

'Funud yn ôl alle fe ddim fy nghanmol i digon, a nawr dyma fe'n fy ordro i ambwyti fel taswn i'n brentis angel,' meddyliodd iddo'i hun.

'Rwy'n dod,' meddai, gan godi i'w draed yn flinedig.

Pennod 49

Gwyliodd y pum gwarchodwr bymtheg angel, dan arweiniad Mihangel, yn glanio ar y tir agored o flaen y graig. Roedd Dylan y tu fewn i'r ogof, yn eistedd ar lawr, yn syllu ar Iesu mewn rhyfeddod. Llifodd golau cynnes euraid drwy'r awyr o'r dwyrain yn cyhoeddi dyfodiad yr haul ar y bore Nadolig cyntaf hwn. Roedd Garan wedi bod yn eu disgwyl a cherddodd draw i gyfarch Mihangel a Gabriel. Nodiodd i gydnabod y deuddeg angel gantorion arall ac yn olaf, trodd at Acsa a Teiras. Cyfarchodd y blaenaf.

'Wel, o'dd popeth yn edrych ac yn swnio'n arbennig o fan hyn. Alla i fentro dy fod ti'n browd iawn.'

'Diolch, Garan. Ma' dy glywed di'n dweud hynny yn fy ngwneud i'n fodlon iawn,' ymatebodd Acsa.

Teimlai Garan fod y côr-feistr yn ei anwybyddu rhywfaint, gan iddo edrych heibio'r angel-ryfelwr at yr ogof. Edrychodd Garan at Mihangel.

'O'n nhw'n eithridaol ac yn hollol wych,' meddai Mihangel. 'Ma' nhw i gyd ar 'u ffordd nôl i'r nefo'dd ar hyn o bryd, ond fe ofynnodd Acsa os alle fe a rhai cantorion dethol ddod lawr yma i weld y'n Harglwydd.'

'Wrth gwrs,' atebodd Garan.

Trodd Gabriel ato a gofynnodd yn dawel,

'Siwd ma' pethe wedi mynd?'

'Iawn, heblaw am ymweliad gan Antonin a rhai creaduriaid annymunol.'

Edrychodd Mihangel arno'n ofidus.

'Dim problem,' sicrhaodd ef. 'Fe ddelion ni â nhw. Ma' nhw wedi hen fynd.'

'Wyt ti'n iawn?'

'Ydw.'

Yna, gan droi at yr angel gantorion cyhoeddodd,

'Ganwyd y'n Harglwydd rhyw beder awr yn ôl.'

Ebychodd bawb.

'Ma' Mair, 'i fam yn iawn, er yn flinedig tu hwnt, ac mae Joseff, 'i gŵr hi wedi 'i syfrdanu gan yr holl beth. Ma' fe'n dal i'w cha'l hi'n anodd credu taw'r babi hwn yw Iesu, y Meseia. Fe ddaw e dros y peth, gyda help Mair. Ma' hi'n fenyw anhygoel.'

Nodiodd Gabriel ei ben.

Roedd y garfan fechan o angylion ar bigau'r drain.

'Ellwn ni ei weld E, Mihangel?' gofynnodd Acsa.

'Sdim rheswm pam ddim. Arwen y ffordd, Garan,' gorchmynnodd Mihangel.

Wrth i Garan ddechrau troi, bu symudiad yng ngheg yr ogof. Stopiodd yn sydyn, wrth i Joseff ymddangos, gan gario Mair yn ei freichiau, oedd, yn ei thro, yn cario'r baban Iesu yn ei breichiau hithau.

Ar unwaith, syrthiodd pob un o'r angylion ar eu gliniau i addoli eu Harglwydd. Fel oedd Garan a Dylan wedi gwneud rai oriau'n gynharach adnabyddon nhw Iesu'n syth gan ymateb yn union fel y byddai unrhyw angel arall wedi ei wneud. Ar eu gliniau ac wrth blygu eu pennau talon nhw wrogaeth i'w Harglwydd.

Munud yn gynharach, wrth weld yr haul yn codi, penderfynodd Joseff a Mair eu bod am ddangos y wawr i Iesu. Neu, a oedden nhw'n dangos Iesu i'r wawr? Pa beth bynnag. Gorweddai Mair ar y gwair, yn rhy wan i gerdded ar ôl eu hymdrechion wrth roi genedigaeth. Felly, estynnodd Iesu i Joseff a dweud wrtho ef am fynd â'r baban allan. Doedd Joseff ddim yn fodlon gyda hyn am mai ei syniad ef o'r uned deuluol oedd fod pawb yn gwneud pethau gyda'i gilydd. Doedd dim arwahanu i fod. Felly, i ddyn a feddai ar freichiau saer pwerus, oedd yn gyfarwydd â chodi capanau trwm a phlannu pyst pren trwchus yn y ddaear, peth bach iddo ef oedd i godi Mair yn ei freichiau, tra magai hi Waredwr y byd.

Yn araf, cododd yr angylion ar eu traed. Syllodd y newydd ddyfodiaid mewn chwilfrydedd, ond yn bennaf mewn addoliad. Er ei fod yn faban, ond ychydig oriau oed, adnabyddon nhw Ef fel Hyfrydwch a Harddwch y Nef. Ond yma, fel y Gair a wnaethpwyd yn gnawd, ac felly delw'r Duw anweledig.

Heb yn wybod iddo fod y bodau nefolaidd yn addoli ei fab, wynebodd Joseff y dwyrain, i ddangos y baban newydd anedig i'r wawr ac wrth iddo wneud, llewyrchodd yr haul oleuni mwy disglair nag erioed o'r blaen. Tywynnodd ar lygaid y baban mor loyw, fe ddeffrodd Ef. Dechreuodd nadu a chynyddodd y nadu yn llefain, a dreiddiodd drwy Fethlehem gyfan gan mor heddychlon oedd y lle, yng ngolau cynta'r dydd. Dechreuodd Mair ei siglo'n araf yn ei breichiau. O weld hyn, dechreuodd Joseff yntau siglo Mair yn egnïol. Rhoddodd ei llaw ar ei frest.

'Joseff, Joseff,' gwenodd yn dyner. 'Fyddi di'n codi cyfog arno. Fe sigla' i O. Dal di ni.'

Gwnaeth y saer mawr fel y dywedodd hi. Parhaodd Mair i'w siglo, ond dal i grïo'r wnai'r baban, a hynny'n uwch.

Dechreuodd yr angylion oedd newydd gyrraedd aflonyddu o'i weld yn llefain. Edrychodd Acsa draw at y pum angel-ryfelwr, a synnwyd ef wrth weld nad oedden nhw'n poeni rhyw lawer am anesmwythyd amlwg eu Harglwydd.

Safen nhw yno â'u dwylo'n gorffwys ar garnau eu cleddyfau oedd yn eu gweiniau.

'Yn union fel rhyfelwyr,' meddyliodd iddo'i hun. 'Ni allen nhw fyth wybod unrhyw beth am empathi na chymdeimlad.'

Yna, cafodd Acsa syniad. Mwy y meddyliai amdano, mwy y gwyddai ei fod yn syniad gwych, ond eto, mor syml, gan y byddai'n gwneud y defnydd gorau o'r talentau oedd ar gael yn y fan a'r lle. Ar ben hynny, roedd mantais ychwanegol o wybod y byddai ef, fel cyfarwyddwr cerdd a'r angel gantorion eraill oedd yn bresennol yn ennill y parch mwyaf, ac yn wir, bydden nhw'n chwedlonol yn y cylchoedd nefolaidd byth bythoedd.

'Archangel Mihangel, rwyf newydd feddwl am ffordd i leddfu llefain Iesu: fe allen ni angel gantorion ganu i'n Harglwydd.'

Roedd Mihangel ar fin ei ateb, ond parhaodd Acsa.

'Meddylia am y peth, fe allen ni ganu hwiangerdd iddo!'

'Popeth wedi 'i drefnu, Acsa,' atebodd yr archangel, 'popeth wedi 'i drefnu.'

Roedd Acsa wedi cyffroi gymaint ni chlywodd ateb Mihangel, neu fe ddewisodd ei anwybyddu. Byddai hwn yn ddigwyddiad llawer pwysicach na chyhoeddi dyfodiad Iesu i'r bugeiliaid: rhyw fân ddigwyddiad o'i gymharu gyda'r anrhydedd o ganu i Iesu. Cerddodd yn frysiog ymhlith yr angel gantorion, gan ddweud wrthyn nhw am baratoi eu hunain i ganu.

Ceisiodd Mihangel egluro wrtho.

'Ond, Acsa...'

'Beth?' gofynnodd hwnnw, er nad oedd yn talu fawr o sylw i'r hyn oedd gan yr archangel i'w ddweud, wrth iddo drefnu'r angylion. Cododd Mihangel ei lais ychydig.

'Acsa, ma' popeth eishos yn 'i le...'

Distewodd, oherwydd yr eiliad honno, torrodd cân o ymhell tu fewn i'r ogof. Cân mor felys, fe'i distewodd. O'i wirfodd fe wnaeth ei hun yn fud am fod rhywbeth nefolaidd a dedwydd yma, a byddai siarad drosto yn anweddus a chableddus. Erbyn hyn, safai Acsa yng nghefn yr angylion ac yn sydyn fe stopiodd eu trefnu. Am ennyd, fe safodd yn llonydd, fel delw. Yna, ysgydwodd ei hun o'i syfrdandod ac edrychodd ar ei gantorion. A oedd un ohonyn nhw wedi penderfynu dechrau canu heb ei ganiatâd ef? Na, doedd yr un ohonyn nhw'n canu. Edrychodd pob un ar ei gilydd yn hurt, mewn cymaint o ddirgelwch ag yntau. Beth bynnag, adnabu Acsa bob un ohonyn nhw, ac er mai hwy oedd cantorion gorau oll y Côr Angylion – elite yr elite – gwyddai na feddai yr un ohonyn nhw ar lais mor bur a chlir, mor dyner â chwymp eira, ond eto mor ddeinamig a grymus. Bron, na allai anadlu, cymaint oedd dwysder llawenydd y llais oedd yn ei serenadu ef a phob angel oedd yn bresennol. Dechreuodd lefain. Edrychodd o'i gwmpas at bob angel arall ac roedd pob un yn ymateb yr un ffordd ag yntau, gan gynnwys Mihangel, Gabriel a hyd yn oed yr angel-ryfelwyr. Cafodd gipolwg o Teiras ac roedd hwnnnw wedi ymgolli mewn rhyfeddod gorfoleddus.

Sylwodd fod Iesu, erbyn hyn yn cysgu'n dawel eto. Wrth i'r canu barhau, edrychodd Acsa o'i gwmpas unwaith yn rhagor, gan geisio gweld o le roedd yn dod, a mwy na hynny, geisio diwallu ei chwilfrydedd o ran pwy yn y byd oedd yn canu gyda'r fath lais. Nid meidrolyn mo hwn, oherwydd ni allai'r un person dynol ganu cymaint o felodïau a harmonïau gwahanol, i gyd ar yr un pryd. Pwy bynnag oedd e, byddai'n rhaid i Acsa ei gael yng nghôr yr angylion. Yn rhinwedd ei swydd fel cyfarwyddwr cerdd fe fyddai'n mynnu hynny. Mi fyddai hyd yn oed yn rhoi rhannau unigol iddo. Ond pwy oedd e? Edrychodd Acsa o'i gwmpas eto, ond yn ofer. Yna, sylwodd y symudiad lleiaf wrth geg yr ogof. Wrth weld pwy gerddodd allan bu bron iddo syrthio ar ei liniau. Dylan! Roedd Acsa'n gegagored fel oedd Teiras a gweddill yr angel gantorion. Ni allai Sabta, Gether a Dumah gredu eu llygaid... na'u clustiau. Edrychodd y cyfarwyddwr cerdd yn ddwys ar Dylan er mwyn bodloni ei hun mai ei ganu persain ef oedd yn eu cyfareddu. Dylan oedd e! Neb arall, jyst Dylan!

Roedd yr angel bach wedi clywed Iesu'n llefain ac wedi dechrau canu tu fewn yr ogof. Wrth iddo gamu allan i haul y bore dallwyd ef. Caeodd ei lygaid, a chadwodd hwy yng nghau wrth barhau i ganu i Iesu. O ganlyniad, ni welodd y newydd-ddyfodiaid, yn sefyll yn y tir agored y tu allan.

Roedd Mihangel a Gabriel hwythau ar ben eu digon. Gan mai ond clywed am fedrusrwydd canu'r angel bach gan Garan roedden nhw wedi ei wneud, cyfareddwyd nhw nawr wrth ei glywed yn canu am y tro cyntaf. Teimlai eu clustiau fel petaen nhw wedi eu taro gan rymuster o dynerwch ac addfwynder; roedden nhw wedi eu gwreiddio i'r fan a llenwyd eu llygaid gan ddagrau. Taflodd Mihangel ei feddwl yn ôl i'r amser yn ei neuadd pan adroddodd Garan yr hanes wrtho ef a Gabriel ar ôl iddo ddilyn Dylan ar ei daith i'r Aifft. Cofiai iddo deimlo'n anesmwyth pan ddywedodd Garan wrtho iddo lefain dagrau helaeth o lawenydd pan glywodd Dylan yn canu. Garan, y rhyfelwr mawr, ganrifoedd oed, yn llefain! A dyma fe ei hun, yn gwneud yn union yr un fath: doedd ganddo mo'r help.

Wrth i lais Dylan esgyn i uchafbwynt godidog, fe agorodd ei lygaid, a gwelodd fod mwy nag ond y pum rhyfelwr yn gynulleidfa iddo. Wedi ei synnu, stopiodd ganu ar ei union, er fod gwead y melodïau hudolus a adawodd yn hongian yn yr aer yn dal i gylchu o'u cwmpas. Edrychodd yn hir ar ei gynulleidfa. Dyna Sabta, Gether a Dumah a naw arweinydd arall pedwar rhan y Côr Angylion. Edrychodd draw a dyna lle roedd neb llai na Mihangel a Gabriel yn sefyll wrth ochr Garan, Cadman, Tarog, Ebin a Caleb. Yna, fe welodd Teiras! Wel, os oedd Teiras yno, ni fyddai Acsa'n bell i ffwrdd.

Ar yr union eiliad honno, camodd Acsa, oedd yn dal i sefyll wrth gefn y grŵp o angel gantorion, allan ac edrych ar Dylan.

Am ryw reswm rhyfedd, trawyd Dylan gan ofn. Pam oedd cymaint o fraw arno? Nid oedd wedi gwneud dim o'i le. Ond rhyw ffordd, roedd gweld beth fyddai rhai yn ystyried i fod yn nemesis iddo yn cerdded tuag ato gan wybod ei fod newydd ei glywed yn canu, yn gwneud i Dylan grynu gan ofn.

Cerddodd Acsa yn syth ato, a safodd ger ei fron, gyda phen yr angel bach gyfuwch â'i frest.

'Mae e'n cymryd lot o 'nghofod personol i. Mae e'n mynd i neud rhwbeth,' rhybuddiodd Dylan ei hun yn dawel.

Syllodd yn hir ac yn galed ar Dylan. Yna, cerddodd o'i gwmpas. Nid oedd Dylan erioed wedi teimlo mor nerfus. Heb feiddio symud, ymddangosai iddo droi ei lygaid yr holl ffordd rownd ei ben wrth ddilyn pob symudiad o eiddo Acsa.

Gwyddai Mihangel beth oedd Acsa yn ei wneud.

'Sneb 'na, Acsa, dim ond Dylan,' meddai, wrth gerdded atyn nhw.

Gorffennodd Acsa gylchu Dylan a safodd o'i flaen unwaith eto.

'Ond, sdim un ffordd,' sibrydodd i'w hun.

'Pam lai?' gofynnodd yr archangel.

Roedd Dylan yn falch fod Mihangel yno gan na fyddai syniad ganddo beth i'w ddweud wrth ei gyfarwyddwr cerdd.

Parhaodd Acsa i syllu, wedi ei barlysu gan yr angel bach.

'Ond... Dylan... yw e.'

Plygodd lawr ac edrych i fyw ei lygaid. Mewn cryndod, gwyliodd Dylan ef yn ofalus. Synhwyrodd ei fod wedi ei ddrysu'n llwyr.

'Smo i'n deall.'

'Beth wyt ti ddim yn 'i ddeall?' gofynnodd Mihangel.

'Wel,' ymatebodd Acsa, 'mae e wastod mas o diwn.'

'Dyna feddyliest ti, Acsa.'

Roedd y côr-feistr mewn penbleth wrth iddo droi i edrych ar Mihangel.

'O't ti erio'd wedi gofyn i ti d'unan i le bydde Dylan yn mynd pan fydde fe'n gadel y nefo'dd ar 'i ben 'i hunan, a mwy na hynny, pam? Er mowr cywilydd i fi, o'n i erio'd wedi meddwl am y peth.'

Teimlai Dylan ysgytwad o'i mewn. Rhyfeddai hyd yn oed yn fwy pan glywodd y peth nesaf ddywedodd Mihangel.

'Ar orchmynion y'n Harglwydd, Hynafddydd yr Oesoedd, fe ddilynodd Garan e pan a'th e ar un o'i deithie, bron i naw mis yn ôl.'

Edrychodd Dylan ar Garan. Nodiodd hwnnw ei ben i gadarnhau'r hyn roedd Mihangel newydd ei ddweud. Aeth yr archangel yn ei flaen.

'Gwelodd Dylan yn cysuro bachgen bach trist a digalon ond o'dd yr hyn a glywodd yn llawer pwysicach achos fe ganodd e gân i'r bachgen, cân brydferth a thlws o lawenydd na'th i Garan golli dagre, yn union fel ddigwyddodd i ninne nawr, ond a leddfodd boen y bachgen a llonni 'i galon brudd. Ti'n gweld, o'dd Dylan mewn cyswllt gyda pho'n y bachgen, synhwyrodd e'r peth ymhell i ffwrdd yn y nefo'dd, a mwy na hynny fe hastodd i'w gysuro fe: rhywbeth nad o's yr un ohono' ni yma, na'r un angel arall yn y nefo'dd erio'd wedi gallu neud. Ac fe wnaiff e hynny trwy gyfrwng cân, cân a ddaw o'r cariad a'r diniweidrwydd sy'n ddwfn tu fewn iddo fe. Ma' Duw yn caru rhai gorthrymedig y byd hwn, ac ma' Dylan erio'd wedi gwybod hynny – mwy na'r un angel arall.'

Teimlai Dylan yn anesmwyth wrth i bob angel oedd yn bresennol droi i edrych arno mewn rhyfeddod. Aeth Mihangel yn ei flaen.

'Acsa, gofynnodd Duw yn benodol am Dylan, i ddod yma i ganu hwiangerdd i Iesu, ei Fab.'

Unwaith eto, bu bron i Acsa syrthio i'r llawr. Roedd Duw wedi gofyn yn benodol am Dylan!

Yna, ychwanegodd Mihangel ei sylw olaf, gyda phwyslais bendant a chywir aeth fel saeth finiog ymhell i ddyfnder bod Acsa.

'Do'dd e, a dyw e byth wedi bod yr angel o'dd ma's o diwn.'

Trodd Acsa i edrych ar Mihangel. Roedd yn fud. Deallai ystyr yr hyn a ddywedodd Mihangel, fel y gwnaeth pob angel arall a safai yn y tir agored. Safodd yn llonydd am ychydig. Yna, synhwyrodd rhyw symudiad gerllaw. Roedd Joseff a Mair wedi penderfynu mai'r peth gorau fyddai dychwelyd y baban Iesu i'r ogof a chariodd Joseff y ddau ohonyn nhw'n ofalus. Crynodd Mair gan oerfel y bore cynnar, fel petai'r dydd wedi diosg ei got nos yn rhy fuan.

Plygodd Acsa lawr ac edrych ar Dylan eto. Edrychodd yr angel bach yn ddwfn i'w lygaid. Ymddangosen nhw'n ddryslyd, yn cael trafferth i brosesu'r hyn oedd newydd ddigwydd. Roedd mor glir â hoel ar bost na allai Acsa ddirnad yn iawn sut oedd sain mor nefolaidd wedi dod o enau Dylan. Dylan, yr un a ddyrchafodd canu aflafar i'r entrychion nes peri i nerfau Acsa fynd bron yn rhacs. Pa sawl gwaith y rhyfeddodd at ei allu i achosi llanast cerddorol? A pham nad oedd ef, arweinydd y côr nefolaidd wedi adnabod y meddai ar hyd yr amser, ar lais mor bersain. Gwyliodd Dylan ef yn codi ei law a'i rhoi ar ei ysgwydd. Yna, yna fe sibrydodd mewn llais cryg,

'Mae'n flin gyda fi. Rwy'n flin mod i wedi dy amau di. Yn flin nad o'n i am i ti ganu yn y côr. Ond yn fwy blin am beidio sylweddoli fod llais mor, mor brydferth gyda ti. Rwyf wedi gwneud drwg mawr â ti.'

Roedd Dylan wedi ei synnu. Edrychodd i lygaid Acsa. Methodd yngan yr un gair am eiliad neu ddwy. Yna, daeth o hyd i'w dafod, ac meddai'n ysgafn,

'Dim probz, Acsa.'

Yna, dyrnodd ef yn chwareus ar ei fraich ac arhosodd ychydig eiliadau cyn ychwanegu,

'Jyst, paid neud e 'to.'

Gyda hyn, fe chwarddodd y pum angel-ryfelwr yn uchel. Gwnaeth Mihangel a Gabriel yr un peth ynghyd â'r angel gantorion. Yna gwenodd a chwarddodd Dylan, ac Acsa hefyd. Rhuthrodd Sabta, Gether a Dumah draw ato. Ni allen nhw gredu y gallai Dylan fod wedi canu mor brydferth a phur. Aeth Acsa i siarad gyda Mihangel a Gabriel.

'Pam na wedest ti wrtho ni?' gofynnodd Dumah.

'Fe 'nes i, fwy nag unwaith,' atebodd, ychydig yn llidiog.

'Pryd?' gofynnodd y tri yn unsain.

'Y tro dwetha o'dd pan o'n ni'n gorwedd wrth y nant yng ngardd y nefo'dd, pan gynigoch chi'n helpu i ganu. Cofio?'

'Ie, ond...' dechreuodd Sabta.

Bu tawelwch lletchwith rhyngddyn nhw, a darfwyd gan Dylan.

'Pidwch poeni, chi'n gwbod nawr.'

'Odyn, ni *yn* gwbod,' atebodd Gether.

'A beth bynnag,' meddai Sabta, 'ble o' ti pan o'n ni i gyd wedi gadel y nefo'dd nithwr? Fe drion ni ga'l Acsa i aros. O'n ni wedi began arno fe.'

Roedd Dylan eisoes ar ben ei ddigon o gael ei anrhydeddu gan ei gyfoedion, ac ni feddyliai y gallai fod yn hapusach. Ond, wrth glywed nad oedd ei ffrindiau wedi anghofio amdano, fe gododd ei hwyliau'n uwch fyth.

Distewodd Dumah ei lais i sibrwd: doedd Acsa ddim yn bell i ffwrdd.

'O'dd e ddim isie gwbod. O'n ni wedi ymbil arno fe achos o'n ni'n gwbod faint o'dd y parti i groesawu Iesu yn 'i olygu i ti, ond o'dd e ddim isie grando.' Fe ddynwaredodd lais Acsa. 'Na, mae amserlen lem gyda ni, ellwn ni ddim hongian ambwyti.'

Chwarddodd y pedwar yn uchel. Edrychodd Acsa a'r angylion eraill draw atyn nhw.

'Ni'n flin i ti golli'r parti,' meddai Gether.

'Odyn,' cytunodd Sabta a Dumah.

'Mae'n iawn, wir.'

'Felly, wyt ti 'di canu hwiangerdd i'n Harglwydd, go iawn?' gofynnodd Sabta gan edrych ar Dylan mewn rhyfeddod.

'Ydw,' meddai, gan nodio ei ben. 'Fi 'di neud sawl gwaith erbyn hyn.'

'Ac wyt ti wedi bod 'ma gyda Garan a'i ryfelwyr yr holl amser?' gofynnodd Gether.

'Wel, rhan fwyaf o'r amser, ers i Iesu ga'l 'i eni.'

'Waw! Siwd rai y' nhw?' gofynnodd Dumah.

'Iawn. Ma' nhw wedi gweud wrtha i mod i'n un o'u gang nhw nawr.'

Roedd y tri angel yn gegrwth â'u llygaid led y pen ar agor.

'Pidwch poeni,' sicrhaodd Dylan nhw. 'Wedes i wrthyn nhw fod gang gwell o ffrindie gyda fi'n barod.'

Gwenodd bob un ar ei gilydd.

Pennod 50

'Iawn, sdim llawer o amser gyda ni. Fe fydd y bugeilied 'ma cyn bo hir,' cyhoeddodd Mihangel. 'Bydd rhaid y'n bod ni wedi gadel cyn iddyn nhw gyrra'dd.'

Edrychodd ar Garan a'r rhyfelwyr eraill oedd yn sefyll tu cefn iddo.

'Nid 'ma'r unig ymwelwyr fydd yn dod i'w weld E. Fe ddaw eraill: dynion doeth, a gweud y gwir, o'r Dwyrain. Fe fydd angel-ryfelwyr yn dod gyda nhw, a bydd tri yn cario anrheg bersonol i'n Harglwydd. Daw un ag aur, un arall myr a daw'r un olaf dan ofal Mibsam a'i filwyr... â thus. Dyna o'dd Abdallah yn 'i gario pan o'ch chi wedi 'i hebrwng e o Petra i Memffis.'

Edrychodd y pedwar rhyfelwr ar ei gilydd. Hoeliodd Garan ei sylw ar Mihangel.

'Felly... nage hebrwng Abdallah o'n ni, ond y thus.'

'Cywir.'

''Na beth o'dd e i gyd ambyti,' meddai Caleb.

Parhaodd Mihangel.

'Gorchmynion terfynol, Garan. Rwyt ti a dy ryfelwyr i aros yma i warchod Iesu, Mair a Joseff. Fe fyddan nhw'n byw yma am dros flwyddyn arall. Yna, byddan nhw'n gadel, ne'...' Edrychodd draw at yr ogof. Mewn llais difrifol, fe ddywedodd, '... bydd y bachgen Iesu yn ca'l 'i ladd gan ddynion Herod.'

Arswydodd yr holl angylion oedd yn bresennol.

'Bydd pob bachgen dan ddwy flwydd o'd ym Methlehem a'r cyffinie yn ca'l 'u lladd.'

Edrychodd Garan yn galed arno. Cofiodd y ddau yr hyn a ddigwyddodd yn yr Aifft yn ystod amser Moses pan orchmynnodd y Pharo ladd pob baban Iddewig gwrywaidd.

'Eto,' meddai Garan yn dawel.

'Ie,' sibrydodd Mihangel.

Am rai eiliadau distewodd pawb. Yna, siaradodd Garan.

'Dyna pam o'dd Antonin wedi gweud wrtha i'n gynharach fod Herod ym mhoced Satan?'

'Mwy na thebyg,' atebodd Mihangel.

'Ond, Mihangel,' meddai Tarog, 'nôl yn y nefo'dd, pan wedest ti wrthon ni gynta' am y gorchwyl hwn, wedest ti unwaith y bydde Iesu'n ca'l 'i eni y bydde Fe'n saff,'

'Fi'n gwbod, ond allen i ddim gweud y cyfan ar y pryd.'

'I ble'r ewn nhw – nôl i Nasareth?' gofynnodd Garan
'Na, fe gewn nhw 'u hanfon i'r Aifft. Dim ond am ychydig.'
Nodiodd Garan ei ben, gan roi ochenaid hir. Unwaith eto, byddai lladdfa'r diniwed yn digwydd, ond nid yn yr Aifft. Y tro hwn, byddai'n darparu lloches i Iesu a'i rieni.
'Siwd byddan nhw'n gwbod i adel?' gofynnodd Tarog.
'Bydd Gabriel yn ymddangos i Joseff a gweud wrtho fe beth i neud.'
Safai Caleb nesaf at Gabriel.
'Whare teg i ti, Gabe,' meddai, gan ei daro ar ei gefn ychydig yn rhy galed gan wneud iddo beswch.
Edrychodd yr holl angel gantorion arno. Ysgydwodd ei gyd-ryfelwyr eu pennau, gan fwmian dan eu hanadl. Synhwyrodd fod pawb yn edrych arno ac edrychodd o'i gwmpas.
'Beth?'
Edrychodd Mihangel a Gabriel ar ei gilydd. Ysgydwodd yr olaf ei ben a chwifio ei law o'i flaen fel petai'n dweud, 'Paid ffwdanu; taw piau hi'.
Aeth Mihangel yn ei flaen.
'Yn y diwedd, fe fyddan nhw'n mynd adref i Nasareth. Hyd at hynny, ry'ch chi i aros gyda nhw. Yr un yw'ch gorchmynion chi.'
'Pa le bynnag ewn nhw, ry' ni'n mynd gyda nhw,' eglurodd Ebin.
'Yn union.'
Ymyrrodd Acsa yn y sgwrs.
'Archangel, os yw Iesu mewn cymaint o berygl, yna – a dydw i ddim yn ceisio bychanu Garan a'i ryfelwyr dewr wrth ddweud hyn, dim o gwbl – ond on'd wyt ti'n meddwl y dylai mwy o angel-ryfelwyr fod yma? Wedi'r cyfan, dim ond pump ohonyn nhw sydd.'
'Pwynt da, Acsa,' atebodd Mihangel. Meddyliodd am rai eiliadau. 'Garan, dangos iddo fe.'
'Beth? 'U ca'l nhw i ddangos 'u hunen?' cwestiynodd Garan.
'Sdim cythreulied 'ma nawr, gan dy fod ti a dy ryfelwyr wedi delio gydag Antonin. Galw nhw.'
Ar hynny, ynganodd Garan, 'Dewch,' tawel, mwy iddo'i hun nag i unrhyw un arall.
Yn unionsyth, dechreuodd angel-ryfelwyr ymddangos, fel petai o ddim. Safodd Lorcan, Abeida, Jonathon, Peleg a Sabteka o flaen yr ogof. Yna, cyrhaeddodd grŵp o ddeg ar hugain. Cymerodd Dylan anadl sydyn. Gwisgen nhw ddillad carpiog, troeliedig, di-liw dynion a menywod cyffredin, â phenwisgoedd y gwŷr wedi eu lapio rywsut-rywsut o gwmpas eu pennau. Adnabu Dylan hwy fel y grŵp o bobl yr oedd Garan wedi hofran uwch eu

pennau pan gyrhaeddon nhw Fethlehem y noson gynt. Edrychodd at Garan a gwenodd hwnnw arno. Daeth eraill – nad oedd wedi eu gweld o'r blaen – hefyd yn gwisgo dillad pobl. Yna, llenwodd degau o angel-ryfelwyr yr awyr. Yn olaf oll, ymddangosodd grŵp o wehilion y ddinas a fu'n loetran ger y ffynnon pan oedd Joseff a Mair wedi cyrraedd. Daliai Jedah ei harweinydd i edrych yr un mor swrth a bygythiol â phan oedd wedi edrych yn fygythiol ar Ebin a Caleb pan eisteddodd y ddau ar ochr y ffynnon pan oedden nhw dan rith yr hen bâr priod.

Cerddodd Ebin a Caleb atyn nhw dan wenu'n braf. Ysgydwodd y ddau ddwylo gyda Jedah a'i angylion.

'Paid byth â neud hynna 'to,' meddai Ebin.

'Beth? Hwn?'

Unwaith eto, edrychodd Jedah'n sarrug arnyn nhw fel y gwnaeth y noson gynt.

'O'dd rhaid i ni edrych bant ne' fydden ni wedi wherthin mas,' meddai Caleb.

'Y'ch bai chi,' ymatebodd Jedah. 'Dylech chi ddim 'di edrych arna i.'

Gwenodd Ebin a Caleb arno.

'Pam ti'n cloffi, de, Caleb?' gofynnodd Jedah.

'Paid holi,' cynghorodd Ebin. 'O'dd e'n y ffordd pan dwles i Ashtenaz naill ochor. Fuodd e'n gorwedd ar y llawr yn ca'l sbelen fach.'

Anwybyddodd Caleb ei ffrind.

'Beth y' chi 'di bod yn neud y naw mis dwetha' 'ma ta beth?' gofynnodd.

Doedd Jedah ddim yn un i wneud yn fawr o'i waith.

'Hyn a'r llall; cadw llygad ar bethe.'

Yna cerddodd Lorcan draw atyn nhw.

'O, ac achub cro'n hwn.'

'Ti ffaelu gweud hwnna,' meddai Caleb. 'Sdim cro'n 'da un o ni.'

'Odi e wastod fel hyn?' gofynnodd Jedah i Ebin, yn ddiamynedd.

Nodiodd hwnnw ei ben wrth godi un o'i aeliau.

'Ie, ond ni'n ffrindie. Ni'n lico'n gilydd,' atebodd Caleb.

Edrychodd Ebin arno'n ddirmygus. Trodd yn ôl at Jedah.

'Beth ddigwyddodd, de?'

'O'n nhw bron ca'l 'u darganfod gan Sandon ond dda'th Nidab a fi i'r adwy a chymryd crasfa gan gapten y gwarchodlu tra fod Kandar, yn rhith Shobal yn watsio, yn enjoio'i 'unan.'

Edrychodd Caleb ac Ebin arno wedi rhyfeddu.

Cynigiodd Lorcan ei law i Jedah.

'Diolch. Ma' arno ni un i ti.'

'Pryd ddigwyddodd hyn?' gofynnodd Ebin.

'Y noson gyrhaeddodd Abeida yn Nazareth i weud 'tho chi fod Antonin wedi ca'l 'i weld 'ma,' eglurodd Lorcan.

'Pam na wedodd Abeida?'

'O'dd e ddim isie'ch poeni chi, yn enwedig gan taw fe o'dd achos y broblem yn y lle cynta'.'

Disgrifiodd Lorcan yn sydyn yr hyn oedd wedi digwydd. Chwibanodd Ebin a Caleb wrth feddwl pa mor agos y daeth yr holl gynllun at fethu'r noson honno.

'Roiodd Nathanael dipyn o goten i chi, on'd do fe?' meddai Lorcan.

Cododd Jedah ei ysgwyddau ychydig.

'Ac o'dd dim syniad gyda Kandar pwy o'ch chi?'

Gwenodd y ddau.

'Dim syniad,' atebodd Nidab. 'Cofiwch, fydde Nathanael ddim 'di neud unrhyw beth oni bai bod Kandar wedi tynnu 'i sylw fe.'

'Fe ddalwn ni lan gyda fe ryw ddydd,' addawodd Jedah.

'Welon ni Garan yn cyrra'dd ar 'i daith *reconnaissance* 'fyd,' ychwanegodd Nidab.

Paid gweud 'tho fe. Fydd e ddim yn hapus 'i fod e wedi ca'l 'i weld,' rhybuddiodd Ebin.

Edrychodd Mihangel ar Acsa.

'Ti'n meddwl bod digon fanna?'

Ildiodd Acsa a gwenu.

'Rwy'n meddwl bod 'na.'

Cydnabu Garan yr angel-ryfelwyr i gyd, ac yna rhoddodd y gorchymyn iddyn nhw ddychwelyd i'w safleodd. Mewn amrantiad, roedden nhw i gyd wedi diflannu.

'Archangel,' meddai, 'beth fydd yn digwydd i Iesu ar ôl i ni ddychwelyd i Nasareth?'

Symudodd Mihangel ei draed yn anghyffordus: roedd wedi bod yn ofni hyn.

'Wel, mi fydd y'n Harglwydd yn tyfu fel bachgen a dod yn oedolyn.'

'Fi'n deall hynny, ond be' sy'n digwydd wedyn?'

Yn araf, atebodd Mihangel ef.

'Fe fydd E'n teithio trwy Balesteina yn dangos siwd un yw Duw – siwd un yw E go iawn – i holl bobol Israel. Bydd yn chwalu syniadau rhagfarnllyd pawb ohono. Bydd rhai yn ei dderbyn fel Duw a Gwaredwr. Ond, am y pwysigion crefyddol – y Sanhedrin, y cyngor Iddewig, rheini mewn grym –

fyddan nhw ddim yn hoffi hyn, ddim yn hoffi Iesu ac fe fyddan nhw'n 'i wrthod E. Felly...'

Gyda hyn, plygodd Mihangel ei ben, ac anadlodd yn ddwfn. Sut oedd yn mynd i egluro'r rhan nesaf?

'... byddan nhw'n gweithredu.'

'Gweithredu? Be' ti'n feddwl, "gweithredu"?' gofynnodd Garan, gyda gwên nerfus yn chwarae ar ei wefusau.

Roedd Mihangel dan straen, fel oedd Gabriel. Anadlodd yr archangel yn ddwfn eto a sychodd ei dalcen. 'Byddan nhw'n 'i ladd E.'

Roedd fel petai i Mihangel gyfaddef i ryw euogrwydd trwm oedd wedi bod yng nghudd yn nyfnder ei fod ers canrifoedd.

Edrychodd Garan ar y pedwar angel-ryfelwr arall, a gwelodd adlewyrchiad o'i ofid a'i anniddigrwydd yn eu llygaid hwythau. Camodd ymlaen a safodd ond hyd braich i ffwrdd oddi wrth Mihangel.

"I ladd E!' meddai Garan, gydag awgrym cryf o fygythiad yn ei lais. 'A phwy sy'n mynd i'w ladd E?'

Camodd Cadman, Tarog, Ebin a Caleb ymlaen gan sefyll mewn hanner cylch tu cefn i'w capten. Edrychodd bob un yn fygythiol ar Mihangel. Roedd Iesu i gael ei ladd?!

'Bydd y Sanhedrin yn trefnu'r peth, a'r Rhufeiniaid yn cyflawni'r peth.'

Trodd Garan at Gabriel.

'O't ti'n gwbod am hyn?'

Nodiodd ei ben yn araf gan edrych i'r pellter.

Gwrandawai'r angylion eraill i gyd yn astud. Gallen nhw deimlo'r tensiwn yn yr aer. Synhwyren nhw fod storom fawr, dreisgar ar y ffordd. Yn rhyfedd, teimlai fel corwynt go chwith gan fod llygad y storom, lle safen nhw, ar fin teimlo llawn nerth y gwynt, tra gorweddai Bethlehem a'r ardal o gwmpas yn dawel, wedi eu trochi yn haul cynnar y bore. Crynodd bob un ohonyn nhw.

Câi Garan hi'n anodd i reoli ei hun, ond gallai deimlo cynddaredd yn rhuthro fel cenllif y tu mewn iddo. Yna, daeth rhywbeth dychrynllyd i'w feddwl.

'Aros funed. Wedest ti taw'r Rhufeinied fydd yn 'i ladd E?'

Roedd Mihangel yn fud. Rhedodd ei law ar hyd ei wegil. Dyma'r rhan mwyaf beichus. Gallai ond nodio ei ben mewn cadarnhad. Edrychodd Garan arno mewn arswyd llwyr.

'Ma' hynny'n golygu...' dechreuodd, ond methodd orffen. Tynnodd ei hun at ei gilydd. 'Ma' hynny'n golygu y bydd yn ca'l...'

'... 'i groeshoelio,' gorffennodd Tarog, braidd yn sibrwd y gair.

Roedd Garan yn ddwfn yn ei feddyliau. Sawl tro yr oedd wedi cael yr anffawd o fod yn dyst i groeshoeliad. Dyna'r ffordd fwyaf barbaraidd o ladd rhywun yr oedd erioed wedi ei gweld: dim mwy na phenrhyddid i glwyfo, arteithio a dilorni fel rhan o broses hirfaith o ddienyddio. Câi'r condemniedig ei hoelio i groes a'i adael i hongian, yn dioddef poenau y tu hwnt i ddychymyg, tra fod ei anadl yn cael ei sugno'n araf o'i ysgyfaint. Ni allai Garan feddwl am ffordd mwy ysgeler o farw. Roedd y cywilydd a'r gwarth, heblaw am boen yr artaith y byddai Iesu yn eu dioddef yn ormod iddo. Yswyd ef gan lid. Yn ei feddwl fe wingodd fel person yn tynnu nôl o ryw arogl ffiaidd. Yna, traflyncwyd ef gan gynddaredd gyfiawn. Trodd ei ben i edrych at Cadman, Tarog, Ebin a Caleb, eto. Roedd Caleb eisoes yn anesmwytho, yn tynnu ar ei diwnig, a chyffwrdd carn ei gleddyf. Syllai Cadman ar Mihangel trwy lygaid cul tra fod Ebin yn anadlu'n drwm. Roedden nhw gydag ef; roedden nhw hefyd yn deyrngar i Iesu, ac fel Garan, roedden nhw wedi bod yn dyst i'w cyfran o groeshoeliadau ffiaidd. Allen nhw ddim sefyll o'r neilltu a gadael i Iesu gael ei groeshoelio, na'i ladd hyd yn oed.

Ac felly, tynnodd Garan, yr angel-ryfelwr chwedlonol a barchwyd gan holl angylion y nefoedd boed yn rhyfelwyr, negeseuwyr neu'n gantorion, a'i bedwar rhyfelwr eu cleddyfau a thaenu golau llachar oedd yn dallu. Llewyrchodd golau dwys a thanbaid gan saethu mellt, fel darnau o wydr toredig drwy'r awyr. Taflwyd gwres ffyrnig ei ddwysder a'i erwinder ganddyn nhw gan chwythu fel storm boeth. Aeth Dylan a'r angylion eraill ar eu cwrcwd ar y llawr, a chodi eu breichiau i amddiffyn eu hunain rhag y storm o olau. Dyma gyrch nad oedd yr un ohonyn nhw wedi ei brofi o'r blaen gan eu bod yn angel gantorion oedd wedi byw bywyd cysgodol. O'u cwmpas gallen nhw deimlo bygythiad real trais angylaidd, ac roedd braw ac ofn arnyn nhw. Bu'n rhaid i Gabriel hyd yn oed, a safai wrth ochr Mihangel godi ei law er mwyn cysgodi ei lygaid, ond safai'r archangel yn gadarn ac eofn, ei wyneb yn ddigyffro, er fod ei lygaid yn llawn tosturi a chonsyrn am yr angel-ryfelwyr mawr hyn. Yng nghanol y golau tanllyd, edrychodd i fyw eu llygaid a siaradodd mewn llais tawel, digyffro.

'Garan.'

'Dyw hwn ddim yn iawn,' atebodd Garan yn groch.

'Pwyllwch,' apeliodd arnyn nhw.

'Paid gweud 'tho ni am bwyllo. Siwd allwn ni bwyllo pan ma'n Harglwydd i ga'l 'i groeshoelio?'

Dechreuodd y lleill ddweud eu tamaid.

'Beth o'dd pwynt y'n hanfon ni 'ma i'w warchod E?' gofynnodd Ebin.

'O'dd ddim pwrpas 'i hebrwng hi o Nasareth os taw dyma fydd yn digwydd iddo Fe,' mynnodd Tarog.

'Fi'n gwbod, fi'n deall, ond fe fydd E'n ca'l 'i atgyf...'

Ni chafodd y cyfle i orffen ei frwddeg.

'Wyt ti'n deall, Mihangel? Achos dyw hwn ddim yn iawn,' dadleuodd Caleb.

Treiddiai mellt hir o olau – fel cyllyll miniog – drwy'r awyr: arhosodd yr angel gantorion ar y llawr.

'Ellwn ni ddim gadel i hyn ddigwydd, Mihangel,' datganodd Garan. 'Fe yw y'n Harglwydd a'n Creawdwr ni. Ma' popeth sy'n bod o'i herwydd E. Fe sy'n dala pob peth at 'i gilydd. Y'n dyletswydd a'n hanrhydedd ni yw gofalu amdano Fe. Beth bynnag, cawson ni gomisiwn gan Dduw i'w warchod E. Siwd ellwn ni sefyll naill ochr a gadel iddo Fe ga'l 'i ladd? Bydden ni'n anwybyddu gorchymyn uniongyrchol gan Arglwydd Byddin yr Angylion.'

'Ond, dyna fydde'n 'i fodloni Fe.'

'Ei fodloni Fe?!'

Tasgodd mwy o fellt o grombil bodau'r pum rhyfelwr.

'Be' ti'n feddwl, "'i fodloni Fe"? Fydd E'n fodlon gweld 'i Fab 'i hunan yn hongian a marw ar groes?'

'Na,' atebodd Mihangel, gan godi ei ysgwyddau ychydig, 'ond dyna 'i ewyllys E. Beth bynnag, dyna ddymuniad mowr Iesu hefyd.'

'Ei ddymuniad mowr E?!' atebodd Garan mewn rhyfeddod.

Gwegiodd y pum rhyfelwr yn eu hanghrediniaeth. Llewyrchodd eu golau yn fwy llachar, yn wenfflam gan ddicter a chynddaredd gwynias. Ni ildiodd Mihangel. Mewn llais tawel, dywedodd wrthyn nhw,

'Rhaid i chi gyd ddeall hyn: os nag y'ch chi'n derbyn ewyllys y'n Harglwydd ar y mater hwn, yna sdim lle i chi ym Myddin yr Angylion.'

Roedd y pum angel disglair yn eu gogoniant mudlosg wedi eu syfrdanu.

'Dyma ma' Iesu isie. Yn wir, mae E'n dyheu amdano.' Yna, ymgryfhaodd Mihangel ei hun i drosglwyddo'r bygythiad terfynol: 'Os nad y'ch chi drosto Fe, yna ry' chi yn 'i erbyn E.'

Ysgydwodd hyn Garan i'w graidd, fel wnaeth yr angylion a safai tu cefn iddo. Crynon nhw. Doedd mo'r awydd lleiaf gan yr un ohonyn nhw i fod yn elyn i Dduw. Gwyddai pob un ei fod yn beth brawychus i gwympo i ddwylo'r Duw byw. Roedden nhw i gyd am fod ar ei ochr Ef. Yr eiliad fer honno cafodd pob un gipolwg ar y llanastr oedd yn eiddo i Antonin a phob cythraul arall. Pendronodd Garan dros yr hyn roedd Mihangel newydd ei ddweud. A oedd yn bosib mai dyma ewyllys Iesu, a'i Dad, ei fod Ef i farw ar groes, mewn amharch a dirmyg cyhoeddus, mewn poen annisgrifiadwy? Pam fyddai'n gwneud hyn? Edrychodd Garan yn ddwfn i lygaid Mihangel. Petai'n parhau i wrthsefyll, ni fyddai'n well na'r angylion syrthiedig, a byddai'n cael ei eithrio o bresenoldeb Duw. Byddai fel Antonin, â'i holl ymdrechion wedi eu sianelu at wrthwynebu a herio Arglwydd Byddin yr Angylion. Teimlai Garan ei fod mewn magl: yr unig opsiynau ar gael oedd naill ai troi'n hyn a gasâi neu gytuno i'r annychmygol.

Yna, meddyliodd am Joseff a Mair. Onid oedd Joseff wedi bod yn union yr un sefyllfa? Naill ai y gwireddai ei fygythiad i ysgaru Mair, ac wedi hynny fyw gweddill ei fywyd yn ddyn unig, mwy na thebyg, yn troi yn rhywbeth nad oedd ef eisiau, neu dderbyn yr anesboniadwy, a phob peth a ddeuai yn sgil hynny. Roedd wedi bod mewn cyfyng gyngor, yn union fel sefyllfa Garan nawr. Ond, roedd ffydd ganddo, ac ymddiriedodd yn Nuw, yn union fel y gwnaeth Mair. Mentrodd y ddau bopeth, eu henwau da a'u hunan-les, oherwydd pwy erioed oedd wedi clywed am y fath beth anghredadwy: bod babi i'w eni o had menyw. Ond eto, credodd y ddau ac fe ddangoson nhw hynny trwy ddod fan hyn, i Fethlehem, a rhoi genedigaeth i Iesu mewn ogof dywyll, dlawd gydag ond anifeiliaid yn bresennol. Doedd neb wedi tystio i hyn, ond nhw'u hunain. Digwyddiad mor dyngedfennol, ac er iddyn nhw fod ar eu pen eu hunain, dalien nhw i feddu ar ymddiriedaeth wyllt a ffyrnig yn Nuw a'r baban. Fe heriodd hynny Garan nawr, ac yn y munudau byr hyn fe sylweddolodd, yn union fel oedd Joseff a Mair wedi bod yn rhy barod i wneud, fod yn rhaid iddo yntau ymddiried yn Nuw a chredu.

Edrychodd tu cefn iddo, at ei gyfeillion. Sawl gwaith roedd e wedi ymladd, ysgwydd wrth ysgwydd gyda'r rhyfelwyr dewr hyn dros y canrifoedd? Dim un waith y bu iddyn nhw gael eu trechu. Er hynny, gwyddai ef, ac o'r olwg ar eu hwynebau, gwydden nhw hefyd nad oedd modd ennill y frwydr hon.

Daeth â'i gleddyf lawr wrth ei ystlys, a diffoddodd ei olau tanbaid. Dilynodd y pedwar rhyfelwr arall ei arweiniad gan fygu eu golau gloyw, a dal eu cleddyfau wrth eu hochrau, yn wynebu'r ddaear. Wrth sylweddoli fod y llewyrch disglair wedi pylu'n ddim, cododd yr angel gantorion eu pennau ac yn araf safon nhw ar eu traed.

Wrth wynebu Mihangel a Gabriel, edrychai'r pum rhyfelwr fel petaen nhw wedi eu trechu'n llwyr. Anadlodd bob un yn drwm, yn llowcian aer, eu hegni wedi ei ddihysbyddu. Pwysodd Tarog ac Ebin flaen eu cleddyfau yn y ddaear, yna stryffaglodd y ddau, gan gwympo i'r llawr; roedd Caleb eisoes ar ei liniau ond yna, fe gwympodd ar ei gefn, wedi blino'n lân, tra prin y gallai Cadman a Garan sefyll ar eu traed. Roedd eu grym arswydus wedi ei dreulio'n llwyr yn eu hawydd mawr i sicrhau na ddeuai unrhyw niwed i'w Harglwydd. Â'u pennau ar i lawr, roedden nhw mewn cyflwr truenus.

Trodd Mihangel at yr angel gantorion.

'Trowch! Trowch, bob un ohonoch chi; edrychwch y ffordd arall,' gorchmynnodd.

Trodd bob un, gan gynnwys Acsa eu cefnau.

Nid oedd am i unrhyw un weld y rhyfelwyr pendefigaidd hyn yn edrych fel hyn: wedi eu chwalu gan anobaith wrth feddwl am Iesu yn marw ar groes, eu nerth wedi diflannu. Haedden nhw well na hynny. Dewisodd ei eiriau'n ofalus a siaradodd yn dyner â hwy.

'Pan ddywedwyd wrth Gabriel a finne fod Iesu'n dod i'r ddaear i farw, o'dd y'n hymateb ni'n debyg i'ch un chi. Fe ddywedson ni wrtho Fe nad allen ni adel iddo Fe neud hyn. Fe blediodd y ddau ohono' ni, yn y'n dagre, ar iddo adel i ni fynd yn 'i le Fe . Do'dd dim tycio arno. Fe eglurodd taw dyma oedd 'i Dad ac Ynte isie. Byth oddi ar i Adda fwyta'r ffrwyth gwaharddedig, o'dd E wedi dymuno pontio'r gagendor rhwng pobl a Duw. A'r unig ffordd i neud hynny o'dd iddo Fe i ddod i'r ddaear, dod yn Dduw mewn ffurf dynol, ca'l pechode'r byd wedi 'u llwytho arno Fe, a marw ar groes. Dim ond Fe alle neud hyn. Fe ddywedodd wrtho' ni yr eildro, "Dim ond Fi all wneud hyn". Mynnai Duw aberth oedd yn berffeth er mwyn galluogi maddeuant pechode i ddigwydd, ac felly neud heddwch a chymod rhwng y Tad a phobl y byd yn bosib. Ti a dy ryfelwyr yw'r gore ym Myddinoedd yr Angylion, Garan, ond Fe yw'r Rhyfelwr uwchlaw pob rhyfelwr. Fe fydd yn ymladd y frwydr yn erbyn Satan ar ran yr holl bobloedd, mewn ffordd na elli di na fi byth neud, am mai Ef yw eu Capten. Fe fydd yn aberthu 'i hunan, ac wrth neud – a siwd, so i'n gwbod – bydd E'n fuddugol. Yn ei angau, fe fydd fyw: Y Pen Ryfelwr.'

Roedd y pum angel yn anghrediniol, fel oedd yr angel gantorion. Câi Dylan hi'n anodd i reoli ei hun. Nid oedden nhw wedi rhagweld y byddai dyfodiad Iesu i'r ddaear i ddiweddu fel hyn. Roedden nhw i gyd wedi disgwyl ymweliad buddugoliaethus lle byddai Iesu'n dod â theyrnas nefoedd trwy rym. Ond, hyn! Roedd hyn y tu hwnt i'w dychymyg. Roedd Garan yn fud fel pob angel arall. Methai ddod o hyd i'r geiriau. Cododd Caleb ei hun ar ei liniau.

'Ond, croeshoeliad, Mihangel,' plediodd, 'pam y farwoleth honno o bob marwoleth?'

Dwysaodd Mihangel cyn ateb. Cymerodd rai eiliadau i lonyddu ei hun.

'Rhaid iddi fod yn farwoleth boenus a chywilyddus am fod pechod yn beth poenus a chywilyddus. Rhaid i bopeth ga'l 'i gywiro.'

Yna, edrychodd Mihangel ar yr angel gantorion oedd o hyd â'u cefnau ato.

'Dylan!'

Trodd yr angel bach ei ben i edrych ar yr archangel.

'Wyt ti'n cofio pan dda'th Garan â ti i weld Gabriel a finne, ac fe wedest ti taw ond y'n Harglwydd fydde'n gallu cymryd po'n pobl oddi wrthyn nhw, ond o't ti ddim yn gwbod beth alle Fe 'i neud? Wel, dyma fe, Dylan, ond yn gyntaf, rhaid sarnu gwa'd...' Fe stopiodd, anadlodd yn ddwfn, cyn troi i edrych ar yr ogof, '... gwa'd yr Oen diniwed, Oen Duw.'

Roedd pob angel ar goll yn ei feddyliau ei hun. O ran yr angel gantorion, roedd llawenydd a digrifwch y dathliad roedden nhw wedi llawenhau ynddo dim ond awr ynghynt wedi eu diffodd gan realiti'r hyn a wynebai eu Harglwydd.

'Garan,' meddai Mihangel.

Cododd y rhyfelwr ei lygaid i edrych ar ei bennaeth.

'Wyt ti wedi gwneud yn dda, wrth warchod Mair, fel dy gyd-ryfelwyr. Ma' un gorchwyl arall gyda fi i ti. Pan fydd E'n ca'l 'i groeshoelio, fe fydda' i isie ti i fod wrth y'n ochor i, yn yr awyr uwchben, gyda dy bedwar rhyfelwr, ynghyd â deuddeng lleng o Fyddin yr Angylion. Fe fyddwn ni yno ar orchymyn Duw, y'n Harglwydd. Fe fyddwn ni'n dyst i ddioddefaint a marwoleth Iesu, a phe bai'n galw, pe bai E'n yngan un gair i'n cyfeiriad ni, yna, fe fyddwn ni ar ga'l, yn barod i symud. Fydden i'n 'i chyfri hi'n anrhydedd fowr taset ti'n cytuno i 'nghais i, fel wedes i, a sefyll wrth y'n ysgwydd i.'

Edrychodd pawb ar Garan.

'Yn ôl dy ddymuniad di, rwy'n ufudd i ti,' atebodd, gan blygu ei ben, ei law ar garn ei gleddyf.

'Alla' i ddim meddwl am un angel arall fydden i am ga'l wrth y'n ymyl i.'

Trwy gydol y siarad hwn bu Gabriel yn dawel, ond nawr, cododd ei lais.

'Mihangel, ma'r bugeiliaid bron â chyrraedd. Fe alla' i 'u gweld nhw'n dod.'

Edrychodd pawb arnyn nhw.

'Ti'n iawn,' cytunodd Mihangel. 'Rhaid inni 'i symud hi o 'ma. Ma' pethe gyda nhw i neud a ma' Gabriel a finne a'r angel gantorion yn y ffordd. Garan, Cadman, Tarog, Ebin a Caleb, smo i'n dishgwl y'ch gweld chi nôl yn y nefo'dd tan i chi...' ac fe estynnodd ei law at yr ogof, '... a nhw, ddychwelyd o'r Aifft.'

Gyda'u cryfder wedi dychwelyd yn rhannol, safodd y pump ar eu traed gan nodio eu hufudd-dod. Siaradodd Mihangel gyda'r angel gantorion.

'Dewch, rhaid inni adel. Ma'n Harglwydd yn dishgwl amdano' ni.'

Esgynnodd y deuddeg angel gantorion yn dawel, gydag Acsa a Teiras yn dilyn. Cymerodd Dylan ei hop, sgip a naid staccato arferol cyn hedfan, ond wrth iddo fynd i neidio, camodd Mihangel ymlaen a chydio ynddo gerfydd ei war.

'Ble ti'n meddwl ti'n mynd?'

Roedd Dylan yn dal mewn parchedig ofn o Mihangel, yn enwedig ar ôl iddo gael cipolwg ohono yn sefyll yn gadarn a digynnwrf yng nghanol y corwynt o olau a ryddhaodd Garan a'r lleill yn gynharach.

'Wel... mynd nôl i'r nefo'dd.'

'Na, dwyt ti ddim. Wyt ti erio'd wedi bod i'r Aifft?'

'Smo i'n gwbod.'

'Mae e wedi bod – sawl gwaith – dyna lle ma' Kamal, y bachgen bach y clywes i fe'n canu iddo fe'n byw,' meddai Garan.

Siaradodd Mihangel â Dylan.

'Smo dy waith di lawr fan hyn wedi cwpla. Bydd rhaid i ti aros 'ma a mynd gyda Garan a'i ryfelwyr i'r Aifft pan fydd Joseff a Mair yn mynd â Iesu yno. Pwy arall sy'n mynd i ganu hwiangerddi iddo Fe? All yr un o'r pump hyn ddim neud, alla' i fentro i ti. Falle taw nhw yw rhyfelwyr gore'r nef, ond smo ni isie iddyn nhw ganu i'r baban Iesu.'

Chwarddodd Dylan yn braf. Syllodd y pump arall arno.

Yna, edrychodd Mihangel arnyn nhw, gan gynnwys Dylan, mewn difrif calon.

'Pidwch byth ag anghofio fod Duw a Iesu wedi'ch apwyntio chi'n benodol i gyflawni'r gorchwyl hwn.'

Clywodd glebran cyffrous y bugeiliaid yn cynyddu.

'Fe wela' i chi ar ôl i chi ddychwelyd o'r Aifft. Sdim mwy i ni neud fan hyn, Gabriel. Dere i ni ga'l mynd adre'.'

Gyda hynny, hedfanodd y ddau i ffwrdd ac o fewn eiliadau roedden nhw allan o'r golwg.

Cerddodd Dylan draw at Garan.

'Un peth fi ddim yn deall, Garan.'

'Beth?'

'Wel, os o'dd cyment o ryfelwyr gyda ni ambwyti'r lle, pam nag o't ti 'di 'u ca'l nhw i helpu pan o'dd yr holl gythreulied yna wedi dod pan alwodd Antonin amdanyn nhw?'

'O'dd dim dewish gyda ni. O'n ni'n gwbod, mwy na thebyg, fod mwy o gythreulied gydag Antonin 'ma. Ar yr un pryd, o'n ni isie iddo fe feddwl taw dim ond pump ohono' ni o'dd 'ma. Tase fe 'di meddwl bod mwy na dim ond ni bydde fe wedi dod â llu llawer yn fwy. O'dd rhaid i ni drial neud yr ymladd

– os o'dd e i ddigwydd – ar raddfa fach. O'n ni ddim isie brwydr anferth fan hyn nithwr, ne' fydde Bethlehem wedi 'i dinistrio. O'dd dy ga'l di 'ma yn help yn hynny o beth.'

Synnodd Dylan wrth glywed hyn.

'Be' ti'n feddwl?'

'So i isie brifo dy dymlade di, ond pan welodd e taw ti o'dd yr unig *back-up* o'dd gyda ni, fe gredodd e'n bod ni ar ben y'n hunen, go iawn.'

'Felly, ges i'n ddefnyddio!'

'Fe allet ti weud hynny,' cyfaddefodd Garan gan godi ei ysgwyddau ychydig.

'Diolch!'

Gwenodd Garan arno.

'Ond weles i'ch wynebe chi pan nidodd y cythreulied yna dros y wal. O'ch chi i gyd wedi ca'l sioc, o'dd ofon arnoch chi.'

'O'n ni'n *edrych* wedi ca'l sioc a wedi ca'l ofon, ond o'dd hwnna i gyd yn rhan o'r act,' eglurodd Caleb.

'Ond, beth am Cadman?'

'Beth ambyti fe?' gofynnodd Ebin.

'O'dd e ddim yn edrych fel tase fe 'di ca'l sioc na bod ofon arno fe. O'dd e 'di cadw'i gleddyf wrth lwnc Tograman.'

Chwarddodd Caleb yn dawel.

'Drion ni 'i berswadio fe i acto bod ofon arno fe – 'i fod e'n poeni tymed bach – ond na. Ma' fe'n 'u casáu nhw gyment.'

Bu Dylan yn dawel am ennyd ond nid oedd wedi gorffen.

'O't ti wedi'n nilyn i'r noson honno pan ganes i i Kamal?' gofynnodd i Garan.

'Do.'

'Ond, weles i mohonot ti.'

'Naddo, ond ti'n cofio i ti faglu dros y garreg yna wrth gefen y tŷ? Fi o'dd honna.'

'Beth?'

'Ie, a gicest ti 'mhen i.'

Rhyfeddai Dylan wrth iddo gofio'r digwyddiad. Roedd e wedi cicio Garan yn ei ben! Teimlai ychydig yn anesmwyth.

'Paid poeni,' cysurodd Tarog ef. ''O'dd angen bwrw bach o synnwyr yn 'i ben e.'

'So i'n credu 'i fod e wedi tymlo dim beth bynnag,' ychwanegodd Caleb. 'Ma' angen ymennydd i dymlo po'n.'

Edrychodd Garan arno'n ddirmygus.

Clywson nhw gamau wrth geg yr ogof. Safai Joseff yno gan iddo ef a Mair glywed rhywrai'n nesáu.

'Pedwar bugail, Mair,' meddai, yn swnio braidd yn ddryslyd. 'Mae nhw'n dod ffor' yma. Pam ar y ddaear fyddai pedwar bugail am ddod i'n gweld ni?'

Cerddodd Joseff allan i'w cwrdd, ychydig yn amheus, gan ei fod ef, fel pawb arall, yn gwybod nad bugeiliaid oedd yr ymwelwyr mwyaf dymunol i ddod i weld baban newydd ei eni. Esboniodd y pedwar yr hyn oedd wedi digwydd ar y bryniau yn y pellter. Esmwythodd Joseff ac arweiniodd nhw at yr ogof. Symudodd yr angylion o'r ffordd i roi lle i'r bugeiliaid ddilyn Joseff i weld Gwaredwr y byd. Safodd Dylan a'r rhyfelwyr tu allan, ond gallen nhw eu clywed yn adrodd yr hanes cyffrous am yr ymweliad nefolaidd a'i synau a'i ddelweddau syfrdanol. Yn bwysicach na dim, dywedon nhw am y cyhoeddiad fod Gwaredwr newydd ei eni yn ninas Dafydd: Gwaredwr, oedd yn Feseia ac yn Feistr.

Pennod 51

'Nôl yn Nasareth, ymhell dros ddwy flynedd yn ddiweddarach roedd Ben yn piltran o gwmpas y tŷ. Roedd popeth yn dawel y tu allan gan fod yr holl bentrefwyr yn cuddio rhag gwres tanbaid haul y prynhawn cynnar. Yn wir, cysgai'r rhan fwyaf ohonyn nhw, fel oedd Abigail yn ei wneud. Gorweddai ar glustogau, yn anadlu'n dawel. Roedd ei gweld hi yno yn ei atgoffa o'r amser pan ddywedodd Joseff a Mair wrthyn nhw ei bod hi'n feichiog. Gwenodd Ben iddo'i hun wrth iddo gofio adwaith Abigail a sut oedd ef ei hun wedi ymateb. Doedd yr un dydd wedi mynd heibio ers iddyn nhw adael am Fethlehem nad oedd wedi treulio oriau yn meddwl amdanyn nhw a'r baban a gariodd Mair. Gwyddai fod Abigail wedi gwneud yr un peth, gan iddyn nhw siarad amdanyn nhw'n gyson.

Ocheneidiodd.

Lle roedden nhw 'wan? Ar ôl iddyn nhw adael Nasareth tybiodd Abigail ac yntau y bydden nhw i ffwrdd am ychydig wythnosau, efallai dau fis fan pellaf, ond nid dwy flynedd! Chwe mis ynghynt daeth newyddion i'r pentref am yr erchyllterau brawychus a gyflawnwyd gan filwyr Herod wrth iddyn nhw ladd y bechgyn bach ym Methlehem – lladdfa'r diniwed. Gyrrwyd nhw bron o'u co' gan bryder am y baban a Joseff a Mair. Beth petai Herod wedi eu dal a'u taflu i'r carchar? Beth petai wedi eu dienyddio? Beth petai wedi cael gafael yn y baban? Beth petai...? Sawl gwaith ystyriodd y ddau o ddifrif calon fynd lawr i Fethlehem i edrych amdanyn nhw, ond penderfynon nhw y byddai'n well aros gartref. Petai Joseff a Mair yn dychwelyd gyda'r baban tra'u bod nhw i ffwrdd ni fydden nhw wedi gallu maddau i'w hunain. Penderfynon nhw aros. Er hynny, bwytodd rhwystredigaeth nhw.

Agorodd Ben gaeadau pren y ffenest fach yng nghefn y tŷ. Roedd angen awyr iach ar y lle. Roedd yn fyglyd o boeth yno. Cerddodd draw i agor drws y tŷ er mwyn gadael chwa o awyr iach i mewn. Pwysai piser gwag ar ei hochr yn erbyn y cilbost, felly plygodd lawr i'w godi ac agorodd y drws. Safodd, ac edrychodd allan. Yn unionsyth, gollyngodd y piser. Syrthiodd a chwalodd yn swnllyd ar y llawr carreg. Cyffrodd Abigail ac agorodd ei llygaid yn araf. Ni allai ddeall pam y safai ei gŵr mor llonydd yn y drws. Beth oedd e'n ei neud?

'Ben!' galwodd.

Dim ateb.

Cododd i bwyso ar ei phenelin.

'Ben, be' sy'?'

Ni ynganodd yr un gair.

Yna, fe deimlodd iddi gael ei tharo gan daranfollt wrth iddi yn gyntaf glywed rhuthr camau brys ar y pridd caled tu allan ac yna gwelodd Mair, ei merch, yn taflu ei hun i freichiau ei thad wrth iddyn nhw gofleidio ei gilydd yn gariadus.

Roedd Ben wedi gadael i'r piser gwympo ac ni allai symud oherwydd y rhyddhad a'r gorfoledd a deimlai o'r hyn a welai brin ddeg cam oddi wrtho. Roedd Mair, ei ferch hyfryd, yn gwenu arno ac wrth ei hochr safai Joseff. Yna, fe welodd y bachgen bach Iesu yn sefyll rhyngddyn nhw yn dal yn dynn yn llaw ei dad gan edrych yn swil arno. Pe gallai, byddai hefyd wedi gweld pum angel anniben a blêr yr olwg yn sefyll tu cefn iddyn nhw ynghyd ag un angel byr, talpiog.

Roedd Mair wedi rhedeg ato a daliodd y ddau ei gilydd yn dynn. Wrth sylweddoli fod ei merch wedi dychwelyd fe gododd Abigail ar ei hunion a rhuthrodd atyn nhw. Doedd hi erioed wedi symud mor gyflym. Rhyddhaodd Ben ei hun a gadawodd iddi roi ei breichiau am Mair.

Daliodd y ddwy ei gilydd am ychydig gan lefain dagrau o lawenydd.

'Lle dach chi 'di bod yr holl amser yma?' gofynnodd Abigail.

'Yr Aifft,' atebodd Mair.

'Yr Aifft!?'

'Stori hir. Ddudwn ni nes 'mlaen.'

Sylwodd Abigail fod ei hwyneb yn gloywi. Gwenodd yn wybodus ar ei merch. Nodiodd Mair ei phen. Cydiodd yn llaw ei mam a'i gosod ar ei bwmp bach.

'A'r tro hwn, Joseff di'r tad,' gwenodd.

Disgleiriodd llygaid Abigail.

'On'd o'n i wastad yn gwbod fod y gallu gynno fo!'

Chwarddodd y ddwy yn dawel gyda'i gilydd.

Sylwodd Ben ddim ar y dwlu. Safai'n llonydd, gyda'i gefn atyn nhw, yn methu symud. Gan anadlu'n ddwfn, fe gamodd ymlaen yn araf, yn ymwybodol iawn ei fod nawr yn dynesu at y Duw Blentyn, yr Un y rhagfynegodd y proffwydi y byddai'n dod. Dyma roedd Israel gyfan wedi bod yn disgwyl yn eiddgar amdano. Teimlai fel petai'n nesáu at lew. Nodiodd ei ben at Joseff i'w gyfarch. Meddyliodd ei bod yn rhyfedd pan welodd aur yn y sach oedd ganddo ar ei gefn. Plygodd lawr a syllodd mewn rhyfeddod i wyneb Iesu, wyneb Duw. Am ymhell dros ddwy flynedd paratodd ei hun am y foment hon ynghyd â'r geiriau cyntaf y byddai'n eu hynganu wrth y Meseia. Aeth popeth yn angof. Aeth eiliadau heibio. Ar goll mewn rhyfeddod, edrychodd i lygaid y Gwaredwr. Yn diwedd, llyncodd yn galed, cyn cyflwyno ei hun.

'Helo. Fi 'di dy daid,' meddai'n dawel. 'Fasat ti'n licio dwad hefo fi i gwarfod dy nain?'

Gwyliodd y pum angel-ryfelwr yn ofalus. Roedden nhw wedi siarad yn aml am y foment hon ar eu taith nôl o'r Aifft. Teimlen nhw mai hyn oedd gwobr Ben am iddo ochri gyda Mair pan oedd Abigail wedi gwrthod credu pan ddywedodd wrthyn nhw ei bod yn feichiog.

Llefodd Dylan ddagrau hapus, wrth i Ben afael yn dyner yn llaw'r Meseia. Gollyngodd y bachgen bach law ei dad a gadawodd i'w daid ei arwain at y tŷ. Ni feddyliai Ben ei bod yn rhyfedd ei fod e'n arwain Duw wrth ei law, yn dangos y ffordd iddo Ef. Wrth iddyn nhw agosáu at ddrws y tŷ teimlodd awydd cryf, i godi'r bachgen bach yn ei freichiau. Wrth iddo wneud, teimlai Iesu chwa sydyn o wynt yn chwythu heibio'i wyneb a chwarddodd yn llawen. Gwasgodd Ben Iesu'n agos ato a'i gofleidio. Yna, tynnodd yn ôl ac edrychodd ar ei wyneb lliw olewydd hardd a'i lygaid disglair, bywiog. Sgleiniodd dagrau gwlyb o lawenydd ar hyd ei ruddiau. Heb yngan gair, dilynodd Iesu un deigryn gyda'i fys ac yna sychodd ef i ffwrdd gyda chledr ei law.

Ni allai Abigail, a fu'n sefyll o flaen drws y tŷ yn amyneddgar, aros mwy.

'Ben,' meddai. 'Elli di ei rannu O efo fi?'

Yn araf, trodd i edrych arni.

'Dyma dy nain.'

Estynnodd Abigail eu dwylo a phwysodd Iesu ymlaen. Roedd hi wrth ei bodd ei fod yn ymddiried cymaint ynddi er mai nawr oedd y tro cyntaf iddyn nhw gwrdd. Gwenodd, a'i chael yn anodd i gredu ei bod yn dal Gwaredwr y byd yn ei breichiau. Ymunodd Joseff â hwy, ac aethant i gyd i mewn i'r tŷ a chau'r drws o'u hôl. Galwai'r achlysur am ychydig o amser teuluol go iawn.

Syllodd yr angylion ar y drws caeëdig.

'Dyna ni, te,' dywedodd Ebin.

'Job wedi 'i chwpla,' ochneidiodd Tarog.

'Mae'n debyg,' cytunodd Garan.

Buon nhw'n dawel am ysbaid, tan – yn ôl ei arfer – i Caleb siarad.

'Chi'n gwbod, fi wastod bach yn drist pan fydd job yn dod i ben. A fi'n 'i dymlo fe mwy nawr – erio'd 'di tymlo mor drist a gweud y gwir.'

'Fi 'fyd,' cytunodd Ebin.

Nodiodd Cadman a Tarog ill dau eu pennau.

'Fi'n gwbod,' meddai Garan. 'Wnewn ni ddim job tebyg i hon byth eto.'

Sychodd Dylan ei ddagrau.

'Be' sy'n digwydd nawr?' gofynnodd.

'Chi'n mynd nôl i'r nefo'dd i ga'l hoe haeddiannol,' atebodd llais garw tu cefn iddyn nhw.

Edrychon nhw dros eu hysgwyddau a dyna lle roedd Cenan a'i uned o angel-ryfelwyr.

'Cenan!' ebychodd Garan gan estyn ei law.

Cyfarchodd yr angel-ryfelwyr ei gilydd yn gynnes.

'Ers pryd ry' chi 'di bod 'ma?' gofynnodd Garan.

'Gyrhaeddon ni nithwr, yn barod i gymryd drosto.'

'Ac 'y ni i fynd nôl i'r nefo'dd?'

'Odych, a dim hongian ambwyti chwaith. Ma' Duw yn aros amdanoch chi.'

Edrychodd Garan a'i bedwar rhyfelwr yn bryderus ar ei gilydd.

'Gwell i ni fynd, te,' meddai.

Teimlai Garan yn fawrfrydig.

'Dylan! Gei di'r anrhydedd o'n harwen ni adre'.'

Edrychodd y pedwar arall ar eu capten yn amheus.

'Ti *yn* gwbod y ffordd?' gofynnodd Ebin i Dylan.

'Smo ti'n trysto fi?'

'Ti'n gwbod mod i,' atebodd, heb swnio'n rhy argyhoeddedig.

'Reit, fydda i'n hedfan fel cath ar dân,' cyhoeddodd Dylan, 'felly triwch gadw lan achos fydda i ddim yn arafu na stopo i neb, yn enwedig ti, Gar.'

Roedd Garan yn syfrdan.

Edrychodd Cenan a'i angylion arno mewn syndod wrth iddo berfformio ei hop, sgip a naid cyn codi i'r aer.

'Ife *y* Dylan yw hwnna?' gofynnodd Cenan, wrth iddo ei wylio'n siglo o un ochr i'r llall tra'n ceisio cynyddu cyflymder.

'Yr unig un,' atebodd Cadman.

'Diolch byth,' ychwanegodd Caleb.

'Smo fe'n gallu ymladd a ma' fe'n hedfan mor araf ma'i fel bod yn rifyrs,' meddai Ebin.

'Ond, mae e'n gallu canu,' meddai Garan, 'ac am hynny, fe fyddwn i'n dragwyddol ddiolchgar iddo fe.'

'Well i ni fynd ar ei ôl e, de,' cynghorodd Tarog. 'Smo ni isie ca'l y'n gadel ar ôl.'

'Welwn ni chi,' ffarweliodd Garan cyn iddo ef a'r lleill godi i rasio ar ôl Dylan, gan gofio ei rybudd cynharach.

Pennod 52

Unwaith y dychwelon nhw i'r nefoedd aethon nhw'n syth i Neuadd Mihangel i gwrdd â'r archangel. Croesawodd hwy'n gynnes, ond unwaith y gadawodd Dylan ar ôl cael caniatâd i fynd i weld Sabta, Gether a Dumah, edrychodd yn ddifrifol ar y pum rhyfelwr.

'Iawn, te,' meddai'n gwta. 'Adolygiad o'r gorchwyl. Ystafell yr Orsedd Dragwyddol, nawr.'

Roedden nhw wedi bod yn disgwyl hyn: cynulleidfa gyda Duw i drafod mater bach eu hanfodlonrwydd gyda'r syniad o Iesu'n cael ei groeshoelio. Roedd dweud ei fod yn 'anfodlonrwydd' yn gwneud yn fach o'r peth oherwydd ffiniai ar fod yn wrthryfel agored; gwrthsafiad yn erbyn Duw, ac ewyllys Iesu. Teimlen nhw eu bod wedi cerdded yn rhy agos at ochr y dibyn. Yn nerfus, dilynon nhw Mihangel wrth iddo'u harwain i mewn i bresenoldeb Duw.

Er syndod a siom iddyn nhw roedd yr holl angylion a weithiodd gyda nhw i sicrhau dyfodiad diogel Iesu i Fethlehem yno hefyd. Roedd yn mynd i fod yn gerydd cyhoeddus. Nodiodd y pump eu pennau ar Lorcan, Abeida, Jonathon, Peleg ynghyd â Candrel a lywiodd y mul a'r cart ar eu hôl ar hyd Dyffryn yr Iorddonen. Roedd y grŵp o ddeg ar hugain o deithwyr a wersyllodd tu allan i'r ddinas a nifer o angylion eraill yn bresennol, fel oedd Jedah – a edrychai yr un mor arw ag erioed – a Nidab a'r gwehilion eraill oedd yn ei uned. Roedd pawb a gyfrannodd at y gwaith ym Methlehem yno, ond am Sabteka am ei fod ef eisoes wedi dechrau ar ei orchwyl presennol rywle yn Samaria. Disgleiriai pob un yn eu harddwisg, yn wahanol iawn i Garan a'i ryfelwyr yn eu dillad crychlyd blêr. Oll yn oll, roedd yna gant a mwy o ryfelwyr yn bresennol.

Trawyd hwy gan ysblander a gogoniant yr ystafell. Syfrdanwyd hwy wrth weld y ceriwbiaid yn hedfan o gwmpas Duw. Unwaith o flaen yr orsedd, penliniodd y pump, gan blygu eu pennau, fel y gwnaeth Mihangel. Gwenodd Duw ar olwg anniben y pump. Pwy ond hwy, o holl angylion y nef fyddai'n breuddwydio dod i'w bresenoldeb yn edrych mor frwnt ac aflêr? Fe hoffai nhw.

Gorchymynnodd iddyn nhw sefyll. Yna gwenodd ar yr holl angylion oedd wedi ymgasglu cyn eu hannerch.

'Mae'r Archangel Mihangel wedi dod â chi i gyd yma er mwyn i Mi gael diolch i chi am bopeth a wnaethoch chi dros fy Mab.'

Sythodd bob un eu cefnau.

'Lorcan! Abeida! Jonathon! Peleg! Fe dreulioch chi naw mis yn llwch a baw Bethlehem. Fyddwch chi byth yn gwybod pa mor bwysig i'r angel fyddin oedd eich gwybodaeth. Diolchaf i chi.'

Plygodd y pedwar rhyfelwr eu pennau. Trodd Duw at Jedah.

'Jedah! Gwerthfawrogaf dy wasanaeth di a dy angylion lawn cymaint. Gwn i chi gael eich cicio lawer gwaith.'

Fflachiodd Jedah wên lawen, lydan at ei Arglwydd.

'Mae'n wir inni ga'l ambell gic.'

Cododd ei ysgwyddau ychydig, cyn ychwanegu,

'O'dd e'n ddim, fy Arglwydd. Fi a'r bois yn galed.'

Chwarddodd Duw'n dawel iddo'i hun. Rholiodd y rhyfelwyr eraill eu llygaid. Roedden nhw wedi clywed hyn sawl gwaith o'r blaen.

'Fe wenest ti, Jedah,' dywedodd Caleb mewn ffug syndod.

Trodd Jedah ato ac wrth iddo wneud fe sychodd y wên i ffwrdd ac edrych arno'n wyneb-syth. Byrstiodd yr holl angylion i chwerthin, gan gynnwys Caleb.

Yna, edrychodd Duw yn ddwys ar Garan a'i ryfelwyr.

'A chithau, fy rhyfelwyr ffyddlon a chywir...'

Rhoddodd hynny ychydig o sioc iddyn nhw.

'Fe ofynais lawer ohonoch pan aethoch i warchod fy Mab pan aeth i'r ddaear, ond rhaid imi ddweud...'

Llyncodd Ebin a Caleb yn galed. ''Ma ni'n mynd,' meddyliodd y ddau.

'Roeddwn i'n bles iawn gyda'r ffordd y gweithredoch chi eich gorchmynion. Aeth popeth yn dda iawn, a rhaid i Mi ddiolch i chi am hynny.'

Roedd y pump mewn ychydig o benbleth. Edrychon nhw ar Mihangel. Mae'n rhaid fod Duw yn gwybod beth ddigwyddodd: gwyddai Ef bopeth. Pam nad oedd Duw'n eu ceryddu, yn edliw iddyn nhw am eu gweithred herfeiddiol? Teimlai Garan fod yn rhaid iddo glirio'r aer, er ei dawelwch meddwl ef ei hun a'i gyfeillion. Roedd yn rhaid iddo ddweud rhywbeth, hyd yn oed gerbron y rhyfelwyr eraill. Anadlodd yn drwm.

'F'Arglwydd, mae yna un peth nag y' ni'n ei ddeall, a fi'n siŵr 'mod i'n siarad dros y lleill hefyd.'

'Beth nad wyt yn ei ddeall?'

'Wel...' petrusodd Garan.

Edrychodd ar y pedwar arall. Gallen nhw deimlo ei lethchwithdod. Roedd y pump wedi cael sawl sgwrs yn ystod eu taith i'r Aifft, yn rhagweld yr union foment hon pan fyddai'n rhaid wynebu Duw i ateb am eu gwrthwynebiad i groeshoeliad arfaethedig Iesu.

'Beth ddigwyddodd ym Methlehem.'

'Beth ddigwyddodd yno?' gofynnodd Duw'n ddigyffro.

'Pan safon ni yn erbyn Mihangel, a gweud na fydden ni'n gadel i Iesu fynd i'r groes,' atebodd. Yna, plygodd ei ben, a sibrwd, 'O'dd beth nethon ni yn ffinio ar wrthryfel agored.'

Plygodd y pedwar rhyfelwr arall eu pennau. Cymaint oedd syndod y rhyfelwyr eraill fe'u trawyd yn fud. Nid oedden nhw wedi clywed gair am hyn. Yn ddiweddarach, tyngodd bawb iddyn nhw allu clywed sêr y cosmos yn disgleirio, fel brigau tenau o bren yn torri, neu rew cynnar y bore yn crensian dan draed.

O'r diwedd, siaradodd Duw.

'Garan! Cadman! Tarog! Ebin! Caleb! Codwch eich pennau. Ddywedes i nad allwn i fod yn hapusach gyda'r ffordd y cyflawnoch chi'r gorchwyl y rhoddais I i chi. Roedd yr hyn wnaethoch chi, wrth sefyll lan i Mihangel yn eich gogoniant angylaidd, yn dangos i Mi eich bod yn cymryd o ddifrif y gwaith roeddwn I wedi ei roi i chi i'w wneud, sef i'w warchod Ef. Er nad oedd yn iawn, roedd yn dangos eich cariad mawr tuag ato.' Synhwyrodd y rhyfelwyr dinc o dristwch yn ei lais pan ychwanegodd, 'Bydd rhaid Iddo farw: does na'r un ffordd arall.'

'Felly, ma' popeth yn iawn rhyngo' ni?' mentrodd Caleb, gan geisio rhwystro gwên o orfoledd oedd yn dechrau lledu ar draws ei wyneb.

'Does dim, a does dim wedi bod o'i le rhyngon ni, erioed.'

Slapiodd y pump ei gilydd – yn galed – ar eu cefnau, a chydio yn ysgwyddau ei gilydd, a'u hysgwyd yn egnïol gan chwerthin yn llawe. Chwarddodd Duw yn uchel gyda hwy ac ymunodd Mihangel yn yr hwyl.

Wrth i'r dathlu ddistewi, edrychodd Duw yn ddwys ar y pump.

'Bellach, bydded i bawb wybod, nad y'ch chi, a dy'ch chi erioed wedi bod yn giwed o angel-ryfelwyr dibwys a diolwg.'

Gadawodd eu Harglwydd i wirionedd yr hyn yr oedd newydd ei ddweud dreiddio trwyddyn nhw. Yna, cyhoeddodd,

'Mihangel!'

Edrychodd Mihangel ar y pum angel-ryfelwr.

'Dewch gyda fi. Ma' isie i fi siarad gyda chi yn breifat.'

Plygodd bob un mewn addoliad gerbron Duw ac yna gadawson nhw.

Unwaith y tu allan i Ystafell yr Orsedd, gofynnodd Garan i Mihangel.

'Ble y' ni'n mynd?'

'Gewch chi weld.'

Dilynon nhw Mihangel yn ufudd, heb wybod lle roedd yn eu harwain. Ebin oedd y cyntaf i sylweddoli lle roedden nhw'n mynd.

'Ma' fe'n mynd â ni i'r 'stafell rihyrsal,' sibrydodd wrth Caleb.

'Y 'stafell rihyrsal? Pam?'
'Ti'n gwbod pam?'
'Na.'
'Clyweliad i ti ga'l ymuno â'r côr.'
Edrychodd Caleb arno.
'Dyma dy gyfle mowr di.'
'Paid bo'n ddwl!'
'Falle roian nhw delyn i ti hyd yn o'd.'
'Beth, gyda bysedd fel sosejis, fel sda fi?' ymatebodd Caleb gan eu dal i fyny.
'Ti wedodd dy fod ti'n ffansïo ymuno â'r côr.'
Dechreuodd Caleb boeni ychydig.
'Sdim un ffordd y bydd Acsa isie fi yn y côr. Beth bynnag, beth nelet ti hebdda i?'
'Ma'r posibiliade'n ddiddiwedd,' atebodd Ebin yn hiraethus.
'Bydd dawel,' meddai Caleb yn goeglyd.
Fel y tybiodd Ebin arweiniodd Mihangel hwy i mewn i'r ystafell ymarfer, ond nid i unrhyw fath o glyweliad. Aeth â hwy ar y llwyfan. Disgleiriai golau gwyn pwerus arnyn nhw gan adael gweddill yr ystafell yn hollol dywyll.
'Pam ti 'di dod â ni fan hyn, Mihangel?' gofynnodd Tarog.
'Ie, 'y ni'n gallu canu, ond dim byd fel y côr,' ychwanegodd Caleb.
Syllodd Ebin arno. Edrychodd yr archangel yn daer arnyn nhw.
'Ma' un gorchwyl arall gan Dduw i chi, ac o'ch nabod chi, dyma'r cyfrifoldeb mwya beichus ac anghyfforddus i chi ymgymryd â hi.'
Edrychodd y pump i gyd yn ddisgwylgar ar ei gilydd. Beth oedd gan Mihangel mewn golwg? Pa beth bynnag oedd e, mi fydden nhw'n barod i gwrdd â'r her.
'A beth yn gwmws yw'r dasg hon?' gofynnodd Garan.
'Smo i'n gwbod yn iawn siwd i weud hyn. Chi'n gweld, mae e i gyd braidd yn llet'with.'
'Mihangel, gwed wrtho ni,' plediodd Ebin.
Anadlodd yr archangel yn ddwfn gan edrych arnyn nhw'n ddifrifol. Nid oedd yr angel-ryfelwyr wedi ei weld fel hyn o'r blaen.
'Bydd yn rhaid i chi dderbyn clod,' meddai.
'Clod?' gofynnodd Tarog.
'Clod am beth?' gofynnodd Cadman, gan gulhau ei lygaid.
'Clod a diolch am bopeth nethoch chi dros y'n Harglwydd.'
Tra'n dal i edrych arnyn nhw, mewn llais uchel a atseiniodd drwy'r nefoedd, cyhoeddodd,

'Ryfelwyr! Y'ch cleddyfe!'

Gyda hynny, trochwyd yr ystafell gyfan gan olau llachar gan wneud yn weladwy myrdd ar fyrdd o angel-ryfelwyr yn sefyll ysgwydd wrth ysgwydd, o'u blaen. Fel un, tynasant eu cleddyfau o'u gweiniau, eu codi fry uwch eu pennau a tharo eu traed ar y llawr, gan atseinio fel taran drom. Neidiodd bob un o'r pump gan sioc, eu dwylo yn crwydro'n reddfol at eu cleddyfau. Yna, bu tawelwch. Roedd y rhyfelwyr yn eu hanrhydeddu gan wneud yn glir eu hedmygedd am iddyn nhw ofalu am Mair yn ffyddlon a diwyd, ac wrth wneud hynny, sicrhau diogelwch Iesu. Rhewodd y pum rhyfelwr. Am rai eiliadau, edrychon nhw o'u cwmpas mewn rhyfeddod, yn methu credu bod y Fyddin Angylion anferth yn talu gwrogaeth iddyn nhw. Roedd yr angylion a fu'n bresennol yn Ystafell yr Orsedd Dragwyddol ond ychydig funudau ynghynt yno hefyd. Daliodd Jedah ei gleddyf yn uwch na'r rhelyw, a winciodd ar Caleb.

Yna, ymddangosodd angylion corawl a negeseuol. Llenwodd cymeradwyaeth fyddarol y gofod, fel rhaeadr rymus, wrth i'r dyrfa enfawr ddangos eu hedmygedd. Diolch i Dylan, a gafodd groeso bonllefus ei hun pan gwrddodd ag Acsa a'r Côr Angylion, roedd y newyddion iddyn nhw ddod wyneb yn wyneb ag Antonin a'i gythreuliaid, a'r ffordd fesmeraidd roedden nhw wedi delio â hwy eisoes wedi lledu yn eu plith.

Safai Dylan nawr ym mlaen y llu mawr, yn curo'i ddwylo'n llawen am yn ail â'u rhwbio'n egnïol naill ochr i'w stumog toreithiog. Gwenai'n braf, ei ffroenau led y pen a'i fochau rhosynnog yn sgleinio'n llachar. Doedd dim pall ar y gymeradwyaeth. Edrychodd y pump o'u cwmpas, eu llygaid yn serennu wrth ryfeddu at y derbyniad. Y gwir amdani oedd fod Garan yn teimlo'n anesmwyth. Edrychodd o'i gwmpas yn wylaidd a gwelodd Mibsam a Meshek a chapteiniaid rhyfelgar eraill a bodlonodd ei hun wrth eu cyfarch trwy nodio ei ben atyn nhw ynghyd â nifer o'r angel-ryfelwyr eraill oedd yn bresennol. Curodd Acsa ei ddwylo gydag afiaith hyd yn oed. Adlewyrchai Cadman, Tarog ac Ebin anesmwythyd eu capten, gan eu bod yn anghyfarwydd â chael cymaint o sylw gan eu cyd-angylion. Teimlen nhw allan o'u cynefin yn llwyr. Ar y llaw arall, roedd Caleb yn hollol gartrefol ac esmwyth ei feddwl, fel dolffin yn nofio a throelli mewn môr o lastwr glân. Ymhyfrydai yn y ganmoliaeth, gan godi ei law i dderbyn y fonllef, tra'n ceisio'i orau i ddangos i bawb, trwy ei ystumiau na fu'n fawr o beth.

Digwyddodd Garan a Dylan ddal llygaid ei gilydd. Gan wybod fod yr angel bach wedi cyfrannu cymaint ag unrhyw un at lwyddiant y gorchwyl, gwnaeth ystumiau arno i ddod i ymuno gyda nhw. Ysgydwodd Dylan ei ben. Doedd yna'r un ffordd roedd yn mynd i ddwyn eu clod nhw. Yna, gwelodd

Garan yn siarad gydag Ebin. Trodd hwnnw i edrych ar Dylan a nodiodd ei ben. Cerddodd ar draws y llwyfan, ac ar ôl camu oddi arno aeth yn syth at Dylan.

'Ma' Garan isie i ti ddod ar y llwyfan i ymuno gyda ni,' meddai uwchlaw'r twrw.

'Sdim un ffordd fi'n mynd lan fan... Wow! Wow!'

Ni lwyddodd i orffen ei brotestiadau oherwydd, gydag un llaw, cydiodd Ebin ynddo wrth ei ysgwydd a chariodd ef ar y llwyfan.

'Paid, paid, achan!' ymbiliodd, ei goesau byr yn ceisio'n ofer i ddod o hyd i rywbeth cadarnach nag aer gwag i sefyll arno.

'Fi'n flin, Dylan: bos ishe ti lan 'na.'

'Smo ti'n flin o gwbwl.'

Cododd Ebin Dylan yn uwch fel eu bod wyneb yn wyneb â'i gilydd.

'Na, ti'n iawn,' meddai, 'smo'i *yn* flin.'

I fonllefau gwyllt ei gyd-aelodau o'r côr, dododd Ebin ef i sefyll o flaen y pedwar rhyfelwr arall wrth iddyn nhw ymuno yn y gymeradwyaeth iddo. Sythodd a chymonodd ei diwnig nawr fod Ebin wedi ei ryddhau. Cododd ei olygon i edrych ar Garan. Gwenodd hwnnw arno, cyn ei droi i wynebu'r dorf oedd, erbyn hyn, yn llafarganu ei enw. Prin y gallai Dylan anadlu, yn methu credu ei lygaid ei hun. Gallai weld Sabta, Gether a Dumah a hyd yn oed Acsa yn bloeddio'u hedmygedd ohono. Ymddangosai fel petai'r gymeradwyaeth yn ddiddiwedd.

Camodd Mihangel ymlaen, a siaradodd gyda'r pump rhyfelwr mewn llais uchel, gan wneud ei orau i gael ei glywed uwchlaw'r crochlefain, gan wenu'n braf o glust i glust.

'Ma'n flin gyda fi, ond o'n i'n ffaelu pido y'ch poeni chi jyst nawr.'

Parhaodd y gymeradwyaeth am beth amser eto, cyn iddi ddistewi. Yna, gorchmynodd Mihangel i'r angylion i gyd i ddychwelyd i'w hamrywiol orchwylion. Ymhen rhai eiliadau'n unig, dim ond ef, Dylan a'r pum rhyfelwr oedd yn weddill. Roedd y chwe angel wrth eu boddau, yn rhyfeddu at y derbyniad a gawson nhw gan eu cyfoedion. Trodd Mihangel i edrych arnyn nhw. Tawodd eu gorfoledd wrth iddyn nhw weld y tristwch yn ei lygaid a'i olwg brudd. Anadlodd yn drwm.

'O'n i'n meddwl pob gair wedes i ym Methlehem. Mi fydde'n anrhydedd o'r mwya' i fi tasech chi'n sefyll wrth y'n ymyl i pan fydd y'n Harglwydd yn ca'l 'i groeshoelio.'

Nodiodd y rhyfelwyr eu pennau'n ddwys, a theimlen nhw bob un, er iddyn nhw gwblhau eu gorchwyl ar y ddaear, mai megis dechrau oedd un Iesu.

Cydnabyddiaethau

Yn debyg iawn i Garan, cefais gymorth criw bychan ond dibynadwy o bobl i baratoi'r llyfr ar gyfer ei gyhoeddi. Gweithiodd Tudur Dylan yn ddi-flino i wella ansawdd yr ysgrifennu ac mae fy nyled yn fawr iddo. Y mae'n ffrind da rwyf wedi ei nabod ers amser – diolch i ti. Dyluniodd Gareth Morgan y clawr a gwnaeth Gruffydd Morgan y gwaith graffigol angenrheidiol – mae fy nyled yn fawr i'r ddau hyn, hefyd. Cyfrannodd Ken McDermott yn enfawr at y fformatio. Un o'r manteision o weithio ar brosiect fel hwn oedd cwrdd â ffrindiau newydd oedd mor barod i helpu ac i roi o'u gorau. Felly oedd fy mhrofiad gyda Ken. Ni allaf beidio sôn am Sonia Davies chwaith, a roddodd gymorth mawr pan oedd ei angen arnaf. Diolch hefyd i Ffion ac Anwen am eu cyfraniadau unigryw hwy. Darllenodd rhai aelodau o'r teulu a rhai ffrindiau fersiynau cynnar o'r gwaith ac roedd eu cynghorion yn werthfawr iawn. Mi fyddai *Y Gwarchodlu* wedi bod yn llawer tlotach heb gyfraniad pob un o'r bobl dda hyn. Yn olaf, hoffwn ddiolch i Rachel, fy ngwraig a'n pedair merch ni, Sioned, Lowri, Ffion ac Anwen, jyst am fod yno.

Printed in Great Britain
by Amazon